예브게니 오네긴 · 대위의 딸

Евгений Онегин · Капитанская дочка

세계문학전집 433

예브게니 오네긴 · 대위의 딸

Евгений Онегин · Капитанская дочка

알렉산드르 푸시킨

최선 옮김

민음사

일러두기

1 이 책은 1974년에서 1978년까지 모스크바에서 열 권으로 출판된 『푸시킨 전집』 중 4권, 5권을 저본으로 번역했다.

2 옮긴이 주는 본문 아래에 각주로 달았고, 『예브게니 오네긴』에 푸시킨이 직접 작성한 원주는 각 장의 끝에 실었다.

3 원작에서 이탤릭체로 강조한 부분은 고딕체로 구분했다.

4 『예브게니 오네긴』의 점선으로 생략한 부분은 원문을 그대로 살려 표기했다.

차례

예브게니 오네긴   7

　　　1장   11

　　　2장   61

　　　3장   93

　　　4장   132

　　　5장   165

　　　6장   199

　　　7장   234

　　　8장   276

대위의 딸   319

　　　1 근위대 중사   323

　　　2 길잡이   338

　　　3 요새   353

　　　4 결투   363

　　　5 사랑   377

　　　6 푸가초프의 난   389

7 진격 404

8 불청객 416

9 이별 428

10 도시 봉쇄 436

11 반란구 447

12 고아 463

13 체포 474

14 재판 484

작품 해설 500
작가 연보 523

예브게니 오네긴

운문 소설*

---

* 푸시킨 자신이 이 소설의 제목 '예브게니 오네긴' 아래 운문 소설이라고
써서 장르를 규정했다. 푸시킨은 소네트 형식을 기반으로 하여 소네트보다
더 정교하고 엄격한 형식을 지닌 소위 '오네긴연'(약강 4보격 14행으로 항상
교대운, 병렬운, 고리운의 순서로 4행씩 12행, 이어서 쌍운 2행의 각운을 가
진다.)을 만들어서 총 366개 사용하고 그 외에도 헌시, 편지들, 삽입된 노래
등 모두 5275행을 운문으로 썼다.

그는 허영심으로 반죽이 된 데다
심지어 선행도 악행도 똑같이
무관심한 태도로 고백하는
남다른 거만함까지 지녔는데
이는 우월감, 아마도 스스로 상상한 우월감의 결과일 걸세.

사신(私信) 중에서*

---

* 작품 전체에 붙이는 이 프랑스어 제사는 인용이 아니라 푸시킨이 직접
쓴 것으로 보인다.

거만한 사교계에 흥밋거리를 주기보다
우정 어린 관심을 소중히 여겨서
그대에게 그대보다 더 값나가는
저당물을 내놓고 싶었다네.
신성한 꿈과 고상한 사상과
생생하고 명쾌한 시로
가득 찬 아름다운 그대 영혼보다
더 값나가는 저당물을 말일세.
그러나 이렇게 되었네. ─ 각별한 애정이 담긴 손으로
받아 주게나, 반은 우습고, 반은 슬프고,
소박하고 서민적이고 또 고답적인
각양각색의 장을 모은 이 작품을.
내 즐거움과 불면과 날개 돋친 영감의 결실,
설익은 시절과 시들어 버린 시절의 열매,
이성의 냉철한 관찰과
심장의 슬픈 기억으로
내키는 대로 엮은 결과물을.*

---

* 작품 전체에 붙이는 이 헌시는 표트르 알렉산드로비치 플레트뇨프에게
바쳐졌다. 푸시킨이 좌천, 유배당해 페테르부르크에 없을 때 1825년부터 그
의 출판을 맡은 출판업자이자 딜레탕트 시인, 교수다.

1장

매 순간 날고 튀며 서둘러 감각을 좇네.
— 뱌젬스키 공[1]

1

"훌륭하시고 틀림없으신 백부이시네.
병환이 장난이 아니게 위중하게 되시니
귀하신 몸 존경하게 만드시네.
최고로 잘 생각해 내신 것이니
다른 사람들도 본받을 지경이지.
그러나 맙소사, 이 얼마나 지겨운 일인지!

---

1) 1장은 1823년 5월부터 10월까지 키시너우와 오데사에서 쓰여서 1825년 2월에 출판되었다. 이 장에서 푸시킨은 1819년 말, 자신을 포함한 페테르부르크의 귀족 젊은이들의 생활을 펼쳐 보이고 있다. 이 제사는 푸시킨의 친구인 표트르 뱌젬스키(Pyotr Vyazemsky, 1792~1878)의 시 「첫눈」(1819)에서 가져왔는데 얼어붙은 눈 위에서 썰매 마차를 타고 달리며 은빛 눈가루를 이리저리 흩날리는 모습이 젊은이의 혈기에 비유되었다.

밤낮으로 환자 옆에 붙어 앉아
한 발짝도 뗄 수 없으니, 아!
반쯤 죽은 사람의 비위를 맞추고
베개를 고쳐 베어 주고
슬픈 표정 지으며 약을 갖다 바치고
한숨 쉬며 '귀신이 언제 널 잡아가냐고'
속으로 생각하는 건
얼마나 저열한 교활함인가!"

2

이런 생각을 하며 젊은 한량[2]이,
제우스 신의 지고하신 뜻에 따라서
모든 친척들의 유산 상속자가 된 몸이
역마차[3] 타고 날아가네, 흙먼지 뒤집어쓰고서.
어이, 류드밀라와 루슬란의 친구들[4]이여! 저기
나 머리말 빼고 곧바로 여기
내 소설의 주인공을 그대들에게
소개하도록 허락해 주게.

---

2) 1810년경 기성세대를 비판하고 기존 규범을 무시하며 분별없는 행동과
극도의 오락을 즐기던 귀족 청년들. 정치적으로는 반골의 뉘앙스를 풍긴다.
3) 역참에서 말을 바꿔 탈 수 있는 역마차로 가면 집 마차를 타고 달릴 때
보다 훨씬 빨리 갈 수 있다.
4) 당시 문단에서 강조되던 러시아 민속을 아이러니와 패러디로써 장난스럽게
비판한 푸시킨의 서사시 『루슬란과 류드밀라』(1820)를 읽은 독자들을 말한다.

내 친구 오네긴은 말이지
네바강 변에서 태어났다네, 아마도
내 독자들이여, 그대들도
태어났거나 날리던 곳이겠지,
나도 한때 누비며 놀았었지.[5]
그러나 북방은 내게 해로웠네.[1]

3
대단히 고결하게 봉직했던
그의 아버지는 주로 빚으로 살았네.[6]
한 해에 세 번씩 무도회를 열던
아버지는 결국은 파산하고 말았네.
운명이 예브게니를 보호하사
처음에는 마담이 그를 돌보다가
나중에는 므슈가 그 뒤를 이었네.[7]
아이는 장난꾸러기였지만 착했네.
가난한 프랑스 남자 므슈 아베는
아이를 고생시키지 않으려고
모든 것을 놀이처럼 가르쳤고

---

5) '산책하다', '술을 많이 마시다', '도시의 향락을 맛보다'라는 의미가 모두
들어 있다.
6) 당시에는 영지를 저당 잡히고 빚을 내서 도시 생활을 하는 귀족이 많았다.
7) 마담은 프랑스 여자 가정 교사, 므슈는 프랑스 남자 가정 교사. 오네긴은
기숙 학교나 군사 학교에 다니지 않고 가정에서 교육받았다.

엄격한 훈계로 지겹게 하지 않고 장난질은
가볍게 나무라며 그를 데리고
'여름 공원'[8]으로 산책하러 다녔네.

4
곧 반란의 청춘 시절이,
갖가지 희망과 달콤한 우수의 시절이
예브게니에게 찾아왔을 적에
므슈를 집에서 내쫓았네, 이제
나의 예브게니는 자유의 몸,
최신 유행의 헤어스타일에
런던의 댄디[2] 같은 옷차림,
그는 드디어 사교계에 들어갔네.
프랑스어를 나무랄 데 없이
유창하게 말하고 쓰고
마주르카를 경쾌하게 추고
자연스럽게 절할 줄 알았으니[9]
무엇을 더 바라겠나? 매우 똑똑하고
호감 가는 젊은이라고 사교계는 판결했네.

---

8) 페테르부르크 중심부에 있는 귀족들의 산책 장소.
9) 제대로 절하고 춤을 잘 추는 젊은이는 동작의 자신감, 자세를 취할 때의
자연스러움과 독립성을 갖추었다.

5

우리 모두는 아무거나 되는대로
아무렇게나 조금씩은 다 배웠고
우리 나라에서 배웠다고 뽐내고
날리기는 다행히도 쉬운 일이고
하여, 여러 사람의 의견에 따르면(이른바
단호하고 엄격하다는 심판자들 말이네.)[10]
오네긴은 아는 것이 많긴 하나 현학자[11]라네.
그는 복 받은 재능을 가진바
담소할 땐 자연스러운 태도로 그냥
모든 것을 조금씩 다 건드리고
심각한 논쟁에서는 전문가인 양
학자연하는 태도로 침묵하고
그러다 예기치 않게 불길 같은 경구를 토하여
귀부인들을 미소 짓게 할 줄 알았네.

6

요즘 라틴어 유행이 지나갔네만
여러분께 진실대로 말하자면

---

10) 푸시킨은 러시아의 교육 수준, 정신적·문화적 수준이 실속 없고 낮은
것을 직시하고 종종 우려를 표했다. 오네긴도 체계적인 교육을 받거나 유용
한 지식이 있는 것은 아니지만 이른바 단호하고 엄격하다는 심판자들로부
터 아는 것이 많다는 평을 들을 정도는 된다.
11) 모든 것을 태연하게 비판하며 자기 지식을 드러내려는 사람.

그는 제사[12]를 해독하고
유베날[13]에 대해 잠깐 떠들고
편지 끝에 라틴어로 안녕이라고도
쓸 만큼[14] 라틴어를 할 줄 알았고
또 비록 틀리기는 했어도
「아이네이스」[15]에서 두 줄을 암송했고
먼지투성이 연대기 속에서도
세계 역사를 뒤져서까지
샅샅이 탐구할 마음은 없었어도
로물루스[16]에서 오늘날까지
지난 역사 속의 일화들은
샅샅이 기억 속에 간직하고 있었다네.

7
시를 위해 생명을 아끼지 않을 만한
고상한 열정이 없었던 그는 도대체

---

12) 묘비나 기념비에 쓴 문장. 가장 유명한 고대의 제사들은 프랑스 대중 선집에 실려 고전어의 초급 과정에서 배웠다.
13) 1세기 말에서 2세기 초에 활동한 로마의 풍자시인. 데카브리스트(1825년 12월 입헌 군주제를 옹호하며 봉기한 귀족 청년들)가 존경한 문학가다.
14) 푸시킨은 1823년 5월 13일 자 그네디치에게 보내는 편지에서 라틴어로 "안녕, 그리고 검열은 어쨌든 없애야 하네."라고 썼다.
15) 푸블리우스 베르길리우스 마로가 쓴 로마 건국 서사시.
16) 전설상의 로마 건국자이자 최초의 황제(기원전 8세기). 아이네이아스의 후손이다.

아무리 우리가 애를 써 보아도 마냥

약강조와 강약조를 구별하지 못한 채

호메로스[17]와 테오크리토스[18]를 욕한 다음

애덤 스미스[19]를 읽고 나더니, 음,

경제에 조예도 깊어라. 무슨 말인고

하면, 국가가 어떻게 부를 창출하고

국가가 무엇으로 살아가는지

그리고 일차 산물[20]이 있으면 왜

국가에 금이 필요 없는지 꽤

판단할 줄 알았다는 말씀이지.

아버지는 그의 생각을 이해하지 못하고

땅을 자꾸만 저당 잡혔다네.

8

그 외에도 예브게니가 아는 것들을 다

꼽을 시간도 경황도 없다.

그러나 그가 진정 천재인 분야,

---

17) 『일리아드』와 『오디세이』를 쓴 고대 그리스의 시인.

18) 기원전 3세기경에 살았던 그리스의 목가시인. 이들의 작품들은 민족의 영웅적 전통과 민족 문화의 길을 찾던 19세기 초 러시아에서 높은 관심을 불러일으켰다.

19) 애덤 스미스(Adam Smith, 1723~1790)의 『국부론』(1776)은 당시 유행한 학문으로 1818~1820년경 정치경제학에 대한 관심은 러시아 젊은이들의 뚜렷한 특징이었다.

20) 18세기 프랑스 경제학자들은 땅을 부의 유일한 원천으로 보았다.

다른 어떤 학문보다 잘 아는 분야,
소싯적부터 그의 일이자 고통이자 기쁨이라,
하루 종일 그의 따분한 한가함을
지배하던 분야, 그것은 다름 아니라
바로 연애의 기술인 것을!
나소[21]가 찬미했던 기술, 그가
그 때문에 황제로부터 실총하여
조국 이탈리아에서 멀리 쫓겨나서
몰다비아의 황량한 초원에서 살다가
빛나고 격렬했던 일생을 마감했던
바로 그 기술인 것을! 후후!

9

....

....

....

10

얼마나 어린 나이부터 짐짓 행동을 꾸미고
희망을 감추고 질투를 하는 법,
못 믿게 하고 믿게 하는 법,

---

21) 『연애의 기술』을 쓴 로마의 시인 푸블리우스 오비디우스 나소(Publius
Ovidius Naso, 기원전 43~기원후 17).

침울한 듯 아파하는 듯 보이고
거만하게 보이고, 공손하게 보이는 법,
관심 많은 척, 무관심한 척하는 법,
이 모든 법을 다 꿰고 있었던지!
얼마나 애타게 침묵하고 얼마나 유창하게 말을 했던지
연애편지의 문구는 또 얼마나 거침없었던지!
오직 하나만으로 숨 쉬며 오직 하나만을 사랑하며
그는 어떻게나 자신을 잊을 수 있었던지!
시선은 얼마나 재빠르고 부드러우며
수줍고 또 대담했던지, 그리고 가끔은
자유자재로 눈물을 반짝이기도 했지!

11
얼마나 그가 새롭게 보일 줄 알았던지
순진한 처녀를 장난삼아 놀래 주고
절망스러운 태도를 꾸며 경악시켰던지
듣기 좋은 아첨으로 즐겁게 해 주고
감동받는 순간을 잘 잡아서
순진한 처녀의 선입견과 망설임을 싸잡아서
논리와 정열로써 무너뜨리며
본능에서 우러나오는 애무를 기대하며
애원하고 고백을 집요하게 요구하다가
심장의 첫 번째 소리를 듣고,
사랑을 추적하여…… 문득 밀회를 얻어 내고

단둘이서 조용한 곳에서 만나고…… 그러다가
그녀에게 얼마나 노련하게
레슨을 해 줄 줄 알았던지!

12
얼마나 이른 나이부터 이미 그는
이름난 교태꾼[22]들의 가슴을 흔들 줄 알았던지!
연적들을 제거해야 할 때는
얼마나 지독한 독설을 퍼부어 댔던지!
어떤 덫을 그들에게 준비해 두었던지! 우,
그러나 그대들, 복받은 남편들이여, 휴우,
그대들은 그의 친구로 남았구려,
그대들은 모두 그를 사랑했구려,
파블라스[23]의 오랜 제자여서
아무쪼록 교활한 남편도
의심 많은 늙은 남편도
항상 자기 자신과 식사에서
그리고 아내에게서 만족을 느끼는
고관대작 속는 남편[24]도.

---

22) 교태가 몸에 밴 유명한 바람둥이 여인들.
23) 장바티스트 루베 드 쿠브레(Jean-Baptiste Louvet de Couvray, 1760~
1797)의 소설 『기사 파블라스의 편력』에 나오는 주인공. 일생을 연애 행각
으로 보낸다.
24) 푸시킨의 동 쥐앙 리스트(푸시킨이 정복한 여자 리스트. 100명이 넘는

13, 14

⋯⋯⋯⋯⋯⋯⋯⋯⋯⋯⋯⋯⋯⋯⋯⋯⋯⋯⋯⋯⋯⋯⋯⋯⋯⋯

⋯⋯⋯⋯⋯⋯⋯⋯⋯⋯⋯⋯⋯⋯⋯⋯⋯⋯⋯⋯⋯⋯⋯⋯⋯⋯

⋯⋯⋯⋯⋯⋯⋯⋯⋯⋯⋯⋯⋯⋯⋯⋯⋯⋯⋯⋯⋯⋯⋯⋯⋯⋯

15

그에게 우편물이 전해질 때 때때로

그는 그때까지 침대 속에 있었다.

이건 뭐야? 초청장들인가? 정말로

세 집에서 그를 야회로 초대하고 있었다.

여기서는 그냥 무도회, 저기서는 소녀 무도회,[25] 어쩌나,

우리 개망나니는 어디로 갈거나?

누구로부터 시작할까? 이러나저러나 매한가지지.

어디나 시간 맞춰 가는 것은 문제없지.

저녁때까지 아침 의상을 입고서

챙 넓은 볼리바르[3]를 쓰고서

오네긴은 넵스키 대로[26]로 달려가서

그곳 광장에서 산책한다. 여간해서

이 리스트를 그는 1828년 직접 작성했다.)에 나오는 아글라야의 남편 다비
도프라고도 한다.

25) 13세에서 16세 사이의 소녀들이 어머니와 함께 참가하던 무도회. 남자
들은 나이 제한이 없었다. 소녀 무도회는 보통 무도회보다 일찍 끝났다.

26) 페테르부르크 도시의 중심가. 낮 2시경 이곳은 사교계 사람들의 산책
장소였다.

죽지 않는 브레게 시계[27]가
식사 시간을 알릴 때까지.

16
벌써 어두워졌다. 그는 썰매 마차에 오르고
사동이 목소리를 높인다. "비켜요, 좀, 비켜요, 저리!"[28]
그의 해리 털 외투 깃에는 하얀 서리 김이
은빛으로 반짝거리고.
그는 탈롱[4]에게 달려간다. 그곳에선
필시 카베린[29]이 기다리고 있겠지, 벌써.
들어가니 코르크 마개가 천장에 부딪히고
혜성주[30]가 거품을 내며 넘쳐흐르고.
그 앞에 핏물이 밴 **로스트** 비프에다가
청년들이 즐겨 먹는 미식,
프랑스 요리의 꽃 중의 꽃, 송로버섯에다가
림부르크 블루치즈와 금색

---

27) 스위스의 명인 아브라함 루이 브레게가 만든 고급 시계 브랜드.
28) 마부가 소리를 지르며 사람 많은 거리를 빠른 속도로 다니는 것이 멋으로 여겨졌는데 될수록 청아한 높은 목소리로 길게 "비켜요!"를 외치는 것이 경쟁이었다고 한다.
29) 1816년에서 1820년 사이에 푸시킨과 친분이 있었던 활달한 장교. 괴팅겐에서 공부한 자유주의자 인텔리로서 비밀 회합인 '복지 연합'의 멤버이자 자유주의자들의 모임인 '초록 등'의 일원이었다.
30) 유럽에 혜성이 나타났던 1811년에 수확한 포도로 만든 명성 높은 샴페인.

파인애플 한 조각 사이에
스트라스부르크산 통조림 거위 간이 놓인다.

17
커틀릿의 뜨거운 기름을 식히게
몇 잔 더 마시고 싶은 갈증이 나나
어김없는 브레게 시계
새 발레가 시작됨을 알리는구나.
극장을 손안에 쥐고 흔드는 심술꾼이자
무대 뒤의 존경할 만한 시민[31]이자
매혹적인 여배우들의
변덕스러운 숭배자인 우리의
오네긴이 달려간다, 극장으로,
모두가 자유의 공기를 숨쉬는 곳,
앙트르샤[32]를 박수로 맞으려는 곳,
(자기 목소리를 듣게 하려는 목적만으로)
페드라와 클레오파트라에게 야유하고
모이나를 소리 높여 불러내는 곳으로.

---

31) 1810~1820년대 배우들과 친교를 맺으며 그들에 대한 평판을 만들어
내던 사람들.
32) 최대한 길게 뻗은 두 발로 높이 뛰어올라 공중에서 두 번이나 세 번 발
을 엇갈리게 하는 발레 동작.

18

매혹의 장소! 왕년에 왕왕

용감한 풍자의 제왕,

자유의 친구 폰비진[33]의 명성이 드높고

모방 작가 크냐즈닌[34]이 날리던 곳,

관객들이 저도 모르게 줄곧

눈물 흘리고 박수 치며 보내는 사례를

오제로프[35]가 젊은 세묘노바[36]와 나누던 곳,

카테닌[37]이 위대한 천재 코르네유를

우리에게로 부활시키던 곳,

벌 떼같이 수많은 희가극을 데리고

샤홉스코이[38]가 찌르러 오고

---

33) 데니스 이바노비치 폰비진(Denis Ivanovich Fonvizin, 1745~1792). 러시아의 희극 작가. 러시아인들의 프랑스 취향 및 러시아 시골 지주들의 무지와 횡포를 풍자하는 작품들을 썼다.
34) 야코프 보리소비치 크냐즈닌(Yakov Borisovich Knyazhnin, 1742~1791). 18세기 최고의 인기 극작가. 프랑스 드라마 스타일의 많은 비극과 희극, 희극 오페라를 썼다.
35) 블라디슬라브 알렉산드로비치 오제로프(Vladislav Aleksandrovich Ozerov, 1769~1816). 감상적인 비극 작품을 쓴 작가로서 1807년에 상연된 역사극 「드미트리 돈스코이」가 큰 성공을 거두었다.
36) 콜로소바와 쌍벽을 이루었던 유명 여배우. 푸시킨은 세묘노바 때문에 오제로프의 작품이 갈채를 받았다고 생각했다.
37) 파벨 카테닌(Pavel Katenin, 1792~1853). 시인이자 비평가이고 프랑스 극작가 코르네유의 작품들을 번역했다. 1817년부터 푸시킨과 알고 지냈다.
38) 알렉산드르 알렉산드로비치 샤홉스코이(Alexander Alexandrovich Shakhovskoy, 1777~1846). 극작가이자 극장 감독으로 희가극, 풍자극들을

디들로가 영광의 관을 썼던 곳,
그 무대의 그늘 밑에서
내 젊음이 흘러간 곳으로.

19
내 여신들이여! 그대들은 무얼 하며 어디 있소?
내 슬픈 목소리 들어 주오,
그대들은 그대로 여전하오?
아니면 다른 여인들이 그대들을 대신하고 있소?
나 다시 그대들의 합창을 들을 수 있으려나?
춤의 여신의 혼이 깃든 그 비상을 나
다시 볼 수 있으려나, 아니면 우울한 내 시선이
지겨운 무대 위에서 아는 얼굴 찾아내지
못해서 실망한 오페라글라스를
낯선 사람들에게로 향해서
그들이 즐거워하는 광경을
심드렁하게 바라보면서
말없이 하품하며
지난날을 회상하게 되려나?

20
극장은 이미 만원이다. 특별석은 번쩍거리고

창작했다.

일등석과 일반석도 온통 들끓는다.
꼭대기 층에서는 벌써 박수 소리 울리고
드디어 막이 소리 내며 휘말려 올라간다.
밝게 빛나며 환히 비치며 이스토미나[39]는
신비스러운 바이올린 선율에 맞춰서
요정 무리 한가운데 서서
춤추고 있다. 아, 그녀는
한 발 끝을 살짝 바닥에 대고
다른 한 발로 천천히 돌고
갑자기 튀어 오르더니 휙 날아간다.
바람의 신이 후, 분 솜털처럼 날아간다.
또 몸을 웅크렸다가는 펴기도 하고
한 발로 빠르게 다른 발을 치기도 하고.

21
모두들 박수를 친다. 오네긴이 들어와서
의자들 사이로 사람들 발등을 밟으며 걸어온다.
그는 뻔뻔스럽게 쌍안경을 무대에서 돌려서
낯선 귀부인들이 앉은 특별석으로 향한다.
모든 층에 시선을 던지고
모든 것을 본다. 귀부인들의 얼굴이나
옷차림이 다 끔찍하게 불만스러우나

----

39) 당시의 프리마 발레리나.

사방의 남자들에게 절을 하고
몹시도 산만한 상태로
무대로 시선을 던지다가
곧 고개를 돌리고 하품을 하다가
말한다. "바꿀 때가 됐어, 정말로,
발레도 오래 참아 줬어,
디드로[40]도 이제 더 못 참겠어."[5]

22
계속하여 큐피드들, 갖가지 요정들, 뱀들이
무대 위에서 통통 뛰고 시끌벅적하고
입구에선 피곤한 하인들이
털외투를 깔고 아직 자고[41]
발 구르기, 코 풀기, 기침하기,
쉭쉭거리기, 박수 치기가
아직 쉽게 끝날 것 같지 않고
바깥이고 안이고 온 곳에 등불이 환하고
말들은 고삐를 지긋지긋해하면서
몸이 얼어 와 제자리에서 위아래로 뛰고
마부들은 불을 둘러싼 채 주인들을 욕하고

---

40) 샤를 루이 디드로(Charles-Louis Didelot, 1767~1837). 1801년부터 페
테르부르크의 발레 교수이자 수석 안무가를 지냈다.
41) 19세기 초 러시아 극장에는 옷 보관소가 없어 하인들이 외투를 맡아 가
지고 있었다.

손바닥을 두들겨 보는데 벌써
오네긴은 극장 밖으로 나왔다.
옷을 갈아입으러 집으로 간다.

23
그럼 사실화처럼 그려 볼까,
그만의 고독한 서재를?
최신 유행의 모범생인 젊은이가
옷을 입었다 벗었다 또 입는 그곳을?
잡화상 런던[42]이 극도의 사치를 제공하러
북쪽 바다, 발트해를 건너
우리의 목재와 고기 기름[43] 값으로
우리에게 가져온 것들로,
파리의 게걸스러운 취향[44]이
이익 되는 사업을 골라서
오락과 사치와 유행을 위해서
고안해 낸 것들이……
온통 장식하고 있는
우리네 18세 철학자[45]의 서재를.

42) 런던에서 거래하는 일용 잡화들은 종류가 다양하고 질이 좋았다.
43) 목재와 고기 기름은 러시아가 수출하던 주요 산물이었다.
44) 유행을 허기진 듯 추구하는 것을 말한다.
45) 따로 떨어져 사는 독신을 장난스럽게 표현한 것을 말한다.

24

자, 홍보석 박힌 콘스탄티노플제 파이프[46]라,

흠, 갖가지 도자기, 청동 제품들,

예민한 감각을 만족시키느라

세공 유리병에 담겨 있는 향수들,

빗들과 손톱 다듬는 줄들,

곧은 가위들, 굽은 가위들,

손톱과 치아의 청결을 위해

서른 가지쯤 되는 솔들이 화장대 위에

놓였어라, 루소[47]는(곁가지로 언급하는데)

왜 거드름 피우는 그림[48]이 정신없이 말이 많은

---

46) 로마 제국의 옛 도시이자, 튀르키예의 옛 수도였던 콘스탄티노플에서 수입한 파이프들은 매우 질이 좋아 가격이 비쌌다.

47) 장자크 루소(Jean-Jacques Rousseau, 1712~1778). 18세기 프랑스의 작가이자 사상가로서 자유와 국민 국가의 민주주의를 설파했다. 푸시킨은 주석 6에 루소의 『참회록』에서 언급된 그림의 손톱 손질에 관한 이야기를 차용했다. 이 부분은 1770년에 루소 자신이 1757년에 겪은 일을 회상하면서 쓴 제9책 2부의 인용으로 "그림은 허영심 많고 광대 같고 부석부석한 흐릿한 눈빛에 꼴사나운 외관을 가지고 있었는데 여자들을 사귀려는 마음에…… 치장을 하기 시작했다. 치장이 그의 가장 중요한 일이 되었다. 이는 모두에게 알려져 있었다."로 시작한다. 루소는 그림에 대해서 여러 가지 비판적인 이야기를 하는데 이 이야기도 그림의 부정적인 측면의 증거로 언급했다. 볼테르나 바이런은 저작물에서 루소를 무척 말이 많은 사기꾼, 스스로를 학대하는 소피스트, 광란하는 사람으로 표현했다.

48) 프리드리히 멜키오르 폰 그림(Friedrich Melchior von Grimm, 1723~1807). 독일 출신의 18세기의 프랑스 백과전서파 작가로 유럽 여러 군주들의 후원을 받았다. 푸시킨은 주석 6에서 루소를 인용한 뒤에, 이어

그 앞에서 손톱을 손질하려는[6]
생각을 감히 품었는지 이해할 수 없었는데
자유와 정의의 옹호자는 이 경우
전혀 공정하지 않았던 것.

25
진지하고 유능한 활동가라도 피부와
손톱에 신경을 쓸 수 있는 법이고
시대와 공연히 다툴 필요도 없거니와
관습은 언제나 사람들 사이의 독재자이고.
제2의 차다예프,[49] 내 예브게니는 모든 것에서
자기를 시기하는 경쟁자들의 비판이 겁나서
옷차림에도 꽤 까다로웠다.
그런 사람을 우리는 멋쟁이라 불렀다.
그는 적어도 세 시간 정도를
거울 앞에서 보내고 나서
비너스 여신이 남장을 하고서
가장무도회에 가는 양

서 그림은 그의 시대보다 앞서갔다고 썼다.
49) 표트르 야코블레비치 차다예프(Pyotr Yakovlevich Chaadayev,
1794~1856). 1816년부터 푸시킨의 친구였으며 매우 교양이 높은 사상가이
자 작가였다. 세련된 옷차림으로 사교계에서 이름을 날렸다. 1837년판에는
그의 이름이 ○○○으로 처리되었다. 그가 쓴 『철학 서한』 때문에 당시 사상
적으로 극히 위험한 인물로 여겨졌기 때문이다.

바람둥이 비너스와 비슷해져서
화장실[50]에서 나오곤 했다.

26
최신 유행하는 옷차림으로 그가
그대들의 호기심 어린 시선을 사로잡았으니
유식한 학자들 앞에서 내가
그의 옷들을 한번 묘사해 보리라.
자, 물론 겁 없는 행동이겠으나
내 일이 바로 그것이니. 그러나
팡탈롱, 프록, 질레트,[51] 이같이
새로운 것들은 러시아말에 없으니
어쩌오, 나 용서를 구하오,
그렇지 않아도 보잘것없는 문체를
외래어 사용으로 덕지덕지 누더기로
만들지 않을 수도 있었겠다 싶다오.
나도 예전에 국어학회 표준사전[52]을
부지런히 뒤져 보긴 했다오.

---

50) 옷을 갈아입고 머리를 빗고 치장을 하는 방.
51) 당시로서는 새로운 외국 복장.
52) 러시아어학회 표준사전은 여섯 권으로 18세기 말에 발간되었는데 순수 러시아어만을 고집하고 외래어를 배척했다.

27

그러나 지금 문제는 그게 아니고
내 예브게니가 거리 마차[53]를 타고
쏜살같이 달려간 무도회장으로 나는 듯
서둘러 가 보는 것이 더 좋을 듯.
어둠에 싸인 집들 앞으로
잠든 거리를 따라 줄줄이
두 개의 등불을 단 마차들이
달려가며 즐거운 빛을 내뿜어서
눈 위에 무지개들을 그리고
처마 밑에 빙 둘러 걸린 등불들이
집 전체를 휘황찬란하게 비추고
전면 유리창마다 온통 그림자들이,
숙녀들과 최신 유행 괴짜들의 옆모습이
분주하게 어른거리는 그곳으로.

28

우리의 주인공은 바로 입구까지 타고 와서
화살처럼 문지기 옆을 지나고
대리석 계단을 따라 나는 듯이 올라와서
손으로 잠시 머리를 매만지고
등장한다. 홀에는 사람들이 가득하고

---

53) 마부가 몰고 다니는 택시 같은 마차.

음악은 이미 울리기에 지친 듯하고
사람들은 마주르카를 추느라 정신없고
사방이 시끌벅적 북적거리고
기병 장교의 장화에선 박차 소리 요란하고[54]
사랑스러운 여인들의 두 발이 날아다닌다.
그 매혹적인 자취를 따라가다가
뜨거워진 시선도 공중에 날아다니고
유행 부인네[55]의 시샘하는 속삭임 소리,
이를 덮어 버리는 바이올린 소리.

29
쾌락과 욕망의 그 시절에
나 무도회에 완전 정신이 나갔었소.
사랑을 고백하고 편지를 전하는 데
이보다 좋은 장소는 없다오.[56]
오, 그대들, 존경하옵는 남편들이여!
그대들에게 호의를 베푸나니, 어여

---

54) 이 표현의 오류를 지적하며 기병 장교들도 무도회에서는 다른 손님들처럼 단화를 신었다고 말한 안나 이바노브나 불프에게 푸시킨은 그녀의 말이 맞지만 박차 소리에는 뭔가 시적인 것이 들어 있다고 말했다.
55) 유행을 좇아 옷차림, 말, 행동을 하는 기혼녀들을 말하는데, 특히 이반 이바노비치 드미트리예프(Ivan Ivanovich Dmitriev, 1760~1837)의 풍자물 「유행 부인」(1791) 속의 인물들을 염두에 두고 있다.
56) 당시 무도회의 매력은 남녀가 친밀함 속에서 자유롭게 행동하고 자연스럽게 대화할 수 있다는 점이었다.

내가 하는 말을 명심하오.
그대들에게 경고하고 싶구려.
또 그대들, 엄마들도 마찬가지요,
딸들을 잘 감시하도록 하시오.
오, 안경을 잘 쥐시오![57]
아니면…… 아니면, 큰일 나오!
나 이미 오래전부터 죄를 짓지 않기에
이렇게 쓸 수 있는 거라오.

30
슬프도다, 여러 가지 오락에 빠져서 나는
삶의 많은 부분을 망쳤도다!
그러나 도덕이 문란하지만 않다면 나는
지금까지도 무도회[58]를 사랑했을 것이다.
나는 사랑한다, 이 미친 듯한 젊음을,
이 북적거림, 이 번쩍거림, 이 희열을,
여인들의 공들인 옷차림과 살짝 보이는
발을, 러시아에서 날씬한 발은
세 쌍도 찾아내기 어렵지만.
아, 나 그 귀여운 두 발을 참으로

---

57) 손잡이가 달린 안경을 잘 쥐고 보라는 뜻이다.
58) 푸시킨은 1808년부터 춤을 배우기 시작하여 누이와 함께 트루베츠코이
가, 부투를린가, 수슈코프가의 귀족 무도회에 참석했으며 목요일마다 모스
크바의 춤선생인 이오겔의 소녀 무도회에 참석했다.

오랫동안 잊을 수 없었어라…….
나 우울하고 냉정해졌지만
여전히 그 두 발을 기억한다, 꿈속에서도
그 두 발은 내 심장을 뒤흔든다.[59]

31
그 언제 그 어디에, 어떤 황무지에 있어야
바보, 너는 그 두 발을 잊을 수 있을런가? 아,
사랑스러운 두 발, 두 발이여, 그대들은 지금 어디 있나?
그 어디서 봄꽃들을 밟고 있나?
동방의 안락함으로 애무받은 그대들은
북방의 슬픈 눈 위로는
아무 자취도 남기지 않았다, 그대들은
부드러운 양탄자를 딛는
호사스러운 감촉을 사랑했던 것이다.
나 그대들을 위하여 영광도
갈채의 갈망도 조국도 유배도
모두 잊었던 시절이 오래전에 다
지나간 것일까? 젊은 시절의 행복은 사라졌다,
초원 위 그대들의 가벼운 발자취가 사라졌듯이.

---

59) 푸시킨은 여인의 발에 매우 관심이 많았다.

32

다이애나[60]의 가슴, 플로라[61]의 두 뺨은

매혹적이다, 사랑스러운 친구들이다!

그러나 춤의 여신의 발은

왠지 더 매혹적이다.

그 발은 던지는 시선에 하마

더할 수 없는 보상을 예언하며

감질나게 보이는 아름다움으로 볼 때마다

마구 욕망을 부풀어 오르게 한다.

내 연인 엘비나[62]여, 나 발을 사랑하오,

긴 식탁보 밑에 놓인 발,

봄 초원의 풀밭 위에 놓인 발,

겨울 벽난로 타일 위에 놓인 발, 또

무도회장 거울 바닥 위에 놓인 발,

바닷가 화강암 바위 위에 놓인 발을.

33

나 폭풍 전의 그 바다를 기억한다, 정말로

나 얼마나 부러워했는지, 그 파도를,

그녀[63]의 발아래 엎드리려고 차례로

---

60) 달의 여신으로 젊은 처녀를 가리킬 때 관례적으로 쓰는 표현.

61) 꽃의 여신으로 붉은 뺨을 가진 여인을 가리킬 때 관례적으로 쓰는 표현.

62) 에로틱한 서정시에서 찬미되는 소녀의 관례적인 이름.

63) 바닷가의 그녀는 나중에 남편(데카브리스트였던 볼콘스키)을 따라 시

사랑의 폭풍처럼 달려오는 그 파도를!

파도와 함께 두 입술로 그 발에

키스하기를 나 얼마나 원했는지, 그때!

내 불타는 젊음의

그 뜨거운 나날에

젊은 아르미다들[64]의 입술도,

불타는 뺨도, 애타는 가슴도

그때 그 발처럼 키스하기를 그렇게도

고통스럽게 원한 적은 결코 없었다, 한 번도.

격정의 폭발이 내 가슴을 그렇게도

갈기갈기 찢어 놓은 적은 결코 없었다!

34

가끔 남모르는 희망을 품고

나 행운의 등자를 잡았던

두 손으로 발을 감촉했던

또 다른 순간도 잊을 수 없고……

상상이 또다시 끓어오르고

베리아로 간 M. N. 라옙스카야(푸시킨이 남부로 좌천되어 예카테리노슬라
프에 도착한 후 함께 여행했던 라옙스키 장군의 딸로 당시 십오 세)이거나
그가 오데사에서 있을 당시 사랑한 보론초프 백작 부인일 수 있다.

64) 아르미다는 이탈리아 시인 토르콰토 타소(Torquato Tasso, 1544~
1595)의 서사시 「해방된 예루살렘」(1581)의 여주인공이다. 매력적이고 고혹
적인 여자로서 그녀의 이름은 고전주의 문학에서 관례적으로 여성 찬미에
사용되었다.

또다시 그 발의 감촉이

시들어 버린 심장에 피를 뜨겁게 하고

또다시 그리움이, 또다시 사랑이······!

그러나 이제 그만두겠다, 거만한 여인들을

내 수다스러운 리라로 찬미하는 것을.

그녀들에겐 열정을 바칠 만한 가치가 없다,

그네들 자신이 영감을 준 노래를 들려줄 가치도 없다.

그 매혹적인 여자들의 말과 시선은

못 믿을 손······. 그들의 발이 그렇듯이.

35

한데 내 오네긴은? 반은 잠든 그는

무도회에서 침대로 돌아온다.[65]

지칠 줄 모르는 페테르부르크는

이미 경비대 북소리에 잠이 깼다.[66]

상인들이 일어나고 배달이 시작되고

마부는 마차 대기소로 다가가고

오흐타의 소녀[67]는 우유통을 들고 바삐 걷는다.

그녀의 발아래에서 아침 눈이 사각거린다.

아침의 기분 좋은 소리들이 깨어나고

---

65) 무도회는 새벽 5시경에 끝나는데 오네긴은 그보다 훨씬 늦게 집으로 돌아온다.

66) 19세기 초 페테르부르크에서는 경비대의 북소리가 아침을 알렸다.

67) 페테르부르크 교외 오흐타 지역에서 시내로 우유를 배달하는 소녀.

덧창이 열리고 굴뚝 연기는
푸른 기둥이 되어 올라가는데
빵 가게의 정확한 독일인은 하얀 무명 모자를 쓰고
이미 여러 차례 여닫았다,
뭐예요라 불리는 작은 창문[68]을.

36
그러나 오락과 사치의 자식인 그는
무도회의 소음에 지쳐서
아침을 한밤으로 바꿔서
복 받은 어둠 속에서 평온하게 자다가는
한낮이 지나서 깨어나면[69] 또다시
그 앞에 단조롭고 화려한 생활이
다음 날 아침까지 대기하고.
내일도 또 어제와 똑같을 것이고.
그러나 인생의 꽃다운 시절의 정점에서
눈부신 승리 가운데서 그는 어땠을까?
나날의 넘치는 쾌락 가운데서
내 자유로운 예브게니가 행복했을까?
향연 가운데서 웃고 떠드는 그가
겉보기에 거침없고 정상이지 않았던가?

---

68) 독일어 was ist das에서 온 것으로 빵 가게 주인(독일인들이 빵집 주인인
경우가 많았다.)은 이 작은 창문만 열고 원하는 빵을 내주었다.
69) 가능한 한 늦게 일어나는 생활은 '도시 귀족'을 나타내는 징표였다.

37

아니다. 일찍이 그 안의 감정은 굳었고
그는 사교계의 소음이 지겨워졌다.
미녀들이 습관적인 공상에서 숙고의
대상이 되는 시간도 길지 못했다.
배반도 이제 지긋지긋했고, 친구들도
우정도 다 지겨워졌고, 항상 피가
뚝뚝 떨어지는 비프스테이크를 썰고
스트라스부르크산 거위 간을 삼키고
샴페인을 병째 들이부을 수는 없어서
머리가 지끈지끈 아플 때에도
날카로운 재담을 뿌릴 수는 없어서
굉장히 날뛰는 개망나니이긴 했어도
결국 결투도, 장검도, 총알도
다 지겨워지고 말았다.

38

병의 원인을 이미 오래전에
찾았어야 했는데……
영국 말로 스플린과 비슷한 증상인데[70]
간단히 말하면 러시아식 우울증이
점차로 그를 휩싸 버린 것.

<hr>

70) 세상에 대한 환멸, 우울, 권태를 보이는 바이런의 주인공의 특징이다.

다행히도 그는 자살 같은 것을
시도하지는 않았으나 도대체가
삶에 대해 냉담해졌다. 그가
차일드 해럴드[71]처럼 음울하고도
지친 모습으로 객실에 나타나긴 했어도
사교계의 소문도, 보스턴 게임[72]도
사랑스러운 눈길도, 노골적인 신음 소리도
그 무엇도 그를 감동시키지 못했고
그는 아무것도 눈여겨보지 않았다.

39, 40, 41
....
....
....

42
상류 사교계의 변덕스러운 여인들이여
그가 누구보다도 먼저 버린 이들이여
요즘 시대에 고상한 언행이, 오,

---

71) 조지 고든 바이런(George Godon Bylon, 1788~1824)이 쓴 『차일드 해럴드의 순례』의 주인공. 해럴드는 우울, 염세, 권태, 불만, 내적인 동요를 포르투갈, 스페인, 알바니아, 그리스, 벨기에, 독일, 제네바, 로마로의 여행의 모험으로 달래려 한다.
72) 휘스트와 비슷한 카드 게임.

상당히 지루한 것은 사실이라오.
혹 세와 벤담[73]을 입에 올리는 경지의
숙녀들이 있다고는 해도
도대체가 그들의 대화는 견디기 어려울 지경,
비록 죄 없이 어리석은 말이긴 해도.
더구나 그들은 그리도 정절이 굳으니,
또 그리도 고상하고 그리도 영리하고
그리도 미덕으로 가득 차고
그리도 사려 깊고, 그리도 정확하게 계산하니
남자들이 접근하기 그리도 어려워라,
하여, 보기만 해도 **스플린**이 생길 지경이라.[7]

43
그리고 그대들, 멋진 마차들이
늦은 밤 페테르부르크의 보도를 따라
실어 나르는 젊은 미녀들[74]이여,
내 예브게니는 그대들도 떠났어라.
쾌락의 소용돌이에서 벗어나서
오네긴은 초연하게 집에 틀어박혀서

---

73) 장바티스트 세(Jean-Baptiste Say, 1767~1832)는 리카도와 애덤 스미스를 따르는 프랑스의 부르주아 경제학자이고 제러미 벤담(Jeremy Bentham, 1748~1832)은 영국의 법률가이자 자유주의적 부르주아 작가로서 둘 다 19세기 초에 러시아의 반정부적 지성층 사이에서 널리 읽혔다.
74) 고급 창녀에 속하는 여인들.

하품하며 펜을 잡고 글을 써 보려 하나
힘든 일은 딱 질색인지라
그의 펜에서 나오는 것은
전혀 없다, 정말 한 줄도 없다.
그래서 그는 기회 있을 때마다
논쟁을 해 대는 무리들[75] 축에 끼지 않았던 것.
이들에 대해서는 비판하지 않겠다.
나도 그들 중 하나이기 때문이다.

44
또다시 무위에 몸을 맡긴 그는
정신적 공허감에 괴로워하면서
타인의 지혜를 자기화하려는
칭송할 만한 목적을 가지고서
책들을 책꽂이에 열 지어 꽂고
읽고 또 읽었으나 내내 공염불이고.
지루하지 않으면 속임수나 헛소리고
양심이 없거나 의미가 없고
갖가지 부자유의 사슬에 매여 있다.
옛날 것은 이미 낡았고
새것은 옛날 것을 되풀이하고.
여인들을 버렸듯이 그는 책들도 버렸다.

---

75) 문필가들.

먼지 쌓인 그들 가족과 함께 책꽂이도
검은 천의 상복으로 덮어 버렸다.

45
사교계 관습이라는 짐을 벗어 버리고
그처럼 번잡함으로부터 초연하게 되었을 때
나는 그와 친구가 되었다. 그때
나는 저도 모르게 공상에 빠지고
모방할 수 없는 특이함을 보이는
날카롭고 냉철해진 지성으로 두드러지는
그의 성격을 퍽이나 좋아했다.
나는 분노했고 그는 음울했다.
우리 둘은 열정의 장난을 알았고
삶은 우리 두 사람을 고통스럽게 짓눌렀고
두 가슴속에 불은 꺼졌고
눈먼 운명과 사람들의 심술이 언제고
우리 둘을 기다리고 있었다,
우리 생애의 신새벽이었는데.

46
생각하며 살아왔던 사람은
마음속으로 사람들을 경멸하지 않을 수 없고
감정을 지녀 왔던 사람은
돌이킬 수 없는 날들의 망령에 휘둘리고

이미 더 이상 황홀감을 느끼지 못한다.
기억의 뱀이, 회한이 갉고 있는 것이다.
이런 모든 것이 종종 그와 대화할 때
커다란 매력으로 작용했다. 그때
처음엔 오네긴의 혀가 꽤나
나를 당혹스럽게 했었다.
그러나 어느새 나는 익숙해졌다,
그의 독기 어린 논쟁이나
반은 독설인 농담들에
또 분노에 찬 음울한 경구들에.

47
여름날 네바강 위[8]
하늘이 투명하고 밝으며
강물의 명랑한 거울 위
다이애나도 수줍어하며
몸을 감춘 듯 보이지 않았을 때
지난날의 로맨스를 기억하며 그때
그 사랑을 기억하며 감정에 넘쳐 다시
우리는 아무 걱정 없을 때처럼 말없이
복 받은 밤의 숨결을 뿌듯이
흠뻑 들이켜곤 했다!
잠에 취한 죄수가 어쩌다
감옥에서 초록빛 숲으로 나온 듯이

그렇게 우리는 꿈꾸기의 힘으로
달려와 있었다, 청춘의 시작 무렵으로.

48
마음이 애석함으로 가득해서
대리석 난간에 몸을 기대고서
생각에 잠겨 서 있는 예브게니의 모습은
시인이 자신을 묘사했던 바로 그 모습.[9]
주위의 모든 것은 고요했다. 야경꾼들만
서로서로 신호를 외쳐 댔고
멀리 밀리온 거리[76]에서 마차 소리 문득 울리고
멀리 노를 휘두르는 배 한 척만
잠자는 강을 따라 헤엄치고 있었다.
그 취주악곡과 대담한 노래들
우리의 마음을 사로잡았었다.
그러나 뭐니 뭐니 해도 밤의 유희들
가운데 가장 달콤했던 것은
토르콰토의 8행 시가[77]였다!

---

76) 페테르부르크의 넵스키 대로에 평행한 거리.
77) 8행의 연들로 이루어진 토르콰토 타소의 서사시 「해방된 예루살렘」. 바이런은 이 작품이 당시 널리 알려져 베네치아의 곤돌라 뱃사공들이 노래로 불렀다고 했다.

49

아드리아의 파도여,

오 브렌타[78]여, 그대를 보면 나

다시 영감으로 가득하여

그대의 마력의 목소리 들으리라!

아폴론의 후예[79]에게 신성한 그 목소리!

알비온의 자랑스러운 리라[80]가 알려 준 그 목소리,

그 목소리는 내 혈연인 것을!

황금의 이탈리아, 그 밤의 달콤함을

나 젊은 베네치아 여인과 단둘이

신비스러운 곤돌라를 타고서

때로는 속삭이고 때로는 침묵하면서

사랑을 마음껏 즐기리.

그녀와 함께라면 내 입술

페트라르카[81]의 혀와 사랑의 언어를 얻으리.

50

내 자유의 시간이 오기는 하려나?

---

78) 아드리아해로 흘러 들어가는 강. 이 강 하구에 베네치아가 있다. 바이런이 자주 노래했다.

79) 시인들을 뜻한다.

80) 알비온은 영국의 옛 이름. 시인 바이런을 말한다. 그는 이탈리아에 대해 많은 작품을 썼다.

81) 프란체스코 페트라르카(Francesco Petrarca, 1304~1374). 14세기의 이탈리아 시인으로 사랑에 대한 소네트를 많이 썼다.

때가 되었다, 때가 되었다! 자유를 부르노라.
바다를 떠돌면서[10] 좋은 날씨가 오려나?
기다리며 돛단배를 부르노라.
폭풍의 옷자락 아래 파도와 싸워 가며
자유로운 바닷길 따라 사방팔방으로 달리며
나 언제 시작할거나? 자유로운 도주를.
내게 달갑지 않은 자연을,
이 지겨운 해안을 떠나 그곳,
저 멀리 적도의 물결 가운데서
내 아프리카의 하늘 아래에서[11]
내가 괴로워했고 사랑했던 곳,
내 심장을 파묻은 곳, 이 어둑한
러시아를 생각하며 한숨 쉴 때가 되었다.

51
오네긴과 나는 우리 둘만을 위해
낯선 나라로 떠날 채비를 했었다.
그러나 곧 우리는 운명에 의해
오랫동안 헤어지게 되었다.
그의 아버지가 운명하셨던 것이다.
오네긴 앞에 탐욕스러운 빚쟁이들이
한 부대는 모였다. 각자 다 계산이
있었고 이유가 있었음은 물론이다.
예브게니는 귀찮은 일을 꺼려서

주어진 운명에 만족하고서
큰 손해가 아닌 것을 알고
유산을 그들에게 넘겨 버렸고……[82]
아니면 그때 멀리서 벌써
늙은 백부의 임종을 예견했는지도.

52
정말로, 백부의 관리인이
갑자기 슬픈 소식을 보내왔다.
편지에는 "임종이 가까운 백부님이
조카님과 마지막 인사를 나누고 싶다는
희망을 표하셨으며……" 등등이 쓰여 있었고
예브게니는 이 슬픈 소식을 읽고
역마차를 타고 달려갔다, 쏜살같이.
그는 한숨, 지겨움, 속임수를 오로지
돈의 대가로 치를 준비를 하고
벌써 하품을 계속 해 댔다.
(나 소설을 이렇게 시작했었다.)
한데 막상 백부의 시골에 다다르고
보니 그는 땅에 바쳐질 공물처럼
이미 관 속에 들어가 있었다.

---

82) 상속자는 유산을 받고 빚을 갚는 방법과, 유산을 포기하고 채권자들이
자기들끼리 알아서 나누어 갖게 하는 방법 중 하나를 선택해야 했다.

53

마당은 하인들로 가득 찼고
온 사방에서 장례식을 좋아하여
몰려온 적과 친지들이 달려들어
고인을 땅에 파묻었고
사제들과 손님들은 먹고 마시고
씩씩거리더니 모두 다
무슨 큰일이라도 치르고
난 듯 얼마 후 거드름 피우며 돌아갔다.
이제 우리 오네긴은 농촌의 거주자,
농장, 호수, 강, 숲의 소유자,
땅의 소유자가 되었다. 여태껏은
질서의 적이자 삶의 낭비자였지만
예전의 생활 방식을 무엇으로라도
바꿀 수 있어 매우 기뻐했다.

54

이틀 동안은 외떨어진 들판도
정원의 어둑한 참나무 숲의 서늘함도
시냇물 조용히 흐르는 소리도
모두 그에게 새로웠어도
사흘째는 수풀도, 언덕도, 들판도
더 이상 그의 마음을 붙들지 못하더니
얼마 후엔 벌써 졸음을 일으키게 되니

그는 이제 확실히 깨달았다, 시골에도
똑같은 권태가 있는 것을. 시골에는
화려한 거리들과 궁전이 없고
카드 게임, 무도회, 시의 밤이 없기는
해도, 우울증이 그를 보초 서고
그를 내내 졸졸 따라다녔다,
그림자처럼, 정숙한 아내처럼.

55
나는 평화로운 삶을 보내고
시골의 고요함을 즐기려고 태어났어라.
벽지에서 내 리라 소리 더 낭랑하고
창조적 상상은 더 생생하여라.
무구한 한가함에 몸을 맡기고 무시로
인적 없는 호숫가를 거니노라,
하니 무위가 나의 법칙이라.
매일 잠에서 깨어나면 이리로
달콤한 편안함과 자유가 날 찾도다.
나 책을 거의 읽지 않고 잠을 실컷 자도다.
나 스쳐 가는 영광도 탐하지 않아라.
예전에도 무위의 그늘 아래
더없이 행복한 나날들을
나 이렇게 보내지 않았던가?

56

꽃들, 사랑, 시골, 한가함, 그리고
들판이여, 내 영혼은 그대들에게 바쳐졌도다.
나 항상 기쁜 마음을 가지고
오네긴과 나의 차이를 알리도다.
비웃음을 일삼는 독자나
고의적으로 비방을 꾸며 내거나
심술이 심한 어떤 편집인이 있어
여기서 내 특징들을 잡아내어
나중에 뻔뻔스럽게 되씹는 일이 없게 해야지.
다들 거만한 시인 바이런도 그랬으며
나도 내 초상화를 망쳤다며,
마치 우리가 자신에 대해서만 쓰지,
이미 타인에 대해서는 결코
서사시를 쓸 수 없다는 듯이 말하니까.

57

말 나온 김에 하는 얘긴데 시인들은 다
사랑이라는 꿈의 친구들이다,
예전에 종종 사랑하는 여인들이
내 꿈에 보이면 내 영혼은 고이
그들의 신비스러운 모습을 간직했고
시혼은 나중에 그들을 살려 냈다.
나 평온한 마음으로 내 이상을 노래했다.

그렇게 나 산속의 체르케스 처녀[83]를 노래했고
살기르강 변의 포로 여인들[84]을 노래했다.
내 친구들이여, 그대들은 요즘
뭐가 그리 궁금한지 내게 종종 물어 온다.
"그대의 리라는 누구를 노래하오, 요즘?
샘 많은 처녀들 가운데
그대는 누구에게 리라를 바쳤소?

58
누구의 시선이 영감을 일으켰소?
누가 그대의 생각에 잠긴 노래를 듣고
사랑스러운 애무로 보상했고
그대의 시는 누구를 경배했소?"
맹세코 내 시는, 아무도 경배하지 않았소,
친구들이여, 미칠 듯한 사랑의 격정을
나 고통스럽게 겪었을 뿐이오.
각운의 열병에 사랑의 격정을
결합시킨 자는 복도 많아라. 시(詩)라는

---

83) 푸시킨의 서사시 「캅카스의 포로」(1821)에 나오는 처녀. 문명 세계에 환
멸을 느끼고 캅카스로 자유를 찾아온 상처 입은 러시아인을 돌보며 사랑하
다가 그가 다시 러시아로 떠나자 물에 빠져 자살한다.
84) 「바흐치사라이의 분수」(1822)에 나오는 크림 칸국의 기레이의 포로들
로 이슬람 세계의 한이 소유하고 싶어 하는 기독교 세계의 여인 마리아와
그녀를 질투하여 죽이고 자신도 익사당하는 열정적인 자레마를 말한다. 살
기르강은 크림 칸국에 있던 강 이름이다.

신성한 열뜬 소리를 두 곱으로 늘인 그는
페트라르카의 뒤를 밟아서
심장의 고통을 가라앉히고 나서
명예까지 잡았으니. 아, 그러나
나는 사랑했을 때 바보요 벙어리였다.

59
이제 사랑이 지나갔고 시혼이 나타났다.
혼미했던 정신도 맑아졌다.
다시 자유로워진 나는 매혹적인 소리에다
감정과 사고를 결합하려 해 본다.
나는 쓴다, 심장은 더 이상 애끓지 않고
펜은 이제 저도 모르게 또
미완의 시구 옆에 여인의 발도 머리도
이제 그리는 법이 없고[85]
다 타 버린 재는 이미 불길을 올리지 않고
나 여전히 슬프지만 눈물은 이미 말랐으니
내 가슴속에서 이제 곧, 이제 곧
폭풍의 흔적마저 사라질 것이니
그때 나 쓰기 시작하리라,

---

85) 푸시킨의 원고에는 어디에나 이런 그림들이 있다. 예를 들어 3장 29연
의 왼쪽 여백에는 우아한 드레스 밑에 흰 스타킹에 레이스 리본이 달린 검
게 빛나는 가죽 슬리퍼를 신은 보론초프 백작 부인의 발이, 오른쪽 여백에
는 그녀의 머리가 그려져 있었다.

스물다섯 장의 서사시[86]를.

60
이미 그 작품의 형식 및
주인공의 이름을 생각해 두었다.
여기 이 소설은 지금 막
1장을 끝마쳤다.
전체를 다시 엄격히 검토해 보았다.
흠, 모순이 무척 많다.
그러나 그것들을 고치기 싫다.
검열에는 충분한 대가를 치르겠다.
이제 평론가들에게 삼키라고 내주리라,
내 작업의 결실을, 자,
여기 갓 탄생한 창조물이여, 자,
이제 네바강 변으로 가거라!
하여 내 영광의 세금 ─
곡해, 법석, 욕설을 받아 오거라!

─────────────

86) 『황제 보리스와 그리슈카 오트레피예프에 대한 희비극』을 말하는 듯하다.

1 베사라비아에서 쓰였다.[2]

2 dandy. 멋쟁이.[3]

3 볼리바르식 모자.[4]

4 유명한 레스토랑 주인.[5]

5 차일드 해럴드에 걸맞은 차갑게 식어 버린 감정의 특징. 디드로 씨의 발레는 상상의 생생함과 독특한 매력으로 가득했다. 우리의 낭만주의 작가 중 한 사람은 그의 발레에서 프랑스 문학에서보다 훨씬 더 많은 시정(詩情)을 발견했다.

6 "모든 사람이 그가 분을 사용하는 것을 알고 있었다. 나

---

1) 푸시킨 자신이 이 소설에 붙인 주석으로 모두 마흔네 개다.

2) 황제에 대한 풍자시 「노엘」을 쓰고 송시 「자유」에서 입헌 군주제를 주장하고 시 「시골」에서 농노의 불행을 고발하는 등, 자유주의적 성향과 행동으로 인해 남부로 좌천된 것을 환기한다.

3) 1810년경부터 영국풍으로 차려입고, '두 시간이나 공들여서 흐트러지게' 빗은 짧은 머리가 유행했다.

4) 챙 넓은 실크 실린더 모자. 스페인의 식민지였던 남아메리카에서 스페인에 대항하여 봉기했던 혁명가 시몬 볼리바르가 썼다. 볼리바르는 1820년대 유럽 자유주의자들의 우상이었다.

5) 탈롱의 이 유명한 프랑스 레스토랑은 1825년까지 넵스키 대로에 있었다.

도 처음에는 믿지 않았지만 이런 의견에 마음이 기울었는데 이는 그의 얼굴색이 좋아지고 그의 화장대에 넘치는 분가루 밑으로 분갑들이 보였기 때문만이 아니라, 어느 날 아침에 그의 방에 들어갔는데 그가 작고 특별한 솔을 가지고 손톱에 광택을 내고 있는 것을 보았기 때문이다. 그는 내 앞에서도 자랑스레 하던 일을 계속했다. 나는 매일 아침 두 시간을 손톱에 광택 내는 일에 허비하는 사람은 분가루로 자신의 피부의 고르지 못한 부분을 메우는 데 몇 분을 허비할 수 있으리라고 생각했다.″(루소, 『참회록』)

그림은 그의 시대보다 앞서갔다. 지금은 개화된 유럽 전체에서 특수 솔로 손톱을 깨끗하게 한다.

7 이 아이로니컬한 연 전체가 바로 우리 나라 여성에 대한 교묘한 찬사와 다름없다. 이는 마치 부알로가 루드비히 14세를 질책하는 체하며 찬양한 것과 같다. 우리의 숙녀들은 교양에다 상냥함을, 또 엄격한 도덕적 순결에다 스탈 부인을 그토록 매혹시킨 이런 동방의 매력을 결합하고 있다. (『유배 10년』[6] 참조.)

8 독자들은 그네디치[7]의 목가 중 페테르부르크의 밤을 매력적으로 묘사한 구절을 기억하고 있다.

---

6) 스탈 부인(Madame de Staël, 1766~1817)의 이 책은 1818년에 사후 출판되었다. 여기서 그녀는 러시아를 여행하면서 페테르부르크의 여인들을 품위와 정절, 그리고 종교적인 동방의 매혹이 있는 여인들이라고 묘사했다.
7) 니콜라이 이바노비치 그네디치(Nikolay Ivanovich Gnedich, 1784~1833). 러시아 시인. 『일리아드』를 러시아어로 번역했다. 그네디치의 페테르부르크의 밤에 대한 시를 인용하는 것은 그네디치가 『루슬란과 류드밀라』의 출판을 도와준 데 대한 고마움 때문일 것이다.

"이제 밤. 그러나 구름의 금빛 색채는 어두워지려 하지 않는다.

별도 달도 없는데 온통 먼 곳이 환하게 빛난다.

푸른 하늘을 항행하는지 멀리 가 버린 배들,

그 은빛 돛폭들만 먼 해변에 보이고

밤하늘은 밝은 광채로 빛난다.

석양의 선홍빛 노을이 동쪽의 황금빛과 섞이고

아침노을이 저녁의 자취를 이어

홍색의 아침을 내오듯 하다. 때는 황금 계절이었다.

여름 낮이 밤의 지배를 삼키고

한 번도 남국 하늘을 그렇게 장식한 적 없는

그런 빛, 어둠과 달콤한 빛의 매혹적인 혼합이

북국 하늘을 보는 타국인의 시선을 사로잡는 계절,

푸른 두 눈과 붉은 두 뺨이

붉은 파도 같은 고수머리로 그늘지지 않는

북국의 처녀를 닮은 이 밝음.

이때 사람들은 네바와 화려한 페트로폴 위로

어두워지지 않는 저녁과 그늘 없는 짧은 밤을 보고

이때 밤꾀꼬리는 한밤의 노래를 마칠 것이고

떠오르는 낮을 반기는 노래를 시작할 것이니.

그러나 늦은 밤. 지금은 초원 같은 네바 위로 싸늘한 기운이 감돌고

이슬이 내렸다……………………………….

이제 한밤. 저녁에 천 개의 노가 소리 내던

네바는 이제 미동도 없다. 도시의 사람들이 흩어지고

강변엔 아무 소리 없고 물 위에도 파문 하나 없이, 모든 것이 고요하다.

간혹 물 위에 걸린 다리들에서 둔탁한 소리만 울릴 뿐

밤에 파수꾼들이 서로 신호하는

먼 교외에서 들려오는 긴 외침 소리만이 들릴 뿐

모든 것이 잠자고……………………………….

9 영감에 찬 시인은

은혜로운 여신을 눈앞에 마주하며

대리석에 몸을 기대고

불면의 밤을 보낸다. (무라비요프,[8] 「네바의 여신에게」)

10 오데사에서 쓰였다.[9]

11 예브게니 오네긴 초판본을 보시오.[10]

---

8) 미하일 니키티치 무라비요프(Mikhail Nikitich Muravyov, 1757~1807). 러시아 감상주의 시인의 원조 중 한 사람이다.

9) 흑해 연안 오데사에서 썼는데 실제로 푸시킨은 이 당시 외국으로 도주하기로 마음먹었다.

10) 다음은 1825년 처음 출판할 당시 붙인 주석의 내용이다.
작가는 어머니 쪽이 아프리카 출신이다. 그의 외증조부 아브람 페트로비치 한니발은 만 일곱 살이 지나 아직 여덟 살이 안 되었을 때 아프리카 해안에서 납치되어 콘스탄티노플로 왔다. 그를 구한 러시아 공사는 표트르 대제에게 그를 선물로 보냈고 대제는 그를 빌나에서 세례 주었다. 그의 형이 처음에 콘스탄티노플로, 그다음 페테르부르크로 그를 다시 사려고 쫓아왔으나 표트르 대제는 그의 세례자를 돌려보내는 데 동의하지 않았다. 노년까지도 그는 아프리카, 아버지, 열아홉 명의 형제들을 기억했다. 그는 그중 막내였다. 그리고 형들은 양손이 등 뒤로 묶인 채 아버지에게로 보내졌지만 그만은 자유롭게 아버지 집의 분수 아래서 헤엄쳤던 일을 기억했다. 또 사랑하는 누이 라간도 기억했다. 그녀는 그가 배를 타고 멀어질 때 멀리서부터 헤엄쳐 그에게 왔다. 열여덟 살 때 한니발은 황제에 의해 프랑스로 보내져서 공후(여기에서 말하는 공후는 루이 15세가 나이가 어려서 18세기 초 프랑스를 통치했던 오를레앙 공을 말한다.)의 군대에서 복무했고 러시아로 돌아왔을 때는 박박 깎은 머리에 중위 계급이었다. 그때부터 그는 황제 곁을 떠나지 않았다. 안나가 통치할 때 비론(비론은 안나 여황제 당시의 정치가다.)의 적이었던 한니발은 그럴싸한 핑계로 시베리아에 보내졌다. 인적이 없고 혹심한 날씨를 역겨워하여 그는 자의로 페테르부르크로 돌아와 친구 부르하르트 미니흐(안나 여황제 시대의 정치가) 앞에 나타났다. 미니흐는 놀라 당장 숨으라고 충고했다. 한니발은 자기의 영지로 떠나 안나의 통치 기간 내내 그곳에 머물렀다. 사람들은 그가 복무 중이고 시베리아에 있다고 여겼다. 옥좌에 오른 엘리자베타가 그를 매우 총애했다. A. P. 한니발은 예카테리나 통치 시기에 죽었다. 그는 총사령관-원수의 계급을 달고 중요한 업무로부터 벗어나 있었으며 아흔두 살에 죽었다. 그의 아들인 육군 중장 I. A. 한니발도 예카테리나 시대의 가장 높은 신분에 속했다.(1800년에 죽었다.) 역사적인 기록이 부족하여 특기할 만한 사람들에 대한 기억이 빠른 속도로 사라지는 러시아에서 한니발의 기이한 생애는 가족 사이에 전해 내려오는 이야기로만 알려져 있다.(우리는 시간이 지나면 그의 생애 전체를 책으로 내기를 바라고 있다.)

2장

오 시골 땅!
— 호라티우스[1]

오 옛 러시아 땅!

1

예브게니가 지루해했던 시골은
무구한 쾌락의 벗[2]이라면 정말로
하늘에 감사할 만한 그야말로

---

1) 2장은 오데사에서 대부분 집필되어 1826년 10월에 출판되었다. 1823년 8월 푸시킨은 친구들의 주선으로 좀 더 유럽적이고 문화적인 도시인 오데사로 이사했다. 이 제사에서 라틴어의 '시골 땅'은 '옛 러시아 땅'과 발음이 같은데 이 둘을 연이어 씀으로써 시골과 전통적 러시아의 모습이 중첩된다. 호라티우스의 풍자시 제2권, 제6 노래에서 따온 이 라틴어(O rus)는 다음과 같은 텍스트에 들어 있다. "오, 내가 언제 시골 땅을 보고(o rus, quando ego te aspiciam)/ 옛글을 읽고 달콤한 잠에 들고 한가함을 누리며/ 불안한 현실을 잊는 축복을 즐길 수 있을까?" 스탕달의 『적과 흑』(1830) 2부 1장 (「전원의 즐거움」)에도 같은 제사(o rus, quando ego te aspiciam)가 있다.
2) 시골 생활의 즐거움을 아는 사람. 18세기 프랑스 문학에 자주 등장했던 표현이다.

멋진 벽지였다. 불어오는
바람을 막아 주는 산 앞에
지주 저택이 강 언덕 위에
외따로 서 있었고 그 앞으로 멀리
풀밭과 금빛 들판이
아롱거리며 꽃피어 있었고
드문드문 보이는 농가 부근에
여기저기 가축들이 거닐고
생각에 잠긴 숲 요정들의
요람, 손질하지 않은 커다란 정원이
짙은 그늘을 넓게 펼치고 있었다.

2
지체 높은 성채는 신중하게
건축 양식을 그대로 지켜서
지혜로운 옛날 취향에 따라서
지극히 견고하고 진중하게
지어져 있었다. 방들은 천장이 높았고
응접실 벽은 비단이 발라지고
벽에는 황제들의 초상화가 걸린 데다
벽난로는 무늬 타일로 꾸며져 있었다.[3]
이 모든 것이 지금은 한물가 버렸는데

---

3) 18세기 러시아 귀족 저택의 전형적인 내부 모습이 묘사되고 있다.

왜 그런지는 나도 정말 모르겠으니.
그건 그렇고 내 친구 오네긴에게는 한데
이 모든 것이 거의 상관이 없었으니
최신식 방에서나 옛날식 방에서나
하품이 나기는 매한가지였다.

3
그는 시골 노인이 하녀장과 날마다
실랑이하며 대략 사십 년을 죽이던,
창을 내다보며 파리들을 죽이던
그 방을 자기 방으로 삼았다.
모든 것은 소박했다. 참나무 마룻바닥,
장 두 개, 탁자, 깃털 넣은 안락의자,[4]
어디에도 잉크 자국 하나 없었다.
오네긴은 장들을 열었다.
한 장에는 가계부가 들어 있었다.
다른 장에는 과일주들이 열을 지었고
사과즙이 담긴 항아리들이 있었고
1808년 달력[5]도 한 권 들어 있었다.
볼일 많은 사람이
다른 책을 볼 새가 어디 있었겠는가.

---

4) 당시 시골 지주 저택 거실에서 쓰던 가구가 나열되었다.
5) 오네긴이 시골에 도착한 해가 1820년으로 추정되므로 이 달력은 십이
년 전의 것이다.

4

자신의 영지에서 홀로 지내면서
우리 예브게니는 심심해 못 견디다
그저 시간이나 좀 때워 보려는 생각에서
우선 신제도의 실시를 기획했다.
자신의 벽지에 은둔한 현자로서
그는 예전 부역의 멍에를 비로소
가벼운 공물로 대체했고[6]
농노들은 운명에 감사했고,
계산 빠른 이웃 지주는 빨리도
이 제도의 엄청난 해독을 알아차리고
자기 집에 틀어박혀 화를 냈고
어떤 사람은 교활하게 웃음 짓기도
했는데 모두가 이구동성으로 내린 결론은
그가 위험천만한 괴짜라는 것이었다.

5

처음에는 모두들 그를 방문했는데
큰길 따라서 아직 멀리서
이웃의 마차 소리 들리기 무섭게
그가 화닥닥 서둘러서

_____

6) 부역 대신 '가벼운' 공물을 바침으로써 농노들은 지주가 원하는 일 대신
다른 일을 할 수 있었다.

뒷문에 돈 지방의 준마를 으레
대기시키는 것을 알고 나서
모두들 이런 행동에 모욕을 느끼고서
그와 친교를 끊고 등 뒤에서 "이웃은 무례해
미치광이야, 잔유 석공 회원[7]이지,
수입산 적포도주만 마셔 대지,
그것도 유리컵으로만 들이켜고,
숙녀들의 손에 키스도 안 하고,
항상 그렇소, 아니오라고 말하지, 그렇습니다,
아닙니다 하는 법이 없지."라고 입을 모아 욕했다.

6
마침 그때 새로운 지주 한 사람이
시골의 영지로 돌아왔다.
그도 역시 이웃들의
까다로운 품평회에 내맡겨졌다.
이름하여 블라디미르 렌스키,
한창 나이의 꽃미남에다 훤칠한 키
진짜 괴팅겐 정신[8]으로 가득 찬

---

7) 자유 석공 회원인 '프랑마송(francmason)'을 이웃들이 '프라마존'으로 잘
못 발음하고 있다. 자유 석공 회원은 러시아에서 1780년경부터 러시아 정교
를 엄격하게 신봉하는 시골 귀족들로부터 이단으로 여겨졌다.
8) 독일의 대학 도시로 18세기 말 19세기 초에 러시아 유학생들이 상당수
있었다. 이 대학은 독일 관념론과 체제 비판을 주로 가르쳤다.

칸트 숭배자[9]이자 시인인
그는 안개 낀 독일에서 제 능력껏
자유를 사랑하며 꿈꾸는 정신,
불타는, 상당히 낯선 정신,
항상 열띤 말, 어깨까지 마냥
내려오는 검은 고수머리 같은
학문의 열매들을 막 수입했다.

7
사교계의 냉혹한 야비함으로
아직 시들지 않은 그의 영혼은
친구들의 다정함으로, 처녀들의 상냥함으로
데워져서 훈훈했고, 아직까지는
사랑스러운 어린아이의 마음을 가진
그를 희망이 얼러 주었고, 세상의 갖은
광채와 소요는 그에게 항상 새로웠다.
그것들은 아직 그의 젊은 머리를 사로잡았다.
그는 심장의 어두운 의혹을
달콤한 공상으로 위안했고 또
우리네 삶의 목적은 언제라도

---

9) 이마누엘 칸트(Immanuel Kant, 1724~1804). 18세기 독일 관념론자. 칸
트를 신봉한다는 것은 당시에 무신론을 신봉한다는 뉘앙스였다. 어깨까지
내려오는 긴 머리는 당시 댄디 멋쟁이들의 헤어스타일과는 대조되는 자유
사상가의 차림을 말한다.

그를 사로잡는 수수께끼, 그것을
푸느라 골머리를 앓으며 그는
기적 같은 일이 일어나기를 기대했다.

8

그는 항상 조국의 혼이
그와 합일되어야 하고
기쁨을 모르고 흐느끼는 그 혼이
매일 그를 기다리고 있다고 믿었고
친구들이 그의 명예를 위해서라면
족쇄를 감수할 태세가 되어 있으며
그들의 손으로 모함꾼들의 무기를 부수다
죽는다 해도 흔들림이 없으리라 굳게 믿었다.
또 운명에 의해 선택된 자들, 저
인류의 신성한 친구들이 있어
그들 영원불멸의 가족이 있어
꺼지지 않는 횃불을 쳐들어서, 자,
언젠가 우리를 밝게 비추고
세상에 지복을 선물하리라 믿었다.

9

한편으로는 분노가, 한편으로는 연민이,
또 만인의 행복에 대한 순수한 사랑이,
영광을 위한 달콤한 고통이 다

예브게니 오네긴   67

일찍이 그의 피를 설레게 했다.
리라와 함께 세상을 편력하면서
실러와 괴테[10]의 하늘 밑에서
그들의 시적 화염으로 해서
영혼에 불이 붙은 행운아여서
그는 오, 숭고한 시혼들의
예술을 홀대하지 않았고
그의 노래들 속에 자랑스레
언제나 고상한 감정, 그리고
처녀다운 동경의 열정, 또
진지한 단순함의 매력을 보전했다.

10
사랑에 순종하는 그는 사랑을 노래했고
그의 노래는 소박한 처녀의 생각처럼,
어린아이의 순진무구한 꿈처럼,
비밀의 여신이자 사랑스러운 한숨의 여신이고,
외로이 고요한 허공에 떠 있는 달인 양,
티 하나 없이 맑겠다. 그는 마냥
하고많은 이별과 슬픔을,

---

10) 프리드리히 실러(Friedrich Schiller, 1759~1805)와 요한 볼프강 괴테 (Johann Wolfgang von Goethe, 1749~1832)는 18세기에서 19세기 초 사이 가장 위대한 독일 시인이었으며, 스탈 부인의 『독일론』(1810)을 통해 러시아에 널리 알려졌다.

그 무엇인가, 안개 낀 먼 곳을,
그리고 낭만적인 장미들을 노래했다.
또 그 고요의 품속으로 생생한 눈물을
여러 해 동안 흘리다
떠나온 저 먼 이국들을,
삶의 빛바랜 색채를 노래했다,
열여덟도 채 안 된 나이에.

11
예브게니만이 그의 재능을
알아주는 시골 구석에서
이웃 마을 지주들의 모임을
좋아하지 않아서
그는 그들의 떠들썩한 대화들을
피했다. 추수와 포도주에 관한,
사냥개 기르기와, 친척들에 관한
그들의 영리한 대화들을.
들어 보면 물론 그 어느 것도
감정으로도 시적 화염으로도
기지와 지성으로도 사교술로도
전혀 빛나지 않았다. 그래도
이보다 훨씬 더 정신성을 결여한 것은
그들의 사랑스러운 아내들의 대화였다.

12

부자[11]이고 잘생긴 렌스키는
어디서나 환영받는 신랑감으로
시골 풍습대로 모두들 속으로는
이 반독일인 이웃을 자기 딸의 짝으로
찍어 놓았다. 그가 나타나는 즉시로
대화가 슬며시 바뀌어 바로
독신 생활의 따분함에 대한 이야기가
슬쩍 나오고, 조금 있다가
이 이웃에게 차와 과자가 대령된다.
차를 따르는 두냐에게
잘 봐라. 속삭이며 그녀에게
기타까지 가져다준다.
두냐는 빽빽거린다.(맙소사!)
내게로 내 황금의 방으로 오래고.[12]

13

그러나 결혼의 멍에를 짊어지기를
전혀 원하지 않는 렌스키는
오네긴과 어서 빨리 친교 맺기를

---

11) 렌스키에 대한 소개는 그가 '부자'라는 것으로 시작된다. 렌스키는 대지
주였을 것으로 추측된다. 재산 정도에 따라 지주는 소지주(80~100명의 농
노 소유), 중지주(수백 명의 농노 소유), 대지주(1000명 이상의 농노 소유)
로 구분되었다.

진심으로 원했다. 드디어 그들은
친구가 되었다. 파도와 바위도,
시와 산문도, 얼음과 불도
그들처럼 다를 수는 없었다. 처음에
만날 때는 서로의 다른 점 때문에
서로에게 시큰둥했다. 그러다
나중에는 서로가 서로의 마음에 들었다. 얼마 후엔
매일 말을 타고 서로를 방문하더니
곧 떨어질 수 없는 사이가 되었다.
이렇게 사람들은(나부터 그렇다고 고백하는 바)
딱히 할 일이 없어서 친구가 되는 것이다.

14
그러나 우리 사이는 이제 이만한 우정조차 없다.
우리는 모든 선입견을 분쇄 박멸해 버렸다.
그 결과 우리에게 모든 타인은 제로이고,
우리 자신만이 제일이고
모두는 나폴레옹을 모범으로 삼는다.
수천만의 두 발 달린 짐승은 누구나
우리에겐 그저 도구일 뿐이다,
감정이란 야만이고 우스운 것일 뿐이니까.
예브게니는 다른 사람보다는 나은 편이어서
물론 인간들을 잘 알고
도대체 인간들을 경멸하곤

했지만(예외 없는 법칙은 없어서)
그에게도 각별히 소중한 사람이 있었고
남의 일이라도 감정을 존중할 줄 알았다.

15
그는 렌스키의 말을 미소 띤 채
들었다. 시인의 열띤 말이며
아직 판단이 흔들리는 정신이며
영원히 영감에 취한 채
치뜬 시선, 이 모든 것이 새삼스러운
오네긴은 입술에 저절로 떠오르는
찬물 끼얹는 말을 겨우 참았다.
그는 생각했다. '순간적인 행복까지 다
방해하는 것은 어리석은 짓이지.
내가 그러지 않아도 다 저절로 알 때가
올 것이다. 흠, 아직 세상이
완전하다 믿고 살게 두어야겠다.
청춘의 열기도 청춘의 헛소리도
청춘의 열병이니 용서해야지.'

16
그들 사이에선 모든 것이 다
논쟁의 대상이었다.
과거 종족의 조약들이,

학문의 열매들이, 선과 악이,
수 세기 동안 굳어진 편견들이,
무덤 속 숙명적인 비밀들이,
운명과 삶이, 이 모든 것들이
차례차례 그들의 심판대에
올랐다. 시인은 심판에 열을 올리다
문득 자기를 잊은 채
북방 서사시[12]의 조각들을 읽었다.
예브게니는 아량을 베풀며 군데군데 채
알아들을 수 없는 부분이 많았지만
열심히 젊은이에게 귀를 기울였다.

17
그러나 열정이 무엇보다 자주 그때
우리 은둔자들의 머리를 사로잡았다.
자신이 열정의 소용돌이에서 벗어났다
여기는 예브게니는 열정에 대해 말할 때
저절로 회한의 한숨을 쉬었다.
열정의 동요를 체험한 자,
그리고 마침내 그것에서 벗어난 자는 행복하다.
그러나 열정을 모르는 자,

---

12) 러시아나 북유럽의 서사시를 말한다. 제임스 맥퍼슨이 오시안의 작품
을 각색한 것이 독일에 잘 알려져 괴테, 뷔르거, 실러 등에게 강한 영향을
끼쳤으며 스탈 부인의 『독일론』에도 이 작가들의 인용문이 실렸다.

사랑을 이별로 식히고
증오를 악담으로 식히고
질투의 고통으로 불안해하지 않고
이제는 친구들과 아내 곁에서 하품하고
조상의 든든한 재산을 파라오 도박[13]
요상한 카드 짝에 걸지 않는 자는 더 행복하다.

18
우리가 현명한 평온의
깃발 아래로 다가갈 때,
열정의 화염이 꺼지고 그것의
변덕, 폭발, 때늦은 반응이 우스워질 때
모든 힘든 대가를 치르고 나서
마음의 평화를 얻은 우리라서
가끔은 다른 사람의 열정의
반란 같은 언어, 언제나 우리의
심장을 설레게 하는 그 언어를
들으면서 달콤한 즐거움을 맛본다,
마치 잊힌 채 집에 들어박혀 살다
가끔 수염 기른 젊은이[14]의 무용담을
노병이 기꺼이 부지런히

---

13) 카드 게임.
14) 귀족 중에서 장교만 수염을 기를 수 있었다.

귀 기울여 들을 때처럼.

19
반면 불타는 청춘은 아무것도
아무래도 감출 수가 없다.
증오도, 사랑도, 슬픔도, 기쁨도
청춘은 다 떠들어 버리고 싶어 한다.
스스로를 사랑의 노병이라 여기며
오네긴은 위엄 있는 태도로 들었고
시인은 심장의 토로를 사랑하여
마음속을 있는 대로 다 털어놓으며
자신의 쉬이 믿는 양심을 다
보여 주었다. 예브게니는 다
수월하게 이해했다, 시인의
청춘 연애담을, 우리가
이미 오래전부터 익히 알고 있는
감정들로 넘쳐흐르는 그 얘기를.

20
아, 그는 사랑을 했던 것이다, 이 시대에
이미 그 누구도 못 할 그런 사랑을.
시인의 미친 영혼만이 아직 그렇게
사랑하도록 선고받은 그런 사랑을.
언제나 어디서나 오직 한 가지 꿈만이,

예브게니 오네긴

늘상 오직 한 가지 희망만이,
늘상 오직 한 가지 슬픔만이 있을 뿐,
냉각시키는 먼 거리도 가깝기만 할 뿐,
이별의 기나긴 나날도
시에 바쳐진 시간도
이국의 아름다운 여인들도
떠들썩한 소동도, 학문도
처녀다운 열정으로 뜨거워진
그 안의 영혼을 변하게 할 수 없었다.

21
아직 심장의 고통이 뭔지 모르는
소년 시절부터 올가의 포로가 된 그는
그녀의 유치한 장난들을 날마다
감동스레 바라보았다.
참나무 그늘 아래서 몰래 만나다
둘이 장난을 나누게 되자, 미리미리,
친구이자 이웃인 부모들은 양편 다
자식들에게 화관을 준비했다,[15] 어쩌리,
평화로운 시골에서 소박한 지붕 아래
순진한 매력으로 가득 찬
그녀는 그녀의 부모가 보기에는

---

15) 그들을 혼인시킬 예정이었다는 뜻이다.

인적 드문 풀밭에 피어나서 아예
나비도 벌도 모르게 숨겨진
한 송이 향기로운 방울꽃이었으니.

22
그녀는 시인에게 청춘의 열광의
첫 번째 꿈을 선물했다.
그녀에 대한 생각은 그의 피리에
첫 신음 소리를 불어넣었다.[16]
황금 같은 장난이여, 이제 작별이다!
그가 이제 사랑하게 된 것들은
빽빽한 숲 같은 것들,
고독과 정적 같은 것들에다
이제나저제나 밤과 밤별들과
달이다, 저녁 어스름 속의 산책과
눈물과 비밀스러운 고통의 기쁨을 다
바치던 하늘의 램프인 달 말이다…….
요즘 우리는 달을 희미한 가로등불의
대체물로만 여기지만 말이다.

---

16) 그의 첫 번째 시 작품이 탄생했음을 말한다. 고전 문학에서 피리는 리
라와 마찬가지로 시의 상징으로 사용되었다.

23
항상 얌전하고 항상 공손하고
항상 아침처럼 명랑하고
시인의 삶처럼 단순하고
사랑의 키스처럼 달콤하고
하늘처럼 파란 두 눈에
미소에, 금발 고수머리에
몸짓, 음성, 가벼운 자태, 올가는
모든 것을 갖추고 있었으나…… 이는
모든 소설 속에 등장하는 초상화,
매우 사랑스러운 초상화,
나도 예전에 사랑했던 초상화,
이제는 무지무지 지긋지긋한 초상화.
내 독자여, 허락해 주오,
나 이제 언니에게 집중하려오.

24
언니의 이름은 타티아나……[13]
처음으로 이 이름을 가지고
소설의 사랑 넘치는 페이지들을 나
마음대로 펼쳐 보이려 하오.
뭐 어떠리오? 듣기 좋고 부르기 좋은
이 이름이 옛 시대나 하녀 방과는
뗄 수 없이 연결된 걸 알긴 하오만.

이제 우리 모두 인정해야 하오, 그만,
우리에게 취향이 발달되지 못한 것을,
이름에서도 그렇고(특히
시에서는 말할 필요도 없이)
문화가 도달되지 못했다는 것을.
문화라고는 흉내 내고 젠체하는 것일 뿐
그 이상은 전혀 아니오.

25
각설하고 그녀는 타티아나라고 불렸다.
그녀에겐 동생 같은 이름다움도
신선한 붉은 뺨도 없어서 누구의 시선도
특별히 끌지 못했다.
사람을 꺼리고 슬픔에 젖은, 말이 없는,
숲속의 사슴처럼 겁이 많은 그녀는
자기의 가족 속에 있을 때도
데려온 아이처럼 보일 정도.
아버지에게도 어머니에게도
응석을 부릴 줄 몰랐고
아이였을 적에도
아이들과 뛰놀기를 원하지 않았고
하루 종일 혼자서 내내
말없이 창가에 앉아 있었다.

26
그녀는 생각에 잠기는 것을
요람에서부터 벗 삼았다.
그녀는 시골에 흐르는 한가함을
공상으로 항상 아름답게 꾸몄다.
그녀의 가녀린 손가락은 바늘을
잡은 적이 없었고 수틀 위로 머리를
숙이고 비단실로 수를 놓아 가며
무늬를 살려 내지도 못했으며
여자아이들이 지배욕의 징후를 드러내며
말 잘 듣는 인형에게 이만저만하게
사교계의 법도와 예의범절을 엄격하게
가르치는 놀이를 하며
잘난 척하며 근엄하게
자기 엄마의 훈계를 되풀이하는

27
그런 나이 때도 타티아나는 손에
인형을 잡아 본 적이 없었다.
또 도시의 소문이나 유행 옷에 대해
인형과 이야기한 적도 없었다.
아이들의 장난은 그녀에게 낯설었고,
그녀의 마음을 더 끌었던 것은, 오,
겨울밤 깜깜한 어둠 속에서

듣는 무서운 이야기들이어서
유모가 꼬마 여자 동무들을 다
넓은 들에 모아 주어도
올가처럼 그들과 어울리지도 않고
숨바꼭질 놀이도 하지 않았다,
그들의 낭랑한 웃음소리와 가벼운 장난질을
그저 지루해했을 뿐이다.

28
그녀는 발코니에 앉아서
창백한 하늘에서 별 무리가 사라지고
고요히 땅끝이 밝아 오면서
아침을 알리는 바람이 불고
이제 점차로 낮이 오는 것을
알리는 아침노을을
마냥 기다리기를
좋아했고, 밤의 어둠이
북반구를 더 오래 덮는 겨울,
게으른 아침이 무위의 고요 속에서
몽롱한 달 아래에서
더 오래 잠자는 겨울에도
그녀는 으레 그 시각에 깨어나
촛불을 켜고 일어나곤 했다.

29

일찍부터 그녀의 마음에 든 것은 소설들.
소설은 그녀에게 모든 것을 대신했다.
리처드슨과 루소의 꾸며 낸 이야기들[17]에
그녀는 흠뻑 빠져 버렸다.
그녀의 아버지는 선량한 보통 사람으로
아직 지난 세기에 속하는 사람이었어도
책 속에서 아무런 해독을 보지 못했고[18]
본인이 한 번도 책을 읽은 적이 없었으므로
책을 그냥 의미 없는 장난감이라고 여겨서
딸이 몰래 베개 밑에 감추고서
아침까지 읽는 소설이 무엇인지
아무런 신경도 쓰지 않았다, 도무지.
한데 그의 아내도 한때
리처드슨에 미친 적이 있었다.

30

그녀가 리처드슨을 사랑한 것은 소설들을
다 읽어서가 아니라

---

17) 새뮤얼 리처드슨(Samuel Richardson, 1689~1761)의 교훈적인 소설
『찰스 그랜디슨 경의 내력』(1754)과 『클라리사 할로』(1748), 루소의 감상주
의 소설인 『쥘리, 또는 신(新)엘로이즈』(1761)를 말한다.
18) 1770년대만 해도 책, 특히 소설을 읽는 것은 위험천만한 일로, 특히 여
성들의 독서는 교양 없는 행위로 여겨졌다.

러블라스보다 그란디손을[14]
더 좋아해서가 아니라
예전에 모스크바의 사촌 언니,
알리나 공작 영애가 이리저리
만날 때마다 그들이 좋다 멋지다
되풀이하여 얘기했기 때문이다.
그때 그녀는 현재의 남편과 억지로 정혼한 몸,
그러나 심적으로든 지적으로든
정혼자보다 훨씬 더 마음에 든
다른 남자에게 열을 올리고 있었다, 몹시.
그 남자가 바로 그란디손 같은
멋쟁이에다 도박꾼에 근위대 소위였던 것.

31

그녀는 그 남자처럼 항상 유행하는 대로
어울리는 옷을 잘도 차려입었다.
그러나 사람들은 묻지도 않고 마음대로
그녀를 혼인식장으로 끌고 갔다.
현명한 남편은 그녀의 슬픔을
떨쳐 버리려고 서둘러 그녀를
시골 영지로 데려왔고 그녀는
누가 있거나 말거나 처음에는
참지 못하고 울음을 터뜨리곤 하다가
남편과 거의 이혼할 지경까지 갔지만

얼마 후 차츰 살림에 재미를 붙이고는

그냥저냥 익숙해지고 만족하게 되었다.

습관은 하늘로부터 주어진 것,

그것은 행복의 대체물.[15]

32

무엇으로도 달랠 길 없던 슬픔을

습관이 누르게 된 데다

위대한 발견이 곧 그녀를

그야말로 완전히 달랬다.

일과 휴식 가운데 그녀는

전제 군주처럼 남편을 조종하는

비밀을 발견했던 것이다.

그러자 모든 것이 제자리를 잡게 되었다.

그녀는 이리저리 일을 보러 다니고

버섯 절임을 만들고 가계부를 적고

농노의 이마 머리를 밀고[19] 화가 나면 하녀를 때리고

토요일마다 목욕을 하고 ──

이 모든 것을 남편에게 묻지도 않고

척척 잘도 해냈다.

---

19) 농노들을 군대에 보냈다는 뜻이다. 신체 검사에 합격하면 이마 머리를 밀었고 불합격하면 뒷머리를 밀었다.

33

다정한 처녀들의 앨범에 피로
글씨를 쓰곤 했던 그녀,
프라스코비야를 폴리나라 하고
노래하듯이 말하던 그녀,
코르셋을 꽉 조이고 콧소리로
러시아자 엔[20]을 프랑스식으로
발음하던 그녀였는데. 그런데
모든 것이 달라졌다, 순식간에!
코르셋, 앨범, 알리나 공작 영애, 그리고
감상적인 시구를 적은 노트, 유행, 이 모두를
그녀는 잊었다. 예전에 셀리나라 부르던 애를
이제는 아쿨카[21]라 부르고
드디어 잠잘 때 누비옷에
벙거지까지 쓰게 되었다.

34

그러나 남편은 그녀를 진심으로 사랑하며
그녀가 뭘 하든 간섭하지 않았다
모든 것을 그녀에게 안심하고 맡겼으며

---

20) 러시아 문자 '엔'은 프랑스어에서처럼 비음으로 발음되지 않는다.
21) 프라스코비야, 아쿨카는 평민층이 사용하던 러시아식 이름이고 폴리
나, 셀리나, 첼리나는 유럽식 이름이다.

자기는 할라트[22] 차림으로 먹고 마셨다.

그의 삶은 평온하게 굴러갔다.

저녁 무렵에는 가끔 가다

선량한 이웃사촌들, 여간해서

격식을 차리지 않는 친구들이 모여서

불평도 하고 화도 내다가

이것저것에 대해 웃음을 터뜨리며

시간을 보냈다, 사이사이 올가를 부르며

차를 준비시키기도 하다가

밤참을 먹고 잘 시간이 되면

손님들은 집으로 갔다.

35

평화로운 생활 속에서 그들은

사랑스러운 옛날의 관습을 지켰다.

금식 주간 앞두고 사육제 마지막 날에는

러시아식 부침개를 넘치도록 구웠다.[23]

일 년에 두 번 금식도 했다.

둥그런 회전 그네 타기와

---

22) 폭이 넓고 긴 러시아 남자의 실내복.

23) 사육제(봄의 축제, 카니발)의 마지막 날에 러시아식 부침개(블린)를 많이 구워서 죽은 조상에게 바치며 성상화가 놓인 구석이나 창가 또는 지붕에 올려놓고 실컷 먹었다. 이 관습을 지키지 않으면 한 해 동안 빈궁과 기아로 고생한다는 민간 신앙이 있었다.

접시 노래,[24] 민속춤을 좋아했다.
사람들이 기도 소리를 듣다
하품하는 삼위일체 날에는 교회에서
약초 다발 위로 감동스레
눈물 세 방울 떨구었고,[25] 불그레
크바스[26]를 공기처럼 필요로 하면서
손님을 접대할 때는
관등순으로 요리 접시를 돌렸다.

36
그렇게 부부는 늙어 갔고
드디어 무덤의 문이 아내보다
남편 앞에 먼저 열렸고
그는 새 관을 쓰게 되었다.[27]
그는 점심 식사 전 1시쯤 죽었다.
다른 많은 사람들보다 그는 더 진심으로
모든 이웃들과 자식들 그리고
정절 높은 아내의 애도를 받았다.
그는 소박하고 선량한 지주였던 것이다.

---

24) 명절에 처녀들이 자신의 미래를 점치면서 부르는 민요.
25) 자작나무 가지를 묶은 약초 다발에 회개의 눈물을 떨어뜨리면 그해에
가뭄이 들지 않고 자작나무 가지의 수만큼 죄가 사해진다고 믿었다.
26) 러시아인들이 즐겨 마시는 전통 곡물 발효 음료.
27) 교회에서 쓰는 표현으로 '죽는다'는 뜻이다.

사람들은 그의 유해가 놓인 곳에다
주님의 종, 온순한 죄인,
여단장 드미트리 라린,
이 돌 밑에서 평화를 맛보네.
라고 써서 묘비를 세웠다.

37
고향의 보금자리로 돌아와서
블라디미르 렌스키는 그길로
이웃의 소박한 묘비를 방문해서
유해에게 한숨을 바치니 정말로
오랫동안 마음이 슬퍼졌다.
블라디미르는 우울하게
"가련한 요릭![16] 나를 따뜻하게
종종 안아 주셨지, 아, 슬프다!
어릴 땐 노상 그의 오차코프 메달[28]을
가지고 놀았지! 그는 나를
올가의 신랑감으로 여겼고 그때까지
살 수 있겠느냐고 말하곤 했지."
라고 말하자 정말로 슬픔이 가득 차 버려
당장 애도의 찬가를 그에게 지어 바쳤다.

---

28) 1788년 러시아군이 수보로프 장군의 지휘 아래 드네프르강 어귀에 있
던 터키 진지 오차코프를 점령했을 때 전투에 참가한 사람들 모두에게 수
여한 십자 훈장.

38

또 바로 그곳에서 그의 양친에게도
눈물을 흘리며 슬픈 묘비명을 써서
족장의 유해에 경의를 표했다……. 이다지도
슬픈 인생! 인생의 밭이랑에서
세대들이 순간을 사는 이삭처럼
하느님의 알 수 없는 의지에 따라서
왔다가 자라다가 스러지고…… 그 뒤를 이어서
다른 이들이 나타난다. 이처럼
한 줄기 바람처럼 우리 종족도 태어나고
자라나고, 동요하고, 들끓고
그러다가 조상의 무덤을 향해 밀고 들어간다.
이제 곧 우리의 시간도 올 것이다!
그러면 우리의 손자들은 그때
이 세상으로부터 우리들을 밀어 내리라!

39

그때까지 친구들이여, 이 삶을
마음껏 들이마시게, 이 가벼운 삶을!
나 삶의 무상을 이해하네.
그래서 삶에 연연하지 않네.
나 허상들에 눈을 감았네.
그러나 멀리 떼어 놓은 희망들이
가끔 내 마음을 뒤흔드네.

아무런 작은 흔적도 없이
이 세상을 떠나는 건 슬플 것 같으이.
나 갈채를 위하여 살고 쓰지 않네만
아마 나 원하는 모양이네, 다만
내가 지은 소리 하나라도 살아남아 부디
진정한 친구처럼 나를 상기시키도록
내 보잘것없는 운명을 찬미하고 싶다고!

40
그 소리 그 어떤 이의 마음을 흔들어
내가 만든 연 하나라도
운명에 의해 보전되어
망각의 강에 빠지지 않을지도
모르네, 먼 훗날 뭘 잘 모르는 사람도
찬미되는 내 초상을 가리키며 말할지도
모르네, "진짜 시인이었어!"라고.
(참 위안이 되는 희망이고말고!)
자, 그대, 평화로운 시신의 숭배자여,
내 감사를 받아 주오,
오, 그대, 기억으로
내 스쳐 가는 창작들을 보전하는 이여!
호의를 품은 손으로
옛사람의 월계관을 매만지는 사람이여!

12 「드네프르강의 루살카」[1] 1부에서.

13 아가폰, 필라트, 페도라, 표클라처럼 달콤한 울림이 있는 그리스 이름은 우리 나라에서는 평민들만 사용하고 있다.

14 그란디손과 러블라스는 유명한 소설의 주인공들이다.[2]

15 내게 만약 아직 행복을 믿는 분별 없음이 있다면 나는 행복을 습관 속에서 찾을 것이다.(샤토브리앙)[3]

16 "가련한 요릭!"은 광대의 해골 위에서 햄릿이 외친 말이

---

1) 페르디난트 카우어(Ferdinand Kauer, 1751~1831)가 작곡하고 칼 프리드리히 헨슬러(1759~1825)가 가사를 만든 「도나우 처녀」를 니콜라이 스테파노비치 크라스노폴스키가 1803년 「루살카」, 1804년 2부 「드네프르강의 루살카」라는 제목으로 러시아말로 번역 소개했다. 19세기 초 매우 인기 있던 오페라다.

2) 그란디손은 리처드슨의 소설 『찰스 그랜디슨 경의 역사』 남자 주인공의 러시아식 발음이다. 러블라스는 러브레이스의 러시아식 발음으로 리처드슨의 소설 『클라리사 할로』의 남자 주인공이다. 그란디손은 나무랄 데 없는 신사이고, 러블라스는 교활하고 매력적인 악한이다.

3) 프랑수아르네 드 샤토브리앙(François-René de Chateaubriand, 1768~1848). 프랑스 작가이자 정치가. 단편 소설 「르네」(1802)를 써서 바이런의 낭만주의적 주인공들을 선취했다.

다.(셰익스피어와 스턴 참조.)[4]

---

4) 스턴의 소설 『감상적 여행』의 주인공이 자신을 요릭이라고 부르며 만나는 사람들에게 자신이 바로 셰익스피어의 비극 『햄릿』에 나오는 바로 그 요릭이라고 확언하곤 한 에피소드와 연결된다.

92

3장

그녀는 처녀, 그녀는 사랑에 빠져 있었다.
— 말피라트르[1]

1

"어디로 가나? 도대체 시인들이란 도무지!"
  —"잘 있어요, 오네긴, 난 가 봐야……."
"붙잡지 않겠네. 그런데 자넨 도무지
어디서 저녁 시간을 보내는 거야?"
  —"라린 댁에서."—"정말 이상하군.
맙소사! 자네는 그 집에서 내내

---

1) 3장 대부분은 1824년에 오데사, 미하일롭스코예에서 쓰였고 1827년
10월에 출판되었다. 푸시킨과 보론초프 백작 부인이 사랑에 빠지자 보론초
프 백작은 푸시킨이 미하일롭스코예에 가도록 청원했다. 제사 "그녀는 처녀,
그녀는 사랑에 빠져 있었다."는 프랑스 작가 자크 클랭상 드 말피라트르의
운문 소설 『나르치스 또는 비너스의 섬』(1768)에서 가져왔다. 요정 에코에
대해 말할 때 쓰인 표현으로, 나르치스에 대한 그녀의 헌신적인 사랑은 그
의 이기적인 냉정함 때문에 결실을 맺지 못했다.

매일 저녁 시간을 죽이는 게 힘들지도 않나?"
—"전혀 안 그런데요."—"이해할 수 없군.
안 가 봐도 어떤지 난 잘 알지.
우선(들어 보게, 내 말이 맞지?)
보통 러시아 가족은 말이지
손님 대접을 아주 잘하지.
과일 조림에 항상 똑같은 이야기,
비, 삼베, 가축 등등…….."

2
"그게 뭐 어때서요, 나쁠 거 없는데요."—
"어휴, 이 친구야. 지루한 게 질리는 거라네."
—"난 당신들의 최신 유행 사교계가 싫은데요.
가족적인 모임이 더 마음에 드는데.
그곳에는……."—"또 목가를 읊고 있네!
그만하게, 여보게, 제발 부탁이네.
그래, 가겠단 말이지? 매우 유감스럽네,
아, 가만, 렌스키, 근데 내가 자네의
초원 씨를 좀 보면 안 되겠나?
자네의 생각, 자네의 펜, 자네의 눈물,
자네의 각운 등등의 대상인 그 처녀를
소개해 주게."—"농담 말아요."—"농담 같은가?"
"기꺼이 소개하지요."—"언제 말인가?"—"지금
당장, 기꺼이 우리를 맞이할 테니.

3

가요." ──

두 친구는 말을 달려 그리로

갔다. 그들에게 베풀어진 것은 다

옛 풍습 그대로 지극정성의 접대로

가끔은 너무 지나칠 정도였다.

접대 음식으로 으레 나오는 것들은

과일 조림을 담은 작은 접시들,

초 입힌 식탁[2] 위로 올려놓은

월귤술 항아리는……

....

....

....

....

....

4

그들은 최단 지름길로 해서 최대의

속도로 집으로 날아간다,[17] 자,

이제 몰래 우리 주인공들의

대화를 잠깐 들어 보자.

───────────

2) 초를 먹인 식탁보를 덮은 식탁, 또는 광택이 나라고 초를 칠해 반들반들
하게 만든 식탁.

"그래 어때요, 오네긴, 하품하시네."
—"습관이네, 렌스키."—"오늘은 어쩐지
더 지루해하시네."—"아니, 그냥 똑같아,
아니 벌써 들판이 어두워졌네.
좀 더 빨리 달려라, 안드류슈카!
얼마나 멍청한 풍경인가!
그런데 참, 라린 부인은 단순하네만
정말 사랑스러운 노파라네. 다만
겁나는 건 월귤술 때문에
무슨 탈이 나지 않을까 하는 거야.

5

말해 보게, 누가 타티아나인데?"—
"슬퍼 보이고 스베틀라나[3]처럼
말이 없던, 들어와서 그림자처럼
창가에 앉았던 그 여자……."—
"자네는 동생한테 반한 거야?"—
"근데요?"—"나라면 언니를 택했을 거야,
내가 자네처럼 시인이라면 말이네,
올가의 모습에는 생명이란 게 없네,
반 다이크의 마돈나[4]를 꼭 닮았어.

---

3) 바실리 주콥스키의 유명한 담시 「스베틀라나」(1812)의 여주인공 이름.
4) 17세기 네덜란드 화가 안토니 반 다이크(Antony van Dyck, 1599~1641)
가 그린 성모화. 지겨울 정도로 여기저기서 볼 수 있는 흥미 없는 얼굴이라

또 저 멍청한 하늘에 뜬 그거
그래, 바로 그 멍청한 달을 닮았어,
얼굴이 동그랗고 예쁘장한 게."
이에 블라디미르는 무뚝뚝하게 답하고는
오는 내내 입을 다물었다.

6
반면 오네긴의 출현은
라린 집안사람들 모두에게 강렬한
인상을 남겼고, 많은 이웃들도
마음 졸이며 기대했다. 오!
갖가지 추측들이 꼬리에 꼬리를 물면서
모두들 몰래 숙덕거리고
농담하고 심술궂게 속단하면서
그를 타티아나의 신랑감으로 여겼고
어떤 사람은 확언까지 했다.
"혼인은 완전히 준비되었는데, 다만
최신 유행 반지가 아직 도착하지 않아서 그만
혼인이 미루어지고 있는 터다……."
렌스키의 혼인은 이미
오래전에 결정된 이야기로 치부됐고.

는 뜻이다.

7

타티아나는 어쩔 줄 모르며
이런 소문들을 다 들었다.
그러나 속으로는 알 수 없는 기쁨을 느끼며
저도 모르게 그것에 대해 생각하기 시작했다.
그러자 마음속 깊이 생각이 가득 찼다.
때가 왔고 그녀는 사랑에 빠졌던 것이다.
땅에 떨어진 씨앗이
봄볕에 생명으로 살아나듯이.
오래전부터 그녀의 상상은
달콤한 도취와 동경으로 불이 붙었으며
독이 든 음식을 고대했으며
오래전부터 마음의 고통은
젊은 가슴을 죄어 왔던 것이다.
영혼은 기다리고 있었으니…… 그 누군가를,

8

이제 기다림은 끝났다……. 눈이 뜨였다.
그녀는 말했다, 바로 그 사람이다!
어쩌나! 이제는 낮도 밤도
불타는 고독한 동경도
모든 것이 그로 가득 찼으니,
모든 것은 마력으로 사랑스러운 처녀에게
그의 모든 것에 대해 끊임없이 되풀이해서 말하니

친절한 말소리도, 하인이 걱정스럽게
보내는 시선도 그녀에겐 성가실 뿐이다.
우울에 잠긴 채, 손님들의 이야기를
전혀 듣지 않고 그들의 한가함을
그녀는 속으로 내내 저주했다.
그들의 예기치 않은 방문을
그들이 오래도 앉아 있는 것을 저주했다.

9
얼마나 깊은 주의를 기울이고
얼마나 생생한 황홀감을 느끼며
달콤한 소설을 읽고, 그게 뭐라고
그 유혹적인 거짓말을 마구 들이켜며
공상의 행복한 힘으로써
살아 숨쉬는 인물들, 바로 저
쥘리 볼마르의 연인, 드 리나르,
말렉 아델,**18** 반란의 수난자 베르테르[5]
또 우리에겐 졸음을 일으키게 하나
그녀에겐 비할 데 없는 그란디손을,
다 다른 인물들인 이 모든 이들을
사랑에 빠진 공상녀는 오직 하나의
인물, 오네긴으로 이제

---

5) 괴테의 『젊은 베르테르의 슬픔』(1774)의 주인공.

녹여 합쳐 버렸는지!

10
자신을 바로 자기가 경애하는 여인들,
작가들의 여주인공들,
클라리사[6], 줠리[7], 델핀[8]이라고 상상하면서
타티아나는 숲속의 고요 속에서
홀로 위험한 책을 들고 배회한다.
책 속에서 찾고 발견한 것들은 바로
자기의 비밀스러운 열정, 꿈 그리고
충만한 심장의 열매들이다.
한숨 쉬며 타인의 기쁨과 슬픔을
자기 것으로 하여 그녀는 여인들마다
사랑하는 남주인공에게 보내는 편지들을
자신을 잊고 속삭이듯 읊는다……
그러나 우리의 주인공이 누구든 간에
정말 그랜디슨만은 아니었는데.

11
예전엔 장중한 풍의 문체로
열정에 넘치는 작가는

---

6) 새뮤얼 리처드슨의 소설 『클라리사 할로』의 여주인공.
7) 장자크 루소의 소설 『줠리, 또는 신(新)엘로이즈』의 여주인공.
8) 스탈 부인의 소설 『델핀』의 여주인공.

자신의 주인공을 완벽함의 모범으로
제시하곤 했다. 작가는
언제나 어딜 가나 항상 부당하게
박해받는 자신의 총아에게
예민한 영혼과 현명함, 그리고
매력적인 얼굴까지 선물했고
가장 순수한 정열의 열기를 품은
언제나 열광적인 주인공마다
항상 자신을 희생할 준비가 되어 있었으나
마지막 대단원에 와서는
언제나 악덕은 징벌받고
미덕은 왕관을 차지했다.

12
그러나 요즘은 모든 정신이 안개 속을 헤매고
도덕은 졸음을 안길 뿐이다.
악덕은 소설 속에서도 사랑받고
이미 승리하기조차 한다.
이제 소녀들의 꿈을 흔드는 것은
영국 시혼의 허황된 이야기,[9]
생각에 잠긴 흡혈귀,
우울한 방랑자 멜모스, 혹은

---

9) 바이런이나 그의 추종자들 같은 19세기 초 영국 작가들의 이야기.

영원한 유대인[10] 아니면 해적,[11]

아니면 스보가르, 그 비밀에 찬 의적.[19]

이들이 바로 소녀들의 우상으로

바이런 경은 변덕을 부리며 멋대로

절망적 이기주의에 제대로

음울한 낭만주의의 옷을 입혔던 것이다.

13

친구들이여, 이게 뭔가, 도대체?

나 아마도 하늘의 뜻에 따라서

시인 노릇을 그만두게 될 것 같네,

새로운 악마가 내 안에 들어와서

둥지를 틀면 나 펩[12]의 경고를 무시하고

시시한 산문으로 몸을 낮출 거고

그때는 옛날식 소설이

---

10) 매슈 루이스(Matthew Lewis, 1775~1818)의 소설 『암브로시우스 또는 수도사』의 주인공을 말하는 듯하다. 푸시킨은 폴란드 작가 얀 포토츠키의 소설 『사라고사에서 발견된 원고』에서 유대인 아가스페르의 방랑에 대해 읽고 강한 인상을 받았다. 전설에 의하면 아가스페르는 예수의 청을 거절한 죄로 불멸과 영원한 방랑의 저주를 받았다.
11) 『해적』(1814)은 바이런의 소설로 1822년 프랑스어로 번역되었다. 주인공 콘래드는 소년 시절 사람들에게 실망하고 속아 세상과 전쟁을 선포하고 스스로 해적이 되어 돌아다니는 사람이다.
12) 러시아어로 아폴론을 의미한다. 태양, 문학, 뮤즈를 관장하는 신으로 고전주의 예술의 상징으로 쓰였다. 고전주의에서 벗어나 새로운 스타일의 작품을 쓰려는 푸시킨의 의도가 드러나는 구절이다.

내 즐거운 석양 길을 점령할 테지.
난 악행의 감추어진 고통을
무시무시하게 그리기보다는
러시아 가정에서 펼쳐지는
보다 소박한 일들을,
매혹적인 사랑의 꿈과
우리 나라의 옛 관습을 그릴 거네.

14
나 전할 거네, 아버지나
늙은 백부의 소박한 말투를,
보리수 고목나무 그늘 아래나
시냇가 풀밭 위의 자식들의 밀회를,
불행한 질투의 고통과
이별과 화해의 눈물과
새로운 다툼을, 그리고 마침내
나 그네들을 혼인식장으로 데려갈 거네…….
나 기억해 낼 거네, 사랑의 말을,
지난날 아름다운 애인의 발치에서
내 혀에 맴돌았던, 이제는 내게서
잊혀 버린 사랑의 말을,
애타는 사랑의 말,
그 열정적인 사랑의 말을.

15

타티아나, 사랑스러운 타티아나! 이제
나 그대와 함께 눈물 흘린다.
그대는 최신 유행 독재자의 손아귀에
이미 그대의 운명을 내주었다.
그대는 파멸하게 될 것이다, 사랑스러운 처녀여,
그러나 그대는 아직 희망에 눈멀어
비밀스러운 행복을 부르고 있구나.
그대는 욕망이라는 마법의 독을 마시는구나.
그대는 삶의 달콤함에 일깨워진 것이다.
공상이 내내 그대를 쫓는다.
어디서나 그대는 밀회를 상상한다.
어디서나 그대는 행복한 보금자리를 본다.
어디서나, 어디서나 그대 앞에는
그대의 숙명적인 유혹자가 서 있다.

16

사랑의 고통이 타티아나를 쫓고
그녀는 슬픔에 잠기러 정원으로 간다.
그러다 갑자기 꼼짝 않고 눈을 내리깔고
한 걸음도 더 떼지 못한다.
가슴이 부풀어 오르고, 두 뺨이 활활
순식간에 홍조로 덮이고
입술에서는 숨이 멈춘 듯하고

귀에서는 윙윙 소리, 눈에서는 광채가 활활…….
밤이 왔다. 먼 하늘에 달이
순찰을 돌고 밤 꾀꼬리 한 마리
숲 안개 속에 낭랑하게
노래한다, 지지제제.
그러나 타티아나는 잠들지 못하고
어둠 속에서 나직하게 유모와 얘기한다.

17
"잠이 안 와, 유모, 여기는 숨이 막혀!
창문을 열고 내 곁에 좀 앉아 줘." —
"왜 그러니, 타냐[13]야, 왜 그래?" — "답답해.
옛날얘기 좀 해 줘." —
"무슨 얘기 말이냐, 타냐야? 전에는
옛날얘기, 있었던 얘기, 없었던 얘기,
마귀 얘기, 처녀 얘기
많이도 기억했는데, 이제는
모든 게 다 까마득하단다,
알던 것도 다 잊어버렸단다…….
이제 틀렸어, 늙어 버렸어! 아무렴
죽을 때가 된 거지." — "유모, 그럼
유모 젊었을 때 얘기 좀 해 줘.

---

13) 티티아나의 애칭.

그때 사랑한 적 있어?" ―

18

"그만해라, 타냐야! 그 시절에는
사랑이란 말을 들어 본 적도 없단다.
만약 그런 일이 있었다면
죽은 시어머니가 나를 죽여 버렸을 거다." ―
"그럼 혼인은 어떻게 했어, 유모는?" ―
―"그냥, 아마 신이 명령했나 봐. 내 바냐는,
아가야, 나보다 더 어렸단다.
난 그때 열세 살이었단다.
중매쟁이가 두 주일이나
우리 친척들 집을 뻔질나게 드나들더니
결국 아버지가 나를 축복했지,
난 무서워서 막 울었고, 그러나,
우는 나에게, 양 갈래 머리를 땋더니[14]
노래를 부르며 교회로 데려가더라.

19

그렇게 날 낯선 가족에게로 보낸 거야…….
너 내 얘기 듣고 있지 않구나…….″ ―

_____

14) 혼인식 때 여자 친구들이 신부의 한 갈래 머리를 풀어서 양 갈래로 땋
은 후 교회로 데리고 갔다.

"아, 유모, 유모, 나 힘들어,
사랑스러운 유모, 나 숨이 막혀,
금방 울음이 터질 것 같아!" ──
"너 성치 않구나, 아가,
은총을 베푸시고 구해 주소서, 주여,
뭘 원하는지 얘기해 봐…… 아가,
내가 성수[15]를 뿌려 주마, 아가
너 불덩어리구나." ──"나 아프지 않아.
유모, 나, 나 말이야…… 사랑에 빠졌어." ──
"주님이 함께하기를, 아가!"
유모는 기도하며 처녀에게
늙고 떨리는 손으로 성호를 그었다.

20
"나 사랑에 빠졌어." 그녀는 비통하게
다시 한번 속삭였다, 늙어 빠진 유모에게.
──"내 마음의 친구야, 너 성치 않구나." ──
"날 내버려 둬. 나 사랑에 빠졌나 봐."
이러는 사이에 달은
타티아나의 창백한 아름다움을,
풀어 내린 머리하며 눈물방울을,

---

15) 민간에서는 성수로 여러 가지 병을 치료하고 저주에서 벗어날 수 있다고
믿었다. 유모는 사랑도 귀신이 씌인 일로 여기고 있다.

또 여주인공 앞 의자에 앉은
흰머리에 수건을 쓰고
긴 누비옷을 입은 노파를
애타는 빛으로 환히 비추고
있었다. 모든 것이 영감을
불러일으키는 달 아래
모든 것이 고요히 잠들었는데.

21
달을 보며 타티아나의 마음은
저 멀리 마구 달려갔다.
문득 하나의 생각이 떠올랐다……
"날 혼자 내버려 둬. 나가 줘, 유모는.
유모, 내게 펜과 종이를 주고
책상 좀 당겨 줘. 나 잘게, 곧,
안녕." 이제 그녀는 혼자다.
온통 고요한데 달이 그녀를 비춘다.
팔꿈치를 괴고 쓰는 그녀의 머릿속에선
예브게니가 내내 떠나지 않고
즉흥적인 그녀의 편지 속에선
순진무구한 처녀의 사랑이 숨쉬고……
편지는 다 쓰여 접혔다…….
타티아나! 그건 누구를 위한 거냐?

22

나 겨울처럼 차갑고, 순결하고

아무리 애원해도 소용없고

무엇으로도 환심을 살 수 없고

도무지 이해할 수도 없고

근접할 수도 없는 미인들을 알았었다.

나 그 유행하는 높은 콧대를 보고

그들의 타고난 미덕을 보고 감탄했고

고백하지만, 그들로부터 달아났다.

그들의 눈썹 위에 새겨진 경고로써

영원히 희망을 버리라[20]는 바로

그 지옥문 위에 새겨진 문구를 읽고 경악해서.

그들은 사랑을 일으키는 것을 재난으로,

사람들에게 겁주는 것을 기쁨으로 여긴다오.

네바강 변에서 이런 귀부인들을 아마 봤을 거요.

23

나 순종적인 숭배자들에 둘러싸인

또 다른 부류의 유별난 여자들도 보았다.

이들은 열정의 한숨과 찬사에 무관심한

반면에 오로지 자신만을 사랑한다.

내가 알아채고 경악한 것은 바로

이들이 냉랭한 행동으로

수줍은 사랑을 겁주다가

기껏해야 동정이나 좀 나타내다가
기껏해야 가끔씩만 다시
부드러운 어조를 보여 주어
또다시 유혹해 내는 데 능하여
젊은 연인은 쉽게 믿고 다시
눈이 멀어서 헛된 사랑을
또다시 좇는다는 사실이다.

24
타티아나가 그녀들보다 무엇을 더 잘못했는가?
사랑스러운 소박함을 지니고
속임수나 기만을 모르고
자신이 선택한 꿈을 믿은 게 죄인가?
꾸밈없이 그대로 사랑하고
감정의 이끌림에 순종하며
그렇게도 남을 잘 믿은 게
죄인가? 격정적인 상상력에
이성과 생생한 의지를,
또 고집 센 머리에
뜨겁고 부드러운 심장을
하늘로부터 선물받은 게
죄란 말인가? 그대들은 그녀의
무모한 열정을 용서할 수 없는가?

25

교태꾼은 냉혈적으로 계산하지만
타티아나는 진정으로 사랑한다.
사랑스러운 아이처럼 조건 없이 그녀는
사랑에 그대로 헌신하고 만다.
그녀는 "생각해 보기로 해요."
따위의 말은 하지 않는다.
여자들은 그런 말로 주가를 올리고
좀 더 그물로 잘 꾀어 들이려고
우선 희망을 주어 허영심을 콕 찌르고, 곧
의심을 일으켜서 심장에 고통을 준 다음
나중에 다시 질투의 불로 살려 낸다, 음,
그렇지 않으면 영리한 포로가 곧
즐거움에 권태를 느끼고 줄곧
사슬을 끊고 달아날 태세니까.

26

아직 내 갈 길이 험하다.
조국의 명예를 건지려면 나 이제,
두말하면 잔소리지, 나 이제,
타티아나의 편지를 번역해야 한다.
그녀는 러시아말을 잘 모르고
우리 나라 잡지는 읽지 않고
모국어로는 힘을 들여야

예브게니 오네긴

겨우 쓰는 형편이라
프랑스어로 썼으니, 아이,
어쩔거나! 되풀이하거니와
여태껏 여인의 사랑이
러시아말로 고백된 적이 없거니와
여태껏 지체 높은 우리 언어는
서간체에 익숙하지 않으니.

27
나도 아네, 여인들에게 러시아어를
가르치려 하는 걸. 정말 끔찍한 일이잖나!
여인들이 《방정한 품행》[21]을
손에 쥔 걸 상상할 수 있겠나!
시인들이여, 그대들을 증인으로 삼겠네.
그대들이 지은 죄 때문에
그대들이 몰래 시를 바치는,
그대들의 심장을 바치는
사랑스러운 대상들은 모두 그렇게
러시아어를 잘 못하고 어지간히
힘을 들여서만이 겨우 하는 정도이니
러시아어를 귀엽게 망칠 수밖에.
그러니 그들의 입술에서 외국어가
모국어가 되는 것이 사실 아닌가?

28

부디 무도회장 안에서나 현관 입구에서나
노란 머플러를 쓴 대학생이나
숙녀모를 쓴 학자[16]를
보게 되는 일이 없기를!
옅은 미소 없는 붉은 입술처럼
틀린 문법 없는 러시아어를
나 사랑하지 않는다. 잡지들의 그처럼
간곡한 목소리를 듣고 그들의 간청을
들어주어 아마 미인들의 새 세대는
우리에게 문법을 가르치려 들 거고
시문도 지어 보려 할 거고
그렇다면 그건 나의 불행. 그러나 나는……
내게 무슨 상관이랴?
나는 그냥 구식을 따를 테다.

29

틀리고 조심성 없는 열뜬 소리가
종잡을 수 없는 말투가
예전처럼 내 가슴에 쿵닥쿵닥
다시 동요를 일으킨다.
내겐 이제 후회할 힘이 없으니

---

16) 노란 머플러와 숙녀모를 쓴 학자는 여자 대학생이나 여성 학자를 뜻한다.

지난 젊은 시절에 지은 죄처럼
보그다노비치[17]의 시처럼
내겐 프랑스어가 사랑스럽네.
이제 이 정도 하고. 내 미인의 편지에
몰두할 때다, 나 약속했으니.
그래도 뭐 어때, 안 하면? 에이, 에이,
맹세코 정말 안 했으면 좋겠거니.
사랑스러운 파르니[18]의 문체가
요즈음 유행이 아니라는 걸 나 아니.

30
향연과 애타는 슬픔의 시인이여,[22]
그대가 아직 이곳에 있다면, 바로
나 그대에게 가서 어려운 부탁으로
그대를 힘들게 할 텐데…… 친구여,
열정적인 처녀의 외국 말을 제대로
마력적인 노래들로
번역해 달라고 조르는 부탁을 말이오.

---

17) 이폴리트 보그다노비치(Ippolit Bogdanovich, 1743~1803). 로코코 작
가인 장 드 라 퐁텐(Jean de La Fontaine, 1621~1695)의 「프시케와 큐피드
의 사랑」을 러시아어로 번안(「두셴카」)했는데 이는 푸시킨의 『루슬란과 류
드밀라』에 문체적 영향을 끼쳤다. 콘스탄틴 니콜라예비치 바튜시코프는 그
의 문체를 '가벼운 문체'의 모범으로서 칭찬했다.
18) 에바리스트 드 파르니(Èvariste de Parny, 1753~1814). 청년 푸시킨이
사랑한 프랑스 작가.

그대는 어디에 있는 거요? 이리 오오,
고개 숙여 절하며 내 권리를 넘겨 버리려오…….
그러나 그는 황량한 바위산 가운데서
마음에 찬사를 듣는 습관을 잊어버리고
홀로 핀란드의 잿빛 하늘 밑에서
헤매고 있다, 그의 영혼에
내 고통이 들릴 리 없다.

31
타티아나의 편지가 내 앞에 놓여 있다.
나 그것을 신성하게 보존하고
남모르는 아픔과 함께 읽는다.
아무리 읽어도 싫지 않다. 어쩌자고
누가 그녀에게 가르쳤을까, 이 모든 것을?
이 다정함, 이 조심성 없는 말,
이 사랑의 말, 감동적인 무모한 말,
심장의 미친 듯한 고백을,
이토록 마음을 사로잡는 해로운 말을?
나는 모른다. 그러나 불완전하고 취약한 번역을,
생명 넘치는 그림의 생명력 없는 모사이고
자신 없는 여학생들의 손가락이, 아이고,
고 모양으로 띵띵거린 「마탄의 사수」19)를

---

19) 카를 마리아 폰 베버(Carl Maria von Weber, 1786~1826)의 오페라. 이

나 독자 앞에 내놓는다, 여기.

타티아나가 오네긴에게
보내는 편지

당신에게 씁니다, 더 이상 무엇을 할 수 있을까요?
더 이상 무슨 말이 있을 수 있나요?
압니다, 이제 당신이 저를 경멸로써 벌하시는 것은
당신 뜻에 달렸다는 것을.
그러나 당신이 제 불행한 운명에
한 올의 동정심이라도 가지고 계시다면
저를 그냥 내버려 두지 못할 거예요.
저도 처음엔 침묵을 지키려 했어요.
제 말 믿어 주세요, 당신은
제 이 부끄러운 심정을 결코
알 수 없었을 거예요,

만약 제가 아주 가끔이라도, 일주일에 한 번이라도
우리 마을에서 당신을 보리라는 희망을 가질 수 있다면,
그저 당신의 음성을 듣고 당신에게
한마디 말을 할 수 있다면,
또다시 당신을 볼 때까지 낮이나 밤이나

연이 쓰였을 무렵 러시아에서 사랑받던 새 레퍼토리였다.

그저 하나만을 내내 생각할 수만 있다면 말이에요.
그러나 당신은 사람을 피하신다더군요.
이 벽지에서, 시골에서 당신에겐 모든 것이 권태롭겠지요.
우리…… 우리에게 빛나는 것은 아무것도 없으니까요,
비록 우리가 당신을 보면 소박한 마음으로 기뻐하지만요.

당신은 왜 우리를 방문하셨나요?
잊힌 마을, 이 벽지에서
저 결코 당신을 알지 못했을 것이고
그렇다면 이 쓰디쓴 고통도 몰랐을 텐데요.
순진한 마음의 설렘이 시간이 흘러
잠잠하게 되면(알 수 없는 일이지만)
진정한 친구를 만나
신실한 아내이며
후덕한 어머니가 되었을 텐데요.

다른 사람……! 안 돼요, 이 세상 다른 누구에게도
결코 제 마음 바칠 수 없어요.
저는 당신의 것, 이는 하늘이 정한 일,
이는 하늘의 뜻이에요.
제가 이제껏 살아온 생애는
당신과의 진정한 만남을 위한 저당물이었어요.
전 신이 당신을 제게 보내셨다는 것을 알아요.
무덤에 갈 때까지 당신은 제 수호자…….

예브게니 오네긴

당신은 제 꿈속에 나타나곤 하셨지요.

보이지 않아도 당신은 이미 제가 사랑하는 사람이었어요.

당신의 마력 뿜는 시선은 제 맘을 졸이게 했지요.

제 영혼 속에서 당신 목소리가 울린 지

오래예요⋯⋯. 정말로, 그것은 결코 꿈이 아니었어요!

당신이 들어오는 순간 알았지요.

저는 온통 정신을 차릴 수 없었고 불타올랐어요.

바로 그 사람이다! 속으로 말했지요,

맞지요? 제가 당신의 말을 들은 거 맞지요?

제가 가난한 사람들을 도왔을 때마다

흔들리는 영혼의 고통을

기도로 달랠 때마다

고요 속에서 저와 얘기했던 사람이 당신 맞지요?

그리고 바로 그 순간에

당신이, 그 사랑스러운 환영이

투명한 어둠 속에서 어른거리며

조용히 베개로 몸을 굽혔던 것 맞지요?

당신이 기쁨과 사랑을 담아 희망의 말을

제게 속삭여 주었던 바로 그 사람이지요?

당신은 누구신가요? 제 수호천사인가요?

아니면 교활한 유혹자인가요?

제 의심을 풀어 주세요.

아마도 이 모든 것이 헛된 것,

경험 없는 마음의 착각인지도 모르지요.
전혀 다른 운명이 절 기다릴지도 모르지요…….
그러나 할 수 없어요! 지금부터 제 운명을
당신에게 맡기겠어요.
당신 앞에서 눈물 흘리며
당신이 보호해 주기를 애원합니다…….
상상해 보세요, 전 여기 혼자예요.
아무도 절 이해하지 못해요.
제 이성은 힘을 잃어 가고
전 침묵 속에 파멸해야 해요.
당신을 기다립니다. 시선을 한번 보내
제 심장의 희망을 살아나게 해 주세요,
아니면 마땅한 질책으로
이 고통스러운 꿈을 중단시켜 주세요!

글을 마칩니다! 다시 읽어 보기가 무서워요…….
수치와 공포로 숨이 넘어갈 지경이에요…….
그러나 당신의 명예심은 제 담보물,
그것을 믿고 용감하게 저를 맡깁니다…….

32
타티아나는 한숨을 쉬기도 하고
탄식을 하기도 한다.
편지가 손에서 떨리고 있다.

분홍 봉함지[20]는 뜨거운 혀 위에 말라 가고.
고개를 옆으로 기울이니
그녀의 매혹적인 어깨에서
가벼운 잠옷이 흘러내리니…….
그러나 이제 이미 달에서
빛은 꺼져 간다. 저기 계곡이
안개 사이로 맑아 온다. 시냇물이
은빛을 띠기 시작하고 목동의 피리 소리
마을 사람들을 깨운다. 이제 아침이
왔다. 모두 벌써 일어났지만
내 타티아나에겐 모든 것이 관심 밖의 일.

33
그녀는 아침노을도 안 보고 고개를
숙이고 앉아 있다.
아직 편지에다 이름자 새긴 인장을
누르지는 않았다.
그러나 문이 살짝 열리면서
머리 센 필리피예브나가 벌써
쟁반에 차를 가져온다.
"얘야, 일어날 시간이다,
아니, 예쁜아, 벌써 준비 다 했구나!

---

20) 편지를 접어 봉하는 데 썼던 띠 모양의 풀 묻은 종이. 침을 발라 사용했다.

오, 내 부지런한 새벽닭아!
어제 저녁에는 무지 걱정했잖아!
근데 다행히도 성하구나!
밤의 아픔은 흔적도 없고
얼굴은 양귀비꽃 같구나."

34
"아, 유모, 내 부탁 좀 들어줘." —
"물론이지, 아가야, 말만 하거라." —
— "이상하게 생각하면 안 돼……. 정말…… 의심하거나…….
하지만 알지, 아, 거절하지 말아 줘."
"내 친구, 말해 봐, 하느님께 맹세할게." —
"그래, 그러면 몰래 손자에게 말해,
이 쪽지를 전하라고, 오 씨, 그 사람에게,
그 이웃분께……. 그리고 손자에게 말해,
아무에게도 말하지 말라고
내 이름을 입에 올리지 말라고."
"어느 분에게 말이니, 사랑스러운 아가,
나 이제 잘 못 알아듣는다, 아가,
주위에 이웃이 어디 한두 분이냐,
다 세지도 못하게 많지 않으냐." —

35
"아이, 유모 어떻게 그렇게 추측을 못 해요!" —

"내 마음의 친구야, 나도 이제 늙었어,
늙었다고, 머리가 점점 무뎌진다고.
타냐야, 예전에는 나도 꽤 기민했어,
주인의 뜻 한마디만 들어도 척……." ─
"아이, 유모, 유모! 그게 무슨 상관이야, 참,
유모의 기민함이 지금 나와 무슨 상관이게,
오네긴에게 편지를 보내는 게
일이란 말이야." ─ "맞아, 맞아,
화 좀 안 낼 수 없니?
나 이제 잘 못 알아듣는 거 알지 않니,
그런데 왜 또다시 창백해지니, 아가?" ─
"그냥, 유모, 괜찮아, 정말,
손자나 좀 보내 줘, 어서." ─

36
하루가 다 흘러도 아무런 답장이 없고
다음 날이 왔어도 여전히 아무 소식이 없다.
망령처럼 창백한 얼굴로 아침부터 옷을 차려입고[21]
답장이 언제 오려나, 타티아나는 기다린다.
올가의 숭배자가 도착했다.
안주인이 그에게 물었다.

_____

21) 아침부터 옷을 차려입었다는 것은 타티아나가 잔뜩 긴장하고 오네긴을
기다린다는 뜻이다.

"말해 봐요, 댁의 친구는 어디 갔어요?
그 사람 왠지 우릴 완전히 잊은 것 같네요."
타티아나는 얼굴을 확 붉히더니 떨기 시작했다.
"오늘 온다고 약속했습니다.
아마 편지 때문에 지체되나 봅니다."[22)
노파에게 렌스키가 대답했다.
타티아나는 시선을 떨궜다,
심한 야단이라도 맞은 사람처럼.

37
날이 저물었다. 식탁 위에는
저녁 사모바르가 중국제 찻주전자를 데우느라
빛을 발하며 쉭쉭거린다. 주전자 밑에는
가벼운 김이 소용돌이친다.
올가의 손으로 찻잔마다
벌써 향기로운 차가
검은 시냇물처럼 흐르며 부어진다.
하인 아이는 크림을 가져온다.
타티아나, 내 사랑은 혼자
생각에 잠긴 채 창가에 서서
차가운 유리에 입김을 불어서

---

22) 오네긴이 편지 때문에 지체된다는 말에 타티아나는 자신의 편지에 대한 암시를 알아채고 얼굴을 붉히고 떨며 시선을 떨군다.

매혹적인 손가락으로 쓴다,
하얗게 김 서린 창유리 위에
비밀의 첫 글자 오와 예[23]를.

38
그러는 동안 가슴이 쓰라렸고
애타는 시선은 눈물로 가득 찼다.
갑자기 말발굽 소리……. 피가 얼어들었다.
점점 가까워진다! 말들이 달려오고…….
마당으로 예브게니가! "아!" — 망령보다 가볍게 벌써
타티아나는 다른 쪽 복도로 뛰어가서[24]
현관에서 마당으로, 그리고 곧장 정원을 향해 달리고
또 달린다, 뒤를 돌아볼 엄두도 못 내고.
단숨에 화단, 디딤돌 길, 잔디밭을 지나서
호수로 가는 보리수 길 지나서
작은 수풀도 지나서
라일락 가지를 부러뜨려 가면서
꽃들 사이로 해서 시냇가로

---

23) '오'는 오네긴의 오, '예'는 예브게니의 예다. 타티아나는 지금 객실에 앉
아서 유리창을 통해 입구를 보고 있다.
24) 객실에 있던 타티아나는 오네긴이 오는 것을 보고 어두운 복도를 지나
고 뒷문을 통해서 마당으로 나가서 정원을 향해 달려가다가 보리수 길 지
나서 언덕 아래 작은 수풀 너머의 시냇가 벤치에 쓰러져 정원에서 들려오는
노랫소리를 듣는다.

달려가 그만 숨이 차 벤치에

39

쓰러졌다…….
"여기 그가, 예브게니가 오셨다!
그가 어떻게 생각할까! 하느님, 오!"
그녀의 마음은 고통으로 가득 찼다.
비밀스러운 희망의 꿈을 간직한 채, 오,
그녀는 떨며 열에 들떠서 기다린다,
안 오시나? 아무 소리 안 들린다.
정원에서는 하녀들이 열을 지어서
덩굴에서 딸기를 따면서
분부에 따라 합창을 한다.(이 분부는
지주 댁 딸기를 그 못 믿을 입으로
몰래 날름 먹지 못하도록 입으로
내내 노래를 부르게 하려는
의도가 깔려 있는 것으로
시골 지주의 영리한 착상이라오!)

처녀들의 노래[25]

처녀들아, 예쁜이들아
마음의 친구, 동무들아
함께 놀자, 처녀들아

봄나들이 가자!
춤추며 노래하며
비밀 노래 부르면서
총각을 꾀어내어
춤추는 데 오게 하자.
총각을 꾀다가
저 멀리 보이면
달아나자, 처녀들아,
산딸기 던지자.

산딸기, 들딸기,
빨간 딸기 던지자.
오면 안 돼, 오면 안 돼,
비밀 노래 엿들으러
오면 안 돼, 오면 안 돼,
우리 처녀 놀이 엿보러.

40
그들은 노래한다. 낭랑하게 울리는
그 목소리 무심코 들으며 타티아나는
심장의 떨림이 고요해지기를

---

25) 「처녀들의 노래」는 푸시킨이 민요를 개작했거나 민요조로 창작한 것으로 보인다.

두 뺨의 열기가 가시기를
초조하게 기다려 본다.
그러나 가슴의 떨림은 여전하고
뺨의 열기는 가실 줄 모르고
더 빨갛게 더 빨갛게 불탄다,
개구쟁이 소년에게 잡힌 가여운 나비,
영롱한 무지갯빛 날개를
반짝거리다 퍼득거리다 하듯이.
수풀 속에 몸을 구부린 사수를
멀리서 문득 알아보고는
토끼가 밭고랑에 숨어 떨듯이.

41
마침내 그녀는 한숨을 내쉬고서
앉았던 벤치에서 일어나
걸음을 뗐다. 막 보리수 길로
접어들자 그녀 앞에 바로
시선을 번뜩이며 무서운 망령처럼
예브게니가 우뚝 서 있다.
그녀는 불에 덴 것처럼
그대로 우뚝 멈춰 섰다.
그러나 오늘은 예기치 않은 이
만남의 결과를, 사랑하는 친구들이여,
얘기할 힘이 없구나.

말을 꽤나 오래 했으니
산책하며 좀 쉬어야겠네.
나중에 어떻게든 다 얘기하겠네.

17 지난번 출판에는 "집으로 날아간다." 대신 "겨울에 날아 간다."로 잘못 인쇄되었다.(이는 아무 의미도 나타내지 못했다.) 비평가들은 그것을 이해하지 못하고 이어지는 연들에서 시간의 착오를 찾아냈다. 우리의 소설에서는 시간이 달력에 따라 구분되었다고 감히 확언한다.

18 쥘리 볼마르는 신(新)엘로이즈다.[1] 말렉 아델은 코탱 부인의 중류 소설 주인공.[2] 구스타프 드 리나르는 크뤼드너 백작 부인의 매력적인 단편 소설 주인공이다.[3]

---

1) 쥘리 볼마르는 장자크 루소의 감상주의 소설 『쥘리, 또는 신(新)엘로이즈』(1761)의 여주인공 이름이다. 그녀의 가정 교사이자 애인이었던 사람은 상 프뢰. 2부에서 그녀는 볼마르와 결혼한다. 1부에서 에로틱했던 그녀와 상 프뢰의 관계는 2부에서 고상한 우정의 관계가 된다. 아벨라르와 엘로이즈의 불행한 사랑 이야기(둘의 사랑은 아벨라르가 거세당함으로써 열매 맺지 못한다.)는 루소의 소설에서는 이야기가 달라지기에 여주인공도 새로운 엘로이즈다.
2) 말렉 아델은 프랑스 여류 작가 소피(원래는 마리) 코탱의 소설 『마틸다 또는 십자군 원정』(1805)의 주인공이다. 19세기 낭만주의적 귀족 아가씨들의 우상이었다.
3) 드 리나르는 여류 작가 바르바라 율리아네 포레인 폰 크뤼드너의 프랑스어 소설 『발레리, 또는 구스타프 드 리나르가 에른스트 드 G……에게 보

19 흡혈귀(뱀파이어)는 바이런 경이 썼다고 잘못 여겨진 단편 소설.[4] 멜모스는 매튜린의 천재적인 작품.[5] 장 스보가르는 샤를 노디에의 유명한 소설.[6]

20 Lasciate ogni speranza voi ch'entrate!(영원히 희망을 버리라, 이리로 오는 자여!) 우리의 겸손한 작가는 이 유명한 시구의

낸 서신』(1803년 익명으로 발표.)의 주인공. 드 리나르는 베니스로 보내진 외교관으로 열정적이고 우울해하는 사람이다. 그는 아내 발레리와 비슷하게 생긴 베니스 여자 비앙카와 스쳐 가는 관계를 맺으며 아내가 곁에 있는 듯한 생각을 잠시 한다. 나중에 그는 죄의식 때문에 스스로 벽지로 가서 죽는다. 푸시킨은 매력적인 단편 소설이라고 평했다.

4) 바이런은 그의 주치의이자 이 소설의 작가 존 폴리도리(John Polidori, 1795~1821)와 이 소설이 나오기 전에 어떤 날씨가 궂은 날 무서운 이야기 꾸미기 놀이를 한 적이 있는데 여기서 그는 '흡혈귀'에 대해서 즉흥적으로 꾸며 이야기했고 폴리도리가 이를 이용하여 소설을 썼다. 그런데 이 소설은 바이런이 쓴 소설로 알려져 프랑스어로 번역되었다. 바이런은 이에 매우 민감하게 반응하여 작가 폴리도리에게 그가 썼다는 것을 밝히라고 요구하고 자신이 그때 즉흥적으로 읊었던 '흡혈귀' 부분은 따로 출판했다.

5) 멜모스는 영국 작가 찰스 매튜린(Charles Maturin, 1782~1824)의 소설 『방랑자 멜모스』(1820)의 주인공. 그는 괴테의 파우스트처럼 인식욕 때문에 악마와 초인간적인 인식 능력과 150년의 수명을 보장받는 계약을 맺는다. 이 계약에서 벗어나려면 자기를 대신할 사람을 찾아야 한다. 계약에서 벗어나고자 그는 방랑하며 여러 사건들을 겪는다. 살인, 사랑, 애인의 죽음, 도주 등등. 결국 그는 고향집에 돌아와 갑자기 매우 늙은 모습으로 지옥으로 간다. 그의 모습은 우울하고 그의 말은 쓰디쓰다.

6) 샤를 노디에(Charles Nodier, 1780~1844)는 귀족 도적에 대한 유명한 소설 『장 스보가르』를 썼다. 스보가르는 의적 두목으로서 강도 짓으로 부를 균등하게 하겠다는 의지를 지녔던 인물이다. 노디에의 소설은 러시아에서 금지되었지만 몰래 유통되어 오히려 큰 성공을 거두었다.

처음 반만을 번역하여 썼다.[7]

21 고인이 된 A. 이즈마일로프가 언젠가 상당히 엉성하게 발간했던 잡지.[8] 편집인은 그가 축제 때 술을 진창 마셨다며 한번은 독자들 앞에서 서면으로 사과를 구했다.

22 E. A. 바라틴스키.[9]

---

7) 단테 알리기에리의 『신곡』 중에서 「지옥편」 제3가 제9행이다. '겸손한 작가'는 푸시킨 자신을 뜻한다.
8) 알렉산드르 에피모비치 이즈마일로프(Alexander Efimovich Izmailov, 1779~1831)가 1818년부터 1826년까지 발행한 보수적인 잡지로 푸시킨, 바라틴스키, 뱌젬스키의 조롱의 표적이었다.
9) 바라틴스키는 당시 핀란드에 좌천되어 있었다.

4장

도덕은 사물의 본성 속에 들어 있다.
— 네케르[1]

1, 2, 3, 4, 5, 6

7
우리가 여자에게 사랑을 주지 않을수록 더욱더
수월하게 우리는 그녀의 마음에 들게 된다.
그래서 유혹의 그물 한가운데에서 더욱더
확실하게 그녀를 파멸시킬 수 있다.
냉혈적인 부도덕이 사랑의 기술로써 꽤나
명성이 높고 스스로 한 짓을 어디서나

---

1) 4장은 미하일롭스코예에서 1824년 10월에서 1826년 1월까지 집필되어 5장과 함께 1828년 1월에 출판됐다. 이 제사는 프랑스의 경제 장관 자크 네케르(Jacques Necker, 1732~1804)가 한 말로 그의 딸인 스탈 부인의 책 『프랑스 혁명의 주요 사건들에 대한 관찰』(1818) 속의 문장 "네케르가 한번은 미라보에게 말했다. '당신은 현명하시니 조만간 도덕이 사물의 본성 속에 들어 있다는 것을 알아차리게 될 겁니다.'"의 일부다.

큰 소리로 자랑해 대던 시절도
사랑 없이 쾌락만 좇던 시절도
다 지나갔다. 이 내로라하는 유희들도 다
할아버지 시대에나 칭송받던
옛날 원숭이들에게나 어울리던
낡은 것, 러브레이스의 명성은 빛이 바랬다,
빨간 구두 뒤축과 위풍당당하던
가발[2]의 명성이 사라졌듯이.

8
갖가지 위선을 이리저리 행하는 일,
오직 한 가지만을 갖가지로 반복하는 일,
모두가 오래전부터 믿고 있는 일을
진지한 태도로 확신하려 하는 일,
내내 똑같은 거절을 들어주며, 사실은
예전에도 요즘에도 열세 살 먹은
소녀도 전혀 가지고 있지 않은
그런 편견을 없애려고 애쓰는
따위의 일이 지겹지 않은 사람이 어디 있겠는가?
협박과 애원과 맹세와 두려운 척하기,
여섯 장의 긴 편지, 기만, 소문, 반지, 눈물 흘리기,
이 모든 것이 지겹지 않은 사람이 어디 있겠는가?

---

2) 빨간 구두 뒤축과 가발은 18세기 멋쟁이의 차림이다.

또 아주머니와 어머니들의 감시와
남편들과의 부담스러운 우정은 어쩌고!

9
나의 예브게니는 바로 이 점을 생각했다.
그는 청춘의 초창기에 이미
눈먼 격정과 도저히
제어할 수 없는 열정의 희생물이었다.
생활 습관이 성격을 망치게 내버려 둔 결과
잠시 한 가지에 매혹되었다가
벌써 다른 것 때문에 실망하고
희망 때문에 지리하도록 괴로워하고
성공이 일시적이라 또 괴로워하면서
소음 속에서나 고요 속에서
영혼이 항상 투덜대는 것을 들으면서
하품을 웃음으로 누르면서
인생의 한창 꽃다운 시절
팔 년을 허송세월한 그다.

10
이미 그는 미녀들과 사랑에 빠지지 않는다.
그래도 그냥 따라다니기는 하고
거절을 당하면 그 즉시 자신을 달랜다.
배반을 당하면 쉴 수 있어 기뻐하고

열광 없이 그들을 추구하고
유감 없이 그들을 떠나고
그들의 사랑과 분노를 채 기억도 못 한다.
마치 만사에 무관심한 손님이 저녁마다
휘스트 게임을 하러 와 앉았다가
게임이 끝나면 그 집에서
미련 없이 떠나 집으로
돌아와 평온히 잠들었다가
아침이 되면 그날 저녁에 또
어느 집으로 가야 할지 모르는 것처럼.

11
그러나 보내온 타냐의 편지는
오네긴에게 생생한 감동을 주었다.
편지에 적힌 처녀다운 동경의 말들은
그에게 갖가지 생각을 불러일으켰다.
그는 사랑스러운 타티아나를,
그 창백한 낯빛과 우울한 표정을
기억하고는 마음속으로 사르르
녹는 달콤하고 무구한 꿈에 스르르
빠졌다. 아마 예전 같은 감정이 불타
순간적으로 그를 사로잡은 듯하지만
그는 순진무구한 영혼의 신뢰만은
아무쪼록 배반하고 싶지 않았다.

이제 우리 타티아나가 그를 만났던
그 정원으로 날아가 보자.

12
잠시 침묵한 뒤 예브게니는
그녀에게로 다가가서 말했다.
"당신은 제게 편지를 썼지요. 자,
부정하지 말아요. 그건 신뢰하는
영혼의 꾸밈없는 고백이었소.
순수한 사랑의 분출 말이오.
당신의 진정은 소중하오, 내게.
당신의 진정은 오래전에
멈춰 버린 나의 감정을 일렁이게 했소.
그러나 당신을 칭찬하고 싶진 않소.
나 역시 꾸밈없는 고백으로써
그 진정에 보답하려 하오.
내 고백을 들어 줘요.
당신의 심판에 나를 맡기오.

13
내가 만약 가정이라는 울타리를
내 인생의 테두리로 삼는다면
편안한 운명이 내게 아버지가 되기를,
그리고 남편이 되기를 명한다면,

가정의 정경이 일순간이라도 정말

내 마음을 끈다면 정말

당신 외에는 그 누구도

구하지 않을 거요, 그 누구도.

입에 발린 칭찬이 아니오.

예전의 내 이상형, 당신을

찾았으니 정말 오직 당신만을

내 슬픈 인생길의 반려로 선택했을 거요.

모든 아름다운 것을 저당 잡혀서 말이오.

그리고 나 행복했을 거요······ 더할 수 없이!

14

그러나 나는 행복을 위해 만들어지지 않았소.

내 영혼은 행복에 익숙지 않아요.

당신의 완벽함도 아무 소용이 없소.

나는 전혀 그것에 값하는 사람이 아니오.

내 말 믿어요.(양심이 보증 서요.)

결혼은 우리에게 고통이 될 거요.

내가 당신을 얼마나 사랑하든지 간에

익숙해지면 곧 당신에게 싫증을 낼 게

뻔하고, 당신은 울기 시작할 거요, 당신이

흘린 눈물은 내 가슴을 울리지 못하고

오히려 나를 격분시킬 거고.

한번 판단해 봐요, 결혼의 신이

우리에게 어떤 장미를 준비하고 있는지,
그것도 아마도 질리도록 오래도록.

15
이 세상에 불행한 아내가 자격 없는
남편을 그리워하며 슬퍼하고
밤이나 낮이나 혼자 앉아 있는
가정보다 더 나쁜 것은 없을 거요.
따분한 남편이 아내의 가치를 알면서도
(그래도 여전히 운명을 저주하면서)
항상 얼굴을 찌푸리고 퉁명스러운 데다
화만 내며 차갑게 질투해 대는
가정보다 더 나쁜 것이 어디 있겠소?
내가 바로 그런 자요. 당신이 내게
그런 소박함과 그런 명철한 이성으로써 썼을 때
순수하고 열정적인 영혼으로 그런 자를 구한 거요?
가혹한 운명이 당신에게 그렇게
험난한 길을 정해 주었단 말이오?

16
꿈과 세월은 돌이킬 수 없소.
내 영혼을 새롭게 할 수 없소…….
나 당신을 오빠처럼 사랑해요.
아마도 그보다 더 살뜰하게요.

화내지 말고 내 말 좀 들어 봐요.
젊은 처녀는 가벼운 꿈들을 꾸다가
또 다른 꿈으로 옮겨 가기를 여러 번 하오.
그건 새봄이 다가올 때마다
나무가 새잎을 돋우는 것과 같다오.
그것이 필경 하늘의 이치요.
당신은 또다시 사랑하게 될 거요.
그러나 자신을 억제하는 법을 배우시오.
누구나 당신을 나처럼 이해하는 것은 아니오.
무경험은 불행으로 이끌 수 있다오."

17
이렇게 예브게니는 설교했다.
타티아나는 눈물이 앞을 가리고
숨이 막혀서 아무 대답 못 하고
예브게니의 말을 들었다.
그가 손을 내미니 타티아나는 슬프게
괴로운 머리를 그의 어깨에
(이른바 기계적으로) 기대고
아무 말 없이 몸을 의지하고
채마밭을 빙 돌아 집으로 돌아왔다.
단둘이 나타났어도 아무도 함부로
그들을 비난할 생각을 하지 않았다.
시골의 자유는 그 나름대로

행복한 권리를 가지는 것이다,
거만한 모스크바가 그렇듯이.

18
내 독자여, 그대는 동의할 거요.
우리 친구가 슬퍼하는 타냐를
매우 사랑스레 대했다는 것에 말이오.
그가 영혼의 참다운 고귀함을
여기서 처음으로 보이는 것은 아니라오,
인간들의 악의가 그의 모든 것을 무턱대고
가차 없이 비난하기는 했어도.
그의 친구들도, 그의 적들도
(아마도 이들은 동일한 인물들일 거요, 필시.)
그를 이리저리 갈기갈기 비난했었다오.
사람은 누구나 세상에 적들을 가지오.
그러나 신이여, 우리를 친구들로부터 구해 주소서.
이 친구들, 친구라는 작자들로부터!
내가 공연히 이런 생각을 하는 것은 아니오.

19
무슨 소리냐고? 그냥 그렇다는 거요. 이런 황폐하고
캄캄한 생각들을 나 이제 잠재우겠소,
그저 괄호 속에 살짝 언급한 후에 말이오.
거짓말쟁이에 의해 만들어지고

다락방에서 사교계의 천민들에 의해 부추겨져서
바로 당신의 친구가 웃음을 지으며
점잖은 사람들의 모임에서 당신에 대해서
그야말로 아무 악의나 의도가 없으며
어쩌다 실수한 듯한 포즈를 취해 가면서
그것도 골백번이나 되풀이해서 당신 뒤에서
말하지 않을 비열한 모함은 없다고,
당신 뒤에서 그런 난센스, 천박한 풍자를 말하고
그 작자는 당신의 옹호자라고 자처하고
당신을 그리도 몹시, 마치 형제처럼 사랑한다 말한다오.[3]

20

흠! 흠! 고귀하신 독자여,
당신의 친척들은 또 모두 안녕하신지?
하지만 말이오, 지금 나를 통하여
소위 친척이 무엇을 의미하는지
배워 두는 게 아마도 편리할 거요.
친척이란 말하자면 말이오,

---

3) 푸시킨은 1822년 9월 1일 뱌젬스키에게 보낸 편지에서 친구라고 믿었던
미국인-톨스토이라는 별명을 가졌던 표도르 이바노비치 톨스토이(Fyodor
Ivanovich Tolstoy, 1782~1846)가 푸시킨이 풍자시 때문에 정부에 불려가
서 엉덩이를 맞았노라는 모욕적인 이야기를 다락방(당시 샤홉스코이의 살
롱을 지칭하던 이름)에 써 보내서 소문을 퍼뜨린 것에 대해서 매우 분개하
며 복수를 다짐했다.

우리가 다정하게 굴고 사랑해야 하는,
마음속으로 존경해야 하는
의무를 주는 사람들이라오, 그러니 그저
사람들의 관습에 따라서
성탄절에 방문하거나 엽서를 써 보내서
그들이 일 년 내내 아무쪼록 그저
우리 생각을 안 하게만 하면 된다오.
자, 그러면 그들이 아무쪼록 장수하기를!

21
사랑스러운 미인들의 사랑은
우정이나 친척보다 더 믿을 만하기는 하오.
격정의 폭풍우 가운데서도 우리는
그 사랑에 대해 권리를 갖소.
물론 그렇소. 그러나 회오리 같은 유행에
그들 본래의 변덕스러운 성질에
사교계 여론의 흐름이 있는 법이고……
사랑스러운 이 성(性)은 깃털처럼 가볍고……
게다가 또 남편의 의견은
정절 있는 아내에게는 언제고
항상 존중되어야 하는 법이고.
그래서 당신의 신실한 애인은
순식간에 딴마음을 먹는 거라오.
악마가 사랑으로 장난을 치는 거요.

22

누구를 사랑하고 누구를 믿어야 하나, 정말로?
우리를 배반하지 않을 자, 누가 있나?
모든 일을, 모든 말을 친절하게 정말로
우리의 자로 재는 자, 누가 있나?
비방의 씨앗을 안 뿌리는 자, 누가 있나?
우리를 근심스레 달래 주는 자, 누가 있나?
우리의 결점을 보고 가만있을 자, 누가 있나?
한 번도 권태롭게 하지 않을 자, 누가 있나?
허깨비를 헛되이 추구하는 자여,
헛된 노력 하지 말고, 자신을
사랑하시오, 바로 자신을.
흠, 존경하는 내 독자들이여!
자신만이 가치 있는 대상, 더 이상
소중한 것은 아무것도 없다오, 정말로.

23

그런데 이 만남의 결과는 어땠을까? 그건
뻔한 일이었다. 슬퍼라, 어쩌나, 이 일을!
사랑의 미칠 듯한 고통은
젊은 영혼을, 탐욕스러운 슬픔을
멈출 줄 모르고 흔들어 댔다,
우리 불쌍한 타티아나는 내내
위안받지 못하는 열정으로 보다

더 뜨겁게 세차게 불타올랐다.
그녀의 침대에서 잠이 달아나 버렸다.
건강, 꽃피는 삶, 달콤함,
미소, 처녀다운 평온함,
모든 것이 공허한 메아리처럼 사라졌다.
사랑스러운 타냐의 청춘도 시들어 갔다.
폭풍의 그림자가 갓 태어난 낮을 덮어 버리듯이.

24
슬프다, 타티아나는 시들어 가고
창백해지고 꺼져 가고 말이 없다.
아무것도 그녀의 마음을 끌지 못하고
그녀의 영혼을 설레게 하지 못한다.
이웃들은 잘난 척 고개를 저으며
이제 시집갈 때가 된 거야! 하고
숙덕거린다, 그녀 뒤에서 자기들끼리.
그러나 그런 얘긴 이제 지겹다. 차라리
행복한 사랑의 정경으로, 오,
내 상상을 즐겁게 해야겠다, 어이,
사랑스러운 이들이여, 내 온 가슴이
애석함으로 어쩔 수 없이 죄어 온다오,
용서하오, 나 내 사랑스러운 타티아나를
이리도 애틋하게 사랑하는 것을.

25

매 순간 점점 더 젊은 올가의 아리따움에

매혹되었던 블라디미르는

온 가슴으로 달콤한 포로 상태에

몸을 맡겼다. 언제나 그는

그녀와 함께였다. 그녀의 방에서

어둠 속에 단둘이 앉아 있었고

아침부터 벌써 손을 잡고

정원에서 산책했다, 멀리까지 둘이서.

한데 어쩌지? 사랑에 취해서

사랑의 부끄러움, 그 당혹감 속에서

그는 겨우 어쩌다가만 그것도 기껏해야

올가의 미소에 용기를 내어 고작해야

그녀의 풀어 내린 곱슬머리를 만지작거리거나

옷자락에 키스할 수 있을 뿐인걸.

26

그는 올가에게 가끔 샤토브리앙보다

인간의 본성을 더 잘 아는

작가의 교훈적인 소설을 읽어 주었다.[4]

그러나 두서너 페이지는

---

4) 샤토브리앙의 소설 「르네」(1802)를 말한다. 「르네」에는 연인들 사이의 육체적인 애정 표현이 전혀 없기에 '인간의 본성을 더 잘 아는 작가'의 소설에는 에로틱한 표현이 있다는 말이다.

(처녀들의 심장에는 지나치게 위험한
열뜬 헛소리, 엉터리 이야기를 말한다.)
얼굴을 붉히며 뛰어넘었다.
모든 사람들로부터 떨어져 앉은 둘은
장기판에 고개를 숙이고
탁자 위에 각기 팔을 괴고
무언가 깊은 생각에 잠겨 앉아 있다가
정신이 산란해진 렌스키가
그만 자기의 졸로
자기의 차를 잡는다.

27
집으로 돌아오면 집에서도 그를
온통 사로잡는 것은 그의 올가다.
그녀 앨범의 페이지들을
장식해 주느라고 그는 내내 바쁘다.
펜과 물감을 가지고
시골 정경, 묘비, 키프리다의 사원을
또 리라 위의 비둘기를
살짝 그리기도 하고
추억의 페이지를 펼쳐서
다른 사람들의 서명에 이어서
사랑의 시구들,
꿈의 말 없는 기념비를

남기기도 한다, 여러 해가 지나도
여전히 남는 순간적인 생각의 긴 자취를.

28
시골 귀족 아가씨들의 앨범을
여러분은 물론 여러 번 보셨을 터.
모든 여자 친구들이 끝에서부터 앞에서부터
또 옆으로 돌려서 끼적거린 앨범들을.
여기엔 전해 들은 시구들이
철자법도 틀리고 운율도 없이
영원한 우정의 표시로서 적혀 있다,
때론 생략되었고 때론 첨가되었다.
당신은 이 페이지에 무엇을 쓰겠어요?라는
프랑스어가 맨 처음 만나는 글귀이고 이어서
모든 것을 당신에게 바친 아네트라는
프랑스어 서명이 있다. 맨 마지막 장에서
읽게 되는 것은 나보다 더 그대를 사랑하는
사람 있으면 내 뒤에 쓰게 하시오.이다.

29
또 여기서 필시 보게 되는 것은
두 개의 심장, 횃불, 그리고 작은 꽃들.
여러분이 필시 읽게 되는 맹세는
무덤에 갈 때까지 사랑하리. 따위들.

예브게니 오네긴

또 어떤 군인은 시인이랍시고
무참한 시구 나부랭이를 휘둘러 댔고.
친구들이여, 실은 나도, 이제야 고백하네,
그런 앨범에 쓰기를 좋아하네.
열심히 쓴 갖가지 내 헛소리들이 다
여기서는 호의의 시선을 받을 터이고
나중에 사람들이 심술궂은 미소를 띠고
내 거짓말이 재치가 있네 없네 다
잘난 척 따져 보지 않으리라는 걸
나 진정으로 확신하므로.

30
그러나 너희들, 귀신들의 서고에서
꺼내 온 화려하게 장정된 앨범들,
기죽이는 시리즈 앨범들은
유행 따르는 시쟁이들의 두통거리여서
바라노니, 톨스토이[5]의 멋진 붓이나
바라틴스키의 연필로 펴이나
미끈하게 장식된 앨범들아,
신의 벼락이나 맞아 불타 없어져라.
화려하게 번쩍거리는 귀부인이 다가오며

---

5) 표도르 페트로비치 톨스토이 백작(Fyodor Petrovich Tolstoy, 1783~
1873). 조각가이자 미술가.

자기 앨범의 사절지[6]를 들이밀면

역겨움과 분노로 몸이 떨려 오며

마음 깊은 곳에서 퍽 날카로운

풍자시가 꿈틀대지만

찬가[7]를 써 줘야 하니 어쩌리!

31

렌스키는 젊은 올가의 앨범에

그런 찬가는 쓰지 않는다.

사랑으로 숨 쉬는 그의 펜이기에

재치로 차갑게 번득거리지도 않는다.

그는 올가에 대해 보고 들은 건 모조리

다 적는다, 하나부터 열까지.

비가들이 생생한 진리로 가득 차서

출렁거리며 흐른다, 강물이 되어서.

그렇게, 그대, 영감받은 야지코프[8]여,

심장이 폭발하는 순간마다

누군가를 노래한 비가들, 다

모여 값진 책으로 만들어져

언젠가 그대 운명의 모든 이야기를

---

6) 앨범 사절지는 꽤 큰 사이즈의 종이다.

7) 운문으로 쓴 칭찬으로 살롱이나 앨범에 사용된 서정적 장르다.

8) 니콜라이 미하일로비치 야지코프(Nikolay Mikhailovich Yazykov, 1803~1845). 비가 시인. 축배의 노래와 사랑의 노래를 많이 지었다.

그대에게 제공하게 될 거네.

32

그러나 조용! 엄격한 비평가[9]는
구슬픈 비가의 화관을 벗어 버리라고
단호한 어조로 명령하고
우리 동지들, 시쟁이들에게 그는
외친다. "찔찔거리지 말아, 울며불며
항상 옛날 일, 지난 일들을 아쉬워하며
항상 똑같은 걸 개골개골해 대는군.
이제 그만, 다른 것을 노래해 보시오, 여러분!"
"자네 말이 맞네, 자넨 우리에게 벌써
나팔, 가면, 단도[10]를 가리키고 있을 테지.
사장된 사상의 자산을 모든 곳에서
살려 오라고 명령할 테지,
그렇지 않나, 친구?"——"전혀, 그렇지 않네!
송가를 쓰라는 거네, 시인분들,

---

9) 푸시킨의 동창생 빌헬름 큐헬베케르(Wilhelm Küchelbecher, 1797~
1846)를 말한다. 그는 1824년에 과거를 아쉬워하고 그리워하는 바튜슈코
프류의 비가 및 목가의 아류가 유행하는 것을 비난하고 여기에 18세기에 꽃
피던 송시를 긍정적 이상형으로 대비했다.
10) 나팔, 가면, 단도는 고전주의 문학과 미술에서 비극의 상징으로 쓰였다.

33

막강했던 시절에 송가를 썼듯이
예전부터 항상 그래 왔듯이."
—"장엄한 송가들만 쓰란 말인가!
됐네, 친구. 매한가지 아닌가?
풍자가가 한 말을 잘 기억하게나!
『타인의 견해』[11]에 나오는 교활한 시인이
그럼 우리 나라의 우울한 시쟁이보다
더 견딜 만하다는 거야? 말도 안 되지."
"그러나 비가에서는 모든 게 시시해.
공허한 목표가 불쌍할 지경이고.
반면 송가의 목표는 고상하고
숭고하지……." 이에 대해서는 논쟁해
볼 수도 있겠지만 침묵하겠다,
두 세기를 싸우게 하고 싶지 않으니.

34

영광과 자유의 숭배자, 블라디미르가
자기의 폭풍 같은 사상들로 들끓다가
송가들을 줄줄이 썼다 할지라도
올가는 읽지 않았을 것이다, 한 줄도.

---

11) 이반 이바노비치 드미트리예프가 쓴 송시를 풍자하는 작품이다. 이 풍자물의 주인공이 재능 없고 교활한 송시 작가이다.

눈물로 애원하는 우리 시인들이
사랑하는 이의 얼굴을 마주 보면서
언제 자신의 작품을 읽은 적이
있었던가? 그보다 세상에서
더 큰 보상은 없다고들 한다.
자신의 꿈을 노래와 사랑의 대상인
아름답고 애타하는 여인에게 읽어 준
수줍은 연인은 정말로 복받은 자다!
설령 그녀가 전혀
다른 데 생각이 팔려 있다 해도.

35
그러나 내 상상력과 조화로운 구성의 열매를
소리 내어 읽는 걸 들어 줄
여인은 오직 내 청춘의 여자 친구,
늙은 유모뿐이다, 에구!
어느 때는 우연히 방문한 이웃[12]하고
지루한 저녁 식사를 마치고 나서
갑자기 그의 옷자락을 붙잡고
방구석에서 비극[13]을 읽어서

---

12) 알렉세이 니콜라예비치 볼프를 가리킨다. 푸시킨이 1824년 8월부터 1826년 9월 모스크바로 갈 때까지 미하일롭스코예에 살던 시절, 이웃 영지 트리고르스코예에 살던 오시포프 부인의 아들이다.
13) 푸시킨이 쓴 보리스 고두노프에 대한 비극을 말한다.

괴롭히고, 어느 때는(이건 농담이 아니다.)
슬픔과 각운으로 고통스러워하면서
호수의 둔덕을 거닐면서
물오리 떼를 내 시구들로 놀래킨다.
달콤하게 울리는 시구들을
듣고는 날아가 버리는 오리들…….

36, 37
근데 오네긴은? 그래, 아 참! 형제들!
그대들에게 인내를 요청하오.
이제 그의 매일의 일과를
그대들에게 상세히 묘사할 참이오.
오네긴은 은둔자처럼 살았다오.
여름에는 6시쯤 일어나
가벼운 차림으로 서둘러
언덕 아래 흐르는 강으로 갔다오.
굴나레[14]의 시인을 모방해서
이곳의 헬레스폰트[15]를 헤엄치고는
블랙커피를 마시며
몹쓸 잡지들을 뒤적이고는

---

14) 바이런의 서사시 「해적」의 여주인공으로 주인공 콘래드를 사랑하는 터
키 파샤의 애첩.
15) 다르다넬스 해협의 옛 그리스 명칭. 바이런은 1810년 7월 3일 이 해협을
헤엄쳐 건넜다.

옷을 입었소⋯⋯.

38, 39
산책하고 책 읽고 깊은 잠을 자고
숲 그늘에서 시냇물 소리 듣고,
가끔 검은 눈의 하얀 미인의 풋풋하고
젊음에 넘치는 키스[16]를 맛보고
고삐에 순종하는 날렵한 말을 타고
꽤 잘 차린 저녁 식사를 하고
백포도주를 한 병 마시고
홀로 고독과 고요함을 즐기고⋯⋯.
이게 오네긴의 신성한 생활이다.
오네긴은 이 생활에 무심하게
젖어 들어 아무 걱정 없는 안락 속에
아름다운 여름날들을 세지도 않았다,
도시도 친구들도 또 그들의
쓸데없는 장난의 지루함도 잊은 채.

---

16) "검은 눈의 하얀 미인의 풋풋하고 젊음에 넘치는 키스"라는 구절은 앙드
레 셰니에(André Chénier, 1762~1794)의 「비가」를 그대로 번역한 것으로
푸시킨의 자전적인 요소가 드러난다. 푸시킨은 미하일롭스코예에서 지내던
시절 올가 칼라슈니코바라는 농촌 처녀와의 사이에서 1826년 7월 1일 아
들 파벨을 낳았다.

40

그러나 우리 북방의 짧은 여름은
남쪽 지방 짧은 겨울의 캐리커처,
나타나는가 하면 사라진다. 이는
인정하기 싫으나 기정사실, 체!
벌써 하늘이 가을을 내쉬고
벌써 해가 드물게 비치고
낮이 짧아지고 저기
신비스러운 숲 그늘이
구슬픈 소리를 내며 벗겨지고
들판에는 안개가 깔린다.
끼룩끼룩끼룩 기러기 떼는 죄다
남쪽으로 줄을 짓고. 아이고!
지루한 시간이 다가왔다,
벌써 11월은 문가에 서 있고.

41

차가운 안개 속에 아침노을이 뜨고
밭에서 일하는 소리 멈추었다.
수늑대는 자기의 굶주린 암늑대와 어쩌자고
큰길로 성큼성큼 걸어 나온다.
걸어가던 말이 늑대를 알아채고는
힝힝거리니 ─ 조심스러운 길손은
산속으로 달려간다, 젖 먹던 힘 다해서.

동이 터도 목동은 외양간에서
소들을 들로 내몰지 않으며
한낮이 지나도 뿔피리 불고
소들을 들에서 모아들이지 않고.
농가에선 처녀[23]가 노래 부르며
실을 잣고, 겨울밤의 친구, 광솔은
그녀 앞에서 툭툭 소리 내며 타고 있고.

42
강추위에 쩍쩍 갈라지는 얼음으로
들판이 은빛으로 반짝거리고
(독자는 벌써 기다리니, '얼음으로'와 '장미로'
이루어진 각운[17]을, 자, 여기 어서 보시라고!)
최신 유행 마룻바닥보다 더 미끈하게
얼음으로 옷을 입은 강이 반짝거리고
유쾌한 소년들은 스케이트 날을 얼음에 대고
이리저리 자국을 낸다, 소리도 높게.[24]
뒤뚱뒤뚱 거위는 물 밑으로 헤엄치려고
빨간 발들로 조심스레 얼음 위를 디디고
살살 밟아 가다가 미끄러진다.
아, 즐거운 첫눈이다,

---

17) 얼음과 장미는 알렉산드르 수마로코프, 뱌젬스키, 또 푸시킨 자신도 이
작품 이전에 이미 각운으로 사용했다.

별들처럼 흩뿌리다가
강변으로 휘몰아치며 떨어진다.

43
이 계절 벽촌에서는 뭘 해야 하나?
산책? 이때의 시골은 어디나 마냥
헐벗어서 저절로 시선을 그냥
지루하게만 할 뿐이다.
삭막한 초원에 말을 타고 달려 보나?
징 박은 말이 못 믿을 얼음에 걸려서
말에서 떨어지는 건 시간문제다.
그러니 고적한 집에 죽치고 앉아서
프라트[18]나 월터 스콧[19]을 읽어 보게나.
싫다고? 그럼 장부를 점검하거나
화를 내거나 술을 마셔 보게.
그러면 긴 겨울 저녁이 어떻게든 지나갈 거네,
그리고 내일도 또 똑같이 하면
멋지게 겨울을 보내게 될 거네.

---

18) 도미니크 프라트(Dominique Pradt, 1759~1837). 프랑스의 저널리스트,
나폴레옹의 궁정 사제로서 왕정복고기에 자유주의로 기울었다.
19) Sir Walter Scott(1771~1832). 역사 소설로 이름을 떨친 영국 소설가. 푸
시킨은 미하일롭스코예에 있을 때 이웃 영지인 트리고르스코예의 서고에서
프랑스어로 번역된 그의 책을 읽고 '영혼의 양식'이라고 불렀다.

44

오네긴은 바로 차일드 해럴드처럼 홀로
사색의 한가함에 깊이 빠졌다. 그는
깨어나면 얼음 섞인 목욕물에 앉았다가는
하루 종일 집에서 홀로
아침 일찍부터 당구대에서
뭉툭한 당구 큐대로 무장하고
점수 계산에 정신을 집중하면서
당구공 두 개로 치고 또 치고.
이제 시골의 저녁이 다가오고
당구대는 비고 당구 큐대도 잊히고
벽난로 앞에 차려진 식탁에 앉아
예브게니가 기다린다. 저기 렌스키가
회색 얼룩말을 맨 트로이카를 타고 오네.
자, 어서 저녁 식사를 하세!

45

시인을 위하여 차게 식힌
축복받은 멋진 샴페인,
과부 클리코나 모엣,[20]
당장 대령이다, 식탁 위에!

---

20) 클리코, 모엣은 고급 샴페인 이름이다.

샴페인은 빛나는 히포크레네,[21]
장난질로 거품을 일으켜[25]
(이 비유는 다른 것들에도 어울려!)
나를 유혹했었다. 그걸 사들이느라 나
달랑 남은 마지막 동전까지 내주곤 했지.
친구들이여, 지금도 기억하고 있을걸,
넘쳐흐르는 그 마법의 액체가 정말이지
어리석은 짓을 많이도 하게 한걸!
정말 얼마나 많은 농담과 시구들,
논쟁, 그리고 유쾌한 공상들을 일으켰는지!

46
그러나 소리 내는 거품으로 샴페인은
이제 내 위를 배반한다.
이제 나는 사려 깊고 분별 있는
보르도를 샴페인보다 선호한다.
아이[22]는 나 더 이상 견뎌 내지 못한다.
아이는 연인과 비슷하다.
빛나고 바람 같고 생기 넘치고

---

21) 그리스 신화 속 시적 영감의 원천이 되는 여신인 무사들이 모여서 노래 시합을 할 때 생겨난 샘.
22) 보르도는 붉은 포도주, 아이는 모엣이 생산되는 프랑스의 지역 이름이다. 바라틴스키의 「향연」 등에도 아이는 이 고급 샴페인을 의미하는 명칭으로 사용되었다.

변덕스럽고 공허하고…….

그러나 **보르도**, 너는 슬플 때도 어려울 때도

영원한 동지, 너는 언제 어디서나

우리에게 도움을 주거나

고요한 한가함을 나누려고

기다리는 친구 같다.

만세, 우리의 친구, **보르도**!

47

불이 꺼졌다. 황금빛으로 불타다가

이제 석탄은 재로 살짝 덮이고

희끄무레하고 가느다란 연기가

휘감으며 위로 날아오르고

벽난로가 꺼져 간다. 파이프 연기만이

연통 속으로 날아가고 빛나는 술잔이

아직 식탁 가운데 쉬식거리고.

저녁 안개가 찾아올 모양이고…… .

(늑대와 개 사이[23]라고 부르는

그런 어스름한 저녁 시간에

나누는 우정 어린 한담에

우정 어린 술잔을 나 사랑하는데,

그 이유는 나 자신도 모른다.)

---

23) 늑대와 개를 구별하기 어려울 만큼 어스름한 저녁 시간을 말한다.

이제 두 친구는 이야기를 나눈다.

48

"이웃 처녀들은 어때? 타티아나는?
자네의 생기 넘치는 올가는?"
─ "좀 더 부어 주게, 반 잔만 더…… 됐네,
친구, 가족 모두 잘 지내.
자네에게 안부 전하라고 했네.
아, 친구, 올가의 어깨가 어떻게나
아름다워졌는지, 가슴은 또 어떻고!
아름다운 영혼에…… 언제 한번 자네,
방문하게. 고마워할 거네, 정말,
이 친구야, 생각해 보게, 한번.
두 번 들여다보고 나서는 정말
코빼기도 보이지 않으니, 한 번도…….
근데…… 나 오늘 수다만 늘어놓는군!
참, 자네 이번 주에 초대받았네."

49

"내가?" ─ "그래, 타티아나의 명명일[24]이
토요일이네. 이쁜 올가와 어머니가 자네는

---

24) 타티아나의 이름을 따온 성자의 탄생일. 이날은 생일보다 더 중요하게
여겨졌다. 순교자 타티아나는 1월 12일에 탄생했다.

꼭 와야 한다고 했네, 그리고 자네야
부르는데 가지 않을 이유가 없지……."
"한데 거긴 사람들이 무더기로 올 텐데
잡다한 군상들도 많을 텐데……."
"아냐, 확언하는데 아무도 없을 거야!
누가 오겠어? 그냥 가족뿐이야.
부탁이네, 함께 가세, 나를 위해!
자, 어때?"—"그러세."—"자넨 보배야!"
이렇게 말하며 그는 타티아나를 위하여
건배하며 잔을 단숨에 비웠다.
그러고 나서 다시 올가에 대해
말하고 또 말했다. 사랑이란 이런 거다!

50
그는 들떠 있었다. 두 주일 뒤
행복한 날짜가 잡혀 있었으니
결혼 침대의 비밀과 그 뒤
달콤한 사랑의 월계관이
그의 열광을 기다리고 있었다
결혼의 신의 고민도, 슬픔도,
권태라는 가차 없는 순서도
그는 꿈에도 생각하지 못했다.
반면 우리들, 결혼의 신의 적들은
가정생활에서 오직 괴로운

장면들의 줄 잇기를 볼 뿐이다,
라퐁텐 취향의 소설들을 말이다…….[26]
나의 불쌍한 렌스키, 그는 진심으로
그런 생활을 위해 태어났던 것이다.

51
그는 사랑받고 있었다……. 적어도 그는
그렇게 생각했고 그래서 행복했고…….
믿음에 몸을 맡기고 차가운 이성을 몰아내고
심장의 달콤한 도취 속에 고이 쉬는 자는
숙소를 찾아낸 술 취한 길손처럼
또는 좀 더 사랑스레 말하면
꽃 속에서 꿀을 빠는 봄 나비처럼
수백 번 수천 번 행복하며,
반대로, 모든 것을 예견하며
머리가 혼란스러운 일이 없으며
말 하나하나, 행동 하나하나를 분석하고
자신의 언어로 번역해서 증오하고
경험이 심장을 차갑게 하여
자신을 잊지 못하게 한 자는 불쌍하다!

23 조금 뒤에 귀족 아가씨들은 계집애들이라고 부른 반면에 평범한 농촌 여자를 어떻게 처녀라고 부를 수 있는지 잡지들은 놀라워했다.

24 "이것은 소년들이 스케이트를 타는 것을 뜻한다."라고 우리의 비평가 한 사람이 말했다. 맞는 말이다.

25 내 꽃다운 시절에

시적인 아이는 내 마음에 들었네,

거품 소리 좋아서,

또 사랑이나 미친 듯한 젊음 등등과

그토록 유사해서.(L. P.[1]에게 보내는 편지)

26 아우구스트 라퐁텐. 많은 가정 소설을 쓴 작가.[2]

---

1) 푸시킨의 남동생.
2) 아우구스트 라퐁텐(August Lafontaine, 1758~1831)은 독일 작가로 160권 이상의 가정 소설을 썼다.

5장

오, 이런 무서운 꿈 같은 일을 겪지 말아요.
그대, 내 스베틀라나여!
— 주콥스키[1]

1

그해에는 가을 날씨가 유난히도
오랫동안 정원에 머물렀다.
자연은 오랫동안 겨울을 기다렸어도
눈은 정월 초사흘 밤에야 내렸다.
일찍 잠에서 깨어난 타티아나,
유리창을 바라본다. 어머나,
이른 아침 하얗게 된 뜰,

---

1) 푸시킨은 5장을 미하일롭스코예에서 1825년에서 1826년까지 집필했고 1827년 12월 29일에 끝마쳤다고 한다. 1828년 1월, 4장과 함께 출판되었다. 5장의 제사는 바실리 주콥스키의 유명한 발라드 「스베틀라나」의 에필로그에서 가져온 것이다. 주콥스키가 스베틀라나에게 꿈같이 무서운 일을 겪지 말라고 하는 것은 남편과의 악몽 같은 결혼 생활을 감당하지 말라는 뜻이다.

뜰에 즐거운 까치들,
지붕, 울타리, 화단들,
유리창의 살짝 진 무늬들,
겨울의 빛나는 융단들로
부드럽게 덮인 산들,
겨울 은빛을 입은 나무들,
온통 모든 것이 밝고 하얗다.

2
겨울……! 농부는 환호하며 눈 위로
통나무 썰매를 타고 길을 새로 내고
그의 작은 말은 차가운 눈을 마주하며
애써 앞으로 나아간다, 속보로.
솜털 같은 이랑들을 흩날리게 헤집으면서
용감한 포장마차가 날아간다.
털가죽 옷을 입고 빨간 혁대를 매고서
마부는 마부석에 앉아 있다.
저기 지주 집 하인 아이가 썰매에는
똥강아지 주치카를 앉히고 자기는
말로 변신해서 뛰어간다.
장난꾸러기의 손가락은 벌써 얼었다.
아이는 얼얼하기도 하고 재미있기도 한데
엄마는 창문을 통해 아이를 꾸짖는다……

3

그러나 아마도 이런 장면들이
그대들의 마음을 끌지는 못할 것이다.
이 모든 것은 저열한 자연[2]이니
여기에는 우아한 것이 별로 없다.
영감의 신에 의해 데워진 한 시인이
첫눈과 겨울이 주는 즐거움들을, 이
세밀한 뉘앙스들을 세세히 다
화려한 문구로 우리에게 묘사했다.[27]
열렬한 시구로 그가 이만저만
썰매 마차의 비밀스러운 산책을
묘사해서 그대들의 마음을
끈 것을 나는 확신하지만
나는 아직 그와도, 젊은 핀란드 여인을
읊은 시인인 그대와도[28] 겨룰 마음이 없다!

4

타티아나는(영혼 깊이 러시아
여성이나 그 이유는 자신도 모른다.)
차가운 아름다움을 지닌, 아,
러시아의 겨울을 사랑했다.

---

2) 당시 기성 문단에서는 일상적이고 평범한 것은 예술의 대상이 될 수 없다고 생각했다. 새로운 미학을 추구하던 사람들은 이에 맞섰다.

겨울날 햇볕에 반사되는 성에,
썰매, 늦은 저녁노을에
장밋빛으로 빛나는 눈,
주현절 밤[3]의 안개, 그녀는
이 모두를 사랑했다. 사람들은
주현절 밤을 풍습에 따라
흥겹게 잔치하며 보냈다.
점을 쳐 주는 온 집 안의 하녀들은
해마다 귀족 아가씨들에게 장교 남편과
그들의 원정을 예언해 주었다.

5
타티아나는 옛날부터 민간에
전해 오는 이야기들을 믿었다.
또 그녀는 꿈과, 카드 점과,
달의 예언들까지 믿었다.
전조들은 그녀를 불안하게 했다.
모든 사물들이 그녀에게 다
무엇인가를 비밀스레 예언했다.
또 예감은 종종 그녀의 가슴을 죄었다.
고양이가 벽난롯가에 웅크리고 앉아
가르랑거리며 발로 얼굴을 닦으면

---

3) 주현절 밤은 예수가 세례를 받은 1월 6일 전날 밤이다.

이는 그녀에게 손님이 찾아온다는

표시가 틀림없었으며, 하늘의 왼쪽에

양끝이 뾰족한 초생달이

갑자기 나타나면,

6

그녀는 창백해지며 몸을 떨었으며,

유성이 깜깜한 하늘에서

날다가 흩어져 떨어지면,[4) 어머머,

타티아나는 당황해서

별이 아직 굴러떨어지는 동안

마음속 바람을 얼른

별에게 가만히 속삭였다.

어딘가에서 길을 오가다

검은 수도복의 신부를 만나거나

들판 가운데 발 빠른 토끼가

앞을 가로질러 가면[5) 뭐가

잘못될까 두려워 어쩔 줄 모르거나

슬픈 예감으로 가득 차

벌써 불행을 기다렸다.

---

4) 유성이 날아오는 방향에서 신랑이 나타난다고 한다.
5) 검은 수도복의 신부를 만나거나 토끼가 앞을 가로질러 가는 것은 나쁜 징조라고 한다.

7

어쩌리? 그녀는 공포 속에서 바로
비밀이라는 매혹을 찾았으니
자연은 우리를 그렇게 바로
모순으로 기울도록 만들었으니.
성탄절 주간[6]이 다가왔다. 즐거운 날들이!
아무것도 애석해하지 않는, 끝없이
삶의 지평선이 밝고 무한하기만 한,
가볍기가 바람 같기만 한
젊은이들이 미래에 대해 점을 친다.
돌이킬 수 없이 모든 것을 잃고 나서
자신의 칠성판 부근에 다가와서
늙은이들도 안경을 쓰고 점을 친다.
모두에게 똑같이 희망은
어린애 같은 혀로 거짓을 속삭여 준다.

8

타티아나는 호기심 어린 시선을 던져
접시 물에 가라앉은 양초의 모양을 살핀다.[7]
양초는 기이한 모양으로 굳어져

---

6) 예수 탄생일인 12월 25일부터 세례일인 1월 6일까지의 기간. 이때는 특
히 예언이나 주술이 잘 들어맞는다고 믿었다.
7) 찬물에 녹은 양초를 부어 굳어지는 모양에 따라 미래를 점쳤다. 점을 치
는 것은 이교도적인 풍습이지만 러시아 민간에서 기독교 의식과 연결되었다.

그녀에게 무언가 기이한 것을 말해 준다.
물이 가득 찬 큰 접시에서
반지들을 차례로 건져 냈는데
그녀의 반지를 꺼낼 차례에
불려진 가락은 노래 중에서
그곳 남자들은 항상 부자라네.
삽으로 그냥 은을 다 파낸다네.
우리 노래 듣는 사람은 누구나
부와 영광 얻으려네.였으나
한탄스러운 곡조가 죽음을 예언한다.
처녀들 마음에는 암고양이 부르는 게 더 좋은데.[29]

9
밤은 얼음처럼 찼다. 하늘은 온통 밝았다.
밤하늘 별들의 멋진 합창이 그리도
고요하고 조화롭게 흘렀다……
타티아나는 옷을 다 여미지도
않은 채 넓은 마당으로 나와서
떨리는 손으로 거울에 달을 비추니
깜깜한 거울 속에는 슬픈 달만이
파르르 파르르 떨고 있어서……
가만! 사각사각…… 누군가 눈 위로 지나간다,
처녀는 발끝으로 날듯이 다가간다,
그녀는 목동의 피리 소리보다

더 달콤한 목소리로 묻는다,
"이름이 뭐예요?"[30] 그는 그녀를
쳐다보고 답한다. "아가폰[8]이오."

10
타티아나는 유모의 말에 따라
한밤중에 점을 치려고
목욕탕에 이 인분 식사를 차리라고
남모르게 명했다.[9] 그러고 나니
갑자기 타티아나는 무서워졌다…….
나도 스베틀라나가 생각나서[10] 무서워졌다.
아, 할 수 없다……. 겁이 나서 이제
타티아나와 함께 점을 칠 수가 없네.
타티아나는 비단 허리띠를 풀고[11]
옷을 벗고 침대에 누웠다.

---

8) 아가폰은 매우 러시아적이면서도 서민적인 이름이다. 시골 귀족 아가씨
의 남편 이름으로도 어울리지 않을 만큼 우스꽝스럽다.
9) 유모들이 러시아 민간 의식을 귀족 처녀에게 전달하는 경우가 많았다. 목
욕탕은 집 건물 밖에 따로 지어져 있었다.
10) 발라드 「스베틀라나」에서는 스베틀라나가 이 인분 식사를 차려 놓고 촛
불 빛에 거울을 비춰 보니 그 안에서 일 년 동안 사라졌던 연인이 나타나
그녀를 업고 그의 무덤으로 갔다.
11) 허리띠를 푸는 것은 자기도 모르는 힘, 예를 들어 악마의 힘에 자신을
내맡기는 것을 의미한다.

머리 위로 사랑의 신[12]이 날아다니고
깃털 베개 밑에는 거울이 놓였다.
모든 것이 고요해졌다.
타티아나는 잠들었다.

11
기이한 꿈이 타티아나에게 보인다.
꿈속에서 그녀는 마치
슬픈 안개에 둘러싸인 채
눈 덮인 벌판을 가는 것 같다.
커다란 눈 더미들 사이에
겨울 추위로도 묶어 버릴 수 없게
막 들끓는 검푸른 강물이 소리 지르고
세찬 파도로 소용돌이치며 흐르고
얼음으로 연결된 두 긴 막대기,
흔들흔들하는 위험천만한 다리가
강물 위로 놓여 있다. 여기
소리 지르는 심연 앞에 그녀가
온통 어찌할 바를 모르고
우뚝 멈추어 섰다.

---

12) 고대 슬라브의 신으로 사랑하는 사람들, 목자들 그리고 시인들을 보호
하는 신이다.

12

안타까운 이별을 원망하듯이
타티아나는 강물을 원망한다.
건너편에서 손 내밀어 줄 사람이
아무도 보이지 않는다.
갑자기 눈 더미 하나가 움직였다. 뭘까?
도대체 누가 그 밑에서 나타났을까?
커다란 털북숭이 곰이었다.[13]
타티아나는 아악! 소리쳤다.
곰은 그녀에게 으르렁거리며
날카로운 발톱이 달린 길고 큰 발을
내민다. 그녀는 용기를 내어 그 발을
떨리는 손으로 붙잡고 의지하며
겁먹은 채로 강을 겨우 건너왔다.
그런데 이게 웬일? 곰이 쫓아온다!

13

그녀는 뒤돌아볼 엄두도 못 내고서
서두르는 발걸음을 더욱 재촉한다.
하인처럼 졸졸 따라오는 털 짐승에게서
벗어날 길은, 어쩌나, 전혀 없다.

---

13) 러시아에서는 꿈에서 곰을 보거나 꿈에서 강을 건너는 것은 결혼하는
것으로 풀이했다.

지긋지긋한 곰이 신음하며 덮쳐 온다.
그들 앞에는 깊은 숲이 있었다.
우울한 아름다움을 보이며 미동도 없는,
가지들마다 눈덩이들에 잔뜩 눌린
전나무, 사시나무, 자작나무들,
벌거벗은 보리수들, 그 꼭대기 사이로
밤별들이 빛날 뿐, 눈보라에
관목들도, 골짜기도 다들
깊이 파묻혀 버려서
길이 어디인지 도무지 알 수 없다.

14
타티아나는 숲으로 들어가고 곰이 뒤따른다.
부드러운 눈이 그녀의 무릎까지 쌓여 있고
긴 나뭇가지가 목걸이를 목 뒤로
휙 걸어 잡아당기기도 하고
귀에서 금귀고리를 힘껏 빼기도 한다.
푸석한 눈 속에 젖은 장화 한 짝이 벗겨져서
사랑스러운 발만 빠져나온다.
머릿수건이 눈 위로 떨어져서
밟혀도 주울 경황이 없다. 무서워!
뒤에서 곰의 소리가 들리니 부끄러워
떨리는 손으로 치맛자락을 조금
올리는 것조차 꺼려진다. 다시금

힘을 내서 달려보는데 곰은 내내 따라온다.
이제 이미 달릴 힘도 없다.

15
그녀는 눈 속으로 쓰러진다. 곰은 발로
잽싸게 그녀를 안아서 등에 업고 간다.
그녀는 무감각하게 몸을 맡긴 채로
미동도 않고 숨도 쉬지 않는다.
곰은 그녀를 업은 채 숲길로 질주한다.
갑자기 나무 사이에 초라한 통나무집이 보인다,
주위는 온통 적막강산이고 사방이
황량한 눈으로 덮인 통나무집이.
작은 창문만이 환하게 빛나고 집 안에서
떠드는 소리, 쿵쿵 소리 소란하다.
곰이 입을 떼어 말한다.
"여기 내 대부가 살아. 이 집에서
몸을 좀 녹여 봐!" 하더니 곧장 현관으로
들어가 그녀를 문 앞에 눕힌다.

16
타티아나가 정신을 차려 보니, 원수처럼
따라오던 곰은 없고 그녀만 누워 있다.
문 안에서는 성대한 장례식에서처럼
떠드는 소리, 달캉달캉 술잔 소리 울린다.

도무지 영문을 알 수가 없어서
문틈으로 몰래 들여다보니, 보이는 게
이게 뭔가? 식탁에 둘러앉은 게
도깨비들이 아닌가. 맙소사,
어떤 놈은 뿔이 나고 개 주둥이를 했고,
어떤 놈은 닭 대가리가 달렸고,
여기 염소수염이 달린 마귀,
또 거만하고 젠체하는 해골 뼈다귀,
저기 꼬리 달린 난쟁이, 그리고 또
몸이 반은 학이고 반은 고양이인 괴물.

17
점점 더 무시무시하고 점점 더 괴상하다.
새우가 거미 위에 타고 앉았고
해골이 빨간 실내모를 쓰고
거위 목을 타고 함께 뱅글뱅글 돈다.
풍차가 통통 앉은뱅이 춤을 추고
날개를 퍼드득거리며 흔들어 대고
멍멍, 하하호호, 흥얼흥얼 노랫가락
휘휘 휘파람, 짝짝, 웅얼웅얼, 탈칵탈칵![31]
온갖 소리 요란한데 이 손님들 사이에서
그녀의 사랑스럽고도 무서운 그이가,
즉 우리 소설의 주인공이 앉은 것을 보고서
타티아나는 무슨 생각을 했겠는가!

오네긴은 식탁에 앉아
몰래 문 쪽을 바라본다.

18
그가 신호를 보내면 모두가 손뼉을 치고
그가 마시면 모두들 마시며 소리 지르고
그가 웃음을 터뜨리면 모두들 웃어 대고
그가 눈썹을 찌푸리면 모두들 침묵하고
하니 그는 이곳의 주인, 이 점은 분명하다.
이제 타냐도 그렇게 무섭지 않다.
호기심이 많은 그녀가 자,
이제 문을 조금 더 열자……
갑자기 바람이 불어닥치며
등잔의 불을 꺼 버렸다.
집 귀신 무리는 당황했다.
오네긴은 시선을 번뜩이며
식탁에서 쿵 소리 내며 일어난다.
모두가 일어난다. 그가 문으로 온다.

19
타티아나는 무서워졌다. 그래서
서둘러 도망가려 애썼지만
아무래도 안 된다. 초조해져서
몸부림치며 소리 지르고 싶었지만

할 수가 없다. 예브게니가 문을 열어젖혔다.
지옥의 유령들 앞에 처녀가 나타났다.
요란한 웃음이 거칠게 울렸고
모두들 눈으로, 발굽으로,
구부러진 코로, 수염으로
털이 일어선 꼬리로,
송곳니로, 핏빛 혓바닥으로,
뿔로, 뼈뿐인 손가락으로,
이 모든 것으로 그녀를 가리키며
일제히 소리 지른다, 내 것, 내 것이야!

20
내 것이야! 예브게니가 무섭게 말하자
무리 전체가 갑자기 숨어 버렸다.
차가운 어둠 속에는 그러자
젊은 처녀와 그만 단둘이 남았다.
오네긴은 가만히 타티아나를
구석으로 끌고 가서 그녀를
흔들거리는 벤치에 눕히고 바로
자기 머리를 그녀의 어깨 위로
기울이는데[32] 갑자기 올가가 들어오며
뒤에 렌스키가 따라온다, 불이 켜지고
오네긴은 손을 내젓고
사납게 눈을 굴리며

이 불청객들에게 욕을 한다.
타티아나는 거의 죽은 듯이 누워 있다.

21
말다툼 소리 점점 더 커진다. 예브게니가
갑자기 긴 칼을 잡는다. 순식간에 렌스키가
베어졌다. 허깨비들이 무시무시하니
두껍게 뭉쳐 가지고 참아 낼 수 없는
비명을 지른다……. 오두막집이 흔들거린다…….
타냐는 무서워 떨며 잠에서 깨어났다…….
눈을 떠 보니 방 안은 이미 환하다.
창문에는 얼어붙은 유리창마다
아침노을 붉은빛이 즐겁게 뛰논다.
문이 열렸다. 올가가 그녀에게로
북방의 오로라보다 더 상기된 얼굴로
제비보다 더 날렵하게 날아온다.
"자, 내게 말 좀 해 봐,
도대체 꿈에 누굴 본 거야?"

22
그러나 동생도 알아보지 못하고서
그녀는 침대에 책을 들고 누워서
책장만 한 장 한 장 넘긴다.
그녀는 아무 말도 하지 않는다.

이 책이 비록 시인의 달콤한 공상도
현명한 진리도, 그림을 보여 주는 것도
아니지만 베르길리우스도, 라신도,
스콧도, 바이런도, 세네카도,
여성 패션 잡지[14]도 자,
이렇게까지 사람을 사로잡을 수는
없을 것이네, 친구들이여, 이 책은
바로 가르데야 현자[15] 중의 으뜸이자
예언자이고 꿈 해몽자인
마틴 자데카[16]가 쓴 것이었네.[33]

23
이 심오한 창작물을 가져온 사람은
외떨어진 그들에게 가끔 어쩌다
찾아오던 보따리장수였는데 그는
타티아나에게 지지난 봄엔가
한참 실랑이 끝에 이 책을

---

14) 당시 여성 패션을 주도하던 프랑스 잡지 《주르날 데 담 에 데 모드(Journal des dames et des modes)》로 추정된다. 1797년부터 1838년까지 발간되었다.
15) 고대 동방 국가 칼데아(바빌로니아 지방)의 이름을 따서 점성술사나 예언자를 그렇게 불렀다.
16) 마틴 자데카는 가명으로 독일이나 스위스의 꿈 해몽 책을 번역한 사람이다.

권수가 모자라는 말비나[17]를
끼워 주는 조건으로 마침내
양도했다, 3루블 반에. "참 내,
너무 싸네!" 하더니 그는 빼앗다시피
외설 우화집에 페트리아다[18] 두 권,
문법책 한 권, 마르몽텔의 제3권[19]을
덤으로 챙겨 갔다. 그때부터 보다시피
자데카는 타냐의 총아, 모든 슬픔 속에서도
기쁨을 주었고, 잘 때도 그녀를 떠나지 않았다.

24
꿈이 그녀를 불안하게 한다.
꿈을 어떻게 이해해야 할지 몰라서
타티아나는 무서운 꿈의 의미를 어서
찾아서 알아내고 싶다.

---

17) 『말비나』(1800)는 마리아 (소피) 코탱의 6부작 소설이다.
18) 볼테르의 「앙리아데」를 모방하여 18세기풍으로 알렉산드르 그루진초
프가 쓴 표트르 대제에 대한 역사물(1812)과 미하일 도모노소프의 유명한
서사시 「페트리아다」를 말한다.
19) 마르몽텔 전집은 1787년에 열일곱 권으로 나왔는데 상당히 비도덕적이
었지만 매우 인기가 높았다고 한다. 제3권은 1761년에 출판되었는데, 카람
진이 번역한 것일 수도 있다. 제3권에 들어 있는 「우정의 학교」의 여주인공
델피느는 자존심이 강하고 행동이 당시의 관례에 어긋난다는 점에서 타티
아나와 비슷한 데가 있다. 푸시킨의 서재에는 마르몽텔 전집 열일곱 권이 모
두 있었다고 한다.

타티아나는 짧은 목차에서
가나다순으로 해서
고슴도치, 곰, 눈보라, 다리,
숲, 어둠, 전나무, 폭풍, 허깨비 무리
등등을 찾아본다. 그녀의 의혹은
마틴 자데카도 해결할 수 없을 듯.
그러나 불길한 꿈은 그녀에게 많은
슬픈 사건들을 예고한 듯
이후 며칠 동안 그녀는
내내 꿈 때문에 불안해했다.

25
그러나 이제 아침노을이 붉은 손길로[34]
새벽의 골짜기로부터 자기 뒤로
태양을 데리고 타티아나의 즐겁고
명랑한 명명일을 꺼내 오고…….
아침부터 라린가(家)는 온통 손님들로
가득 찼다. 온 가족을 이끌고 이웃들이
상자 마차로, 포장마차로,
반개 마차로, 썰매 마차로 달려왔으니.
현관 앞에는 북적북적 우왕좌왕, 난리,
객실에는 처음 만나는 사람들의 인사 소리,
강아지 짖는 소리, 소녀들의 입맞춤 소리,
와자지껄, 하하호호, 입구에 사람들이

몰렸는데 손님들의 절과 거동은 꽤나
느리고 유모들 야단하고 아이들 울어 대네.

26
뚱뚱한 아내를 동반한
뚱뚱한 건깡깡이 푸스탸코프 씨,
뛰어난 지주이자 빈궁한
농노들의 소유자인 송곳 그보즈딘 씨,
서른 살에서 두 살까지, 원 참,
모든 나이의 아이들을 가진 한창
백발의 짐승 스코티닌 씨 부부,
지역에서 제일가는 멋쟁이 수탉 페투슈코프,
베개 털을 온몸에 붙이고 챙 달린 모자를 쓴 남자,
(여러분도 물론 익히 잘 아는 그 꼬락서니)
바로 내 말썽꾼 사촌 부야노프,[35] 또 뭐든지
부풀려 허풍을 떠는 늙은 사기꾼이자
걸귀에다 뇌물 좋아하는 광대,
퇴역한 참사관 빈둥이 플랴노프 씨가 도착했다.

27
얼마 전 탐보프에서 온 풍자시인입네
하는 므슈 트리케도 안경 끼고 붉은 가발 쓰고
난쟁이 판필 하를리코프 씨네
가족과 함께 이제 막 도착했고.

진짜 프랑스 남자라서 므슈 트리케는
주머니에 어린애들도 다 아는 곡조인
「깨어나라, 아름다운 여인이여」[20]에
맞춰 부를 시를 넣어 가지고 왔는데
이 프랑스 시는 잡지에 실렸던 것,
낡은 노래 시들 가운데서 베낀 시구들로
통찰력 있는 시인 트리케는 이 시를
먼지에서 꺼내 빛을 보게 했던 것,
용감하게도 아름다운 니나 대신
아름다운 타티아나라고 고쳐서.

28
이윽고 가까운 군대 주둔지인
○○○ 지구에서 성숙한 아가씨들의 우상이자
이 고장 어머니들의 큰 기쁨인
중대 지휘관이 도착했다. 자,
그가 들어와서…… 전하는 굉장한 뉴스, 아!
연대의 군악대가 올 것이라고.
연대장이 직접 보냈다고.
무도회가 열린다고, 아이 좋아라!
계집애들은 미리부터 깡충깡충 뛴다.[36]

---

20) 샤를 뒤프레니의 서정시를 니콜라 라고 드 그랑발이 작곡하여 널리 알려졌다. 17세기 말에 유행하던 노래로 19세기 초에는 매우 유명했다.

그러나 식탁이 준비되니 모두들 그리로 간다,
짝을 지어서 손에 손을 잡고.
아가씨들은 타티아나에게로 몰려오고
남자들은 맞은쪽이다. 모두들 식탁에 앉아
성호를 긋고 웅웅거린다.

29
순식간에 멈춘 대화. 입들이 무지
바쁘니 들리는 건 오로지
갖가지 그릇이 달그락거리는 소리,
연신 찬찬찬 술잔 부딪히는 소리,
그러나 금세 손님들은 점차로
다시 온통 떠들썩해진다.
아무도 서로에게 귀 기울이지 않고
빽빽 소리 지르고 말다툼하고 웃어 댄다.
갑자기 문이 활짝 열렸다. 렌스키가 들어오고
오네긴도 같이 왔다. "오, 주여!" ─
여주인이 외친다. ─ "왔군요, 드디어!"
손님들은 모두들 조금씩 좁혀 앉고
접시와 의자를 재빨리 옆으로 움직여
자리를 만들어 두 친구를 불러 앉힌다.

30
앉힌 곳은 타티아나의 바로 맞은편,

아침 달보다 더 창백하고
쫓기는 사슴보다 더 떠는 편,
그녀는 깜깜해지는 두 눈을 내리깔고
겨우 서 있다. 속에선 정열의 불길이 마구
폭풍처럼 인다. 숨이 막히고 어지럽다, 막.
그녀에게는 두 친구의 인사말이
전혀 들리지 않는다. 두 눈에선 벌써 눈물이
막 떨어지려 한다. 불쌍한 여자는
이미 기절해 쓰러질 지경, 어쩌리,
그러나 그녀의 의지와 이성의 힘이
이를 극복했다. 겨우 그녀는
인사말 두 마디를 잇새로
조용히 말한 다음 식탁에 앉았다.

31
비극적-신경과민적 현상들,
처녀들의 기절, 눈물 따위들을
예브게니는 오래전부터 참아 낼 수 없었다.
그는 그것들을 참을 만큼 참아 주었던 것이다.
이 괴짜는 커다란 연회에 부딪히게 되자
이미 짜증이 났는데 처녀의 못 견디게
괴로운 듯한 몸을 떠는 열정을 알아차리자
유감스러워 눈을 내리깐 채 시무룩하게
화가 올라 있었다. 그는 분노를 누르면서

렌스키가 분노로 미친 듯이 날뛰도록, 음,
된통 복수해 주리라 맹세한 다음
미리 승리의 쾌재를 부르면서
모든 손님들의 캐리커처를
머릿속으로 그리기 시작했다.

32
타냐의 당황한 모습을 본 사람은
물론 예브게니 혼자만이 아니었다.
그러나 이때 시선과 판단의 목표는
기름진 고기만두였다.
(불행하게도 너무 짰다.)
고기 요리가 끝나고 크림 젤리가 나오기 전에
벌써 송진으로 봉한 병에
치믈랸스코예 샴페인[21]이 나왔다.
병 뒤에 열을 지은 좁고 긴 술잔들,
그대의 허리를 닮은 술잔들,
지지,[22] 내 영혼의 크리스털이여,
내 무구한 시의 대상이여,

---

21) 돈 지방의 샴페인으로 외국산 샴페인보다 저렴했다. 1장에서 오네긴은
혜성주를 마셨고 4장에서는 렌스키와 함께 모엣을 마셨다.
22) 푸시킨이 미하일롭스코예에 머물렀을 때(1824~1826) 이웃 영지 트리
고르스코예에 살던 오시포프-불프의 세 딸 중 하나인 예브프락시야 니콜
라예브나 불프를 가리킨다.

매혹적인 술잔, 사랑의 술잔이여!
나 그대 때문에 종종 취하곤 했었지!

33
축축한 마개에서 해방되어
펑 소리 높더니 샴페인이
쉭쉭거린다. 저기 아까부터 벌써
시구 때문에 마음 졸이던 트리케 시인이
젠체하며 일어난다. 그 앞에
군중들은 깊은 침묵을 지킨다.
타티아나는 거의 죽을 것처럼 보였다.
종잇장을 손에 든 트리케,
그녀를 향해서 가락도 안 맞는
노래를 한 곡조 뽑았다. 사람들은
박수 치고 휘파람 불고, 야아! 그녀는
이 가수 옆에 앉아야 했다. 시인은
비록 위대하나 겸손해서 첫 번째로
건배한 후 그녀에게 시구를 건네준다.

34
인사와 축하가 이어진다.
타티아나는 모두에게 감사한다.
예브게니 차례가 되니
처녀의 괴로운 모습이

그녀의 당황함과 지친 모습이
그의 마음속에 동정을 불러일으켰다.
그는 말없이 그녀에게 절을 했다.
그러나 그의 시선은 어쩐 일인지
놀랄 만큼 다정했다. 진정으로 감동해서인지
일부러 꾸미며 장난을 하는 건지
저절로 그렇게 되어서인지,
아니면 선의에서 그런 건지
알 수 없으나 이 시선은 정말 다정했고
그것은 타냐의 심장을 살아나게 했다.

35
의자들 미는 소리 요란하다.
무슨 벌 떼가 벌집에서 내몰렸나 싶게,
떼 지어 붕붕 들판으로 날아가나 싶게
사람들이 객실로 몰려간다.
이웃들은 잔치 음식에 만족했고
이제 마주 보며 부른 배로 식식거리고
부인들은 벽난롯가로 가서 앉고
처녀들은 구석에서 소근거리고
초록색 탁자들이 펼쳐지고
걸핏하면 다투는 도박꾼들이 모여들고
한물간 보스턴과 롬베 게임,
아직까지 널리 퍼져 있는 휘스트 게임,

항상 변함없는 이 가족들, 탐욕스러운 권태의
이 모든 아들들이 등장한다.

36
휘스트의 영웅들은 벌써 여덟 번
자리를 옮겨 앉으며 여덟 번
로베르트[23]를 쳤다. 이제 차가
나온다. 나는 점심 식사, 차,
저녁 식사에 따라 시간 맞히기를
좋아한다. 시골에서 별 번잡 떨지 않고
그저 배를 믿을 만한 브레게 시계라고
믿으며 별 탈 없이 살았던 시절을
그리워한다. 게다가 잠깐 괄호 안에
말하고 싶은 것은, 내가 잔치나
요리나 술병 마개를 내 시구들 속에
이토록 자주 언급한다는 것, 언제나
그대처럼, 신성한 호메로스여,
그대, 3000년의 우상이여!

37, 38, 39
자, 차가 나온다. 얌전을 빼면서

---

23) 세 판 단위로 계산하는 카드 게임. 새로 세 판이 시작할 때 자리를 바꿔
않는다.

처녀들은 찻잔을 살짝 잡고 있다.
갑자기 긴 홀의 입구에서
파곳과 플루트가 울린다.
음악 소리에 하도 기뻐서
럼을 탄 차도 팽개치고서
이 근방에서 파리스[24]로 이름난 그이,
수탉 페투슈코프가 올가에게 다가가니
타티아나에게는 렌스키가 다가간다.
하를리코프에게는 탐보프의 내 시인이
농익은 신부감을 데려다주니
부야노프는 푸스탸코프 부인을 끌고 간다.
모두들 홀 안쪽으로 쏟아져 들어가
무도회는 그야말로 아름답게 빛난다.

40
내 소설의 시작 부분에서
(1장을 보시라, 무척 앞이긴 하나.)
나는 알바니[25]의 화풍으로써
페테르부르크의 무도회를 그리려 했으나

---

24) 그리스 신화에 나오는 트로이의 왕자. 빼어난 미남으로 스파르타의 왕
비 헬레네를 빼앗아 감으로써 트로이 전쟁을 일으켰다.
25) 프란체스코 알바니(Francesco Albani, 1578~1660). 이탈리아 화가. 신
화에 나오는 아름다운 신이나 인물들을 목가적인 자연 풍경을 배경으로 그
렸고 당시 토르콰토 타소의 작품들에 넣을 삽화를 그리기도 했다.

쓸데없는 공상에 정신이 팔려

아는 여인들의 발을 머릿속에

다시 떠올리느라 바빴지. 오, 발이여,

그대의 날씬한 자취들을 쫓아다니며

매번 길을 잃는 일은

이제 그만! 내 청춘이 나를 배반하니

이제 좀 더 현명해질 때가 왔지.

내용과 운율을 수정하는 일,

이 5장을 일탈로부터 청산하는 일,

그것이 지금 내가 할 일이다.

41

청춘 시절의 회오리가 치듯이

끝없이 한결같이 미친 듯이[26]

왈츠[27]의 시끌벅적한 회오리가 돌아간다.

---

26) 푸시킨은 왈츠를 '한결같이 미친 듯이'라고 부른다. 이러한 형용어는 춤추는 사람들의 감정만을 의미하는 것이 아니다. '한결같이'라는 말은 이 시기에 독무와 새로운 모습들을 고안하는 것이 큰 역할을 했던 마주르카와 달리, 춤놀이인 코티용과는 더더욱 달리, 왈츠가 똑같은 반복 동작들로 구성되었기 때문이다. 또한 1820년대에 왈츠는 보편적인 확산에도 불구하고 지나치게 자유로운 춤이라는 평판을 얻었다. 열정적이고 미친 듯한, 본성에 가까워서 위험한 왈츠는 예의범절을 차리는 구시대의 춤과 대립되었다.
27) 오네긴 시대의 무도회는 폴로네즈로 시작되어 왈츠, 마주르카, 코티용 순서로 진행되었다. 라린가의 무도회에서는 폴로네즈가 생략되고, 왈츠로 시작했다.

한 쌍 한 쌍 어른어른 지나간다.
복수의 순간에 다가가면서
오네긴은 몰래 속으로, 으흐흐,
웃으며 올가에게 다가가 손님들 근처에서
그녀와 빠르게 한 바퀴 돌고 난 후
그녀를 만지며 의자에 앉힌다.
그녀와 이런저런 이야기를 나누다가
한 이 분쯤 함께 활짝 웃다가
다시 그녀와 왈츠를 계속 춘다.
모두들 놀란다. 렌스키도
자기 눈을 의심한다.

42
마주르카[28]가 울렸다. 예전엔
마주르카의 뇌성이 울리면
커다란 홀의 모든 것이 떨었고
마룻바닥이 뒤축 아래 쩡쩡 갈라졌고
유리창들이 덜컹덜컹 흔들거렸다.
지금은 다르다. 우리도 여인들처럼 이제는

---

28) 무도회의 절정을 알리는 마주르카는 복잡한 동작들과 춤의 핵심을 이루는 남자들의 독무로 이루어졌다. 활기찬 마주르카에서 젊은이들은 장화의 징과 높은 뒤축으로 무자비하게 발을 쿵쿵 굴렀다. 젊은 남성이 200명 정도 있던 공개적인 모임에서 마주르카의 음악을 연주했을 때 그 쿵쿵거림은 음악 소리를 덮었다고 한다.

래커 칠한 마룻판 위를 미끄러진다.
그러나 소도시나 시골에서는
아직도 마주르카가 원래의
아름다움을 간직하고 있어서, 뛰어오르기,
구두 뒤축으로 울리기, 수염 날리기,
모든 것이 여전하다. 최근 러시아인들의
병이자 전제 군주인 교활한 유행도
그것들을 배반하지 않았던 것.

43, 44
내 말썽꾼 사촌 부야노프가
우리의 주인공에게로 올가와
타티아나를 데려온다.[29] 잽싸게
오네긴이 나서서 올가를 이끌고 그녀와
되는대로 미끄러지면서 어쩌자고
그녀에게 고개를 잔뜩 기울이고서
닳고 닳은 찬탄의 말을 속삭이면서
손을 꼭 쥔다. 그녀는 자부심에 가득 차고
얼굴에는 홍조가 더욱 선명하게 불탄다.
내 렌스키는 모든 것을 보았다.
그는 열이 올라 제정신이 아니었다.

---

29) 마주르카가 시작할 때 춤의 파트너를 선택하는 것은 흥미나 호의 또는 연모의 표시(렌스키가 해석했던 것처럼)로 받아들여졌다.

시인은 불타는 질투의 분노에 휩싸였다.
그는 마주르카가 끝나기를 기다려
그녀에게 코티용30)을 추자고 청한다.

45
그러나 그녀가 안 된단다. 안 돼? 왜?
올가는 이미 오네긴에게 약속했단다.
오 맙소사, 맙소사! 뭐, 안 된다?
무슨 말이야? 그녀가 어떻게…… 왜……
이럴 수가? 기저귀를 갓 벗어난 게
교태꾼, 바람둥이라니!
벌써 교활한 짓거리에
배반하는 것까지 배웠다니!
렌스키는 충격을 견딜 수 없어
여자들의 장난질을 저주하면서
밖으로 나가 말을 내오라고 해서
달려 나간다. 한 쌍의 권총에서
나올 두 발의 총알이 — 더 이상은 아니다 —
갑자기 그의 운명을 결정하리라.

<hr />

30) 무도회를 마무리하는 춤이며, 카드릴(4인무)의 한 종류인 코티용은 왈
츠의 멜로디에 맞춰 춤을 추었으며, 가장 격의 없고 다양하며 장난스러운
춤놀이였다.

27 뱌젬스키 공의 시 「첫눈」[1]을 보라.

28 바라틴스키가 「에다」[2]에서 핀란드의 겨울을 묘사한 부분을 보라.

29 "수고양이가 암고양이를

　　난로 속에서 자라고 부르네."

결혼을 예고하는 노래다. 앞의 노래는 죽음을 예고했다.

30 이런 식으로 미래의 신랑을 알게 된다.

31 잡지들에서 짝짝, 웅얼웅얼, 탈칵탈칵 같은 단어들은 성공적이지 못한 신조어로 비판받았다. 그러나 이런 단어들은 원래 러시아 단어다.

"보바가 천막으로부터 몸을 식히러 나왔더니 벌판에서 웅얼웅얼 말소리와 탈칵탈칵 말발굽 소리가 들려왔다."(「보바-왕자 이야기」) '짝짝'은 일상어에서 '짝짝 박수 치는 소리' 대신 쓰인다. '쉿'이 일상어에서 '쉿 하는 소리' 대신 쓰인 것처럼.

---

1) 이 시는 1장의 제사에도 인용되었는데 겨울에 눈이 내려 아름다운 풍경을 멋지게 묘사한다.

2) 이 시는 겨울 눈보라가 울부짖고 회색빛 구름에 태양이 가려진 어둑한 핀란드의 얼음 덮인 바위산을 묘사하고 있다.

"그는 뱀처럼 쉿 내쉬었다." (「고대 러시아 시」)[3]

풍요롭고 아름다운 우리 말의 자유를 방해하지 말아야 한다.

32 우리 비평가 중 한 사람은 이 시구에서 우리가 이해할 수 없는 외설스러움을 본 모양이다.[4]

33 우리 나라의 예언서는 존경할 만한 마틴 자데카의 명의로 출판되지만 그는 한 번도 예언서를 쓴 적이 없다고 V. M. 표도로프는 지적하고 있다.

34 로모노소프의 유명한 시구를 패러디한 것이다.

"아침노을이 붉은 손길로

평온한 아침 바다로부터

자기 뒤에 태양을 데리고 나온다."

35 "부야노프, 내 이웃은…… 어제 면도도 하지 않고 진이 다 빠져서 털부스러기를 온몸에 묻히고 챙 달린 모자를 쓰고 내게로 왔다." (「위험한 이웃」)[5]

36 진정으로 여인을 존경하는 우리의 비평가들은 이 시구의 무례함을 강하게 비판했다.

---

3) 고대 러시아 구전 시가 모음집의 하나. 키르샤 다닐로프의 것이다.
4) 이 비평가는 문인 V. M. 표도로프로서 당시 문화계몽담당부에서 높은 관직에 있었는데 1828년 4장과 5장이 출판되었을 때 푸시킨을 비도덕적이고 '외설스럽다'고 비난했다.
5) 푸시킨의 백부 바실리 르보비치 푸시킨의 짧은 서사시. 이 작품에 나오는 인물의 이름이 부야노프다.

6장

안개 끼고 낮이 짧은 곳에서
죽음이 고통스럽지 않은 민족이 태어난다.
— 페트라르카[1]

1

블라디미르가 사라진 것을 알아채자
오네긴은 다시 권태에 쫓겨
올가 옆에서 깊이 생각에 빠졌다,
복수한 것에 그만하면 만족해서.
오네긴처럼 올가도 하품하다
눈으로 렌스키를 찾았다.
그러나 끝날 줄 모르는 코티용이

---

1) 6장은 미하일롭스코예에서 1826년 5장과 함께 집필하여 1828년 3월에
출판했다. 제사는 페트라르카의 「마돈나 라우라의 생애」의 제28노래, 49행
과 51행에서 가져왔다. 페트라르카는 여기서 언급된 민족이 러시아 민족이
라고 생각하고 쓴 것 같다. 푸시킨은 50행 "태생적으로 평화의 적인 민족"을
빼고 두 행만 인용했다.

그녀를 악몽처럼 괴롭혔다, 아이!
드디어 코티용이 끝났다. 밤참을 먹는 동안에
잠자리가 준비된다. 손님들을 위하여
현관방부터 하녀 방까지 다 치워져
잠자리로 제공된다. 모든 사람에게
평온한 잠이 필요하다. 오네긴만이
집으로 자러 돌아간다.

2

모든 것이 잠잠해졌다. 객실에서는 몸이
무거운 푸스탸코프와 그의 무거운 반쪽[2]이
코를 골며 나란히 누웠고
그보즈딘, 부야노프, 페투슈코프, 또
술에 취한 플랴노프는
이리저리 식당 의자들 위에 길게 누웠고,
추위를 타는 트리케는 스웨터를 입은
채로 낡은 털모자를 쓰고 마룻바닥에서 자고
처녀들은 타티아나와 올가의 방에서
모두들 잠에 흠뻑 빠졌지만
가엾은 타티아나만 잠들지 못한 채
슬픔에 잠겨 홀로 창가에서
다이애나 여신의 빛을 받으며

---

2) 뚱뚱한 아내.

어두운 들판을 바라본다.

3
그의 예기치 않은 나타남,
두 눈의 순간적인 다정함,
그리고 올가와의 이상한 행동이 다
그녀의 영혼으로 깊숙이 파고들었다.
그가 전혀 이해할 수 없는 사람처럼
생각됐다. 질투의 고통이 미친 듯이
그녀를 뒤흔들었다, 차가운 손이
그녀의 가슴을 짓누르는 것처럼,
검푸른 심연이 발밑을 삼킬 듯이
소리 지르는 것처럼……. 타냐는 말한다,
"이제 바로 앞에 왔나 봐, 내 파멸이.
그러나 그로 인한 파멸은 소중하다,
나 불평하지 않을 테다. 불평해서 뭐 해?
그는 내게 행복을 줄 수 없는걸."

4
앞으로, 앞으로, 내 이야기여! 자,
새 얼굴이 우리를 부른다, 가자!
렌스키의 마을, 크라스노고리에서

5베르스타3) 떨어진 철학자의 황야4)에서

자레츠키5)가 지금까지 건재하시다.

그는 한때 난폭하기로 유명했고

도박꾼 대장이고 망나니 두목이고

또 선술집을 누비는 웅변가였다.

그러나 지금은 독신의 몸으로

가족을 이끄는 선량하고 평범한

아버지이자 믿을 만한 친구로,

평화로운 지주로, 또 심지어는

명예를 아는 사람으로까지 알려져 있다.

이렇게 우리 시대가 개선되고 있다.

5

사교계가 아첨 떠는 어조로

그의 위험천만한 용기를 찬양했었다.

---

3) 1베르스타는 약 1.06킬로미터이다.

4) 여기서 철학자는 독신의 의미로 쓰였다.

5) 자레츠키의 모델을 실제 인물인 P. I. 톨스토이로 보는 견해가 있다. 그는 도박을 좋아했고 전쟁에 참가한 것을 자랑했으며 결투를 즐기고 남들의 결투를 종용하곤 했다. 결투는 엄격하고 면밀한 의식(儀式)에 따라 진행되어야 했다. 그런데 러시아에서는 결투가 공식적으로 금지되었기 때문에 어떤 인쇄물에도 결투 법칙을 실을 수 없었다. 결투자들은 살아 있는 법전이자 명예의 문제에서 중재자 역할을 하는 달인들의 권위에 의지해서 법칙을 준수했다. 여기서는 자레츠키가 그런 역할을 한다.

그는 5사젠⁶⁾ 거리에서 정말로
카드 에이스를 맞힐 수 있었다.
전투에서도 이름을 제법 날렸는데
어쩌다 주정뱅이처럼 술독에 빠진 날에
곤드레만드레 취한 상태로
칼미크 준마에서 진흙 바닥으로
용감하게 떨어져서 프랑스인들에게
포로로 잡혔다. 값비싼 인질, 흥!
이 최신판 레굴루스,⁷⁾ 명예의 화신은, 흥!
매일 아침 베리³⁷에게서
외상으로 술 세 병만 받을 수 있다면
언제라도 다시 포승에 묶일 태세다.

6

재미삼아 사람들을 놀리고, 심심풀이로
바보들을 속이는 건 물론이고,
때론 공공연히, 때론 은근슬쩍 무시로
똑똑한 자를 멋지게 바보 만들고

---

6) 1사젠은 약 2미터. 5사젠은 대략 10~12보로 결투에서 총을 쏘는 거리
를 말한다.
7) 1차 포에니 전쟁에서 카르타고의 포로가 된 로마의 장군. 그는 카르타고
인들로부터 평화를 제안하라는 임무를 받고 로마로 다시 보내지자 원로원
에게 전쟁을 계속하라고 조언한다. 카르타고로 돌아간 그에게는 죽음이 기
다리고 있었다.

고소해했다, 그의 이런 짓들이
따끔한 교훈 없이 항상 무사히
넘어가지는 못해서 그 자신도 바보처럼
가끔 곤경에 빠졌다, 아무렴!
그는 유쾌하게 논쟁할 줄 알았으며
혹은 날카롭게 또는 무디게 답변하고
때론 계산적으로 침묵하고
때론 계산적으로 말다툼할 줄 알았으며
젊은 친구들을 싸움 붙여
결투선에 세우거나, 아니면

7
셋이서 아침을 먹으려는 의도에서
둘을 화해시키고 나서 뒤에서 사방에다
멋대로 농담이나 거짓말을 퍼뜨려서
그들의 명예를 깎아내리는 사람이었다.
이제는 시절이 다르다! 용감한 행동도
(또 다른 무모함인 사랑의 꿈도)
생생한 청춘과 함께 지나가는 법.
이미 말한 대로 내 자레츠키는 제법
달라져 벚나무와 아카시아 그늘 아래[8]로
폭풍우로부터 드디어 몸을 피해서

---

8) 바튜슈코프의 목가시에 나오는 구절.

진정한 현자처럼 조용히 살면서
호라티우스[9]처럼 양배추를 심고
오리와 거위를 치면서
아이들에게 철자를 가르친다.

8
그는 바보가 아니었다. 내 예브게니는
그의 마음을 존경하지는 않았지만
그의 판단력과 세상사 이것저것에 대한
건전한 이해력을 좋아했다. 예브게니는
그와 기꺼이 만나곤 했기에
아침에 찾아온 그를 보았을 때
전혀 놀라지 않았다. 그는 웬일로
그날은 첫 인사를 나눈 다음 바로
시작된 대화를 끊더니 뜸을 들이고는
렌스키가 보냈다고 말하며 웬 쪽지를
웃는 건지 우는 건지 째지게 상을 쓰고는
오네긴에게 전해 주었다. 시인의 쪽지를
오네긴은 창가로 다가가서
혼잣말로 나직하게 읽었다.

---

9) 기원전 1세기경의 로마 시인. 시민 전쟁에 참가한 이후 하사받은 영지에
서 시골의 소박한 삶을 찬양하며 살았다.

9

그것은 좋은 문장으로 품위 있게
쓴 짧은 도전장, 이른바 **결투 신청서**[10]였다.
렌스키는 정중하고 차갑도록 명확하게
친구에게 결투를 신청하고 있었다.
오네긴은 즉각 그 자리에서
심부름을 하는 사절을 향해서
언제라도 좋다고 전하라고
꼭 필요한 한마디만 던졌고
자레츠키는 아무 말도 없이
갑자기 일어나더니 집에 할 일이 많아
더 이상 머무를 수 없다면서 서둘러
가 버렸다.[11] 그러나 예브게니는
홀로 남아 자기의 영혼을 마주하며
자기 자신을 못내 못마땅해했다.

10

그리고 그건 당연했다. 그는 엄격하게

_____

10) 결투는 결투를 신청하는 것으로 시작된다. 결투 신청에는 통상 갈등이 선
행하는데, 그 갈등의 결과 한쪽이 모욕당했다고 생각하고 배상을 요구한다.
이 순간부터 이미 양 당사자들은 어떠한 접촉도 할 수 없으며 모든 것은 그
들의 대리인인 입회인들을 통해 이루어진다.
11) 입회인은 당사자들 사이의 중재자로서 무엇보다도 먼저 그들을 화해시
키기 위해 최대한 노력해야 하지만 자레츠키는 화해를 전혀 시도하지 않은
것으로 보인다.

자기 자신을 비밀 재판에 소환했다.

그는 여러 가지 점에서 자신을 책망했다.

첫째로 그가 어제저녁 공연스레

수줍고 부드러운 사랑을 함부로

비웃고 놀린 것부터가 옳지 않았고

둘째로 시인이 바보같이 날뛰어도 그대로

놔두었어야 했다. 시인이 아직 뭘 모르고

한 일이니 그만 용서할 것을, 열여덟 살이면

뭘 알겠나, 온 마음으로 청년을 사랑한다면

자신이 편견들이 가지고 노는 공[12]이 아니라

열 올리는 소년, 싸움꾼이 아니라

명예를 알고 지각이 있는

남자라는 것을 보였어야 했다.

11

감정을 솔직히 털어놓아야 했지.

짐승처럼 털을 곤두세우지 말았어야 했다.

렌스키의 젊은 심장을 무장 해제

시켰어야 했다. "그러나 이제는 늦었다,

이미 늦어 때를 놓쳤다…….

게다가 여기에 ── 그는 생각한다 ──

---

12) 구설수에 휘말리는 것을 두려워하여 옳지 않은 행동 규범을 인정한 순간 그는 자유를 잃고 자동인형, '편견들이 가지고 노는 공'이 되는 것이다.

늙은 결투쟁이가 개입했지,
심술쟁이에 말재기에 수다쟁이지…….
물론 그의 장난 같은 말에는 그저 '체' 하고
경멸하는 게 알맞은 값이지만…… 에이,
또 바보들이 숙덕거리고 비웃을 테니……."
자, 이것이 바로 여론이라는 물건이다![38] 체,
공명심의 태엽이자 우리의 우상인 바로
이 축 위에 세상이 돌아가는 법이다!

12
참을 수 없는 적개심으로 들끓어
시인은 집에서 답변을 기다린다.
여기 웅변이 뛰어난 이웃이 으쓱대며
축사하듯 답변을 전해 왔다.
질투의 화신에게 이건 바로 축제다!
그는 자나 깨나 난봉꾼이 혹시나
뭔가 책략을 생각해 내서
가슴에서 권총을 피하며
모든 걸 농담으로 얼버무리면 어쩌나
걱정했었다. 그러나 이제 의심은
해결됐다. 내일 동트기 전에 그들은
물방앗간에 도착해서 서로의 넓적다리나
관자놀이를 겨누고 방아쇠를
당길 수밖에 없게 되었다.[13)]

13

교태꾼을 증오하기로 결심하고
온통 들끓는 렌스키는 결투 전에 결코
올가를 보지 않기로 작정하고
애를 써 보았으나 해를 쳐다보고
시계를 보고 결국은 손을 내젓고
이웃집에 나타났다.
그는, 올가가 방문한 자기를 보고
놀라서 당황하리라 생각했다.
전혀 그렇지 않았다. 예전처럼
바람같이 가벼운 희망처럼
활기차고 태평하고 즐거운 모습으로
올가는 불쌍한 시인을 맞이하러
현관에서 막 뛰어나왔다.
이전과 똑같은 그녀였다.

14

"어제 왜 그렇게 일찍 사라졌어요?"
올가의 첫 번째 질문이었다. 오,
렌스키 속의 모든 감정들이 뒤엉켰다.
그는 말없이 코를 떨어뜨렸다.

---

13) 모욕이 심각하지 않았다고 판단하면 모욕을 준 사람은 상대의 신청을 받아들임으로써 형식적으로 결투를 할 수도 있고, 만일 모욕이 피로써만 씻길 수 있을 정도로 심각하다면 결투는 한 사람이 상처를 입어야 끝이 난다.

이 티 없는 시선 앞에

이 다정한 소박함 앞에

이 발랄한 영혼 앞에

질투와 유감은 어느 결에

사라져 버렸다. 달콤한 감격 속에서

그는 아직 사랑받고 있는 것을 알았다.

벌써 그는 후회로 괴로워하면서

그녀에게 용서를 구할 태세가 되었다.

그는 떨면서 할 말을 찾지 못한다.

그는 행복하다, 그는 거의 정상이다…….

15, 16, 17

그러다 다시 우울한 생각에 잠긴다.

사랑스러운 자신의 올가 앞에서

렌스키는 어제 일에 대해서

이제 와서 아무 말도 못 한다.

그는 생각한다, "그녀의 구원자가 되리라.

방탕자가 불길과 한숨과 칭찬으로

젊은 심장을 유혹하지 못하게 하리라.

경멸스러운 독충이 마음대로

백합의 줄기를 갉아먹는 일은,

아직 반밖에 피어나지 않은

이틀 된 꽃이 시드는 일은 결코

없을 것이다. 내가 아직 숨을 쉬고

있는 동안은!"14) 이 모든 것이 의미하는 것은
친구들이여, 친구와 총질을 하겠다는 것이다.

18
어떤 상처가 내 타티아나의 심장을
불태웠는지 그가 알았더라면!
렌스키와 예브게니가 내일 아침이면
무덤의 그늘을 두고 싸우게 될 것을
타티아나가 알았더라면,
그녀가 알 수 있었더라면,
아, 그녀의 사랑은 아마도
두 친구를 다시 화합하게 했을지도…….
그러나 이 열병에 대해 우연으로라도
아는 사람은 아직 아무도 없었다.
오네긴은 아무 말도 하지 않았다, 한마디도.
타티아나는 몰래 괴로워하고 있었다.
유모 한 사람만은 알 수 있을 법도 한데
그녀는 도무지 추측할 능력이 없었고.

19
저녁 내내 렌스키는 안절부절못했다.

---

14) 셰익스피어의 소네트 94번을 연상시키는 백합에 대한 표현 등 당시 널
리 쓰이던 시적 관용구들이다.

침묵하다가는 다시 유쾌해지기도 하고
시의 신이 어루만진 자가 다
항상 그렇듯이 눈썹을 찌푸리고
클라비코드[15]에 앉아
똑같은 곡만 치면서
올가에게로 시선을 향하고
속삭였다, '나 행운아 맞지요?' 하고.
그러나 늦었다. 돌아갈 시간이다.
괴로움으로 가득 찬 가슴이 조이며
아파 왔다. 젊은 처녀와 작별하며
그의 심장은 터질 것 같았다.
그녀는 그의 얼굴을 살핀다, "무슨 일 있어요?"
— 아니 별로. — 그리고 그는 현관문을 나섰다.

20
집에 돌아와서 그는 권총들을
손보고 다시 그것들을
가방에 넣고 나서 옷을 벗고
촛불 아래 실러를 펼쳐 놓고
읽어 보나 한 가지 생각만이 그를
휩싸 슬픈 심장은 잠들지 않는다.
말할 수 없이 아름다운 올가를

---

15) 피아노가 발명되기 전에 사용하던 건반 현악기.

블리디미르는 바로 눈앞에 본다.

그는 책을 덮고 펜을 잡는다.

그의 시는 사랑의 헛소리로 가득 차서

울리며 흐른다. 시적 열기에 가득 차서

그는 소리 내어 그것들을 읽는다.

술 취한 델비그가

파티에서 그러듯이.[16]

21

이 시들이 우연히 보존되었다, 나

그것들을 입수했는데 자, 보시라!

"어디로, 어디로 그대는 떠나 버렸나?

내 봄날의 황금빛 날들이여! 아!

미래의 날은 내게 무엇을 준비하고 있나?

내 시선은 헛되이 잡아 보려 하네, 그것을,

깊은 안개 속에 감추어져 있는 그것을.

소용없는 일이어라, 운명은 법칙대로 되리라.

나 화살로 관통되어 쓰러지거나

화살이 옆으로 비껴 가거나

모든 것은 축복이어라. 깨어남과 잠듦의

정해진 시간이 곧 다가올 것이매

---

16) 리체이 시절부터 푸시킨의 가까운 친구인 안톤 안토노비치 델비그를 말
한다. 그는 술을 마시면 즉흥시를 읊곤 했다.

근심의 낮도 축복이요,
어둠의 도착도 축복이어라!

22
내일도 아침노을이 빛나고
밝은 날이 뛰놀 것이니.
그러나 나는 아마도 무덤, 그곳
비밀스러운 그늘 아래로 가리니
느릿한 레테강은 젊은 시인의 기억을
온통 삼켜 버리겠지, 세상은 나를
잊어버리고 말겠지, 그러나 그대,
미의 처녀여, 오시려나? 그대,
때 이른 유골 위에 눈물 흘리고
말해 주시려나? 그는 나를 사랑했다,
폭풍 같은 인생의 슬픈 새벽을 다
오직 내게만 바쳤노라!며…….
내 마음의 친구여, 보고 싶은 친구여,
내게로 오라, 오라. 나는 그대의 신랑!"

23
이렇게 그는 애매하고 희미하게[17] 쓰고 있었다.
(우리는 이런 것을 낭만주의라고 부른다.

---

17) 이는 푸시킨의 동창생 큐헬베케르가 비가를 비판할 때 썼던 단어들이다.

비록 여기 낭만주의라 할 만한 건

조금도 없지만, 그게 무슨 상관인가?)

마침내 아침노을이 뜨기 전에

유행하는 단어인 이데알[18] 위에서

피곤한 머리를 떨구고

렌스키는 고요히 잠들었다. 이제

잠이 어루만지니 그는 자신을

잊을 수 있었다. 벌써 이웃이 온다.

이웃은 고요한 서재로 들어와 그를

부르며 큰 소리로 깨운다.

"일어날 시간일세. 벌써 6시가 지났네.

필시 오네긴이 기다리고 있을 걸세."

24

그러나 그의 생각은 틀렸다. 예브게니는

이때 죽은 듯 자고 있었다.

벌써 밤의 그림자가 엷어지고 사라지는

새벽. 닭이 "꼬끼오" 금성을 맞이했다.

아직 오네긴은 깊은 잠에 빠져 있고.

이미 태양이 높이 떠 하늘을 돌고

건듯 부는 눈보라가 반짝거리며

---

18) 고양된 아름다움, 꿈을 나타내는 말로, 당시 실러나 슐레겔의 영향을
받아 사용되었다.

회오리쳐도 아직 계속 자며
침대를 떠나지 않는 예브게니,
아직 그 위에 잠의 신이 날아다닌다.
이제 드디어 그가 잠에서 깨어난다.
커튼 자락을 옆으로 밀고 내다보니
아, 벌써 오래전에
집에서 떠났어야 했다![19]

25
그는 서둘러 종을 울린다.
달려오는 하인 프랑스인 기요,
실내복과 슬리퍼를 대령하고
새 속옷도 얼른 내온다.
오네긴은 서둘러 옷을 입고서
하인에게 어서 채비를 해서
권총 가방을 들고 함께 갈
것을 명한다. 둘이 타고 갈
빠른 썰매가 준비되자 바로 올라타서
단숨에 물방앗간에 도착한다.
그는 프랑스 하인에게 뒤에서

---

19) 제시간에 나온 사람은 상대를 십오 분은 기다려야 하지만, 이 시간이
지나면 먼저 나온 사람은 상대가 나오지 않았음을 증명하는 조서를 작성해
야 한다. 그런데 오네긴은 매우 늦게 왔다. 아마도 그렇게 함으로써 결투를
피하고 싶었을 것이다.

숙명의 레파주³⁹권총들[20]을 들고 오라
이르고 말들은 두 기둥에 매어
들판에서 쉬게 하라 명한다.

26
제방에 기대어 렌스키는
벌써부터 초조하게 기다리고 있었다.
시골의 기계 전문가, 자레츠키는
그동안 물레방아를 점검했다.
오네긴은 용서를 구하며 다가온다.
자레츠키가 놀라서 묻는다.
"한데 어디, 어디 있소, 당신 입회인은?"
결투의 고전주의자이며 현학자인 그는
감각 있는 방식을 좋아해서
사람을 아무렇게나가 아니라
결투의 엄격한 법칙에 따라
예전부터 전해 오는 방식을 모두 지켜서
뻗쳐 눕히는 것을 허용했던 것이다.
(이 점에 있어 그를 칭찬해야만 한다.)

---

20) 파리에서 만든 최고급 프랑스제 권총. 보통 결투를 하는 두 사람은 각자
두 자루의 권총을 준비해 온다. 제비뽑기로 누구의 권총을 사용할 것인지
결정하여 각각 한 자루씩 나누어 가진다.

27

예브게니가 말한다 "내 입회인 말이오?

여기 이 사람, 내 친구 므슈 기요요.

내 제안에 무슨 특별한 반대가

있으리라 생각하지 않소. 그가

비록 유명하지는 않으나

물론 명예를 아는 사람입니다."

자레츠키는 입술을 깨물었으나[21]

오네긴은 렌스키에게 묻는다.

"어때, 시작하지?"— "좋아, 그러지!" —

블라디미르가 말했다. 둘은 서둘러서

물방앗간 뒤로 갔다. 좀 떨어진 곳에서

우리의 자레츠키와 명예를 아는 사람이

중요한 합의에 들어갈 때까지

원수지간인 두 사람은 시선을 떨구고 서 있다.

28

원수지간! 피의 갈증이 그들을

---

21) 오네긴이 입회인 대신 하인과 함께 나타난 것은 자레츠키에게 직접적인
모욕(결투 당사자들의 사회적 지위가 동등해야 하는 것과 마찬가지로 입회
인들의 지위도 동등해야 했다. 프랑스인이며 사적으로 고용된 하인이었던
기요는, 입회자의 역할을 함에 있어 형식적으로는 데리고 올 수 없는 사람
이었다. 이 모든 것은 자레츠키에 대한 모욕이었다.)이었을 뿐만 아니라 자
기 멋대로 규칙을 어긴 것이기도 해서 자레츠키가 몹시 열 받은 상태다.

서로서로 떼어 놓은 것이 오래전인가?
여가와 식사, 또 생각과 일을
사이좋게 함께한 것이 오래전인가?
지금은 분노에 가득 차서
무슨 철천지원수나 되는 것처럼
무섭고 이해할 수 없는 악몽처럼
서로서로에게 고요 속에서
냉혹하게 파멸을 준비하고 있다니…….
그들의 손이 붉게 물들기 전에, 아니
그냥 웃어 버리고 말 수는 없는 걸까?
그냥 사이좋게 헤어질 수는 없는 걸까……?
그러나 사교계의 적대 관계라는 것은
허위의 수치를 몹시 두려워한다.

29
여기 벌써 권총들이 번쩍거리고
꽂을대를 때려 박는 망치 소리 울린다.
육각 총신에 총알이 재어지고
일차로 방아쇠가 당겨진다.
회백색 화약 연기가 약실에
퍼진다. 톱니 모양을 한, 역시
잘 조여진 장전쇠가 다시
한번 올려진다. 가까운 그루터기 뒤에
당황한 기요가 서 있다.

두 원수는 망토를 벗어 던진다.
자레츠키는 탁월한 정확함을
내보이며 32보를 재어 두 친구를
그 마지막 두 금에 마주 세웠다.[22]
각자 자기 권총을 잡았다.

30
"자, 앞으로." 냉혹한 마음으로
아직 겨누지는 않은 채 두 원수는
조용하고 확실한 걸음걸이로
꼭 네 걸음을 걸어갔다. 이는
네 걸음 죽음의 계단이었다.
예브게니는 걸음을 멈추지 않고
먼저 권총을 조용히 올렸고
둘은 또 다섯 걸음을 갔다.
렌스키도 왼쪽 눈을 찡그리며
마찬가지로 오네긴을 겨누며
쏘려 했으나 오네긴이 먼저 쏘았다…….
시인에게 정해진 시각이 울린 것이다.
시인은 말없이
권총을 떨어뜨렸고,

---

22) 자레츠키는 이 두 사람을 32보의 간격을 두고 서게 했고, 결투 거리 표시선은 "품위 있는 거리"(33연 10행), 즉 10보의 거리를 두고 있었던 것이 분명하기 때문에 각자는 11보씩 움직일 수 있었을 것이다.

31

가슴에 조용히 손을 얹고 그대로
쓰러진다. 흐릿한 시선은 고통이 아니라
이미 죽음을 나타낸다, 마치 큰 눈덩이 하나가
산비탈을 따라 아래로
햇빛에 불꽃처럼 반짝이며
천천히 미끄러져 내리는 듯하다.
순간적으로 오싹해지며
오네긴이 젊은이에게로 달려간다.
그를 바라보며 불러 보나…… 소용없다.
그는 이미 존재하지 않는다. 없다.
젊은 시인에게 때 이른 종말이
닥친 것이다! 폭풍이 강하게 불더니
아름다운 꽃은 아침노을에 이미
시들었다. 제단의 불은 꺼졌다!

32

그는 꼼짝 않고 누워 있었는데
이마의 지친 평화가 기이했다.
심장 밑에 관통상을 입었는데
상처에서 김이 나며 피가 흘렀다.
한순간 전만 해도 이 심장 속에
영감, 증오, 희망, 사랑이 뛰었는데
생명이 뛰놀고 피가 끓었는데

지금은 빈집처럼 그 안의 모든 게
고요하고 깜깜해졌다.
심장은 영원히 침묵했다.
덧창들은 모두 깜깜하게 닫혔고
유리창들도 하얗게 분필로
색칠해졌다. 안주인이 없다. 어디로 갔는지
아무도 모른다. 흔적조차 사라졌다.

33
과오를 범한 거칠고 뻔뻔스러운 적을
대담한 경구로 광분시키는 일은 통쾌하다.
그가 분노에 차서 들이받으려고 뿔을
막무가내로 빳빳이 아래로 구부리다
우연히 거울 속에서 제 모습을 보고서
창피해서 어쩔 줄 모르며 바보처럼 굴면서
"이게 나군!" 하며 울부짖으면
더 통쾌하다. 보다 더 통쾌한 것이라면
말없이 그를 위해 명예로운 무덤을
준비해 놓고 품위 있는 거리[23]를
둔 채 조용히 창백해진 이마를
겨누는 것이다. 그러나 정말로 그를

---

23) 18세기 말에서 19세기 초 러시아 결투에서 결투 거리 표시선 사이가 일
반적으로 10~12보였을 때를 말한다.

조상들한테 보내는 것은 여러분에게
아마 통쾌한 일이 아닐 것이다.

34
어떨까? 뻔뻔스러운 시선이나 말대꾸나,
또는 다른 사소한 일로 해서
술자리에서 당신을 모욕했거나
아니면 스스로 불같이 화가 나서
당신을 거만하게 결투장으로 부른
젊은 친구가 당신의 총을 맞은
직후에 바로 쓰러져 꼼짝 않고
이마에 죽음의 표지를 드러내고
당신 앞에서 점차로 굳어 갈 때
당신이 필사적으로 흔들고
불러도 아무 소리 못 듣고
아무 말도 못 할 때
말해 보시라, 어떤 감정이
당신 마음을 지배하게 될까?

35
심장을 갉는 괴로움 속에서
손으로 권총을 꽉 쥐고서
예브게니는 렌스키를 바라본다.
"흠, 어쩌지? 죽었다." 이웃이 결론지었다.

죽었다고! 이 무서운 외침에
타격을 받은 오네긴은 부르르 떨고
사람들을 부르면서 뒤로 물러서고
자레츠키는 썰매에 조심스레
얼음장이 된 시체를 눕히고 나서
무서운 보물을 집으로 운반하려 하고
시체 냄새를 맡은 말들은 힝힝대면서
가쁘게 숨을 몰아쉬며 말을 안 듣고
하얀 거품을 뿜어 쇠로 된 재갈을 적신다.
그러더니 화살처럼 날아가기 시작했다.

36
친구들이여, 그대들은 시인을 동정한다.
그는 기쁜 소망들을 한창 꽃피웠는데
세상을 위해 아직 그것들을 실현하지도 못했다.
어린아이의 옷을 겨우 벗었는데
시들다니! 뜨거운 격정은 어디로 갔나?
청춘의 감정과 사상, 그렇게도 드높고
애정 넘치는 대담한 감정과
사상의 고결한 지향은 어디로 갔나?
폭풍 같은 사랑의 열망,
지식과 일에 대한 갈증,
악덕과 수치에 대한 두려움이여,
그대, 남모르는 생각이여,

그대, 천상의 삶의 환영이여,
그대, 신성한 시의 꿈이여, 다들 어디로 갔나?

37
그는 세상의 행복을 위해서 또는 적어도
영예를 위해서 태어났을 수도 있었는데.
지금은 침묵해 버린 그의 리라가 아마도
수 세기 동안 끊임없이 온 세상에
울렸을 수도 있고, 세상의 층층다리,
그 꼭대기 가장 높은 계단이
시인을 기다리고 있었을 수도 있다.
그의 망령이 신성한 비밀을 죄다
그와 함께 피안으로 가져가서
생명을 주는 그 목소리도 사라져 버리니
모든 시대의 찬가, 모든 종족의 축복이
무덤의 경계 뒤 망령에게 날아가서
전해지지 않았을 수도 있다, 전혀.

38, 39
아마도 시인을 기다렸던 것은
의례적인 운명이었을 수도 있다.
청춘 시절이 지나가고 남는 것은
식어 버린 영혼, 꺼져 버린 열정이었을 것이다.
그는 많은 점에서 변했을 것이고

시혼과 헤어져 결혼을 하고
시골에서 행복하고, 아내에게 속고,
누빈 가운을 입고
진정으로 인생을 알고
사십 세에 통풍을 앓고, 먹고 마시고
지루해하고 뚱뚱해지고 쇠약해지고
그러다 결국 침대에 드러눕고
자식들과 잘 우는 여인들, 그리고
의사들에 둘러싸여 죽었을 수도 있다.

40
어쨌거나, 독자여, 슬프다,
젊은 시인이자 연인인,
생각에 잠기곤 했던 공상가는
친구의 손에 죽었다!
그곳, 영감에 의해 길러지던 그가
자랐던 마을에서 왼편으로 두 전나무가
뿌리가 붙어 하나로 자라고 그 밑으로
이웃 계곡의 시냇물 줄기들이 서로
만나 굽이쳐 흐르는 곳,
밭 가는 농부가 즐겨 쉬고
추수하는 여인이 물을 긷는 곳,
항아리들이 쟁그랑쟁그랑 울리고
나무들이 짙은 그늘을 드리우는

시냇가에 소박한 묘비가 세워졌다.[24]

41

그 밑에서(봄비가 들판에서
목초를 적시기 시작하면) 목동은 해마다
알록달록한 제 짚신을 엮으면서
볼가강의 어부를 노래한다.
시골에서 여름을 보내는
젊은 도시 여인은
들판에 홀로 나와서
말을 타고 내달리면서
그 앞에서 말을 멈추고 고삐를
바짝 당기면서 모자에서
얇은 베일을 들어 올려서
빠른 눈길로 소박한 묘비명을
읽는다. ─ 그러자 눈물이
사랑스러운 두 눈을 흐리게 한다.

42

황량한 벌판에서 그녀는
공상에 잠겨 느릿느릿 말을 타고 간다.

---

24) 교구 공동묘지의 울타리 안에 묻히지 않은 것으로 보아 렌스키는 자살
자로 규정되었음을 추론할 수 있다.

어쩔 수 없이 그녀의 마음은
온통 렌스키의 운명으로 가득해진다.
그녀는 생각한다. '올가는 어찌 되었나?
그녀의 심장은 오랫동안 괴로워했나?
아니면 눈물의 시간이 곧 지나갔나?
그녀의 언니는 지금 어디에 있나?
또 사람들과 세상을 피하던 도망자,
최신 유행 미인들의 최신 유행 대적자,
젊은 시인의 살인자, 그 음울한
괴짜배기는 어디에 있나?' 얼마간
시간이 지난 후에 나 그대들에게
모든 것을 자세히 알릴 것이다.

43
그러나 지금은 아니다. 비록 나
진심으로 나의 주인공을 사랑하지만,
그에게로 물론 다시 돌아갈 것이지만
지금은 그를 생각할 겨를이 없다.
세월이 메마른 산문에 기울고
세월이 유희로운 각운을 쫓아낸다.
나도 ─ 한숨 쉬며 고백하는데 ─ 애쓰고
각운 맞추는 데 게을러졌다.
붓이 예전처럼 날개 돋친 듯이
종이 위를 나아가지 않으니.

다른 차가운 상상들이
다른 심각한 근심들이
사교계의 소음 속에서나 고요 속에서나
내 영혼의 꿈을 동요시킨다.

44

나 다른 희망들을 알게 되었으나
새로운 슬픔도 알았다.
예전의 희망들은 이제 바라지 않으나
오래된 슬픔은 유감스럽다.
어디로 갔나, 꿈이여, 꿈이여, 그대의 달콤함?
어디로 갔나, '달콤함'의 영원한 각운 '젊음'?
정말로 청춘의 화관은, 어쩌나,
시들고 말았나? 결국 시들고 말았나?
전혀 비가적인 과장이 아니라 실제로
내 인생의 봄이 날아가 버렸단 말인가?(바로
이 표현을 나 농담 삼아 종종 썼었다.)
그 봄은 아마 다시 돌아오지 않겠지?
나 이제 곧 서른 살이 되겠지?

45

그렇다, 나의 한낮이 다가왔다,
이 점 인정해야 한다는 것, 나 안다.
그러니 우리 사이좋게 작별하자,

예브게니 오네긴

오 내 가벼운 청춘이여, 자,

나 이제 모든 것에 감사한다.

쾌락, 슬픔, 사랑의 고통,

소동, 향연, 반란의 폭풍,

그대가 준 이 모든 것에 감사한다.

나 그대에게 감사한다. 그대는 내게

소란 속에서도 고요 속에서도

즐거움을 주었다……. 그것도 차고 넘치게.

이제 그만 됐다! 밝은 정신으로

나 이제 지난 삶에서 휴식을 취하러

새로운 길로 들어간다.

46

한 번 뒤돌아보고. 잘 있거라, 내 안식처여,

벽지에서 내 나날들이 흘러갔던 곳,[25]

열정과 여유로운 한가함에 가득 찼던 곳,

영혼 깊이 생각과 꿈들로 가득 찼던 곳이여,

그러나 그대, 청춘의 영감이여,

내 상상력을 설레게 해 다오,

심장의 꿈을 되살려 다오, 그대여,

내 방으로 더 자주 날아와 다오.

---

25) 푸시킨은 1824년 8월부터 1826년 9월까지 미하일롭스코예에 체류했다. 창작의 열정과 여유로운 사색이 함께했던 이곳에서 푸시킨은 이 소설의 3장을 마쳤고 4~6장을 썼다.

시인의 영혼이 딱딱하게 굳어서
가혹해지고 거칠게 메말라 버려서
마침내 돌이 되지 않도록 해 다오!
사교계의 독약 같은 환락 속에서, 오,
나와 그대들이 함께 헤엄치는
이 늪 속에서, 사랑하는 친구들이여!⁴⁰

47
교활하고 지각없고
경박하고 버릇없는 아이들 가운데
우스꽝스럽고 지루한 악당들 가운데
둔한 트집쟁이 심판자들 가운데
경건하신 교태꾼들 가운데
자발적인 노예들 가운데
일상적인, 유행하는 장면들 가운데
정중한 배신과 사랑스러운 배신들 가운데
잔혹한 심장의 공연한 소동 가운데
냉혹한 심판 가운데
유감스러운 공허 한가운데
계산과 머리 굴리기와 대화들 가운데
나와 그대들이 함께 헤엄치는
이 늪 속에서, 사랑하는 친구들이여."²⁶⁾

---

26) 46연 전체에 붙인 주석으로 1828년 3월 6장을 따로 출판했을 당시의

끝부분을 보여 준다. 차이콥스키는 오페라 「예브게니 오네긴」을 제작할 때 이 주석에 나오는 구절들을 리브레토의 일부로 사용하여 타티아나의 남편 그레민 공작이 부르도록 했다.

37 파리의 식당 주인.

38 그리보예도프의 시구.[1]

39 유명한 무기 제조업자.

40 첫 출판 당시에는 6장이 다음과 같이 끝났다.

"그리고 그대, 청춘의 영감이여,

내 상상력을 설레게 해 다오, 그대여.

심장의 꿈을 되살려 다오.

내 방으로 더 자주 날아와 다오.

시인의 영혼이 딱딱하게 굳어서

가혹해지고 거칠게 메말라 버려서

결국 돌이 되지 않도록 해 다오.

사교계의 독약 같은 환락 속에서, 오,

영혼이 없는 거만한 자들 가운데서

이 번쩍거리는 바보들 가운데서.

---

1) 알렉산드르 그리보예도프(Alexander Griboyedov, 1795~1829)의 희극 「지혜의 슬픔」(1823) 제4막 차츠키의 독백(어리석은 사람들이 그대로 믿고 다른 사람들에게 전하면/ 노파들은 순식간에 동네방네 떠들어 댄다./ 자, 이것이 바로 여론이라는 물건이다!)에 있는 구절이다.

7장

모스크바, 러시아가 사랑하는 딸,
어디에서 그대만 한 곳을 찾을 수 있을까?
—— 드미트리예프[1]

혈육 같은 모스크바를 어찌 사랑하지 않을 수 있으리?
—— 바라틴스키[2]

모스크바를 비방하다니! 세상 돌아다녀 뭣 좀 안다는 게
고작 눈이 먼 거군요! 더 나은 곳이 어디예요?
우리가 없는 곳이오.
—— 그리보예도프[3]

1
봄빛에 내쫓긴 눈이

---

[1] 1826년 9월 모스크바로 돌아온 푸시킨은 1827년 3월부터 1828년 11월까지 7장을 집필하여 1830년 3월에 7장을 출판했다. 첫 번째 제사는 이반 이바노비치 드미트리예프의 시 「모스크바의 해방」(1795)에서 가져온 것으로 모스크바의 웅장한 외관에 대한 송가적 찬양이다.

[2] 바라틴스키의 「향연」(1821)에서 가져온 것으로 사적인 문화 중심으로서의 모스크바(유명한 맛있는 연회 음식 같은 것 포함)에 대한 찬양이다.

[3] 그리보예도프의 희극 「지혜의 슬픔」에서 가져온 것으로 러시아의 모든 것에 염증을 느끼는 차츠키(「지혜의 슬픔」의 주인공)가 느끼는 바와 같은 모스크바에 대한 회의적 태도를 보여 준다. 「지혜의 슬픔」은 당시 출판이 허용되지 않았다.

주위의 산으로부터 녹아내리네.
곧 탁한 시내가 되더니
물에 잠긴 초원으로 흘러내리네.
자연은 잠에서 깨어나 기지개 펴고
밝은 미소 해의 아침을 맞고
하늘은 푸르러지며 빛나고
숲은 아직 휑하긴 해도 보송보송해지고
나날이 점점 더 초록빛을 띠어 간다.
벌들은 밀랍에서 나와
공물을 찾아 들로 날아가고
계곡은 마르고 알록달록해진다.
가축들은 웅성거리고 밤꾀꼬리는
벌써 밤의 정적 속에서 노래한다.

2
네가 나타난 것이 얼마나 슬픈지,
봄, 봄! 너 사랑의 시간이여!
내 영혼 속에, 내 피 속에, 어찌하여
이토록 애타는 설레임을 일으키는지!
시골의 고요한 품에서 살랑살랑
내 얼굴로 불어오는 맨살의 봄을
맛보면서 내 가슴이 철렁
내려앉는 괴로운 감동을
느끼는지! 즐거움은 이제 낯선 것이 되었나?

예브게니 오네긴   235

기쁨을 주고 생기를 주는 것이나
환호하고 빛나는 것은 모두 오래전에
죽은 영혼에 권태와 괴로움만 일으켜
그 영혼에는 무엇이나
어둡게만 보이는 것일까?

3
아니면 봄 숲의 웅성거림을 듣고
가을에 죽은 나뭇잎들이 하나하나
새로 돋아나는 것을 즐거워하지 않고
그저 쓰라린 상실만을 기억하는 것일까?
아니면 다시 살아난 자연에
돌이킬 수 없는 인간의 시듦을
도리 없이 당혹스러운 마음으로
연결시키게 된 것일까, 저도 모르게?
아마도, 시적 상상 가운데서
다른 봄, 저 예전의 봄이 부활해서
우리의 머릿속으로 도달해
우리의 심장을 먼 나라에 대해
경이로운 밤에 대해, 달빛에 대해……
꿈꾸며 떨게 하는 것이겠지…….

4
바야흐로 봄이 왔구려,

선량한 한량들이여,

쾌락주의자-현자들이여,

그대들, 태평한 행운아들이여,

그대들, 톱신^{41} 학파$^{4)}$의 제자들이여,

그대들, 시골의 프리아모스들$^{5)}$이여,

그리고 그대들, 감수성이 예민한 숙녀들이여,

봄이 그대들 모두를 시골로 부르는구려.

온기와 꽃과 노동의 계절,

영감에 차서 산책하는 계절,

고혹스러운 밤의 계절이 왔으니

친구들이여, 들판을 향해, 어서 빨리,

짐 마차건, 역마차건 짐을 가득 싣고

도시의 관문으로부터 달려 나가게!

5

그리고 그대, 고마운 독자여!

겨울 동안 즐겁게 지냈던, 밤낮으로

---

4) 바실리 알렉세예비치 톱신(Vasily Alekseyevich Lyovshin, 1746~1826). 푸시킨이 원주에서 소개했듯이 매우 왕성한 활동을 했던 작가이자 민속학자, 프리메이슨, 노비코프의 동료다. 약 90권의 저서를 냈는데 그중에는 영지 생활에 필요한 구체적인 내용을 다룬 것도 많았다. 톱신 학파라는 말은 영지를 가진 귀족, 시골 지주를 말한다.

5) 프리아모스는 고대 그리스 신화에 나오는 트로이의 왕으로서 많은 가족을 거느린 가장이다. 시골의 프리아모스들이란 수많은 가족과 함께 시골에 사는 지주를 말한다.

지칠 줄 모르는 도시를 떠나, 어여
외국산 반개 마차를 타고
이름 모를 강 위로 가지를 드리우고
웅성거리는 떡갈나무도 보고
숨 좀 쉬러 내 변덕스러운 시혼과 같이
시골로 달려가세, 내 예브게니,
한가하고도 우울한 은자가
바로 얼마 전 겨울에
내 사랑스러운 공상녀, 젊은 타냐의
이웃으로 살았던 곳, 그러나 그가
사라지고 없는 지금, 그의
슬픈 흔적만이 남아 있는 곳으로.

6
반원형으로 펼쳐진 산들 사이로 달리세,
시냇물이 작은 보리수 숲을 지나고
강을 향해 굽이치면서
초록빛 들판을 달리는 곳,
봄의 연인, 밤꾀꼬리 밤새도록 노래하고
들장미 환히 피어 있는 곳,
샘물이 두런거리는 그곳으로.
거기, 늙은 전나무 두 그루,
그 그늘 아래 묘석이 보이고
묘비명은 방문객에게 말하네,

"아무 해, 아무 살의 나이에
영웅적 죽음으로 때 이르게 생을 마감한
블라디미르 렌스키 이곳에 눕다,
고이 쉬소서, 청년-시인이여!"라고.

7
아침 바람 솔솔 불어오다
온화해진 유골 위로 고개를 숙인
전나무 가지 위에 걸린
비밀의 화관을 흔들곤 했다.
늦은 한적한 시간에
두 여자가 이리로 오곤 했다.
두 친구는 무덤가에서 달빛 속에
서로 껴안고 눈물 흘리곤 했다.
그러나 지금…… 슬픈 묘비는 잊혀 버렸다.
그리로 가는 길도 자란 풀에 덮여 버렸다.
가지 위에는 아무 화관도 없고 이미
머리가 세고 몸이 허약해진 목동만이
예전처럼 그 밑에서 노래 부르며
초라한 신발을 삼는다.

8, 9, 10
나의 가엾은 렌스키! 그녀는
슬피 울었지만, 오랫동안은 아니었다

오, 슬프다, 젊은 약혼녀는
자신의 슬픔에 충실하지 않다.
다른 남자가 그녀의 관심을 끌어서
사랑스러운 위안으로써
그녀의 고통을 잠재우는 데 성공했던 것이다.
그녀를 매혹시킨 남자는 한 창기병[6]이었다.
그는 그녀의 영혼 깊이 사랑을 받았다……
자, 여기 벌써 그녀가 그와 나란히
혼인의 제단 앞에 서서 부끄러이
화관을 쓴 채 고개를 숙이고 있다.
내리깐 두 눈 속엔 불을 담고
두 입술엔 살짝 미소를 머금고 있다.

11
나의 가엾은 렌스키! 무덤 뒤의
아득한 영원의 영역에서
우울한 시인은 당혹했을까, 약혼녀의
배반, 그 치명적인 소식으로 인해?
아니면 레테강 위에서 온화해져서
무감각으로 축복받아 잠잠해져서
이미 무엇으로도 당황하지 않게 되었을까?
그에게 세상은 닫혀 버려 아무 소리 안 들릴까……?

---

6) 계급이 낮은 군인.

그렇다! 무심한 망각이 뒤에서
우리를 삼키려고 기다린다.
적들, 친구들, 연인들의 목소리가 모두 다
갑자기 침묵할 것이다. 오직 재산에 대해서
후손들이 부르는 성 오른 합창 소리만이
지극히 무례한 언쟁을 부를 뿐.

12
그리고 곧 올랴의 음성은
라린 집안에서 울리기를 멈추었다.
자신의 운명에서 벗어날 수 없었던 창기병은
그녀와 함께 연대로 떠나야 했던 것이다.
딸과 헤어지는 늙은 여자는 슬퍼서
눈물을 흘리고 또 흘려서
거의 죽을 것같이 보였다.
그러나 타냐는 울 수 없었다.
다만 그녀의 슬픈 얼굴을
죽음 같은 창백함이 뒤덮었다.
모든 사람들이 현관으로 나갔다.
젊은 부부의 마차 주위에서 다들
작별하느라고 부산스러울 때
타티아나는 그들을 전송했다.

13

오랫동안 안개 속을 뚫고 보듯이
그녀는 떠나는 그들의 뒤를 바라보았다…….
이제 타티아나는 혼자다, 혼자다!
슬프도다! 그토록 오랜 세월의 친구인
그녀의 젊은 비둘기를,
혈연의 자매 올가를
운명은 멀리 데려갔다.
그녀와 영원히 작별시켰다.
망령처럼 그녀는 목표 없이 헤매고
황량한 정원을 들여다보기도 하는데
어디에도 무엇에도 기쁨은 없고
누르고 참아서 삭힌 눈물에
위안이 되는 것은 찾을 수 없고
가슴은 둘로 찢어진다.

14

가차 없는 고독 속에서
그녀의 열정은 더욱더 강하게 불탄다.
그녀의 심장은 멀리 있는 오네긴에 대해서
더욱더 큰 소리로 말한다.
그녀는 그를 보지 못할 것이다.
그녀는 그를 증오해야 한다,

자기 형제7)의 살인자로서.
시인은 죽었다……. 그러나 벌써
아무도 그를 기억하지 않는다.
약혼녀는 이미 다른 남자에게 넘겨졌고
시인에 대한 기억은 저 푸르고
푸른 하늘로 연기처럼 날아가 버렸다.
아마도 두 심장8)이 아직 그에 대해
슬퍼하리라……. 그러나 슬퍼한들 무슨 소용인가?

15

저녁이었다. 하늘이 어두워졌다. 강물이
고요히 흘렀다. 풍뎅이가 웅웅거렸다.
원무를 추던 이들도 벌써 흩어졌다.
강 건너에서 벌써 어부의 모닥불이
연기를 피우며 타고 황량한 벌판에
달은 은빛을 발하는데
혼자만의 상념에 빠져 타티아나는
홀로 오래도록 걸었다. 그녀는
걷고 또 걸었다. 문득 앞에 발아래로
지주 저택과 멀리 농가가 보인다.
언덕 아래 수풀과 빛나는 강 너머로

---

7) 제부가 될 뻔한 가까운 사람이라는 뜻으로 쓰였을 수 있다.
8) 타티아나와 오네긴의 심장일 것이다.

커다란 정원이 보인다.
이를 바라보는 그녀의 심장은
더 빨리 더 강하게 고동쳤다.

16
그녀는 갈팡질팡하며 망설인다.
"앞으로 갈까? 돌아갈까? 어쩐다?
그는 없고, 사람들은 나를 모르지……
집과 저 정원을 한번 들여다봐야지."
이제 언덕에서 타티아나가 내려온다.
불안으로 가득 찬 시선으로
숨죽인 채 주위를 돌아본다……
이윽고 인적 없는 마당으로
다가가니 개들이 짖으면서
달려든다. 그녀의 놀란 비명에
하인 자식들 무리가 시끄럽게
몰려와 서로 싸움까지 하면서
지주 아가씨를 보호한다며
개들을 쫓아 버린다.

17
"나리 집을 보면 안 될까?" 하고
타냐가 묻는다. 서둘러
아이들은 현관문 열쇠를 가지러

아니샤가 있는 데로 달려가고
당장 아니샤가 그녀에게로 나타났다
그들 앞에 문이 열렸다.
타냐는 얼마 전에 우리의 주인공이
살았던 빈집으로 들어간다. 바라보니
홀 안에는 잊힌 당구 큐대가 고이
당구대 위에 쉬고 있다
구겨진 소파 위엔 승마용 채찍이
그대로 놓여 있다. 타냐는 더 안으로 간다.
노파가 그녀에게 말한다. "여기 벽난롯가에
주인님이 혼자 앉아 계시곤 했지요."

18
"겨울에는 이웃 나리 고 렌스키 님이 여기서
나리와 저녁 식사를 들곤 하셨지요.
자, 이리로 저를 따라오세요, 어서,
여기가 나리의 서재예요.
여기서 주무시고 커피를 마시고
집사의 보고를 듣고
아침마다 책을 읽곤 하셨어요……
예전 나리님도 여기서 지내셨지요.
일요일에는 안경을 끼시고
창 밑에서 저와 함께 한참

바보 놀이⁹⁾를 하셨지요, 참.
주님, 그의 영혼을 구원하시고
축축한 어머니-대지 속 무덤에 있는
유골에 평안을 주소서!"

19
타티아나는 감동에 젖어
주위의 모든 것을 바라본다. 저기
불 꺼진 램프가 놓인 책상, 그 위에
이러저리 쌓인 책 무더기,
창 밑에 양탄자가 덮인 침대,
창밖 달빛 아래로 보이는 광경,
모든 곳에 창백한 어스름 박명(薄明),
찌푸린 이마에 챙 넓은 모자에
팔짱을 끼고 받침대 위에 서 있는
작은 철제 인형,¹⁰⁾ 벽에 걸린
바이런의 초상화, 이 모든 것이 타티아나
그녀에게는 비할 데 없이 소중해 보인다.
이 모든 것은 그녀의 지친 영혼을
고통 섞인 기쁨으로 생기롭게 한다.

_____

9) 카드놀이의 일종.
10) 나폴레옹의 입상.

20

타티아나는 유행을 따른 이 방 안에
오랫동안 도취되어 서 있었다.
그러나 늦은 시간. 싸늘한 바람이 일었다.
계곡은 어둡다. 수풀이
안개 낀 강 위에 잠들었고
달은 산 뒤로 사라졌다.
젊은 여순례자는 벌써 그만하고
돌아가야 했다. 시간이 너무 지났다.
타냐는 한숨을 쉬면서
그러나 흥분을 감추면서
어쩔 수 없이 귀로에 올랐다.
그러나 그 전에 허락을 구한다.
혼자서 책을 읽기 위해
이 버려진 성채를 방문해도 되겠느냐고.

21

타티아나는 가정부와 대문 뒤에서
작별했다. 하루가 지나갔다.
다음 날 그녀는 이른 아침 벌써
두고 왔던 은둔지에 다시 나타났다.
그리고 적막한 서재에서
얼마 동안 세상의 모든 것을 잊고서
마침내 혼자가 되었다.

오랫동안 그녀는 울었다.
얼마 후 책들을 앞에 놓긴 했으나 읽을
마음이 아니었다. 그러나 제목들이 다
그녀에게 낯설고 기이하게 보였다.
어느새 타티아나는 굶주린 사람처럼 책들을
삼킬 듯이 독서에 빠졌다. 그리고
그녀에게 다른 세계가 열렸다.

22
우리는 예브게니가 몇 년 전부터는
독서에 흥미를 잃은 것을 안다.
그래도 그는 몇 권의 책은
그의 실총에서 제외했다.
자우르와 주앙의 시인[11]이 쓴 책에다
두세 권의 소설[12]이 그것들이다.
이 소설들에는 시대가 반영되어 있고
비도덕적이고 이기적이고
메마른 영혼을 지닌,

---

11) 바이런을 말한다. 자우르는 1813년에 쓴 운문 서사시 『자우르. 터키 이야기의 단편』의 주인공이고 주앙은 1819년경부터 장별로 발표된 미완성 운문 소설 『돈 주앙』의 주인공이다.
12) 『멜모스』, 「르네」, 『아돌프』라고 푸시킨은 초고에 썼었다. 「르네」는 샤토브리앙의 소설로서 1802년에 출판되었다. 『아돌프』는 뱅자맹 콩스탕의 연애 감정을 다룬 자전 소설이다.

터무니없는 공상에 빠지는 영혼을 지닌,
공허한 행위 속에 들끓고 있는
분노한 지성을 지닌
동시대의 인간이
꽤 진실하게 그려져 있었다.

23
책에는 많은 페이지들이
뚜렷한 손톱 자국을 간직하고 있었다.
주의 깊은 처녀의 두 눈이
그 자국들에 더 생생하게 향했다.
타티아나는 전율하면서
오네긴이 어떤 생각과 어떤 관찰에서
충격을 받았는지를
어디에 말없이 동의했는지를
알게 되었다. 페이지 가장자리에서
그녀는 그의 연필이 남긴 흔적을
만나기도 했다. 짧은 문장들,
십자 표시들 또 물음표들로써
어디에나 오네긴의 정신이
저도 모르게 스스로를 드러내고 있었다.

24
내 타티아나는 이제 차츰차츰

강력한 운명이 그녀로 하여금
그리워 한숨 짓도록 정해 준 사람, 오,
그녀의 예브게니를 진정으로
이해하기 시작한다. 다행이다, 이제나마!
슬프고도 위험한 괴짜,
때론 지옥이, 때론 천국이 빚어낸 자,
이 천사, 이 거만한 악마,
그는 도대체 무엇일까? 모방일까?
아무것도 아닌 허깨비일까? 아니면
해럴드의 망토를 걸친 모스크바 사람일까?
외국 괴짜들의 종합 해석판? 아니면
유행어들로 가득 찬 사전……?
그렇다면 그는 패러디가 아닐까?

25
정말 그녀는 수수께끼를 풀었을까?
정말 알맞은 단어를 찾아냈을까?
시간은 달려간다. 집에서 기다리는 것도 다
잊고 그녀는 책상에 오래 앉아 있었다,
집에서는 두 이웃이 마주 앉아
그녀에 대해 얘기하고 있었는데.
“어쩌지요? 타티아나는 어린애가 아닌데…….”
노파는 신음하며 말했다, “맞아,
올린카[13] 나이가 더 아래지요.

아이 어쩌죠? 정말 시집보낼 때가
됐어요, 정말 그 애를 어쩌지요?
누구에게도 한결같이 단호하게 딱 잘라
안 간다고 말하니. 그리고 항상 슬퍼하며
혼자 숲을 돌아다니지요.” —

26
“사랑에 빠진 것은 아닐까요?” —“도대체 누굴까요?
부야노프가 청혼했더니 — 거절.
이반 페투슈코프에게도 — 역시 거절.
기병 대위 피흐틴이 집에 손님으로 와 있었지요.
그가 타티아나에게 얼마나 열심으로
아첨하고 알랑거렸는지요!
난 생각했지요, 어쩌면 가게 되겠다고.
웬걸! 또 일이 그르쳐졌지요.” —
“이거 무슨 소리예요? 왜 그렇게 됐죠? 쯧쯧, 봐요,
모스크바로, 신부 시장으로 가 봐요!
듣자 하니 거기 자리가 많이 비었대요.”
—“오, 근데, 수입이 얼마 안 돼요.” —
“겨울 한 철 지내기는 충분해요,
아니면 제가 빌려라도 드리지요.”

---

13) 올가의 애칭.

27

노파는 이 이성적이고 고마운 충고를
매우 마음에 들어 했다.
계산해 본 후 당장 겨울에 그녀를
모스크바로 데려가기로 작정했다.
타냐도 이 소식을 들었다.
소박한 시골뜨기 행동거지에다
유행에 뒤진 옷차림을,
또 유행에 뒤진 말투를
마음대로 심판해 보라고
까다로운 사교계에 내보이거나
모스크바의 멋쟁이 남자들이나
키르케[14]들의 비웃는 시선이나 끌라고!
오, 생각만 해도 끔찍해! 벽촌에
숲속에 남아 있는 것이 더 좋고 더 미더워.

28

동이 트자마자 그녀는 들판을
만나러 서둘러 밖으로 나간다.
감동 어린 시선으로 들판을
둘러보며 모두에게 말한다.

---

14) 키르케는 호메로스의 『오디세이아』에 나오는 길 가는 사람들을 유혹하
는 마녀다. 여기서는 교태꾼을 의미한다.

"안녕, 사랑스러운 골짜기야,
너희들도, 낯익은 산꼭대기야,
낯익은 숲아, 잘 있거라.
하늘의 아름다움아,
기쁨을 주는 자연이여, 안녕히!
나 이 사랑스럽고 고요한 빛을
번쩍거리는 번잡함의 소음으로
바꾸다니, 내 자유여, 안녕히!
나, 무엇을 위하여 어디로 향하는 것일까?
내 운명은 내게 무엇을 예정하는 걸까?"

29
그녀의 산책은 점점 더 길어졌다.
이제 때로는 언덕이 때로는 시내가
그 매력으로써 우리의 타티아나가
어쩔 수 없이 사로잡히도록 붙잡는다.
그녀는 오랜 친구들과 하듯,
수풀들과 초원들과 아쉬운 듯
못다 한 이야기를 하느라 바쁘다.
어느덧 빠른 여름이 날아간다.
황금빛 가을이 되었다.
화려하게 치장된 제물처럼
자연은 떨며 창백하다…….
이제 북쪽이 구름을 양 떼처럼

몰아대며 숨을 내쉬고 울부짖고 ─
이제 마법사 겨울이 오고 있다.

30
와서 흩뿌리더니, 눈송이가 되어서
떡갈나무 가지들 위에 걸렸고
들판 위에 언덕들을 빙 둘러서
굽이치는 융단이 되어 누웠고,
부드러운 베일로 언 강을 둑까지 덮었다.
얼어붙은 눈서리가 반짝이면 우리 모두는
어머니 겨울의 장난을 즐거워하는데…….
그러나 우리 타냐는 우울해한다.
그녀의 심장은 겨울을 기뻐하지 않는다.
그녀는 겨울을 맞으러 가지 않는다.
하얀 서리 김[15]을 들이쉬면서
목욕탕 지붕에서 첫눈을 떼 내서
얼굴, 어깨, 가슴을 씻으러 가지 않는다.
타티아나는 겨울 여행을 두려워한다.

---

15) 1장 16연에도 같은 표현이 사용되었는데 거기서는 하얀 서리 김이 해리
털 외투 깃에 얼어붙어 은빛으로 반짝거리고 여기서는 눈에서 나오는 매우
차가운 하얀 서리 김을 들이쉬는 것으로 되어 있다. 매우 차가운 날씨에 미
세한 얼음 가루가 들어 있는 공기, 수증기가 얼어붙은 공기를 말한다.

31

출발일은 벌써 기한을 넘겼고
마지막 기한마저 지나가고 있어서
처박아 두었던 마차들을 점검하고
새로 수선하고 조이고 해서
흔히 보는 여행 행렬을 꾸렸다.
마차 세 대에 자잘한 일용품에다
냄비며, 의자며, 궤짝들,
과일 조림, 깃털 이불, 방석들,
닭장 속의 닭들, 사이사이에
단지, 대야 등등까지 갖가지
물건들을 다 싣고 간다. 이제까지
잠잠하던 농가에서는 하인들 사이에
떠들썩한 소동과 작별의 울음이 일어난다.
열여덟 필의 여윈 말을 마당에 이끌고 와서

32

주인의 마차 행렬에 매고 나니
요리사들은 아침을 준비한다.
마차에 짐을 산더미처럼 실으니
마부들과 아낙들이 싸우며 야단이다.
초췌하고 털이 엉클어진 말 위로
수염 난 선두 마부[16]가 올라앉고
하인들은 대문가로 몰려와서

주인들과 작별한다. 이제 와서
생각하니 모든 것이 아쉽다!
지체 높은 행렬이 미끄러지면서
대문 밖으로 나가니 타냐의 두 눈에서
눈물이 시내가 되어 흐른다.
"안녕, 사랑하는 장소여! 안녕히,
고독한 은둔처여! 너희들을 다시 보게 될까?"

33

고마운 문명 세례의 경계선을
우리가 좀 더 확장하게 되면
점차로(철학적 도표[17])의 계산을
따르자면, 한 500년 지나면)
우리 나라의 형편없는 도로들은
무한대로 변할 것이다. 대로들은
러시아 땅을 이리저리 연결하고
사방팔방으로 가로지를 것이고
철교들은 커다란 아치 모양으로

---

16) 선두 마부는 키가 작아야 했기에 보통 소년인 것이 당시의 유행이었다. 그러나 라린 씨네는 가부장적인 질서에 따라 나이 든 사람이 선두 마부로 앉았다.
17) 철학적 도표는 샤를 듀팽(Charles Dupin, 1784~1873)의 『프랑스의 생산과 무역의 역량』(1827)을 의미하는 듯한데 여기에서 저자는 러시아를 비롯한 유럽 국가들의 경제 상태를 나타내는 비교 수치를 보여 주었다.

강을 가로지를 것이고, 우리는 산을
옮길 것이며, 대담하게 길을
만들어 낼 것이다, 바다 아래로도.
그리고 문명 세례를 받은 세상에는
역마다 여관이 생겨날 것이다.

34
지금 우리 나라는 길이 형편없다.[42]
버려진 다리들이 썩어 간다.
역참마다 들끓는 이와 벼룩에 물리다
한시도 잠을 이루지 못한다.
여관도 없다. 추운 농가 역참에
요란하나 먹을 것 없는 메뉴판이
장식용으로 걸려 있어 공연히
우리의 식욕을 자극하는 동안에
시골의 키클롭스[18]들은 대장간에서
시원찮은 용광로 불 앞에서
유럽의 섬세한 마차[19]를 수선한다며
러시아 망치로 냅다 두들기며
조국 땅의 바퀴로 마구 파인 마찻길과
웅덩이들을 신나게 찬미한다.

---

18) 그리스 신화 속 외눈박이 거인. 불의 신의 대장간에서 일했다.
19) 유럽에서 수입한 마차는 러시아의 나쁜 도로에 맞지 않다는 뉘앙스를
담고 있다.

35

그 대신 추운 겨울날에는
여행이 편안하고 쉽다.
겨울 길은 유행가의 의미 없는
시행처럼 매끄럽다.
우리의 힘센 아우토메돈[20]은 민활하고
우리의 삼두마차는 지칠 줄 모르고.
이정표들은 따분한 시야를 위로하면서
눈앞을 스쳐 간다, 울타리처럼 이어져서.[43]
그러나 마차 삯이 겁나서 라린 부인은
역마차가 아니라 집 마차로
느릿느릿 기어가듯 가므로
불행하게도 우리의 처녀는
여행의 지루함을 실컷 맛보아야 했다.
그들은 이레를 달렸다.

36

드디어 가까이 왔다. 그들 앞으로
벌써 하얀 돌 모스크바의
유서 깊은 지붕들이 금빛 십자가로
불이 난 듯 타고 있다, 아!
형제들이여! 내 앞에 갑자기

---

20) 『일리아드』에 나오는 장수 아킬레우스의 마부.

교회와 종루들과 정원들, 궁전들이
궁형으로 펼쳐졌을 때 나
얼마나 만족스러웠던가![21]
슬픈 이별 속에, 내 길 잃은 운명 속에
나 얼마나 자주 너를 생각했던가,
모스크바! 모든 러시아인의 가슴은 느낀다,
얼마나 많은 것이 이 소리 속에
녹아 있는지! 얼마나 많은 것이
이 소리 속에 반향하고 있는지!

37

여기 표트르성[22]이 떡갈나무로 둘러싸여 있다.
어둑한 모습으로 표트르성은
얼마 전의 영광을 자랑하고 있다.
최후의 행운에 미리 도취한 나폴레옹은
유서 깊은 크렘린의 열쇠들을
가져올 무릎 꿇은 모스크바를
헛되이 기다렸었다. 그러나 결코
나의 모스크바는 고개를 숙이고
그 앞에 엎드리지 않았다. 모스크바는

---

21) 푸시킨은 1826년 9월 5일 아침 미하일롭스코예에서 프스코프를 향해 떠났고 1826년 9월 8일 드디어 모스크바에 도착했다. 1820년대 초 모스크바에는 다 합쳐 300개 이상의 교회가 있었다.
22) 표트르성은 1776년에 지어졌는데 현재의 모습은 1840년 재건축의 결과다.

이 참을성 없는 영웅이 무모하게도
기대하던 환영의 선물도 축제도
제공하지 않고 화재를 준비했다. 그는
생각에 잠긴 채 이곳으로부터
무서운 불길을 바라보았다.

38
추락한 영광의 목격자, 표트르성이여!
잘 있어라, 자 멈추지 말고, 가자, 어서!
저기 도시를 둘러싼 성곽 기둥들이
하얗게 보인다. 벌써 트베르스카야 거리,
마차 행렬이 오목 파인 마찻길을
달린다. 스쳐 가는 것은 초소들,
여자들, 배달 소년들, 상점들, 가로등불들,
궁전들, 정원들, 사원들, 십자가들,
부하라 상인들,[23] 썰매들, 채소밭들,
상점 상인들, 가판대 상인들,
대로들, 종루들, 카자크인들,
약국들, 최신 패션 가게들,
발코니들, 대문 위 사자들,[24]

---

23) 우즈베키스탄의 부하라나 남부 또는 동부에서 온 상인들로 주로 중앙
아시아에서 생산된 물품(특히 여인용 숄이 유행이었다.)을 팔았다. 그들은
알록달록한 옷차림으로 모스크바 사람들의 눈길을 끌었다.
24) 사자가 받치고 있는 모양의 문장을 말한다.

그리고 십자가 위 까마귀 떼.

39, 40
사람 피곤하게 하는 이런 여행[25]이
한두 시간 더 계속되더니
이제 하리톤 성당 뒷골목[26]으로 들어서서
한 커다란 저택의 대문 앞에서
마차 행렬이 멈추었다.
벌써 사 년째 폐병을 앓는
늙은 아주머니에게 마침내
도착한 것이다.
안경을 끼고 한 손에는 양말을 들고
다 떨어진 카프탄을 입은 흰머리의

---

25) 타티아나는 모스크바의 중심과 변두리를 모두 통과한다. 도시의 경계 밖에 있던 표트르성으로부터 트베르스카야 관문, 트베르스카야-얌스카야 거리, 트리움팔나야(현재의 마야콥스카야) 광장, 트베르스카야 거리, 그리스도 수난 성당(현재 푸시킨 광장이 있는 곳에 위치) 옆, 카메르게르스키 골목, 볼샤야 드미트롭카(푸시킨 거리), 쿠즈네츠키 다리("유행품 상점들이 번쩍거렸다……")와 먀스니츠카야를 따라 하리톤 성당의 골목길까지 유행품 상점들은 쿠즈네츠키 다리에 집중되어 있었다. 보통은 프랑스 상점들이었다. 아메, 아르망, 베샹, 모로, 팡스말, 샬메, 셰뉴 등등 쿠즈네츠키 다리에는 프랑스 유행품 상점들이 매우 많았는데, 가게들은 계속해서 바뀌었다.
26) 모스크바의 주소에서 도시 지역의 표기 다음에는 보통 교회의 관구가 나왔다. 푸시킨은 정확히 이것을 따랐다. 모스크바의 주소는 관련된 교구를 출발점으로 표시했다.

칼미크인[27])이 대문을 활짝 열어 환영하고
객실에서는 소파에 누인
공작 부인의 외침이 그들을 맞이한다.
노파들은 눈물 흘리며 껴안고
감격스러운 외침이 연이어 넘쳐흐른다.

41
―"공작 부인, 내 천사!" ―"파세테!"[28]) ―"알리나!"
"누가 생각이나 했겠니? ― 정말 오랜만이야!
오래 머무를 거지? ― 사랑하는 사촌! 앉아! ―
얼마나 멋진 일이야!
세상에, 정말 소설의 한 장면 같아……."
―"얘는 내 딸 타티아나." ―
"아, 타냐! 내게 가까이 와! ―
꼭 꿈을 꾸는 것 같아…….
사촌, 기억나, 그랑디손?"
―"누구? 그랑디손? 아, 그란디손!
그래 기억하지, 기억해. 지금 어디 살아?" ―
"모스크바에, 시메온가에 살아.

---

27) 18세기에는 칼미크 소년을 하인으로 두는 것이 유행이었다. 라린 가족이
모스크바에 도착한 것은 이미 이런 유행이 지나간 시기였다. 그 소년은 이제
머리 센 노인이 되었고 문지기 겸 집안일도 했다.
28) 라린 부인의 이름인 프라스코비야를 줄여 부르는 파셴카의 프랑스식
호칭.

그 사람 주현절에 여기 왔었어.
아들을 얼마 전에 결혼시켰대.

42
근데 그 사람…… 나중에 다 얘기하게 될 거야,
그렇지 않아? 모든 친척들에게
내일 당장 타냐를 보여 주자. 근데
마차 타고 다닐 힘도 없으니 유감이야,
다리를 거의 못 쓰니 말이지…….
한데 너희들 여행하느라 꽤 지쳤겠지.
우리 함께 좀 쉬도록 해…….
오, 기력이 없어…… 가슴이 피곤해…….
내겐 슬픔뿐 아니라 이제는
기쁨도 힘들단다…… 얘야,
난 아무짝에도 쓸모가 없어, 이제는…….
늙으면 사는 게 정말 말이 아니야……."
하더니 그녀는 완전히 기진맥진해서
눈물을 흘리며 기침을 해 댔다.

43
병든 여인의 다정함과 기쁨은
타티아나를 감동시킨다.
그러나 자기 방에 익숙한 그녀는
새집에서 마음이 편치 않다.

비단 휘장 아래 새 침대에서
그녀는 잠들지 못한다. 벌써
아침의 노동을 예고하는
교회의 이른 종소리[29])는
그녀를 침대에서 일어나게 한다.
타냐는 창가에 앉아 있다. 이제
어둠이 엷어진다. 그러나 눈에
들어오는 것은 그녀의 들판이 아니다.
그녀 앞에는 낯선 집 마당, 마구간,
부엌, 그리고 울타리가 있을 뿐이다.

44
이제 친척들의 식사 초대로
할머니 할아버지들에게로 매일
산만하고 내키지 않는 모습으로
인사드리러 끌려다닌다.
멀리서 온 친척 처녀에게 어디서나
다정한 환영과 감탄의 소리 드높다.
맛있는 음식도 내놓는다.
"타냐가 얼마나 성숙했는지! 어머나!
내가 세례 준 지 정말 오래됐는데!
내가 이렇게 손을 잡아 주었는데!

---

29) 교회의 종소리는 아침 4시에 울려 모스크바를 깨웠다.

내가 이렇게 귀를 잡아당겼는데!
내가 이렇게 과자를 먹였는데!"
말하는 할머니들의 결론은 한결같이
"우리 세월은 얼마나 빨리 날아가는지!"였다.

45
그러나 그들에게서 변화는 보이지 않는다.
모든 것이 옛날 그대로다.
공작 부인 옐레나 아주머니는 여전히 예전과
똑같은 레이스 장식 벙거지를 썼고
루케리아 르보브나는 여전히 하얗게 분을 발랐고
류보프 페트로브나는 여전히 똑같은 거짓말을 하고
이반 페트로비치는 여전히 어리석고
세묜 페트로비치는 여전히 노랭이고
펠라게야 니콜라브나에게는 여전히
똑같은 정부, 므슈 핀무시와
똑같은 삽살개,³⁰⁾ 똑같은 남편이 있고
그는 여전히 클럽³¹⁾의 성실한 멤버로 여전히
온순하고 귀먹었고 여전히
이 인분을 먹고 마신다.

---

30) 18세기 후반부터 집 안에서 강아지를 기르는 것이 유행이었다.
31) 1770년에 만들어진 회원 전용 영국 클럽. 회원이 되려면 상당한 금액을
내야 할 뿐만 아니라 모스크바 궁정 사회에서 평판도 좋아야 했다.

46

그들의 딸들이 타냐를 포옹한다.
모스크바의 우아한 처녀들은 말없이
머리부터 발끝까지 찬찬히
훑으며 우선 그녀를 살펴본다.
그녀가 어딘가 이상하고 촌스럽고
새침떼기인 데다가 어딘가 창백하고
말랐지만 매우 아름다운 것을
알아채고 나서는 그만 모두들
본성이 부르는 대로 그녀와 사귀려고
그녀를 잡아당겨 입을 맞추고
다정하게 그녀의 손을 잡고
그녀의 머리카락을 만지고
유행대로 곱슬거리게 해 주고
가슴속 비밀, 처녀의 비밀,

47

다른 처녀들의 성공담, 자신의 성공담,
희망, 유희, 꿈 들을 앞다투어 말한다.
무구한 이야기들이 끝없이 흐른다,
꾸며 낸 가벼운 비방들도 섞어서, 어쩜담.
또 재잘거림의 보상으로 자꾸만
그들은 떼쓰며 응석 부리듯이
타냐에게 심장의 고백을 요구하지만

그녀는 마치 꿈을 꾸듯이
그들의 말을 무심히 듣고
아무것도 알아듣지 못하고
자신의 심장의 비밀을,
눈물과 행복의 비장의 보물을
그들 사이에서 말없이 간직하며
어느 누구와도 나누지 않는다.

48
타티아나는 공통의 대화에나 이야기들에
귀 기울이고 싶기도 했지만
객실의 모든 사람들을 사로잡는 건
그렇게도 맥락 없는 시시한 이야기들,
빛이 다 바랜 하나 마나 한 것들이다.
그들의 비방조차 지루하다.
그들의 이야기, 질문, 비방, 뉴스 속에서는
그 불모의 메마름 속에서는
하루 종일 우연한 실수로라도
단 한 번 사상이 불탄 적 없다.
민감한 이성은 웃지 않으며 농담으로라도
한 번, 심장이 떨리는 법 없다.
그대 속에서는 웃기는 어리석음조차
만날 수가 없다, 공허한 사교계여.

49

연감부 청년[32]들은 떼 지어서
타냐를 격식 차려 쳐다본다.
자기들끼리 그녀에 대해서
자못 못마땅하게 이야기한다.
한 시시한 익살꾼이 그 누구보다
그녀를 이상적이라고 여겨서
문설주에 기대어 서서
그녀에게 바칠 비가를 준비한다.
뱌젬스키가 지루한 아주머니 댁에서
타냐를 만나 그녀에게 다가앉아서
그녀의 마음을 사로잡는 데 성공했다.
한데 뱌젬스키 옆에 있는 그녀를 어쩌다
한 노인이 발견하고는 자기의 가발을
고쳐 쓰며 그녀에 대해 묻는다.

50

그러나 폭풍 같은 멜포메네[33]의
긴 울음이 울리는 곳,

_____

32) 당시 군대에 가지 않고 외무성 연감부에서 일하던 청년들을 말한다. 그
들은 주로 독일 낭만주의 철학자 셸링의 영향을 받은 문학가들이었다. 특히
독문학자이자 셸링파인 푸시킨의 손아래 친구 셰브료프는 러시아에서 처
음으로 괴테를 본격 연구한 사람이다.
33) 그리스 신화 속 비극의 여신.

그녀가 냉담한 군중들 앞에
번쩍거리는 망토를 펄럭이는 곳,
탈리아[34]가 몰래 조느라고
우정 어린 박수 소리 듣지 못하고
젊은 관객이 테르프시코레[35]만을 넋 놓고
경탄하는 곳에서(옛날에도 그랬고
또 그대와 나의 시절에도
마찬가지였다…….) 2층의
특별석에 앉은 귀부인들의
시기에 찬 오페라글라스도
일등석에 앉은 유행 따르는 대가들의
망원경도 그녀를 향하지 않았다.

51
그녀를 귀족 사교 클럽에도 데리고 간다.
온통 북적대고 들뜨고 열기가 뜨겁고
음악이 울리고 촛불들이 환히 타는 곳이다.
춤추는 커플들이 회오리처럼 돌아가고
미인들의 옷차림은 날아갈 듯 가볍고
사람들은 오만 가지 목소리로 떠들고
신붓감들이 이 넓은 무대에 등장한다.

---

34) 그리스 신화 속 희극의 여신.
35) 그리스 신화 속 춤의 여신.

모든 것이 갑자기 오관을 놀라게 한다.
이곳에 이골이 난 바람둥이는
오페라글라스를 건성으로 눈에 대고,
자기의 오만함과 조끼를 내보이고
이곳으로 퇴역한 기병 대위들은
서둘러 나타나 유명해지고
빛나다가 유혹하고 달아난다.

52
밤하늘에는 멋진 별들이 많고,
모스크바에는 멋진 미인들이 많다.
하늘의 여러 여자 친구들 하고많아도
그중에 제일은 창공에 뜬 달이다.
아, 내가 내 리라로써 감히
동요시킬 엄두도 못 내는 그녀는 마치
위풍당당한 달처럼 홀로
부인들과 처녀들 가운데 빛난다. 실로
그 얼마나 하늘 높은 자존심을 지니고
그녀가 땅에 발을 스치고 있는지!
얼마나 달콤한 도취로 가득 찬 가슴인지!
얼마나 멋진 애타는 시선인지!
그러나 이제 그만, 그만, 멈추게.
그대는 그 미친 병에 충분히 대가를 치렀네.

53

소란, 웃음소리, 법석, 인사에

갈롭, 마주르카, 왈츠……. 타티아나가

두 아주머니 사이, 기둥 가까이에

눈에 띄지 않게 앉아 모든 것을 보나

무엇도 눈에 들어오지 않는다.

그녀는 사교계의 들뜬 기운이 싫다.

그녀는 막 숨이 막힌다…….

그녀는 상상 속에서 막 달려간다,

들판, 시골, 소박한 마을들을 향해,

그녀의 고독한 방을 향해,

밝은 시내가 흐르는 들,

그녀의 꽃들, 그녀의 소설들,

그가 그녀에게로 나타났던 어둑한

보리수 길을 향해.

54

이렇게 그녀는 사교계도 소란스러운 무도회도

다 잊고 생각 속에서 먼 곳을 배회한다.

그사이 한 당당한 장군이 잠시도

그녀에게서 눈을 떼지 않는다.

아주머니들은 서로 눈짓을 하며

동시에 팔꿈치로 타냐를 밀며

제각기 그녀에게 속삭인다. ─ "얘, 얘,

왼쪽으로 빨리 고개 좀 돌려 봐, 애!" —

"왼쪽으로요? 왜요? 뭐가 있는데요?"

—"글쎄, 뭐가 있든 간에, 좀 봐…….

저쪽 사람들 모인 데, 맨 앞에, 보여?

저기 제복 입은 사람 둘과 서 있다……. 오!

지금 딴 데로 간다……. 이제 저기 비스듬히 서 있네."

"누구요? 저 뚱뚱한 장군 말예요?"

55

그러나 여기서 내 사랑스러운 여자

타티아나의 승리를 축하하고

우리 길의 방향을 다른 데로 돌리자.

부디 내 주인공을 잊지 말라고

나 여기 지나가는 말 두 마디만 하겠소.

나 젊은 친구와 그의 갖가지

기이한 행동들을 노래하니

내 긴 작업을 축복해 주오,

오, 그대, 서사의 뮤즈여!

내게 믿을 만한 지팡이를 맡겨

우왕좌왕하지 않게 해 주오! 36)

이제 됐다. 어깨의 짐을 벗었다! 오!

---

36) 호메로스와 베르길리우스를 따라 서사시의 초두에 뮤즈를 부르며 내용
을 알리는 고전주의 규범에 대한 패러디이다.

드디어 고전주의에 경의를 표했으니
비록 늦었으나 입문은 한 셈이다.

원주

41 톱신은 가계 경영 부문에서 많은 책을 쓴 작가다.

42 우리의 길은 눈요기용 정원과 같다.

나무 심고 떼를 입혀 둑을 쌓고 운하를 파고

일도 많이 했고 칭송도 많이 받았다.

그러나 때때로 마차가 지나갈 수 없는 것은 유감이다.

보초처럼 버티고 서 있는 나무들은

마차 타고 가는 사람에게 득 될 것이 하나도 없다.

길이 아름답다 말들 하는데

"지나가는 사람들에게나 그렇죠."라는 시구[1]가 떠오른다.

러시아 마차 여행이 자유로울 때는 단 두 경우.

---

1) 드미트리예프의 「지나가는 사람」이라는 우화(1818)에 나오는 구절이다. 이 이야기에는 수도원에 들른, 한 지나가는 사람(관광객)이 종탑 밑의 아름다운 경치에 감탄하는 이야기가 나온다. "얼마나 매혹적인 장소인가! 갑자기 산, 숲, 호수, 계곡을 다 보다니! 얼마나 굉장한 그림인가! 그렇지 않아?" 하고 그는 그와 함께 서 있던 남자들 중 하나에게 물었다. "그래요. ─ 한숨을 쉬며 일꾼은 그에게 대답했다 ─ 지나가는 사람들에게나 그렇죠." 뱌젬스키는 이 에피소드를 엉망인 도로 옆에 심은 보기 좋은 나무는 마차 타는 사람에겐 도움이 안 된다는 맥락에서 사용했다.

하나는 겨울이 우리의 막-아담[2])이나 막-예바를

실현시킬 때인데,

이때는 분노에 떨면서

모든 것을 황량하게 하는 습격이

얼음의 주철로 길을 두껍게 덮고

그 위로 일찍 내린 눈이 부드러운 솜털로

겨울의 자취를 덮을 때이고

다른 경우는 너무나 뜨거운

가뭄이 들판을 사로잡아

파리도 눈을 감고

웅덩이를 건널 수 있을 때다. (뱌젬스키 공, 「역참」)

43 상상력의 유희로 유명한 카에게서 빌려 온 비유다. 카는
말하기를 한번은 포툠킨 공작이 여황제에게 전령을 보냈는데
어찌나 빨리 달렸는지 마차로부터 끝이 빠져나온 칼이 울타
리를 치고 가듯 베르스타 표식 막대(이정표)들을 치고 갔다고
이야기하곤 했다.[3])

---

2) 영국인 기술자 존 루돈 맥 애덤(John Loudon McAdam, 1756~1836)
이 발명한 것으로 작은 벽돌 조각으로 덮인 도로를 막아담(macadam)이라
고 불렀다. 뱌젬스키는 농담으로 눈이 오는 겨울이 우리 나라에 막-아담이
나 막-예바를 눈으로 만들어 낸다고 했다.
3) 이정표들이 이어진 울타리처럼 보일 정도로 빨리 달리는 것을 유희적으
로 비유한 말이다.

8장

잘 가요, 영원히라면
영원히라도 잘 가요.
— 바이런[1]

1

나 리체이의 정원에서 그때
온순하게 피어나고 있었을 때
아풀레이우스[2]를 즐겨 읽었다.
키케로는 읽지 않았다.
그 시절에, 신비스러운 계곡에
봄에, 백조 울음소리 들리고

1) 8장은 1829년 말 페테르부르크에서 시작되어 1830년 9월 25일 볼디노에
서 마무리되었다. 이 장에 포함된 오네긴의 편지는 1831년 10월에 쓰였다.
제사는 바이런이 이혼한 아내에게 보낸 「이별시」(1816)의 첫 부분이다.
2) 로마 시인 아풀레이우스(Apuleius, 125~?). 『황금 당나귀』(170)를 썼는
데 이 작품은 라틴어로 전해지는 유일한 완성 소설이다. 한 젊은이가 마술
에 걸려 당나귀가 되어 기이하고 에로틱한 모험을 수없이 경험하는 내용이
다. 그중에서도 '큐피드와 프시케'의 이야기가 유명하다.

고요 속에 호수가 빛나는 곳에
뮤즈가 내게로 나타났고
감방 같은 기숙사 방이 순식간에
갑자기 환해졌다. 뮤즈가 방 안에서
청춘의 무모한 상상의 잔치를 벌여서
유년의 즐거운 일들, 우리 역사의
옛 영광, 그리고 심장의
떨리는 꿈을 노래했던 것이다.

2
사교계는 그녀를 미소 지으며 맞이했다.
첫 성공이 그녀와 나를 날개 돋게 했다.
늙은 데르자빈[3]이 우리를 알아보고
무덤으로 가면서 축복했고.
....
....
....
....
....
....
....

---

3) 가브릴라 데르자빈(Gavrila Derzhavin, 1743~1816). 18세기 가장 중요한
러시아 시인. 푸시킨이 열여섯 살 때 공개 졸업 시험에서 그 앞에서 자신의
시를 읊어 큰 찬사를 받았다.

....
....
....

3
나는 열정의 전횡만을
내 법칙으로 삼고
군중들과 감정을 나누었고
내 활기찬 뮤즈를
향연과 거친 논쟁의 소란 속으로
한밤의 감시의 위협 속으로 이끌고 갔다.
그녀는 미친 듯한 향연 속으로
자신의 재능을 가지고 갔다.
그녀는 바쿠스 여제[4]처럼 활기찼다.
그녀가 부르는 축배의 노래는 언제나
기쁨이 절로 솟구치게 했다.
그 시절 젊은 내 친구들은 모두
그녀 뒤를 왁자지껄 따라다녔다. 나는
내 바람 같은 여자 친구를 퍽 자랑스러워했고.

---

4) 로마 신화 속 포도주와 풍요의 신 바쿠스를 경배하는 여사제. 흥을 돋구
는 아름답고 쾌활한 모습으로 문학 작품에 자주 등장한다.

4

그러나 곧 나는 그들 연합으로부터 떨어져서
멀리 달아났다……. 그녀가 내 뒤를 따랐다.
얼마나 비밀스러운 이야기의 마술로써
사랑스러운 뮤즈가 내 뒤를 따라오다
내 말 없는 길을 종종 위로했던가!
얼마나 자주 그녀는 내 뒤에 타고서
달빛 아래 레오노레5)가 되어서
나와 함께 캅카스 바위산 속을 말 달렸던가!
얼마나 자주 그녀는 나를 이끌어 그리로
갔던가, 우리를 부르는 타브리다6) 해변으로,
나와 함께 밤안개 속에서 바다의 소리를,
네레이드7)의 그칠 줄 모르는 속삭임을,
파도들의 깊고 영원한 합창,
세상의 아버지에 대한 찬가를 들으려고.

5

그 후 그녀는 먼 수도를 잊고서

---

5) 독일 작가 고트프리트 뷔르거(1747~1794)의 발라드 「레오노레」(1773)
의 여주인공. 「레오노레」는 주콥스키가 「류드밀라」(1808)라는 제목으로, 카
테닌(1792~1853)이 「올가」(1816)라는 제목으로 번안해서 러시아에 널리
알려졌다.
6) 크림반도의 옛 이름.
7) 그리스 신화 속 바다의 요정.

화려함도 소란한 향연도 다 잊고
슬픈 몰다비아 벽지에서
방랑족의 소박한 천막을 방문했고
그들 사이에서 거칠어졌다.
거기서 그녀는 신의 말[8])을 잊었다,
초라하고 이상한 말을 하느라고,
그녀가 사랑하는 초원의 노래를 하느라고······.
그러다 문득 주위의 모든 것이 달라졌다.
그녀가 내 시골 정원으로
이제 시골의 귀족 아가씨의 모습으로
홀연 나타났다,
두 눈에 슬픈 생각을 머금고,
두 손에 프랑스 책자를 들고.

6
그리고 이제 나 처음으로 뮤즈를
사교계 모임[44]으로 데리고 온다.
나는 그녀가 풍기는 초원의 매력을
부러움 섞인 수줍음을 느끼며 바라본다.
그녀는 귀족들, 멋쟁이 무관들, 외교관들,
그리고 자존심 높은 귀부인들의
빽빽한 대열을 뚫고 미끄러져 가서

---

8) 고전 문학에서 시어를 말한다.

이제 여기 조용히 앉아서
소란스러운 북적거림을,
옷과 말의 번적거림을,
젊은 여주인 앞에 천천히 나타나는 손님들,
그리고 그림 주위에 검은 틀처럼 숙녀들을
둘러싸고 있는 남자들을
감상하듯 바라본다.

7
최상류 귀족들 대화의 균형 잡힌 형식과
그들의 평정과 냉정을 잃지 않는 자존심이,
이 관등과 연륜의 혼합이 그녀는 마음에 든다.
그런데 이 선택된 무리 속에 말없이
안개로 휘감긴 듯 서 있는
저 사람은 누굴까? 모든 사람에게 그는
낯설게 여겨지는 듯하다.
그 눈앞에 지루한 망령들이 줄지어 지나가듯
이 얼굴, 저 얼굴이 어른거리고 지나간다…….
그의 얼굴에 적힌 것은 스플린일까, 병적인 오만일까?
그는 왜 여기 있는 걸까?
그는 도대체 누구인가……? 혹 예브게니인가?
혹 그가……, 그렇다, 바로 그다.
— 그가 여기 우리에게 온 것이 오래되었나?

8

여전한 그인가? 아니면 온순해졌나?

아니면 괴짜인 체하는 건가?

말해 봐요, 그가 무엇으로 돌아왔나?

이제 그는 우리에게 무엇을 보여 줄 건가?

지금은 무엇으로 나타날까? 멜모스?

코스모폴리탄? 애국자? 해럴드,

퀘이커, 가짜 신자?[9] 아니면

다른 마스크로 나타날까? 그는

그냥 선량한 보통 사람일 수도 있다,

그대나 나처럼, 세상 모든 사람처럼.

그렇다면 적어도 내 충고는 헌 옷처럼

낡은 유행과는 작별하라는 것이다.

그는 충분히 세상을 속였다…….

── 그를 아오? ── 그렇기도 하고 아니기도 하오.

9

── 그렇다면 도대체 이유가 뭡니까?

무엇 때문에 그를 못마땅해하나요, 도대체?

우리가 지칠 줄 모르고 바쁘게

모든 것을 애써 심판하기 때문입니까?

---

9) 해럴드는 바이런의 『차일드 해럴드의 순례』(1812)의 주인공이고 퀘이커
(당시 공식적 국교를 인정되지 않았던 교파)나 가짜 신자는 신성 동맹 당시
알렉산드르 1세를 둘러싸고 있던 종교적인 인물들을 암시한다.

조심을 모르는 불타는 정신이
시시한 자기애를 모욕하고 비웃어서요?
넓은 지평을 사랑하는 지성이
답답해하기 때문일까요?[10]
너무나 자주 우리가 소문을 진실로
받아들이기를 좋아하는 고로?
흠, 어리석음이 경박하고 심술궂어서?
대단한 사람들의 엉터리 짓이 대단해서?
범속함만이 우리에게 견딜 만하고
낯설지 않아서 그럴까요?

10
청년 시절 진정으로 청년인 사람,
때에 맞춰 성숙해지고 가는 세월을
따라가며 삶의 차가움을
점차로 견딜 수 있게 된 사람,
이상한 공상에 몰두하지 않으며
세상의 우중들을 꺼려하지 않으며

---

10) 표트르 대제가 자신에게 등을 돌리고 황태자 알렉세이의 반란 음모에 가
담했던 신하 알렉산드르 바실리예비치 키킨(1718년 처형)에게 "지성인인 그
대가 어떻게 나를 거스르는가?"라고 했을 때 그가 "지성인이고 말고요! 지
성은 넓은 지평을 사랑하지요. 그러나 폐하가 있는 곳에서는 지성이 답답해
합니다."라고 대답한 데서 가져온 말이다. 표트르의 전제 정치가 러시아 지
성의 자유를 압박한다는 뜻으로 한 말이다.

이십 세에 멋쟁이나 호기로운 남자에다가
삼십 세에 좋은 조건으로 결혼한 데다가
오십 세에 이런저런 사채에서도
다른 빚에서도 벗어난 사람,
영예도 돈도 관직도
다 순조롭게 차지한 사람,
일생 내내 멋지다고 불리는
그런 사람은 복 받은 사람이다.

11
그러나 우리에게 젊음이 결국
헛되이 주어졌다는 것,
끊임없이 우리가 젊음을 배반하고 결국
젊음이 우리를 배반하는 것,
우리의 고상한 희망과 신선한 꿈도
궂은 가을 나뭇잎처럼 그리도
빠르게 하나하나 차례차례 다
썩어 간다는 것을 생각하면 슬프다.
또 우리 앞에 놓인 지겹게도
똑같은 식사의 긴 행렬을 보고
예식을 바라보듯 삶을 바라보고
점잔 빼는 무리들과 생각도 열정도
공유하지 않은 채 그들 뒤를
따라간다는 것은 참기 어려운 일이다.

12

합리적인 사람들 사이에서
요란한 심판의 표적물로써
가짜 괴짜로, 비참한 미치광이로,
마귀 같은 괴물로, 심지어 내 악마[11]로,
동네방네 유명해지는 일,
정말 참기 어려운 일이다.
(여러분도 동의할 것이다.)
오네긴은(다시 나 그에게 몰두할 일!)
결투에서 친구를 죽인 그,
목표도 하는 일도 없이
이십육 세까지 살아온 그,
봉직도, 아내도, 대업도 없이
무엇에도 흥미를 느낄 수 없어
할 일을 찾지 못하고 괴로워했던 그를.

13

 불안, 장소를 바꾸고 싶은 욕구에
(몇몇 사람들은 자발적으로 짊어지는 십자가!
정말 고통스러운 성질이다.) 완전히
휩싸이자 그는 피가 뚝뚝 떨어지는
망령이 매일 눈앞에 나타나는

---

11) 푸시킨이 쓴 시 「악마」의 주인공. 항상 부정(否定)하는 정신을 말한다.

자기의 시골 마을을 떠나서,
숲과 들판의 고독을 떠나서
감정만을 따르면서 내내
목표 없이 떠돌아다니다
세상의 모든 것과 마찬가지로
여행도 지겨워지자
다시 돌아와 바로
차츠키처럼 갑판에서 곧장
무도회장으로 들어왔던 것.[12]

14
한데 여기 군중들이 요동하고
홀 전체에 속삭이는 소리가 지나간다…….
여주인에게 한 귀부인이 다가오고
그 뒤를 당당한 장군이 따른다.
그녀는 서두르지 않았으며
차갑지 않았고 말수가 없었으며
과하게 여길 만큼 빤히 쳐다보거나
함부로 시선을 던지지 않았고
자신의 성공을 과시하지도 않았다.
그 어떤 작은 흠도 없이

---

12) 그리보예도프의 희극 「지혜의 슬픔」의 주인공인 차츠키는 삼 년간의 외국 체류를 마치고 모스크바 사교계로, '갑판에서 곧장 무도회장으로' 나타났다.

모방하려는 의도도 없이…….

그녀의 모든 것은 고요하고 단순했다.

바로 뒤 콤므 일 포[13](시시코프,[14] 용서해 줘요,

나 번역 못 하겠으니.)의 진정한 재생이었다.

15

그녀에게로 부인들이 가까이 다가왔고

노파들은 그녀에게 미소 지었다.

남자들은 더 깊이 절하며

그녀의 눈길을 끌려 했다.

처녀들은 그녀 앞에서 더 가만히

홀을 지나갔다. 그 누구보다 높이

코와 어깨를 쳐들고 으쓱댄 사람은

그녀와 함께 들어온 장군.

그 누구도 그녀를 미인이라고 부를 수는

없을 것이나 머리에서 발끝까지 살펴도

그녀의 모든 것에서 그 누구도

고상한 런던 사교계에서 전제 군주 같은

---

13) '그래야 하는 대로'라는 뜻으로 '흠 잡을 데 없는', '격이 있는', '격이 높은'이라는 의미이다.

14) 알렉산드르 세묘노비치 시시코프(Alexander Semyonovich Shishkov, 1754~1841)는 제독이자 문화부 장관, 학술원 의장이었는데 러시아어의 순수성을 주장했다.

유행이 벌거(vulgar)[15]라고 부를 만한 점을
발견할 수 없을 것이다.(나 못 하겠다…….

16
픽이나 사랑하는 이 단어도
나 아무래도 번역은 못 하겠다.
아직 우리에게 생소하니 제대로
대접받기 어려운 같다.
아직은 경구에나 맞을 것 같다…….)
그러나 나 우리 귀부인에게 다시 돌아가리라.
그녀는 식탁 부근에 네바강의 클레오파트라,
번쩍거리는 니나 보론스카야[16]와 함께 있었다.
니나가 대리석처럼 눈부시게
아름답기는 했으나, 그 옆에 우아하게
말없이 앉아 평온한 매력을 발산하는
아름다운 우리의 귀부인을 빛바래게
할 수는 없었음에 여러분도
진정으로 동의할 것이다.

---

15) vulgar를 영어로 쓰면서 작가는 이 단어를 러시아로 번역하기 어렵다고
고백한다.
16) 당시 매우 아름답고 스캔들도 많았던 정열적인 여인의 이름. 커다란 보
석이 달린 터번으로 머리를 장식했던 아그라페나 표도로브나 자크렙스카
야를 염두에 두었다.

17

'혹,' 예브게니는 생각했다.

혹 그녀는 아니겠지? 그러나 바로 그녀다.

'아니, 어떻게! 초원의 벽촌에서 저렇게……'

그는 오페라글라스를 계속 집요하게

매 순간 그녀에게로 향한다.

그녀의 모습은 그에게

잊힌 자태를 희미하게 상기시킨다.

"공작, 저기 말이야, 여보게,

산딸기 빛 베레모를 쓰고 저기

스페인 공사와 얘기하는 저 여인이

누군지 말해 줄 수 있겠나?"—"아, 자네,

이곳 사교계를 너무 오래 비웠군. 저기,

잠깐, 자네를 소개해 줌세."—

"그 여자가 누군데?"—"내 아낼세."—

18

"그래, 자네 결혼을 했군! 미처 몰랐네!

오래됐나?"—"이 년 가까이 됐네."—"누구와?"

—"라린 양이네."—"타티아나!"

—"자네 그녀를 아나?"—"이웃에 살았네."

—"오, 그럼 이리 오게."—

공작은 자기 아내에게

친척이자 친구를 데리고 간다.

공작 부인은 그를 쳐다본다…….
그녀가 속으로 얼마나 혼란스러웠는지,
얼마나 심하게 놀라고 또
얼마나 큰 충격을 받았는지
알 수 없으나, 겉으로는 조금도
흔들림이 없었다. 그녀의 말씨는 여전했고
그녀의 인사도 여전히 고요했다.

19
에이, 에이! 맹세코 정말 떨고
붉으락푸르락하는 것은 전혀 없었다.
눈썹 하나 까딱하지 않았고
입술을 꼭 다물지도 않았다.
아무리 찾아봐도 오네긴은
예전의 타티아나 흔적이라고는
발견할 수 없었다. 그는 당황하면서도
그녀와 대화하려고 애썼으나 아무래도
할 수 없었다. 그녀가 물었다,
그가 여기 온 지 오래됐느냐고,
어디서 왔냐고, 시골에서 온 거냐고?
그리고 남편에게 지친 시선을 향했다.
그러고는 고요히 미끄러져 나갔다…….
그는 꼼짝없이 서 있었다.

20

저 여자가 우리 소설의 초두에서
멀리 외떨어진 시골 마을에서
언젠가 그가 단둘이 만나서
고상한 도덕적 열정 속에서
교훈을 줄줄 읽어 준 그녀,
그가 지금도 간직하고 있는 편지를 쓴 그녀,
편지에 심장이 말하는 그대로
모든 것을 솔직히 내키는 대로
마음껏 드러낸 그 여자란 말인가?
그 타티아나란 말인가, 아니면 이게
꿈인가? 어떻게 그 소녀가 그를 이렇게
무심하고 대담하게 대한단 말인가,
그때 그 소박한 시골의 언덕에서
그가 경멸했던 그 소녀가 지금?

21

그는 북적거리는 야회를 떠나서
생각에 잠겨 집으로 향한다.
혹은 슬픈 꿈을, 혹은 멋진 꿈을 꾸면서
그는 아침 늦게까지 잔다.
깨어나니 그에게 온 편지가
전달된다. 모 공작이 삼가
그를 야회로 초대하신다. "오 하느님! 그녀에게

오, 갈 거야, 갈 거야!" 그는 급히 공작에게
정중한 답장을 쓴다. 그가 웬일일까?
어떤 이상한 꿈을 꾸는 걸까? 대체
그의 차갑고 게으른 영혼 깊은 곳에
꿈틀거리는 것은 무엇일까?
유감일까? 허영일까? 아니면
다시 청춘의 근심거리 — 사랑일까?

22
오네긴은 또 시계를 들여다본다.
날 저물기를 기다리기가 또 어렵다.
그러나 10시를 친다. 그는 외출을 한다.
그는 날아가 벌써 현관에 닿았다.
그는 떨면서 공작 부인에게로 들어간다.
그는 타티아나가 혼자 있는 것을 본다.
둘이 함께 몇 분간 앉아 있었지만
오네긴의 다문 입에서는
말 한마디 나오지 않는다.
그는 우울하고 거북하게 겨우겨우
그녀에게 답한다. 그의 머리는 매우
고집스러운 생각으로 가득 찼다.
그는 집요하게 그녀를 바라본다.
그녀는 평온하고 자유롭게 앉아 있다.

23

남편이 온다. 그는 이 불편한
테트 아 테트[17]를 중지한다.
그는 오네긴과 함께 무모한
젊은 시절의 장난들을 회상한다.
그들은 웃는다. 손님들이 들어온다.
이제 사교계 특유의 심술궂은 농담이
(험담, 악담, 뒷담화), 이 굵은 소금이
쳐지면서 대화는 눈에 띄게 생기를 띤다.
여주인 앞에서 가벼운 농담들이
바보 같은 부자연스러움 하나 없이
재치 있게 빛난다. 여기에 천박한 테마가 빠진
영원한 진리가 빠진, 현학이 빠진
현명한 말이 가끔 끼어들면 대화는 그 자유로운
생기로움으로 인해 누구의 귀에도 경악스럽지 않다.

24

여기에 모인 이들은 수도의 정수들 ──
귀족이자 유행을 이끄는 멋쟁이들,
어디서나 만나는 얼굴들,
꼭 있어야 하는 얼간이들,
머리에 모자를 쓰고 장미를 꽂은

---

17) 둘만의 대화.

보기에도 심술이 뚝뚝 떨어지는
나이 든 귀부인들,
미소 짓지 않는 한심한 처녀들,
국사에 대해서 얘기하는 공사,
잘 만들어지고 재치도 포함된
그러나 지금은 좀 어색하게 느껴지는
지나간 농담을 하는(아뿔싸!
모든 농담이 구닥다리가 되는군!)
향수 뿌린 백발의 노인도 있었다.

25
어떤 신사는 경구에 흠뻑 빠져 있었다.
그는 모든 것에 대해 분노했다,
여주인의 지나치게 단 차에 대해,
숙녀들의 천박함에 대해, 남자들의 태도에 대해,
안개 낀 소설의 해석에 대해,
두 자매가 쓰는 이니셜에 대해,
잡지들의 거짓말에 대해, 전쟁에 대해,
눈[雪]과 자기 아내에 대해.
....
....
....
....
....

26

저열한 정신 수준으로 악명 높은,

모든 앨범에다, 상 프리[18]여, 그대가 그리느라

그대의 연필깨나 닳게 한

프롤라소프가 있었다.

무도회의 또 다른 독재자는 문가에

부활절의 천사처럼 불그레한 볼에

꼭 붙는 옷을 입고 말없이 꼼짝 않고

잡지 그림[19]처럼 서 있었고,

어쩌다 들른 무뢰한,

지나치게 풀 먹여 뻣뻣한 목수건[20]에

온몸에 뻣뻣하게 힘을 준 신경 쓴 자세 때문에

손님들에게 쓴웃음을 짓게 한

여행가도 있었다. 말 없는 시선의 교환으로

손님들은 그에게 동일한 판결을 내렸다.

---

18) 상 프리 에마누엘 백작을 말한다. 멋쟁이 기병대위이자 풍자화가였다.

19) 최신 유행 차림을 그린 판화로서 손으로 색깔을 입혔는데 잡지 구독률을 올리려고 부록으로 첨가되어 있었다.

20) 1820년대에는 신사들이 살짝 풀 먹인 무명 목수건을 착용하는 것이 멋이었다. 지나치게 풀 먹인 목수건은 여자들의 지나친 머리 장식처럼 천박하게 여겨졌다.

27

그러나 나의 오네긴은
저녁 내내 오직 타티아나,
수줍어하고 사랑 때문에 어쩔 줄 모르는
불쌍하고 소박한 처녀가 아니라
무심한 공작 부인, 화려하고도
위풍당당한 네바강 변의 감히
범접할 수 없는 여신에게만 열렬히
몰두했다. 오, 인간들이여, 그렇게도
그대들은 모두 이브를 닮았다.
이미 주어진 것은 마음을 끌지 않는다.
그래서 뱀은 항상 자기에게로
또 비밀의 나무로
금단의 열매를 따러 오라고 부른다.
그것이 없는 천국은 더 이상 천국이 아니다.

28

타티아나가 얼마나 변했는지!
얼마나 자신의 역할을 확실하게 해내는지!
얼마나 빨리 답답한 귀족층의 갖가지
격식들을 받아들였는지!
위풍당당하고 거침없는 이 여인 속에서,
무도회를 제압하는 이 여인 속에서
사랑에 녹은 여자애를 찾을 엄두가 나겠는가?

그녀의 가슴을 설레게 했다니, 그가!
그녀가 밤의 어둠 속에서
잠의 신이 오기를 기다리면서
그를 생각하고 처녀답게 슬퍼하면서
그와 함께 언젠가는 둘이서
소박한 인생길을 가기를 꿈꾸며
애타는 두 눈으로 달을 바라보곤 했다니!

29
나이와 상관없이 인간은 사랑에 복종한다.
사랑의 열정은 젊은 가슴, 처녀처럼
순진한 가슴에는 유익하다.
봄의 폭우가 들판에게 그런 것처럼.
열정의 빗속에서 젊은 가슴은 신선해지고
새로워지고 깊어 가고 성숙해 가고
그 강력한 생명의 힘은 가슴마다
화려한 꽃과 달콤한 열매를 선사한다.
그러나 늙은 불모의 나이,
우리 나이 고개에 열정이 타다
죽어 간 흔적은 슬프다,
차가운 가을 폭풍이
초원을 늪으로 만들고
주위의 숲을 앙상하게 하듯.

30

의심의 여지가 없다. 오호, 예브게니는
타티아나에게 어린아이처럼 빠졌다.
사랑의 그리움으로 애태우며
밤낮을 겨우겨우 보낸다.
이성의 엄격한 질책을 듣지 않고
그녀의 현관, 유리창 달린 복도를 향해서
그는 매일 마차로 달려간다.
그는 그녀의 뒤를 그림자처럼 쫓는다.
그녀의 어깨에 털목도리를 걸쳐 주거나
뜨겁게 그녀의 손을 스치거나,
잡다한 제복을 입고 이제나저제나
그녀 앞에 몰려드는 무리를 막아 주거나
그녀에게 스카프를 집어 줄 때
그는 행복하다.

31

그가 아무리 발버둥 쳐도, 죽는다 해도
그녀는 알은체하지 않는다.
자연스레 그를 맞아들이긴 해도
고작 인사말 두세 마디 건넨다.
어느 때는 인사만 하고,
어느 때는 전혀 알아채지도 못하고,
교태의 기미는 눈곱만큼도 없다. 제법

고상한 사교계라면 교태를 허용하지 않는 법.
오네긴이 핏기를 잃어 가기 시작한다.
그녀는 아는지, 아니면 그러거나 말거나인지,
오네긴은 어찌나 바짝 야위었는지
거의 폐병에 걸릴 지경이다.
모두들 오네긴을 의사들에게 보내고
의사들은 이구동성 그를 온천[21]으로 보내려 한다.

32
그러나 그는 가지 않는다. 그는
조상님들께 곧 뵙겠다고 일찌감치
편지 쓸 준비가 되어 있다. 그래도 타티아나는
아랑곳하지 않는다.(여자들이란 그런 거지.)
그러나 그는 고집스레 물러날 줄 모르며
아직 희망을 품고 병든 몸으로 애를 쓰며
건강한 사람보다 더 용감한 마음으로
공작 부인에게 힘없는 손으로
열정적인 편지를 쓴다. 편지에는
도대체 거의 의미를 두지 않았지만
(그리고 그것은 맞는 얘기지만)
심장의 고통이 이미 그에게는
견딜 수 없게 되었던 것이다. 여기

---

21) 1820년대의 러시아 귀족층은 온천욕을 매우 즐겼다는 기록이 있다.

그가 쓴 편지를 그대로 소개한다.

오네긴이 타티아나에게 보내는 편지

모든 것을 예견합니다. 슬픈 비밀의 고백이
당신에게 어쩌면 모욕이 되겠지요.
당신의 자존심 넘치는 시선이
얼마나 쓰디쓴 경멸을 나타낼 것인지요!
도대체 나는 무엇을 바라는 걸까요?
무슨 목적으로 내 영혼을 열어 보이는 걸까요?
심술궂은 조롱의 쾌감을, 아마도,
불러일으키게 될지 모르는데요!

언젠가 우연히 당신을 만나서
당신이 사랑의 불꽃을 간직한 것을 보고서
나 그것을 감히 믿으려 하지 않았지요.
사랑스러운 습관이 들도록 하지 않았지요.
내 썩어 빠진 알량한 자유를 도대체
잃을 마음이 없었어요, 체!
우리가 헤어진 이유는 또 있었지요…….
렌스키가 불행한 희생물로서 쓰러진 것이지요…….
그 당시 나는 내 소중한 모든 것으로부터
내 마음을 떼어 놓았어요.
모든 사람들에게 타인이 된 저는

어느 누구와도 연결되지 않은 채 생각했지요.
자유와 평온이 행복을 대신한다고. 맙소사!
얼마나 잘못 생각했는지요, 얼마나 벌을 받는지요……

정말 잘못된 생각이었어요, 매 순간 당신을 보는 것,
어디서나 당신을 쫓아다니면서
입술의 미소, 눈의 움직임을
사랑에 빠진 눈으로 포착하는 것,
당신에게 오래 귀 기울이고
온 마음으로 당신의 완벽함을 이해하는 것,
당신 앞에서 정신이 아찔해져 꼼짝 못 하고,
창백해지고 여위어 가는 것…… 이것이 행복이지요!

그런데 내게 그 행복이 없군요,
어디나 당신을 막무가내로 따라다녀도요.
내게는 하루가 귀중하고 한 시간이 귀중한데
운명이 정해 준 날들이 얼마 안 남았는데
헛된 우울 속에서 허우적거리네요.
그러니 남은 날들도 이미 부담스러워요.
내 삶이 이제 얼마 안 남았다는 걸 압니다.
그러나 내 생명을 그나마 더 끌기 위해서는
아침마다 확신을 가져야 합니다,
낮에 당신을 만날 수 있다는……

난 두려워요. 내 공손한 애원 속에서
당신의 엄격한 시선이
경멸할 만한 교활한 의도를 볼까 봐요.
당신의 성난 질책이 들려요.
사랑의 갈망으로 괴로워하는 것,
불타면서도 이성으로 매시간
핏속의 흥분을 진정시켜야 하는 것,
당신의 무릎을 껴안고 흐느끼다
당신의 발아래 가슴속 이야기, 고백이고 질책이고
내가 표현할 수 있는 모든 것을 어서
다 쏟아 놓기 원하면서도
냉정을 가장하여 말과 시선을 무장하고
평온한 대화를 이끌면서
당신을 유쾌한 표정으로 바라봐야 하는 것, 아,
이것이 얼마나 끔찍한 일인지
당신이 아실 수만 있다면…….

어떻게 되더라도 할 수 없어요. 더 이상은
자신과 싸울 힘이 없습니다. 이제 모든 것은
결정되었습니다. 나는 당신의 뜻에 달렸습니다.
운명에 저를 맡깁니다.

33
답장이 없다. 그는 다시 편지를 보낸다.

302

두 번째, 세 번째 편지에도 그녀는
답장하지 않는다. 파티 석상에서만은
그가 객실로 들어서면…… 곧 그녀가
맞으러 나온다. 그러나 얼마나 엄격한지!
그를 쳐다보지도 않을뿐더러 말 한마디 없다. 오!
그녀가 얼마나 주현절 모진 겨울, 오,
그 혹독한 차가움으로 둘러싸여 있는지!
입술을 얼마나 꼭 다무는지!
분노를 누르느라 얼마나 애쓰는지!
오네긴은 날카로운 시선으로 살핀다, 혹
어디, 당황하거나 동정하는 구석은 있을까? 혹
눈물 자국이라도……? 그런 것은 조금도 없다, 없다.
그 얼굴에는 분노의 흔적뿐이다…….

34
 아마도 남편이나 사교계가 혹시나
그녀의 모험이나 우연한 약점을,
오네긴이 알고 있는 그 모든 것을
알아차릴까 몰래 두려워하는 흔적이나
혹 보일까…… 희망은 없다! 그는 떠나온다.
그리고 자신의 미친병을 마구 저주한다. ─
그러다가 자신의 미친병에 깊이 빠져서
다시 세상을 등진다. 적막한 서재에서
그가 기억하는 것은 언젠가

잔인한 우울이 시끄러운 사교계에서
그의 뒤를 졸졸 쫓아다니다가
결국 그를 사로잡아서
문을 열어 어두운 방으로
처박던 그 시절이다.

35
그는 다시 닥치는 대로 읽기 시작했다.
먼저 기번,[22] 만초니,[23] 루소,
헤르더,[24] 샹포르를 읽었다.
그러고 나서 스탈 부인, 비샤,[25] 티소,[26]
회의적인 벨[27]을 읽었고

---

22) 에드워드 기번(Edward Gibbon, 1737~1794). 『로마 제국 쇠망사』로 유
명한 영국 역사학자. 푸시킨 시대에 그의 저서는 고전이었다.
23) 알레산드로 만초니(Alessan Manzoni, 1785~1873). 이탈리아 작가로
나폴레옹 숭배자이자 낭만주의자. 푸시킨은 만초니의 『약혼자들』(1827)을
1830년경 프랑스어 번역으로 읽고 감탄했고 만초니도 푸시킨에 대해 알고
싶어 했다고 한다.
24) 요한 고트프리트 헤르더(Johann Gottfried Herder, 1744~1803). 독일
의 시인이자 철학가.
25) 그자비에 비샤(Xabier Bichat, 1771~1802). 프랑스 근대 역사학의 창시
자로 여겨진다.
26) 프랑스 혁명에 동조했던 작가이자 1820년대 프랑스 언론에 왕정을 비
판했던 글을 많이 쓴 피에르 프랑수아 티소 또는 스위스의 의사로서 오나
니즘을 병으로 취급한 책(1758)을 쓴 시몽 앙드레 티소로 추측된다.
27) 피에르 벨(Pierre Bayle, 1647~1706)일 가능성이 높다. 프랑스의 회의론
자, 자유주의자. 그는 『역사-비평 사전』의 저자로서 푸시킨이 다른 작품에

퐁트넬[28]의 저작들을 읽었고
우리 나라 작가들의 것까지 읽었다.
아무것도 내치지 않고 모두 읽었다.
게다가 이런저런 훈계를 되풀이하는,
요즈음엔 나를 몹시도 비난하는,
예전에는 나를 굉장히 치켜세우는
평론들도 가끔은 게재한
내게는 에 셈프레 베네[29]지만, 여러분,
정간, 부정간 잡지들도 읽었다.

36
한데 어쩌나? 눈으로는 읽으나
그의 생각은 먼 곳을 헤매고 있으니.
꿈, 희망, 슬픔이 너무나
깊숙이 그의 영혼을 죄어 왔으니
영혼의 눈으로 그는 인쇄된 글줄들
가운데서 다른 글줄들을
읽었다. 그리고 그는 그것에다
온 정신을 빼앗기게 되었다.

서 언급한 바 있다. 스탕달의 본명도 앙리 벨(Henri Beyle)이다.
28) 베르나르 퐁트넬(Bernard Fontenelle, 1657~1757). 프랑스의 회의론자,
철학가로서 칸테미르가 번역한 그의 저서는 당시 종교적 이유로 러시아에서
금서였다.
29) 이탈리아어로 '아무래도 좋다'라는 뜻이다.

그것은 진정성 있고 아득한 옛날,
그 비밀스러운 전설들이거나
맥락 없는 꿈들이거나
징조, 해석, 예언들,
또는 생생하고 말도 안 되는 이야기,
또는 젊은 처녀의 편지였다.

37
그러다가 그의 모든 감정과 생각은 점차로
수면 상태에 스르르 빠져 버린다.
그는 상상력이 늘어놓는 파라오
도박의 울긋불긋한 카드패들을 본다.
녹은 눈 속에서 잠자는 것같이
꼼짝 않고 누워 있는 젊은이,
자레츠키가 "어쩌지? 죽었다."
하며 외치는 목소리 들린다.
그는 잊힌 적들,
모함꾼, 사악한 비겁자들,
젊은 배반녀 무리들,
경멸할 만한 친구들,
또 시골집을 본다, 창가에
그녀가 앉아 있다…… 여전히 그녀가!

38

이와 같은 수면에 빠지는 게

습관이 되어 버린 그는 정말 까딱하면

미치거나 시인이 될 뻔했는데

정말 감사드려야 할 일이었을 텐데, 고백하자면.

정말로 내 이해력 없는 제자는

알 수 없는 힘, 마그네티즘[30]으로 하마터면

러시아 시의 메커니즘을 깨칠 뻔

했으니…… 정말로 그는

얼마나 시인과 닮아 있었나!

그가 방에 혼자 앉아 있거나

벽난로 앞에서 베네데타[31]나

이돌 미오[32]를 흥얼거리거나

벽난로 불 속으로 어느 때는 신발을

어느 때는 잡지를 잃어버렸을 때.

---

30) 최면술을 말한다. 1820~1830년대에 '알 수 없는 힘의 지배'라는 뜻으로 널리 쓰였던 신어다.

31) 당시 유행하던 이탈리아 노래 「어머니여, 축복 받으소서」에서 따온 것이다. '축복받으소서'라는 뜻이다.

32) 당시 유행하던 이탈리아 작곡가 빈첸조 가부시(Vincenzo Gabussi, 1800~1846)의 노래 「사랑하는 그대가 미소 지어 주신다면」이라는 노래의 후렴 '내 우상이여, 내게는 평온이 없어요'에서 따온 것으로 '내 우상이여'라는 뜻이다. 1825년부터 이 노래는 러시아어로도 번역되어 불렸다.

39

날들이 질주했다. 따뜻한 대기는
벌써 겨울을 풀었다. 그러나 그는
시인이 되지 않았다. 또 죽거나
미치지도 않았다. 어쨌거나
봄이 그를 생기롭게 한다.
그는 겨울잠에서 깨어나 줄창
닫혀 있던 방, 작은 벽난로, 이중창……
모든 것을 두고 처음으로 바깥으로 나왔다.
그는 네바강을 따라 썰매 마차로 달린다.
금이 간 푸른 얼음 위에
햇볕이 경쾌하게 뛰논다.
거리에는 파헤쳐진 눈이 지저분하게
녹고 있다. 오네긴은 지금
눈 위를 질주하여 어디로

40

가는 것일까? 여러분들은 벌써
짐작할 것이다. 맞다. 바로 그렇다.
시체가 다 되어서
나의 구제 불능 괴짜,
오네긴은 그녀에게로, 그의 타티아나에게로
간다. 현관에 아무 인기척이 없어 홀 안으로
들어간다. 계속 가도 아무도 없다.

그는 문을 연다. 무엇이, 아,
그를 그렇게 심히 놀라게 하나?
그의 눈앞에 공작 부인이 홀로
치장도 하지 않고 창백한 모습으로
앉아서 편지 하나를 읽는다. 어쩌나!
그녀는 고요히 눈물을 강물처럼
흘리고 있다, 손에 턱을 괴고.

41
그 누가 그녀의 말 없는 고통을
아무리 짧은 순간이라도 읽지 못할 것인가!
그 누가 예전의 타냐, 가련한 타냐를
이 공작 부인 속에서 알아보지 못할 것인가!
미칠 듯한 연민으로 아파하다
예브게니는 그녀의 발아래 쓰러진다.
그녀는 흠칫 떨더니 침묵하며
놀라지도 않고 화내지도 않으며
고요히 오네긴을 바라본다.
그의 병자 같은, 꺼져 가는 눈망울,
애원하는 모습, 또 말 없는 원망을
그녀는 다 느낄 수 있었다.
그녀 속에서 꿈들을, 예전의 심장을 가진
소박한 처녀가 이제 다시 살아났다.

42

그녀는 그를 일으키지도 않고 그로부터
눈을 돌리지도 않는다.
또 그의 뜨거운 입술로부터
무감각한 자기 손을 떼지도 않는다…….
그녀는 무슨 생각을 하는가, 지금
긴 침묵이 흐르는 이 시각에 다시금.
마침내 그녀가 조용히 말한다.
"그만 일어나세요, 이제. 제가
솔직하게 고백해야지요, 오네긴,
보리수 길에서 운명이 우리를 만나게 했을 때,
당신의 설교에 귀 기울였던 그때
그렇게 공손했던 저를, 오네긴,
당신은 기억하시지요?
오늘은 제 차례입니다.

43

오네긴, 그때 저는 지금보다 젊었어요.
아마도 더 아름다웠겠지요.
그리고 전 당신을 사랑했어요.
그런데 전 무엇을 찾아냈나요?
제가 당신의 가슴속에서 찾아낸
대답은 가혹함뿐이었어요.
맞지요? 수줍은 처녀의 사랑은

당신에게 새로운 것이 아니었어요.

그 차가운 시선과 설교가 떠오르면, 맙소사,

지금도 피가 얼어 가요,

그러나 당신을 탓하지 않겠어요.

그 무서운 시간에 당신은 제 앞에서

올바르고 고결하게 행동하셨어요.

온 마음으로 감사드립니다…….

44

허황된 명성으로부터 멀리 떨어져서

벽촌에 있던 저는 당신의 마음속에서

하찮은 존재에 불과했지요? 맞지요?

당신은 지금 왜 저를 쫓아다니는 거죠?

어째서 제가 당신의 목표물인가요?

요새 상류 사교계라면 제가 나타나야 하고

우리가 부유하고 신분이 높고

남편이 전쟁에서 부상당해서인가요?

그 대가로 궁정이 우리를 우대해서?

또 제가 치욕스러운 행동을 하면 이제는 바로

모든 사람이 알아차릴 수 있고, 바로

그것이 당신에게 사교계에서

잘나가는 유혹자라는 명성을 가져다줄 수

있기 때문인가요?

45

저는 웁니다……. 당신의 타냐를
당신이 여태껏 잊지 않았다면
알아 두세요. 이제 할 수만 있다면 저는
차라리 당신의 그 날카로운 책망을,
그 차갑고 엄격한 말씨를 택하겠어요.
모욕적인 당신의 열정보다는,
당신의 이런 편지와 눈물보다는요.
그때 제 소녀다운 꿈에 당신은
동정이라도 하셨지요.
제 나이를 존중하기라도 하셨지요…….
그러나 지금 당신은 얼마나 시시한가요?
당신을 제 발아래로 이끈 것은 무엇인가요?
당신의 심장과 이성을 가지고 어떻게
이렇게 시시한 감정의 노예가 될 수 있나요?

46

하지만, 오네긴, 이 화려함이며
이 역겨운 삶의 번쩍거리는 허식이며
사교계의 소용돌이 속 저의 성공이며
저의 최신식 저택과 야회며
이것들이 무슨 의미가 있나요? 당장이라도
이 모든 가장무도회 소품 쪼가리들,
이 모든 번쩍거림, 소음, 번잡을 다 주고라도

책꽂이와 다듬지 않은 정원들,
우리의 수수한 집, 오네긴, 그곳
제가 당신을 처음 만난 장소들,
또 십자가와 나뭇가지 그림자들이
죽은 가련한 유모 위로 드리워진 곳,
그 소박한 공동묘지…… 이것들을
가질 수 있다면 얼마나 좋을까요…….

47
행복은 그렇게 가능했고 그렇게도
가까웠지요……! 그러나 이미 전 결혼했어요.
제 운명은 결정되었어요. 어쩌면
제 행동이 조심성 없었는지도 몰라요.
어머니가 애원의 눈물로 제게 간청했지요.
불쌍한 타냐에게는 어떤 운명도 마찬가지…….
그래서 저는 결혼했어요.
당신은 저를 내버려 둬야 해요,
당신께 간청합니다, 진정으로요.
압니다. 당신의 가슴속에 자존심이 있고
강직한 명예심이 있다는 것을. 그리고
저는 당신을 사랑합니다.(무엇 때문에 속이겠어요?)
그러나 저는 다른 사람에게 주어졌습니다.
저는 한평생 그에게 충실할 것입니다."

48

그녀는 갔다. 예브게니는 그야말로
벼락을 맞은 것처럼 꼼짝 않고 섰다. 아,
어떤 감정의 폭풍우 속으로
그의 심장이 가라앉았는가!
하지만 갑작스레 박차 소리 울린다.
타티아나의 남편이 나타난 것이다.
여기서 독자여, 우리는 그냥 이렇게,
이 순간, 그에게는 운 나쁜 이 순간에
내 주인공과 작별하오, 이제
오랫동안 영원히…… 그의 뒤를 따라
그야말로 오로지 그 한 길만을 따라
이 세상을 충분히 헤매고 다녔으니. 이제
해안에 닿은 것을 서로 축하합시다. 만세!
오래전에(그렇지 않나?) 때가 된 것이었소!

49

오, 나의 독자여, 그대가 누구이건 간에
친구이건, 적이건 간에,
이제 친지로서 작별하고 싶소,
안녕히. 그대가 나를 따라오면서
내키는 대로 쓴 연들에서 무엇을 찾건
여전히 잠잠해지지 않는 추억이건
일에서의 휴식이건

생생한 그림 또는 날카로운 말이건

또는 문법적 오류이건 간에 새록새록

이 책에서 재미와 희망을 위해,

심장의 꿈을 위해, 잡지의 토론을 위해

그대가 작은 조각이라도 아무쪼록

발견할 수 있기를 바라오.

이제 우리 작별합시다. 안녕히!

50

부디 안녕히! 내 기이한 동반자도,

그리고 그대, 내 진정한 이데알도,

그리고 그대, 비록 작긴 해도

생생하고 변함없는 내 작업도!

나 그대들과 함께 시인이라면 누구라도

진정 부러워할 만한 모든 것을 알았소,

사교계의 비바람 피해 현실을 잊는 것,

친구들과 진정 어린 대화를 나누는 것을.

나 젊은 타티아나와 오네긴을

몽롱한 꿈속에서 처음 보고

마술의 수정구[33]를 눈에 대고

---

33) 마술의 수정구를 들여다보며 희미하게 보았던 모습, 그리고 처음 연들을 읽어 주었던 이들에 대한 언급은 괴테가 『파우스트』의 헌사에서 "희미하게 보았던 모습들"에게 이야기를 건네면서 그가 처음 노래를 들려주었던 사람들이 그다음 노래는 이미 듣지 못하게 되었다고 말한 것을 상기시킨다.

자유로운 내 소설의 먼 길을
아직 희미하게 보던 때부터
많은 날이, 정말 많은 날이 흘렀소.

51
그러나 다정한 만남 속에서 내가
첫 연들을 읽어 주었던 이들……
'이들은 이제 없거나 멀리 있소.' 언젠가
사디[34]가 말했듯이. 잊지 못할 이들……
이들 없이 오네긴이 끝까지 그려졌소.
그리고 타티아나라는 사랑스러운 이데알을
이루는 데 함께한 그녀는…… 오호! 많은 것을,
정말 많은 것을 운명은 앗아 갔소!
가득 찬 술잔을 끝까지 마시지 않고
삶이라는 축제를 일찌감치 끝내고
떠난 사람, 삶의 소설을 끝까지
읽지 않고 내가 나의 오네긴과 그랬듯이
갑자기 소설과 작별할 수 있는
사람은 축복받은 사람이오.

— 끝 —

_____

34) 사디(Saadi, 1210~1292). 13세기 페르시아의 시인.

44 라우트(Rout). 춤이 없는 저녁 모임. 원래 군중을 의미한다.

대위의 딸

명예는 젊어서부터 지켜라.
── 속담

1
근위대 중사

"그는 내일이라도 당장 근위대 대위가 될 수 있을 텐데요."
"그럴 필요 없소. 일반 군대에서 복무하게 하오."
"훌륭한 말씀이세요! 입에서 탄식이 나오도록 두잔 말이죠……
……
그런데 그의 아버지는 누구죠?"
— 크냐즈닌[1]

나의 아버지 안드레이 페트로비치 그리뇨프는 젊은 시절에 미니흐 백작[2] 휘하에서 복무했고 17○○년에 중령으로 제대했다. 이후 그는 줄곧 영지인 심비르스크주[3]에 있는 한 마을에 살았고 그곳에서 가난한 토착 귀족의 딸, 아브도티아 바실리예브나와 혼인했다. 우리는 9남매였다. 내 형제자매들은 모두 유년 시절에 죽었다.

---

1) 18세기 후반 최고의 인기 극작가 야코프 보림소비치 크냐즈닌이 쓴 희극 「허풍쟁이」(1786) 3막 6장에서 인용했고 푸시킨이 조금 수정했다.
2) 부르하르트 크리스토프 폰 미니흐(Burkhard Christoph von Münnich, 1683~1767). 덴마크 귀족 출신으로 표트르 대제의 신임을 얻어 러시아의 군인이자 정치가가 되었다.
3) 러시아 서부 볼가강 중류에 위치한 주.

나는 어머니의 태중에 있을 때 이미 가까운 친척인 근위대 소령 B. 공작의 은혜로 세묘놉스키 연대[4]의 중사로 등록되었다.[5] 모든 기대에도 불구하고 어머니가 딸을 출산했다면 아버지는 부대에 나타나지도 않은 중사의 사망을 당국에 통지해야 했을 것이고 그로써 일은 끝났을 것이다.

나는 학업이 끝날 때까지는 휴가를 받은 것으로 처리되었다. 그 당시 우리가 받은 교육은 요즘 방식과 달랐다. 나는 다섯 살 때부터 말을 돌보는 하인 사벨리치의 손에 맡겨졌는데 그는 술을 입에 전혀 대지 않는 조신한 행동 덕에 내 돌보미 아재가 되었다. 그의 감독을 받으며 나는 열두 살에 벌써 러시아 글을 깨우치고 보르조이 수캐의 특성을 잘 식별할 수 있게 되었다.[6] 이때 아버지는 나를 위해 프랑스 남자, 므슈 보프레를 고용했는데, 모스크바로부터 일 년 치의 포도주와 프로방스 올리브유와 함께 그를 주문해 왔다.[7] 그의 도착은 사벨리치의 심기를 몹시 거슬렀다. "맙소사," 그는 혼자서 툴툴거렸다. "아이는 깨끗이 씻기고 빗기고 잘 먹이면 되지, 뭣 때문에 괜한 돈까지 들여 므슈를 고용하는 거야! 집에 사람이 없는

---

4) 표트르 대제가 통치하던 1687년에 생겨난 군대로 1700년에서 1918년까지 황제의 신변을 보호하는 근위대 역할을 했다.
5) 귀족 자제들이 빠르게 승진하도록 돕는 일종의 특혜로 보인다.
6) 사벨리치는 집안의 말을 돌보는 역할을 했으며 말 돌보미는 주인이 말 타고 사냥을 나갈 때 사냥개를 관리하는 일도 했으므로 사냥개의 특성을 잘 알았다.
7) 프랑스 가정 교사, 프랑스산 포도주, 프랑스산 올리브유 등 외국 것은 모두 큰 도시인 모스크바에서 주문해 왔다.

것도 아닌데."

고국에서 미용사로 일하다가 후에 프러시아로 건너가 병사가 되었던 보프레가 러시아로 이주한 것은 선생이 되기 위해서[8]였는데 막상 본인은 이 말의 뜻을 제대로 이해하지 못한 상태였다. 말하자면 그는 호인이었지만 극도로 경박하고 허랑방탕했다. 그의 가장 큰 약점은 아름답고 매력적인 성[9]에 대한 열정이었다. 그는 다정다감하고 애정 넘치는 태도로 다가갔다가 몽둥이찜질을 당하고는 온종일 신음하기 일쑤였다. 게다가 그는 (그의 표현에 따르자면) 술병의 원수는 아니었으니 (러시아식으로 말하자면) 진탕 마시기를 즐겼을 뿐이다. 하지만 우리 집에서 포도주는 정찬 때에만 나왔고 그것도 작은 잔으로 한 잔씩만 나온 데다가 선생은 으레 건너뛰었으므로 나의 보프레는 매우 빠른 속도로 러시아 과실주에 익숙해졌고 위장에 이보다 더 좋을 수 없는 술의 예로 칭송하면서 심지어 자기 조국의 포도주보다 더 좋아하게 되었다. 우리는 당장 마음이 맞았고 계약상 그는 내게 프랑스어, 독일어와 전 과목을 모두 가르치기로 되어 있었지만 그보다는 나한테서 되도록 빨리 러시아어로 지껄이는 법을 배우는 데 더 열의를 보였다. 시간이 좀 지나자 우리는 이미 각자 나름의 일로 바빴다. 즉 우리의 의기가 투합했던 것이다. 다른 교사는 바라지도 않았다. 하지

---

8) pour être outchitel. outchitel은 러시아 문자로 '선생'을 프랑스어로 발음대로 적은 것이다. 프랑스인들 사이에 러시아 가정 교사라는 직업이 흥미를 끌었음을 보여 준다.
9) 여성을 의미한다.

만 곧 운명은 우리를 갈라놓았는데 그 계기는 바로 다음과 같다. 즉 뚱뚱한 곰보인 세탁부 팔라슈카와 우유 짜는 애꾸 처녀 아쿨카가 합의라도 한 듯이 동시에 어머니의 발치에 울면서 몸을 던져 엎드리고는 자기들이 약한 것이 죄였다며, 순진한 그들을 유혹한 므슈를 원망했던 것이다. 이런 일을 간단하게 넘겨 버릴 사람이 아니었던 어머니는 아버지에게 호소했다. 아버지의 재판은 간단했다. 아버지는 막돼먹은 부랑자 프랑스 놈을 당장 데려오라고 했다. '므슈'가 나를 가르치는 중이라고 알리자 아버지는 내 방으로 들어왔다. 이때 보프레는 침대에서 세상 모르고 자는 중이었다. 나 역시 내 일로 바빴다. 여기서 말해 둘 것은 나를 위해 모스크바에서 주문해 온 지도가 있었다는 사실이다. 지도는 아무 소용도 없이 벽에 걸려 있었고 크고 질 좋은 종이라 오래전부터 내 마음을 끌어온 터였다. 나는 그 종이로 뱀 연을 만들기로 마음먹고 보프레가 자는 틈을 타서 작업에 착수했다. 아버지가 들어온 것은 내가 막 희망봉에 피나무 속껍질로 된 꼬리를 붙이고 있을 때였다. 내 지리학 실습을 목격한 아버지는 내 귀를 꽉 잡아당기고는 보프레에게로 달려가서 그를 마구 깨워 비 오듯 흠뻑 질책을 퍼부었다. 보프레는 당황해서 일어나려고 했으나 일어날 수 없었다. 불운한 프랑스인은 죽도록 취해 있었던 것이다. 일곱 가지 재난에 대책은 하나.[10] 아버지는 그를 침대에서 들어내어 문밖으로 떼밀어 버렸고 그날로 당장 그는 집 밖으로 쫓

---

10) 러시아 속담.

겨났다. 사벨리치가 말할 수 없이 기뻐한 것은 물론이다. 그로써 내 교육은 끝장이 났다.

나는 비둘기를 쫓고 하인 아이들과 무등을 타면서 미성년 시절[11]을 마저 보냈다. 그사이 내 나이는 열여섯 살이 되었다. 내 운명도 바뀌게 되었다.

어느 가을날, 어머니는 거실에서 과일 꿀절이를 저으며 끓이고 있었고 나는 침을 흘리면서 끓어오르는 거품을 바라보고 있었다. 아버지는 창가에서 매년 받는 『궁정 연감』[12]을 읽고 있었다. 이 책은 항상 아버지를 강하게 자극했다. 아버지는 이 책을 되풀이해서 읽고 또 읽으면서 읽을 때마다 매번 각별한 관심을 기울였는데 이 책이 항상 아버지의 마음속에 놀랄 만큼 쓰라린 분노의 요동을 일으킨 탓이었다. 아버지의 모든 습성과 습관을 다 꿰고 있는 어머니는 이 불행의 책을 될 수 있는 한 멀리 처박으려고 애썼고 이런 식으로 『궁정 연감』은 몇 달씩 아버지의 눈에 띄지 않기도 했다. 대신 우연히 이 책을 찾아내면 아버지는 몇 시간씩 손에서 놓지 않았다. 그때 마침 아버지는 이따금씩 양어깨를 으쓱거리며 낮은 소리로 중얼거렸는데, 바로 이 『궁정 연감』을 읽고 있었던 것이다. "중장이라! ……흥, 중대에서는 내 아래 중사였는데! ……러시아 제국 훈장 두 개를 받은 장군이라니! ……얼마 전만 해도 우리가……."

---

11) 열두 살에서 열 다섯 살까지를 말한다.
12) 궁정에 복무하는 인물들과 훈장을 받은 사람들 목록을 기록한 책. 1736년에서 1917년 사이에 발행되었다.

드디어 아버지는 연감을 소파 위로 내던지고 깊은 생각에 잠겼다. 결코 좋은 징조가 아니었다.

갑자기 아버지가 어머니에게 물었다. "아브도티아 바실리예브나, 근데 페트루슈카[13]가 몇 살이오?"

"이제 만 열여섯이에요." 어머니가 대답했다. "나스타샤 게라시모브나 아주머니가 애꾸가 된 해에 태어났잖아요. 그해에 또……."

"좋소." 아버지가 말을 끊었다. "아이를 군대에 보낼 때가 왔소. 이제 하녀들 방을 뛰어다니고 비둘기 집에 기어오르는 짓은 그만해야지."

나와 곧 헤어질 생각에 너무 놀란 어머니는 그만 냄비 속으로 숟가락을 떨어뜨리고 나서 눈물을 뚝뚝 떨어뜨렸다. 반대로 나는 표현하기 어려울 정도로 기뻤다. 군 복무는 자유와 페테르부르크의 즐거운 생활에 대한 생각과 한 줄기가 되었다. 나는 근위대 장교가 된 내 모습을 상상했고 그것은 인간이 누릴 수 있는 최고의 행복으로 생각되었다.

아버지는 마음먹은 것을 바꾸는 것도, 그 실행을 미루는 것도 좋아하지 않는 사람이었다. 나의 출발 날짜가 정해졌다. 전날 밤 아버지는 나와 함께 미래의 내 상관에게 편지를 쓸 참이라고 선언하더니 펜과 종이를 달라고 했다.

"잊지 말아요, 안드레이 페트로비치." 어머니가 말했다. "B. 공작에게 내 안부를 전해요. 페트루슈카에게 은혜를 베풀고

13) 페트루샤와 함께 표트르의 친칭, 애칭.

항상 잘 보살펴 주기를 바란다고 전해 주세요."

"무슨 말도 안 되는 소리!" 아버지가 얼굴을 찌푸리며 대답했다. "내가 뭣 때문에 B. 공작에게 편지를 쓴단 말이오?"

"페트루슈카의 상관한테 편지를 쓴다고 하지 않았어요?"

"그렇소, 그런데 그게 왜?"

"참 나, 페트루슈카의 상관이 B. 공작이에요. 페트루슈카는 세묘놉스키 연대에 등록되어 있잖아요."

"등록? 등록이 어디에 됐든 무슨 상관이오? 페트루슈카는 페테르부르크로 안 갈 거요. 페테르부르크에서 뭘 배우겠소? 돈 쓰고 연애질하는 거? 안 되지, 얘는 제대로 된 군대에서 복무하게 해야 하오. 질기게 고생하고 화약 냄새를 맡고 군인이 돼야지, 놀고먹는 놈이 돼선 안 돼. 흠, 근위대에 등록되어 있단 말이지! 등록증 어디 있소? 이리로 가져와요."

어머니는 장롱에서 내 세례복과 함께 간직해 두었던 등록증을 찾아서 떨리는 손으로 아버지에게 건넸다. 아버지는 그것을 주의 깊게 읽고는 책상 위에 놓고 편지를 쓰기 시작했다.

궁금해서 죽을 지경이었다. 페테르부르크가 아니라면 나를 도대체 어디로 보내시려는 걸까? 나는 꽤 천천히 움직이는 아버지의 펜에서 눈을 떼지 못했다. 드디어 아버지가 편지를 다 쓰고 봉투에 등록증과 함께 넣어 봉한 뒤 안경을 벗고 나를 불러 말했다.

"자, 여기 나의 옛 동료이자 친구인 안드레이 카를로비치 R.에게 보내는 편지다. 너는 오렌부르크[14]로 가서 그를 상관

---

14) 카자흐스탄과의 경계에 있는 도시. 당시에 그곳의 책임을 맡은 사람은

으로 모시고 복무할 것이다."

이리하여 내가 꿈꾸던 찬란한 희망들은 모두 빛을 잃었다. 유쾌한 페테르부르크 생활 대신 나를 기다리는 것은 먼 곳에 있는 외딴 벽지, 국경 수비대의 권태로움이었다. 한순간 전만 해도 희열에 넘쳐 떠올리던 군 복무가 이제는 고통스러운 불행으로 여겨졌다. 하지만 가타부타할 수 있는 일이 아니었다.

다음 날 아침 현관 앞으로 여행용 마차가 끌려 나왔다. 그 안으로 트렁크, 다기 세트 상자, 집에서 부리던 내 응석의 마지막 증표인 흰 빵과 만두를 꾸린 보따리들이 실렸다. 부모님은 길 떠나는 나를 축복해 주셨다. 아버지가 말씀하셨다.

"잘 가라, 표트르. 선서를 맹세한 사람에게 충성해라. 상관에게 복종해라. 너무 그들의 비위를 맞추려고 애쓰지도 마라, 복무할 때는 너무 앞서려고 하지 말고 핑계 대고 뒤처져서도 안 되느니라. '옷은 새것일 때 잘 간수하고 명예는 젊어서부터 지켜라.'라는 속담을 기억해라."

어머니는 눈물을 흘리면서 내게는 건강에 유의하라고, 사벨리치에게는 아이를 잘 돌보라고 당부했다. 나는 토끼털 툴룹[15]을 입고 그 위에 여우털 외투를 걸쳤다. 나는 사벨리치와 함께 마차에 들어앉아 눈물에 흠뻑 젖은 채 길을 떠났다.

바로 그날 저녁 우리는 심비르스크에 도착했다. 그곳에서

이반 안드레예비치 레인스도르프 장군으로 푸가초프의 난이 일어나 도시가 봉쇄됐을 때도 그곳을 통치했다. 소설에서는 이 인물을 바탕으로 그리뇨프 아버지의 옛 동료가 형상화된 듯하다.

15) 가죽을 뒤집고 털을 안으로 넣어서 만든 긴 코트.

하루 묵으면서 필요한 물건들을 사기로 했고 그 일은 사벨리치가 맡았다. 나는 여관에 남았다. 사벨리치는 아침부터 상점으로 향했다. 창문 밖 더러운 뒷골목들만 보는 데 싫증이 난 나는 이 방 저 방을 돌아다녔다. 당구장[16]에 들어가니 키가 큰 남자가 실내복을 입고 당구 큐대를 손에 쥐고 있었다. 파이프를 잇새에 물고 검은 콧수염을 길게 기른 그는 서른다섯 살 정도로 보였다. 남자는 당구 점수 계산원과 당구를 치고 있었는데 계산원은 이기면 보드카 한 잔을 마셨고 지면 당구대 밑을 네발로 기어야 했다. 나는 그들의 게임을 지켜보았다. 게임이 진행될수록 네발로 기는 횟수가 많아졌고 결국 계산원은 당구대 밑에서 일어나지 못했다. 남자는 뻗은 사람 위로 장례식에서 죽은 사람에게나 하는 강한 표현을 몇 마디 입에 올리더니 나더러 상대가 되어 달라고 했다. 나는 못 한다고 거절했다. 그것이 신기했는지 그는 나를 안됐다는 듯이 쳐다보았다. 하여튼 우리는 이야기를 트기 시작했다. 나는 그가 이반 이바노비치 주린이라는 것, 연대의 기병 대위라는 것, 심비르스크에 신병 모집차 왔으며 이 여관에 머물고 있다는 것을 알게 되었다. 주린은 내게 군인들 먹는 식으로 간단하게 식사나 하자고 초대했다. 나는 흔쾌히 동의했다. 우리는 식탁에 앉았다. 주린은 많이 마셨고 내게도 권했다. 군 복무에 익숙해져야 한다면서. 그는 내게 군대 일화들을 들려주었는데 데굴데굴

---

16) 18세기 표트르 대제가 네덜란드에서 들여온 당구는 20세기 초엽에는 러시아 도시 남성들이 가장 즐기는 놀이가 되었다.

구를 만큼 우스운 이야기들이었다. 식탁에서 일어났을 때 우리는 완전히 친구가 되어 있었다. 이쯤 되자 그가 당구를 가르쳐 주겠다고 나섰다.

"우리처럼 군대에 있는 친구들은 당구가 필수지." 그가 말했다. "예를 들어 원정에 나갔다가 작은 마을에 도착하면 어쩌겠나? 내내 유대인 놈들만 두들겨 패고 있을 수는 없잖아.[17] 할 수 없이 여관에 가고 거기서 당구를 치게 되는 거지. 그러려면 당구를 칠 줄 알아야 해."

나는 완전히 설득당했고 아주 열심히 배우기 시작했다. 주린은 큰 소리로 나를 격려하면서 배우는 속도가 빠르다고 놀라워했다. 몇 번 더 가르쳐 주더니 2코페이카짜리 동전 한 개씩을 걸고 내기 당구를 하자고 제안했다. 따기 위해서가 아니라 내기 없이 그냥 치지 않기 위해서라고 했다. 그의 말에 의하면 내기 없이 치는 건 정말 몹쓸 습관이었다. 나도 그러자고 했고 주린은 펀치를 내오라고 하더니 군 복무에 익숙해져야 한다고, 펀치 없이 무슨 군 복무냐는 말을 자꾸만 되풀이하면서 좀 마셔 보라고 설득했다. 나는 그의 말을 들었다. 잔을 들고 홀짝거리는 횟수가 잦아질수록 나는 점점 대담해졌다. 공이 매 순간 당구대 밖으로 날아갔다. 나는 열이 올라서 계산 제대로 하는 거냐고 계산원을 욕하고 시시각각 내기 금

---

17) 그리뇨프가 주린을 처음 만난 것은 1772년 말로 추정되며 서른다섯 살쯤의 주린이 말한 원정은 칠 년 전쟁(1756~1763, 푸가초프도 참가했다고 『푸가초프의 역사』 제2장에서 푸시킨이 밝혔다.)으로 보인다. 당시 러시아에는 공식적으로 유대인들이 거주할 수 없었다.

액을 올렸다. 한마디로 나는 자유를 향해 돌진한 애송이였던 것이다. 그러는 사이 시간이 꽤 흘렀다. 주린은 시계를 보더니 큐대를 내려놓고 내가 100루블을 잃었다고 선언했다. 이 말을 듣고 나는 약간 당황했다. 내 돈은 사벨리치가 가지고 있었던 것이다. 도리 없이 나는 용서를 구하는 처지가 되었다. 주린은 내 말을 막았다.

"무슨 그런 말을 하시오, 괜찮소! 조금도 걱정하지 마시오, 얼마든지 기다릴 수 있소. 그럼 그동안 우리 아리누슈카에게 갑시다."

어쩌겠는가? 종작없이 시작한 나의 하루는 그렇게 종작없이 끝났다. 우리는 아리누슈카네서 밤참을 끝내주게 먹었다. 주린은 군 복무에 익숙해져야 한다는 말을 줄창 되풀이하면서 내게 연신 술을 부었다. 탁자에서 일어났을 때 나는 제대로 몸을 가누지도 못하는 상태였다. 자정에 주린은 나를 여관으로 데려왔다.

사벨리치는 우리를 현관에서 맞았다. 그는 내가 군 복무에 그야말로 열심을 다한, 의심의 여지없는 표시를 보고는 신음 소리를 냈다.

"이게 뭡니까요? 나리, 무슨 일이에요?"

그는 불쌍한 목소리로 말했다,

"어디서 이렇게 만신창이가 됐어요? 아, 맙소사! 이런 나쁜 짓은 처음 보네!"

"닥쳐, 이 늙은 당나귀……."

나는 그에게 돌아가지 않는 혀로 대답했다.

"네가, 정말 취했구나, 가서 자……. 나도 좀 눕혀 주고."

다음 날 아침 두통을 느끼며 깨어나니 어젯밤 일이 어렴풋이 기억났다. 내 생각은 사벨리치가 찻잔을 가지고 들어오는 바람에 끊어졌다.

"이릅니다, 표트르 안드레이치.[18]" 그는 나를 향해 고개를 저으며 말했다. "술집 나들이하기엔 일러도 한참 이르다고요. 누굴 닮아 이러세요? 아버지도 할아버지도 술꾼은 아닌 모양이던데, 어머니는 말할 것도 없고. 어머니는 태어나서 크바스[19] 외에는 입에 댄 적이 없습니다. 그런데 이 모든 게 누구 책임이냐고요? 물론 그 저주받을 므슈요. 이제나저제나 안티피예브나한테 달려가서 '마담 즈 브 프리 보드큐.'[20] 그랬죠. 자, 이제 나리도 '즈 브 프리.'라고 하겠네요. 말도 안 나오네, 좋은 거 가르쳤어, 개새끼. 집에 사람이 없었던 것도 아닌데 그 뻔뻔스러운 이교도 타국 놈을 가정 교사라고 들이더니!"

나는 창피했다. 나는 몸을 돌리고 그에게 말했다.

"저리 가, 사벨리치, 나는 차 생각 없어."

하지만 한번 설교를 시작한 사벨리치를 멈추게 하는 건 쉬운 일이 아니었다.

"자, 직접 겪어 보시죠, 표트르 안드레이치, 술판에 갔다 오면 어떻게 되는지. 머리가 아프고 입맛도 없고. 술꾼은 아무

---

18) 표트르 안드레예비치를 줄여서 부르는 이름.
19) 곡물을 발효해서 만든 러시아의 전통 청량음료.
20) 사벨리치는 프랑스 가정 교사가 프랑스어로 "부인, 제발 보드카 좀 주세요."라고 말하던 것을 흉내내고 있다.

짝에도 쓸데없는……. 오이지 소금물에 꿀을 타서 한 잔 마시시고…… 아니 그보다 과실주를 반 잔만 들이켜면 좀 나아질 텐데. 가져오리까?"

이 순간 사동이 들어와 내게 I. I. 주린이 보낸 쪽지를 전해 주었다. 그것을 펼쳐서 다음과 같은 글줄을 읽었다.

친애하는 표트르 안드레예비치, 어제 내게 잃은 100루블을 내 사동에게 좀 주어 보내시오. 돈이 무척 궁하오.

충실한 종복
이반 주린

어쩔 수 없는 일이었다. 나는 되도록 아무렇지 않은 표정으로 내 돈, 내 속옷, 내 모든 것을 관리하는 사벨리치를 향해서 사동에게 100루블을 내주라고 명했다.

놀란 사벨리치가 물었다.

"뭐요! 왜요?"

"내가 빚을 졌어."

나는 최대한 차갑게 말했다.

"빚을 지다뇨!"

점점 더 크게 놀라며 사벨리치가 물었다.

"근데 언제 대체, 나리, 빚을 질 새가 있었단 말인가요? 뭔가 이치가 맞지 않습니다. 마음대로 하세요, 나리, 난 돈을 내놓을 수 없으니까요."

이 결정적인 순간에 이 고집스러운 노인을 이기지 못하면 이후로 내내 그의 휘하에서 벗어나지 못할 거라는 생각에 나는 그를 거만하게 쳐다보면서 말했다.

"나는 네 주인이고 너는 내 하인이야. 내가 하고 싶은 생각이 들어서 하다가 잃은 거야. 그러니 머리 굴리지 말고 명령하는 대로 해."

사벨리치는 내 말에 너무 놀라서 두 손을 막 비비더니 기둥처럼 굳었다.

"뭘 그렇게 서 있는 거야!"

나는 화가 난 목소리로 소리쳤다. 사벨리치는 울음을 터뜨렸다.

"표트르 안드레이치 나리," 그는 떨리는 목소리로 말했다. "나 슬퍼서 죽는 꼴 보려고 그러세요? 도련님은 내 희망이오! 도련님! 이 늙은이 말을 들어요. 그 도둑놈에게 장난친 거라고 써요, 우리에게 그만한 돈이 안 돈다고. 100루블이라니! 맙소사, 오 자비로우신 주님! 부모님이 호두 내기 외에는 아무 내기도 하지 말라고 당부에 또 당부를 했다고 하세요."

"거짓말은 그만," 나는 엄격하게 말을 막았다. "돈을 내놔, 아니면 밖으로 내던져 쫓아 버릴 거야."

사벨리치는 몹시 쓰린 표정으로 나를 쳐다보더니 내 빚을 가지러 갔다. 불쌍한 노인이 안됐다는 생각이 들었다. 하지만 나는 자유를 향해 돌진하고 싶었고 이제는 어린애가 아니라는 것을 증명하고 싶었다. 돈은 주린에게 전달되었다. 사벨리치는 나를 그 망할 여관에서 데리고 나오려고 서둘렀다. 그는 말이 준비되었다는 소식과 함께 나타났다. 편치 않은 양심과 말 없는 후회 속에서 나는 내 선생과 작별 인사도 않고 이제 앞으로 언제라도 그를 만나는 일이 있으리라고는 생각하지도 않은 채 심비르스크를 떠났다.

2
길잡이

내 땅이런가, 내 정든 땅,
너 타향 땅아!
나 스스로 네게로 왔단 말이냐,
준마가 나를 데려다주었단 말이냐,
나, 준수한 젊은이를 네게로 데려다준 건
청춘의 충천한 혈기와 무쌍한 용기
또 주막집의 몽롱한 취기였다.
— 옛 노래[21]

　여행하는 내내 내 머릿속을 채운 건 그리 유쾌한 생각이 아니었다. 내가 잃은 돈은 당시의 가치로 볼 때 상당히 큰 액수였다. 나는 심비르스크 여관에서 한 행동이 어리석었다는 것을 마음 깊이 인정하지 않을 수 없었고 사벨리치에게도 죄책감을 느꼈다. 모든 것이 괴로웠다. 노인은 내게서 몸을 돌리고 침울하게 마부석에 앉아서는 이따금 끙끙 신음 소리만 냈다. 나는 무슨 일이 있어도 그와 꼭 화해하고 싶었지만 어떻게 시작해야 할지 막막했다. 드디어 내가 입을 열었다.
　"자, 자, 사벨리치, 이제 그만 우리 화해해, 내가 잘못했어.

---

21) 미하일 출코프(Michail Chulkov, 1743~1792)가 쓴 『다양한 노래 모음』(1770) 제3부 167번 노래에서 인용했다.

잘못했다는 걸 나도 깨닫고 있어. 어제는 내가 무모한 짓을 저질러 놓고 괜히 아재를 모욕했어. 앞으로는 더 현명하게 행동하고 아재 말을 듣겠다고 약속할게. 자, 화내지 마, 화해해."

"에휴, 표트르 안드레이치 나리!" 그는 깊은 한숨을 쉬며 말했다. "나 자신에게 화가 나서 그래요. 순전히 내 잘못입니다. 어떻게 나리를 여관에 혼자 둘 수 있었는지, 원! 어쩔 수 없었습죠, 귀신이 씌었는지 옛날 여자 친구 만나러 성당지기 마누라에게 가고 싶은 생각이 들더란 말이죠. 그게 바로 화근이었어요. 옛날 여자 친구한테 갔다가 감옥으로 간다더니.[22] 이거 정말 야단났어요! 주인 어른들을 무슨 면목으로 뵙는단 말입니까. 자식이 술 마시고 노름을 했다면 뭐라 하시겠습니까?"

가엾은 사벨리치를 위로하느라 나는 앞으로 그의 동의 없이는 한 푼도 마음대로 쓰지 않겠다고 맹세했다. 여전히 이따금씩 고개를 저으며 "100루블이라니! 이게 어디 예삿일인가!"라며 혼자서 툴툴거리기는 했지만 그도 조금씩 누그러졌다.

어느덧 목적지가 가까워지고 있었다. 주위에는 황량한 황야가 펼쳐지고 언덕과 골짜기들이 이리저리 엇갈렸다. 모든 것이 눈으로 덮여 있는데 태양은 이미 내려앉고 있었다.

포장마차는 좁은 길을 따라, 아니 정확히 말하면 농부들의 썰매가 지나가면서 만든 자국을 따라 달리고 있었다. 갑자기 마부가 주변을 살피더니 모자를 벗고 내 쪽으로 몸을 돌리고 말했다.

---

22) 예기치 않은 일이 일어난다는 의미의 러시아 속담.

"나리, 돌아가라고 명하지 않으시렵니까?"

"그건 왜?"

"일기가 못 미더워요. 바람이 설설 일어나네요, 보십쇼, 바람이 눈싸래기를 쓸어 냅니다."

"거, 큰일이군!"

"저기 뭐 보입죠?"(마부는 채찍으로 동쪽을 가리켰다.)

"아무것도 안 보이는데, 하얀 들판과 맑은 하늘뿐인데."

"아니 저기, 저어기 말입니다, 저거 구름이에요."

정말로 나는 하늘 끝에서 처음에는 멀리 보이는 언덕이라고 여겼던 작고 하얀 구름을 보았다. 마부는 그게 눈 폭풍이 올 징조라고 설명해 주었다.

나는 이 지방 눈보라에 대해서 들어 본 적이 있었고 마차 행렬 전체가 파묻히곤 했다는 것도 알고 있었다. 사벨리치는 마부의 의견에 동조하며 돌아가자고 말했다. 하지만 내 눈엔 바람이 그리 강해 보이지 않았다. 나는 제시간에 다음 역참에 도착하고 싶었기에 좀 더 빨리 가자고 명령했다.

마부는 속도를 높이기 시작했다. 하지만 자꾸만 동쪽 방향으로 고개를 돌렸다. 말들도 사이좋게 달렸다. 그런데 바람이 시시각각 더 강해졌다. 하얀 구름은 이제 두껍고 희뿌연 비구름으로 변해서 점점 커졌고 무거운 몸집으로 겨우 위로 올라가서 점차 하늘 전체를 덮기 시작했다. 싸라기가 듬성듬성 뿌리더니 갑자기 큰 눈송이들이 마구 떨어져 내렸다. 바람이 큰 소리로 울부짖었다. 눈보라가 일어난 것이다. 순식간에 검은 하늘이 눈의 바다와 합쳐졌다. 모든 것이 사라졌다.

"어이쿠, 나리," 마부가 소리쳤다, "큰일 났습니다, 눈 폭풍이외다!"

나는 마차에서 내다보았다. 모든 것이 암흑이었고 소용돌이였다. 바람은 잔인한 짐승 같은 소리를 내며 마구 울부짖어서 진정 살아 있는 혼을 가진 듯 보였다. 눈이 마구 불어닥쳐 나와 사벨리치를 뒤덮었다. 말들은 느리게 걷다가 곧 멈춰 섰다.

"왜 안 가는 건가?" 나는 초초하게 마부에게 물었다.

"어떻게 갑니까?" 그가 마부석에서 기어 나오며 대답했다, "이젠 어디가 길인지도 모르겠어요. 아무것도 안 보이고 사방에 먹구름만 자욱하니."

나는 욕을 했다. 사벨리치가 그의 편을 들고 나섰다.

"말을 안 들으시더구먼." 그는 화가 나서 말했다. "여관으로 돌아갔어야 하는데, 거기서 차나 실컷 마시고 아침까지 푹 자면 폭풍이 멎을 거고 그럼 다시 계속 가면 됐을걸, 뭘 그렇게 서둘러 가느라고 야단이에요? 혼인이라도 하러 간다면 또 모를까!"

사벨리치가 옳았다. 어쩔 수 없는 일이었다. 눈은 계속 쏟아졌다. 마차 곁으로 눈더미가 산처럼 솟았다. 말들은 고개를 숙이고 이따금씩 몸을 떨면서 서 있었다. 할 일 없는 마부는 고삐를 공연히 잡아당기면서 마차 주위를 빈들거리며 돌아다녔다. 사벨리치는 투덜거렸다. 나는 마을이나 길의 흔적이라도 볼 수 있을까 하여 사방을 둘러보았으나 희뿌연 눈보라 소용돌이 외에는 아무것도 볼 수가 없었다. 갑자기 뭔가 검은 형체가 보였다.

"어이, 마부!" 나는 소리쳤다. "좀 보게, 저기 검은 게 도대체 뭔가?"

마부는 자세히 살펴보았다.

"나리, 뭔지 모르겠습니다." 그는 자기 자리로 올라앉으면서 말했다. "짐수레도 아닌 것 같고 나무도 아닌 것 같고, 근데 움직이는 것 같아요. 늑대 아니면 사람이 분명합니다."

나는 당장 우리를 향해 움직이는 대상을 향해 가자고 명했다. 이 분 후에 우리는 사람과 마주쳤다.

"헤이, 여보게 친구!" 마부가 그에게 소리쳤다. "어디가 길인지 아나, 말 좀 해 봐."

"여기가 길이오. 단단한 땅 위에 서 있는 것 맞소." 나그네가 말했다. "하지만 무슨 소용이 있겠소?"

"여보게, 농부 친구," 나는 그에게 말했다. "이 고장을 아나? 우리가 하루 묵어 갈 만한 곳까지 좀 데려다줄 수 있겠나?"

"잘 아는 고장이오." 나그네가 대답했다. "사방팔방 속속들이 누비던 곳이지. 자, 날씨 좀 보시오. 눈 깜짝할 새에 길을 잃게 되오. 여기서 멈춰 기다리면 눈 폭풍이 지나가고 하늘이 훤해질 거요. 그러면 별을 보고 길을 찾아봅시다."

그의 침착함이 내게 용기를 주었다. 나는 하늘의 뜻에 맡기고 들판 한가운데서 밤을 보내려고 벌써 마음을 먹었는데 갑자기 나그네가 마부석으로 재빨리 올라타더니 마부에게 말했다. "자, 다행히도 마을이 가까이 있으니 오른쪽으로 돌려서 가세나."

"근데 왜 오른쪽으로 가야 하지?" 마부가 못마땅하게 물었다. "어디 길이 보여? 힘든 건 남의 말이지 내 말이 아니니까 쉬지 말고 마구 몰아라[23] 이건가."

마부 말이 맞는 것 같았다.

"자넨," 내가 말했다. "어째서 마을이 가까이 있다고 생각하나?"

"바람이 그쪽에서 불어오니까 그렇죠." 나그네가 대답했다. "그리고 거기서 연기 냄새가 나니까 그건 마을이 가까이 있다는 얘기죠."

나는 그의 예리함과 예민한 감각에 놀랐다. 나는 마부에게 가자고 했다. 말들은 힘겹게 깊은 눈 속으로 발을 내디뎠다. 썰매 마차는 눈 더미 속으로 들어가기도 하고 구덩이로 빠지기도 하고 이쪽저쪽으로 뒤집어지면서도 고요히 앞으로 움직여 나아갔다. 마치 작은 배가 폭풍우 치는 바다를 헤엄쳐 가는 것과 비슷했다. 사벨리치는 내 옆구리에 연신 부딪히면서 아우, 아우, 신음을 했다. 나는 창 가리개를 내리고 외투를 뒤집어쓰고, 고요하게 움직이는 마차를 요람 삼아, 폭풍 소리를 자장가 삼아 잠이 들었다.

나는 꿈을 꾸었다. 내 기이한 삶의 여정과 연결해 볼 때 지금까지도 뭔가 예언처럼 여겨지는 게 결코 잊을 수 없는 꿈이었다. 독자 여러분은 이 말을 용서해 주리라 생각하는데 왜냐하면 여러분은 사람들이 편견에 대해서는 갖은 경멸을 보내면서도 얼마나 미신을 쉽사리 믿는지 경험을 통해 잘 알 것이기

---

23) 자기 재산은 아끼고 남의 재산은 될수록 끝까지 이용하는 사람들의 행동을 말할 때 쓰는 러시아 속담.

때문이다.

나는 선잠에 들어 불분명한 형태의 환상이 현실과 섞여 보이는 그런 감정과 지각 상태에 있었다. 눈 폭풍은 아직 광분하고 있었고 우리는 눈보라가 소용돌이치는 황야에서 헤매는 중이었다. 갑자기 눈앞에 지주 저택의 대문이 보였고 나는 우리 영지의 우리 집 마당으로 들어갔다. 제일 먼저 떠오른 생각은, 어쩔 수 없어서 부모님의 지붕 아래로 돌아온 나를 보고 아버지가 화를 내거나 고의적 불복으로 여기실 수도 있다는 것이었다. 불안을 느끼면서 마차에서 뛰어내려 보니 어머니가 몹시 걱정하는 표정으로 현관에서 나를 맞았다.

"조용히 해라," 어머니가 내게 말했다. "아버지 병환이 깊어 임종이 가까워지셨다. 너와 작별하기를 원하신다." 나는 아연실색한 채 어머니를 따라 침실로 들어갔다. 방엔 희미하게 불이 밝혀져 있었다. 침대 주변에는 사람들이 슬픈 얼굴로 서 있었다. 나는 조용히 침대로 다가갔다. 어머니가 휘장을 올리면서 말했다.

"안드레이 페트로비치, 페트루슈카가 왔어요. 당신이 아프다는 걸 알고 돌아왔어요. 그를 축복해 줘요." 나는 무릎을 꿇고 앉아서 환자를 바라보았다. 아니, 이게 웬일인가. 침대에는 아버지 대신 검은 수염이 난 농부가 유쾌하게 나를 바라보고 있었다. 나는 어리둥절하여 어머니를 쳐다보며 말했다.

"이게 무슨 일이에요? 이 사람은 아버지가 아니잖아요. 무슨 이유로 이 농부에게 저를 축복하라고 하시는 거예요?"

"아무려면 어떠냐. 페트루슈카," 어머니가 대답하셨다. "이 사람은 네 양부란다. 그의 손에 입을 맞추고 축복을 받도록 해라!" 나는 그러지 않았다. 그때 농부가 침대에서 튀어 일어나더니 등 뒤에서 도끼를 꺼내 휘두르기 시작했다. 나는 달아나려고 했지만 움직일 수 없었다. 방엔 시체들이 가득 찼고 나는 시체들 위로 걸려 넘어지면서 피 웅덩이 속에 미끄러졌다.

무서운 농부는 큰 소리로 친근하게 나를 부르며 말했다.

"무서워하지 마라, 와서 나의 축복을 받아라……."

나는 공포와 의심에 휩싸였다. 그리고 그 순간 잠에서 깼다. 말들이 멈춰 서 있었다. 사벨리치가 내 손을 잡아당기며 말했다.

"나오세요, 도련님, 도착했어요"

"어디에 도착한 거야?" 나는 두 눈을 비비면서 물었다.

"여인숙[24]이에요. 하느님이 도와서 바로 울타리에 부딪쳤어요. 나오세요, 도련님, 얼른 몸 좀 녹이세요"

나는 썰매에서 나왔다. 약해지긴 했지만 눈 폭풍은 아직 계속되고 있었다. 눈알을 빼 가도 모를 지경으로 깜깜했다.

주인은 옷깃 아래로 등불을 쥐고 우리를 대문에서 맞았고 좁지만 상당히 깨끗한 방으로 나를 안내했다. 관솔이 타고 있었다. 벽에는 총과 높은 카자크 모자가 걸려 있었다.

주인은 야이크 카자크[25]로 예순 살쯤으로 보였으나 생기 있고 기운 넘치는 농부였다. 사벨리치는 사모바르를 가지고 내

---

24) 러시아의 시골 여인숙에는 말과 마차를 둘 수 있는 마당이 있다.

25) 야이크강(푸가초프의 난 이후 우랄강으로 개칭되었다.) 우안을 따라 거주하던 카자크. 카자크란 농사를 지으면서 군무에 종사하던 사람을 가리킨다. 이 책의 배경이 된 푸가초프의 난도 야이크 카자크가 중심이 되었다.

뒤를 따라 들어와서 차를 끓이게 불을 가져다 달라고 했다. 이때만큼 차가 절실한 적도 없었다. 주인은 준비하러 나갔다.

"길잡이는 어디 갔나?" 나는 사벨리치에게 물었다.

"여기 있어요, 나리." 위에서 대답하는 소리가 들렸다.

천장 밑 잠자리를 올려다보니 검은 수염과 반짝이는 두 눈이 보였다.

"어때, 친구, 얼지는 않았어?"

"얇아 빠진 덧옷 하나만 입고 어떻게 안 얼 수가 있어요? 툴룹이 있었는데, 죄를 숨기면 뭐 해요? 어제 술값으로 잡혔어요. 추위가 그리 심한 것 같지 않아서요."

이때 주인이 끓고 있는 사모바르를 가지고 들어왔다. 나는 우리 길잡이에게 차 한 잔을 권했다. 농부는 천장 밑 잠자리에서 내려왔다. 내 눈에 그의 외모는 훌륭했다. 나이는 마흔 살쯤 돼 보였고 중키에 마른 편이지만 어깨가 넓었다. 검은 수염 속에 흰털도 더러 보였다. 생기 있는 커다란 눈은 계속 움직였다. 상당히 호감이 가는 얼굴이었지만 도적처럼 능청스러웠다. 머리는 삥 둘러 위로 쳐서 깎았다. 그는 다 해진 긴 덧옷에 타타르 바지를 입고 있었다. 나는 그에게 찻잔을 건넸다. 그는 맛을 보더니 얼굴을 찌푸렸다.

"귀족 나리, 은혜 좀 베푸셔서 술 한잔 시켜 주십쇼! 차는 우리 카자크 음료가 아니라서요."

나는 기꺼이 그의 청을 들어주었다. 주인은 찬장에서 술병과 잔을 꺼내 들고 그에게로 다가가서 얼굴을 들여다보며 말했다.

"에헤이, 이 고장에 또 왔구먼! 어디서 불쑥 나타난 게요?"

내 길잡이는 그에게 의미 있게 한쪽 눈을 깜빡거리며 속담으로 대답했다.

"채마밭을 빙빙 날다가 삼나무 씨를 쪼아 먹었더니 할망구[26]가 돌을 던졌는데 맞히진 못했지. 그래 자네들 형편은 어떤가?"

"뭐 우리들 형편이야 그렇죠!" 주인은 비유적인 대화를 이어 나갔다. "저녁 미사에 오라고 종을 치려고 했더니 사제 마누라가 안 된다네. 사제님이 방문차 출타 중이시고 교회 묘지엔 악마들이 들끓는다고."

"그런 말 마쇼, 아저씨," 떠돌이가 반박했다. "비가 오면 버섯도 자랄 거고 버섯이 자라면 한 바구니 가득 차지. 하지만 지금은(여기서 그는 또 한쪽 눈을 깜빡거렸다.) 도끼를 등 뒤에 찔러 둬, 산지기가 돌아다니니. 귀족 나리, 나리님의 건강을 위하여!"

이 말을 하며 그는 잔을 쥐고 성호를 그은 다음 단숨에 들이켰다. 그러고 나서 내게 허리 굽혀 절을 하고 천장 밑 잠자리로 돌아갔다. 나는 당시에는 이 도적들의 은어를 전혀 알아듣지 못했다. 하지만 나중에는 이 말이 1772년 반란[27] 이후

---

26) 예카테리나 2세를 말하는 듯하다.

27) 1772년 1월에 야이크 마을에 정부군이 도착해서 불복종을 조사하면서 카자크들을 매질하자 이들이 반란을 일으키고 장군을 능지처참했다. 5월에는 정부군이 카자크들을 멀리 떨어진 농가들로 흩어지게 했고, 잡힌 반란자들을 능지처참하고 코와 혀와 귀를 베었다.

막 진압된 야이크 부대에 대한 이야기라는 것을 알았다. 사벨리치는 매우 불만스러운 표정으로 귀를 기울이고 있었다. 의심을 가득 담은 눈으로 주인과 길잡이를 번갈아 쳐다보면서. 여인숙, 또는 이 지방 말로 우메트는 초원 위에 인가라고는 하나도 없는 지역에 있었고 도적들의 소굴과 매우 비슷했다. 하지만 이제 어쩔 수 없었다. 길을 계속 가는 것은 생각조차 할 수 없었다. 안절부절못하는 사벨리치를 보는 게 매우 재미있었다. 그러는 동안 나는 내 잠자리인 긴 소파에 누웠고 사벨리치는 벽난로 위에 올라가기로 했다. 주인은 바닥에 누웠다. 곧 집 전체에 코 고는 소리가 울렸고 나는 죽은 듯이 잠이 들었다.

다음 날 아침 꽤 늦은 시각에 일어나 보니 폭풍이 잠잠해져 있었다. 태양이 빛났다. 눈은 하얀 베일처럼 끝없는 초원 위에 눈부시게 펼쳐져 있었다. 썰매 마차에 말을 맸다. 나는 주인에게 숙박료를 지불했다. 주인은 숙박료로 매우 적당한 금액을 청구해서 계산할 때 옥신각신하며 깎으려는 습관이 있는 사벨리치조차도 군말이 없었고 어제의 의심까지 그의 머릿속에서 완전히 지워졌다. 나는 길잡이를 불러서 도움에 감사했고 보드카값으로 그에게 50코페이카를 주라고 사벨리치에게 말했다. 사벨리치는 얼굴을 찌푸렸다.

"보드카값으로 50페이카를 주라고요!" 그는 말했다. "뭐 때문에요? 도련님이 그를 여인숙으로 데려온 값으로요? 마음대로 하세요, 나리, 헛돈질할 돈은 없습니다. 아무에게나 보드카 마실 돈을 주면 자기가 곧 굶어 죽게 돼요." 나는 사벨리치와 다툴 수 없었다. 약속한 대로 돈은 완전히 그의 재량 아래 있었다. 하지만 나는 재난까지는 아니라 해도 적어도 몹시 불편한 처지에서 나를 구해 준 사람에게 사례할 수 없는 것이 아쉬웠다.

"좋아," 나는 냉정하게 말했다. "50코페이카를 내놓고 싶지 않으면 내 옷 중에서 뭐라도 꺼내서 줘. 저 사람 옷을 너무 얇게 입었어. 내 토끼털 툴룹을 줘."

"나리, 표트르 안드레이치 나리!" 사벨리치가 말했다. "뭣 때문에 도련님의 토끼털 툴룹을 주란 말예요? 처음 마주치는 술집에서 다 마셔 버릴 텐데, 개자식."

"그건, 늙다리, 자네가 걱정할 일이 아냐." 떠돌이가 말했다. "다 마셔 버리든 말든 말이야. 나리께서 몸소 입던 외투를 벗어 하사하신다는데, 나리의 뜻이 그렇다는데 너 따위 하인은 그저 잠자코 따라야 할 일이야."

"너 하늘이 무섭지 않니, 이 도적놈!" 사벨리치가 성난 목소리로 대답했다. "아직 물정도 잘 모르는 젊고 순진한 사람을 이용해서 등쳐먹는 게 기쁜 모양이구나. 뭣 때문에 네까짓 게 도련님의 귀한 툴룹을 입는단 말이야? 네 죄 많은 어깻죽지에 어울리지도 맞지도 않아."

"잘난 척 그만하고," 나는 아재에게 말했다. "당장 토끼털 툴룹을 이리로 내와."

"오, 주여!" 사벨리치는 신음했다. "토끼털 툴룹은 거의 새거나 마찬가진데! 다른 사람도 아닌 저런 천둥벌거숭이 술꾼에게 주다니!"

하지만 사벨리치는 토끼털 툴룹을 가져왔다. 사내는 당장 그것을 입어 보았다. 실제로 내게도 작아진 툴룹은 그에게 꽤 나 작았다. 하지만 그는 용케 입어 냈는데 그러다 솔기가 터졌다. 사벨리치는 실이 뜯어지는 소리를 듣고 거의 울 것 같은 얼굴이 되었다. 떠돌이는 내 선물에 최고로 만족했다. 그는 나를 마차로 배웅하며 깊숙이 허리를 굽혀 절했다. "나리, 감사드립니다! 하느님께서 나리의 선행에 보답하시기를. 나리의 은혜를 결코 잊지 않겠습니다." 그는 자기 마을로 돌아갔고 나는 못마땅해하는 사벨리치를 아랑곳하지 않고 계속 길을 갔다. 곧 어제의 눈보라도 길잡이도 토끼털 툴룹도 머릿속에서 지워졌다.

오렌부르크에 도착한 나는 곧바로 장군에게 갔다. 키가 큰 남자였으나 이미 등이 굽은 노인이었다. 그의 긴 머리는 완전히 백발이었다. 오래돼 닳아빠진 제복은 안나 이바노브나 여제[28] 시절의 군인을 생각나게 했다. 그의 말에서는 독일어 억양이 강하게 느껴졌다. 나는 아버지의 편지를 건넸다. 아버지 이름을 보더니 그가 나를 재빨리 훑어보았다.

"아크, 맙소사!" 그가 말했다. "안드레이 페트로비치가 자네 나이였던 때가 엊그제 같은데 지큼 저렇게 큰 아들이 있다니! 아카, 시칸이 참 빠르네, 빠르네!"

그는 편지를 뜯어서 토를 달아 가며 낮은 소리로 읽기 시작

---

28) 안나 이바노브나(Anna Ivanovna, 1693~1740). 표트르 1세 서거 후 예카테리나 1세, 표트르 2세에 이어 1730년 러시아 여제가 되었다. 표트르 1세의 이복형이자 공동 황제였던 이반 5세의 딸이다.

했다.

"'친애하는 안드레이 카를로비치 각하, 각하께서…….' 이건 무슨 인사치레야……. 푸후, 부크럽지도 않나! 물론 켝식이 필요하긴 하지만 옛날 쿤대 친쿠에게 이렇게 써도 되나? '각하께서는 잊지 않고 계실 겁니다.' 흠…… '돌아가신 미니[29] 원수님 휘하에서…… 원정 나갔을 때…… 또 카롤린카를…….' 에헤 동지! 아직 옛날 장난질을 키억하는군. '다름 아니오라…… 내 망나니를 각하에게…….' 흠…… '코슴토치 장갑을 끼고 돌봐 주시고…….' 코슴토치 장갑을 끼는 게 뭘까, 그건 로서아 속탐인가……. 코슴토치 장갑을 끼고 돌보는 게 뭐지?"

그는 나를 향해 되풀이했다.

"그건," 나는 되도록 순진한 표정을 지으며 그에게 대답했다. "너무 엄격하게 대하지 마시고 상냥하게 대하라는 뜻입니다. 자유를 많이 주는 고슴도치 장갑을 끼고 돌보라는 겁니다."

"흠, 그렇군. '그리고 그에게 자유를 주지 마시고…….' 아니야, 코슴토치 장갑은 분명 그런 뜻이 아니야. '여기…… 그의 등록증을 동봉…….' 어딨지? 아. 여기 있군……. '세묘높스키 연대 등록을 없애서 이전하고…….' 좋아, 좋아, 다 그렇게 해 주지. '이제 계급에 상관없이 옛 동료이자 친구가 자네를 포옹하는 걸 허락해 주게.' 아, 이제야 뭘 좀 아는군. 기타 등등…… 기타 등등. 자, 여보게."

---

29) 미니흐 장군을 말한다.

편지를 다 읽은 뒤 내 등록증을 옆으로 치워 놓고 그가 말했다.

"모든 게 그대로 될 거네. 자네는 ○○○ 연대로 장교로 이송될 거야. 시간 낭비할 것 없이 내일 당장 벨로고르스크 요새로 떠나게. 거기서 선량하고 명예심 있는 미로노프 대위의 지휘를 받게 될 걸세. 자네는 거기서 진정한 쿤 복무를 하게 될 것이고 쿤 규율을 배우게 될 거네. 오렌부르크에는 자네가 할 일이 없네. 그리고 한가한 건 젊은이에게 해로워. 오늘은 나와 함께 식사하기로 하세."

'산 너머 산이구나!'[30] 나는 혼자 생각했다. '어머니 배 속에서부터 근위대 중사였으면 뭐 해? 나는 어떻게 되는 거지? 키르기스-카이사키족[31] 초원과 경계에 있는 외떨어진 ○○○ 연대로 가야 하다니!'

나는 안드레이 카를로비치의 집에서 그의 늙은 부관과 함께 셋이 식사를 했다. 그의 식탁은 엄격한 독일식 절약 정신이 지배했는데 그가 나를 먼 곳에 있는 수비대로 보내는 것도 혼자 하는 식사에 가끔 쓸데없는 손님이 올까 봐 걱정해서였을 수도 있다는 생각이 들었다. 다음 날 나는 장군과 작별하고 내 임지로 향했다.

---

30) 러시아 관용구를 문자 그대로 번역하면 '시시각각 더 어려워지네.'이다.
31) 키르기스-카이사키어를 쓰는 사람들을 말한다. 러시아 제국 시대에 제국의 관리들은 카자크족과 키르기스족을 키르기스-카이사키로 표기했다.

3
요새

우리는 요새에 처박혀서
빵과 물만 먹고 마시네.
짐승 같은 적들이 만두 먹으러 오면
그 손님들에게 거하게 한 상 차려 주리,
대포에다 파란 콩알 장전해서.
— 「병사의 노래」[32)

우리 아버지는 구식이지.
— 「미성년」[33)

　벨로고르스크 요새는 오렌부르크에서 40베르스타 떨어져 있었다. 길은 야이크강의 가파른 강둑을 따라 이어졌다. 강이 아직 얼지 않아 흰 눈이 뒤덮인 양쪽 강변에서 납빛 물결이 어둡고 음울하게 철썩였다. 그 뒤로는 키르기스 초원이 펼쳐졌다. 나는 복잡한 생각에 잠겨 있었는데 대부분 우울한 생각이었다. 나는 수비대 생활에 거의 매력을 느끼지 못했다. 내 상관이 될 미로노프 대위를 머릿속으로 그려 보았다. 아마도 자기 일 외에는 아무것도 모르는 엄격하고 성깔 있는, 게다가 아

---

32) 푸시킨이 직접 쓴 것으로 추정된다. 병사들이 잘 먹지도 못한 채 복무하는 시늉만 하는 벨로고르스크 요새를 풍자하는 듯하다.
33) 러시아 희극 작가 데니스 이바노비치 폰비진의 희극 「미성년」 중에서 인용했다.

무것도 아닌 일로 사사건건 빵과 물만 먹이며 감금을 일삼을 준비가 되어 있는 노인일 거라 상상했다. 그러는 사이 날이 어두워지기 시작했다. 우리는 상당히 빨리 달렸다.

"요새까지는 먼가?" 나는 마부에게 물었다.

"멀지 않습죠." 그가 대답했다. "저기 벌써 보입니다."

나는 무시무시한 성채, 첨탑이나 성벽을 기대하며 사방을 둘러보았지만 나무판자 울타리에 둘러싸인 작은 마을만이 눈에 들어왔다. 한쪽에는 반쯤 눈에 쓸려 나간 볏가리 더미 서너 개가 있었고 다른 쪽에는 날개가 축 처져 볼품없고 게을러 보이는 물방아가 있었다.

"요새는 대체 어디지?" 나는 의아해서 물었다.

"네, 여긴뎁쇼." 작은 마을을 가리키며 마부가 말했다.

우리는 그 안으로 들어갔다. 성문 어귀에 오래된 주물 대포가 있었다. 길은 좁고 구불구불했으며 집들은 지붕이 낮고 대부분 짚으로 덮여 있었다. 나는 사령관에게 가자고 했고 일분 후에 고지대에 위치한 목조 교회 옆에 나란히 서 있는 역시 목조 가옥 앞에 마차가 멈춰 섰다.

나를 맞으러 나온 사람은 아무도 없었다. 나는 입구로 들어가 현관방의 문을 열었다. 노병 하나가 책상에 앉아서 초록색 제복의 팔꿈치에 청색 헝겊 조각을 대고 깁고 있었다. 나는 내가 왔음을 알리라고 명했다.

"들어오시오, 젊은이," 노병이 대답했다. "집에 사람들이 계시오."

나는 옛날식으로 장식된 꽤 깨끗한 집으로 들어갔다. 구석에는 그릇장이 있고 벽에는 장교증이 담긴 유리 액자가 걸려 있었다. 그 옆에는 키스트린[34] 점령과 오차코프[35] 점령을 보여 주는 목판화들, 또 신붓감을 고르는 장면과 고양이 매장을 그린 그림도 있었다. 창가에는 나이 지긋한 여자가 누비옷을 입고 머릿수건을 쓰고 앉아 실을 감는 중이었다. 그녀 앞에는 장교 제복을 입은 애꾸눈의 노인이 양손에 실을 펼쳐 들고 있었다.

"여봐요, 무슨 일이시우?" 여자가 하던 일을 계속하면서 물었다.

나는 복무하러 왔으며 의무에 따라 대위님을 뵈러 왔다고, 대위로 보이는 애꾸눈의 노인에게 말했다. 하지만 여주인은 내가 외워서 준비한 말을 막았다.

"이반 쿠즈미치는 안 계시우." 그녀가 말했다 "게라심 사제를 방문하러 갔어요. 그래도 상관없어요, 내가 그의 안사람이에요. 앞으로 많이 사랑해 주시오. 앉아요, 이 양반아."

그녀는 종을 울려 하녀를 부르더니 하사관을 불러오라고 명했다. 작은 노인은 하나뿐인 눈에 호기심을 담아 힐끔힐끔 나를 쳐다보았다.

"감히 물어봐도 된다면," 그가 말했다. "어느 연대에서 복무할 겁니까?"

나는 그의 호기심을 채워 주었다.

---

34) 17~18세기 프러시아의 강력한 요새.

35) 흑해 연안의 도시로 오데사에서 동쪽으로 67킬로미터 떨어져 있다.

"또 감히 물어봐도 된다면," 그가 말을 계속했다. "왜 근위대에서 수비대로 옮기게 되었나요?"

나는 상관의 뜻이 그렇다고 대답했다.

"근위대 장교의 품위에 맞지 않는 행동을 했나 보지요." 질문자는 지칠 줄 모르고 말을 이어 나갔다.

"헛소리는 그만하고." 대위 부인이 그에게 말했다. "젊은 사람이 여행하느라 피곤한 거 알지. 자넬 상대할 기분도 아닐 거고……. (손 좀 똑바로 해서 잡아…….) 그리고, 여보게, 자네," 그녀는 나를 향해 말을 계속했다. "자네를 이 소굴로 쫓아 보낸 걸 슬퍼하지 말아요. 자네가 처음도 마지막도 아니라우. 살다 보면 정이 드는 법이에요. 슈바브린 알렉세이 이바니치가 살인죄로 우리한테 온 지도 이제 벌써 오 년째요. 알 게 뭐람, 무슨 도깨비에 홀렸는지. 그가 말예요, 글쎄, 한 중위하고 교외로 각자 칼을 차고 나가서 서로 찔렀다는 거 아뇨. 알렉세이 이바니치가 중위를 찔러 죽였는데 증인이 두 명이나 있었다우. 어쩌겠소, 사람은 누구나 실수를 하는 법이니."

그 순간 젊고 체격이 당당한 하사관이 들어왔다. "막시미치!" 대위 부인이 그에게 말했다.

"이 장교 나리에게 방을 내주게, 좀 깨끗한 걸로."

"예, 그러겠습니다, 바실리사 예고로브나," 하사관이 대답했다. "나리를 이반 폴레자예프네로 모실까요?"

"무슨 말도 안 되는 소리야, 막시미치," 대위 부인이 말했다. "폴레자예프네는 안 그래도 좁은데. 그는 내 친구지만 우리가 상관이라는 걸 기억하는 사람이지. 장교 나리를 말이지……

성명이 뭐죠? 표트르 안드레이치? 표트르 안드레이치를 세묜 쿠조프네로 모시게. 그 사기꾼이 자기 말을 우리 집 채마밭으로 몰았잖아. 자, 어때, 근데 막시미치, 모든 게 다 이상 없고?"

"다행히 다 조용합니다." 카자크가 대답했다. "다만 하사관 프로호로프가 목욕탕에서 더운물을 훔친 일로 우스티냐 네굴리나와 싸웠지요."

"이반 이그나티치!" 대위 부인은 애꾸눈 노인에게 말했다. "누가 옳고 그른지 프로호로프와 우스티냐를 조사하게. 그리고 둘 다 벌을 주게. 자, 막시미치, 조심해서 잘해 봐. 표트르 안드레이치, 막시미치가 댁을 거처로 안내할 거요."

나는 인사를 하고 떠났다. 하사관은 나를 요새의 가장 바깥 경계에 위치한 강의 높은 둔덕에 세워진 작은 집으로 데리고 갔다. 집의 반은 세묜 쿠조프네 가족이 쓰고 있었고 나머지 반이 나에게 배당되었다. 꽤 말끔한 방이었고 칸막이가 있어 둘로 나뉘었다. 사벨리치는 방을 정리하기 시작했다. 나는 작은 창을 통해 밖을 바라보았다. 내 앞에는 황량한 초원이 펼쳐져 있었다. 비스듬히 옆쪽으로 농가 몇 채가 있었고 길에는 닭들이 돌아다녔다. 노파 하나가 여물통을 들고 현관에 서서 돼지들을 불렀고 돼지들은 친구처럼 다정하게 꿀꿀거리며 노파에게 화답했다. 이곳이 바로 내가 젊음을 보내도록 지정된 곳이었다! 나는 슬픔이 밀려와 창문에서 몸을 돌렸다. 사벨리치가 상심해서 자꾸만 "맙소사! 아무것도 안 드시겠다니! 도련님이 병이라도 나면 나리 마님이 뭐라고 하시겠어요?" 하며 권했지만 저녁도 안 먹고 잠자리에 누웠다.

다음 날 아침 일어나 막 옷을 입는데 문이 열리더니 중키의 젊은 장교가 내 방으로 들어왔다. 거무스름하고 정말 못생겼으나 터질 듯한 정력이 느껴지는 얼굴이었다.

"용서하시오." 그는 프랑스어로 말했다. "격식 차리지 않고 인사 나누러 왔소. 어제 도착하신 걸 알았소. 드디어 인간다운 얼굴을 보겠다는 희망 때문에 참을 수 없었소. 여기서 얼마간 지내다 보면 이해할 거요."

나는 이 사람이 근위대에서 결투 때문에 좌천된 장교라는 걸 알아챘다. 슈바브린은 매우 영리했다. 그의 말은 날카롭고 재미있었다. 그는 아주 유쾌한 어조로 대위 가족에 대해, 그가 사귀는 사람들에 대해 그리고 내가 운명적으로 이끌려 온 이 고장에 대해 묘사했다.

대위 집 현관방에서 제복을 수선하던 바로 그 노병이 들어와서 바실리사 예고로브나가 식사하러 오시라고 한다고 했을 때 나는 한껏 마음을 열고 웃고 있었다. 슈바브린도 나와 함께 가겠다고 나섰다.

대위의 집 근처에 왔을 때 작은 광장에서 스무 명쯤 되는 노병들이 긴 머리를 땋아 내리고 삼각모를 쓰고 대열을 갖추어 훈련하고 있었다. 맨 앞에는 대위가 서 있었는데 정정하고 키가 큰 노인으로 침실 모자를 쓰고 중국식 실내복을 걸치고 있었다. 우리를 보더니 그가 다가와 내게 몇 마디 부드러운 말을 하고 나서 다시 지휘하기 시작했다. 우리가 멈춰 서서 훈련하는 모습을 보려 하자 그는 곧 갈 테니 바실리사 예고로브나에게로 먼저들 가라고 했다.

"여기는," 그가 덧붙였다. "뭐 볼 것도 없소."

바실리사 예고로브나는 우리를 편안하고 기쁘게 맞았고 마치 오래전부터 알던 사람처럼 나를 대해 주었다. 노병과 팔라샤는 식탁을 차렸다.

"아니, 내 이반 쿠즈미치는 오늘 훈련이 길기도 하네!" 대위 부인이 말했다. "팔라슈카,[36] 가서 나리더러 식사하러 오시라고 해라. 그래 근데 마샤[37]는 어디 있니?"

그러자 열여덟 살쯤 된 처녀가 들어왔다. 동그란 얼굴은 혈색이 좋았고 밝은 아맛빛 머리를 귀 뒤로 말끔하게 빗어 넘겼는데 두 귀는 왠지 빨갛게 달아올라 있었다. 처음 보았을 때 나는 그녀가 마음에 그리 들지 않았다. 슈바브린이 대위의 딸인 마샤를 완전 바보로 묘사했기 때문에 그녀에 대해 선입견을 가지고 있었던 것이다. 마리야 이바노브나는 구석에 앉아서 바느질을 했다. 그사이 걸쭉한 국이 나왔다. 바실리사 예고로브나는 그때까지 남편이 나타나지 않자 두 번째로 그를 불러오라고 팔라샤를 보냈다.

"나리에게 손님들이 기다리신다고 해. 국이 식는다고. 맙소사, 훈련이 안 끝나네. 그만큼 꽥꽥거렸으면 됐지."

대위가 애꾸눈을 동반하고 곧 나타났다.

"뭐예요, 여보," 아내가 그에게 말했다. "음식이 벌써 나왔는데 당신은 불러도 안 오니."

---

36) 팔라슈카, 팔라샤는 펠라게야의 애칭, 친칭.
37) 마샤는 마리야의 애칭, 친칭.

"여보, 바실리사 예고로브나," 이반 쿠즈미치가 대답했다. "나는 복무 중이었소. 병사들을 훈련시켰다고."

"에이 그만해요!" 대위 부인이 반박했다. "병사들을 훈련시킨다는 건 명목일 뿐이지요. 아무리 해도 그들은 복무할 만큼 훈련되지 못할 거고 당신도 복무가 뭔지 모르잖아요. 집에 앉아서 기도나 하세요. 그게 나아요. 자, 우리 귀한 손님들, 식탁으로 어서 오시죠."

우리는 식사를 하기 위해 앉았다. 바실리사 예고로브나는 한시도 멈추지 않고 내게 질문을 퍼부었다. 양친은 누구고 생존해 계시는지, 어디 사시며 재산 상태는 어떤지 등등. 아버지에게 300명의 농노[38]가 있다고 하자 그녀가 말했다.

"엄청나네! 세상에는 참 부자들도 많아! 우리 집에는, 봐요, 농노라고는 팔라샤 하나뿐인데. 그래도 다행히 우리는 검소하게 잘 살아요. 한 가지 불행이라면 마샤에 관한 건데. 시집보낼 때가 됐는데 지참금이 있어야죠. 빗이 있나, 빗자루가 있나, 땡전 한 푼이 있나,[39] (하느님, 용서하세요!) 목욕하러도 못 가요. 좋은 사람이라도 나타나면 좋겠지만 아니면 처녀 귀신으로 앉아 있어야 해요."

나는 마리야 이바노브나를 쳐다보았다. 마리야는 얼굴 전체가 새빨개졌고 심지어 접시 위로 눈물까지 떨어뜨리고 있었

---

38) 이 시대 러시아에서는 재산 정도에 따라 지주는 소지주(농노 80~100명 이하), 중지주(수백 명의 농노를 가진 귀족), 대지주(농노 1000명 정도)로 나뉘었다.
39) 러시아 속담.

다. 나는 그녀가 안돼 보여서 성급히 화제를 바꾸었다. 꽤 뜬금없는 말이었다.

"이 요새를 바시키르인들이 공격하려 한다고 들었습니다."

"자네, 누구한테 들었나?" 이반 쿠즈미치가 물었다.

"오렌부르크에서 그렇게들 말했습니다." 내가 대답했다.

"헛소리!" 대위가 말했다. "여기는 낌새도 없는데. 바시키르인들은 겁이 많고 키르기스인들은 이미 혼쭐이 나서 감히 고개도 못 디밀지. 나타나기만 해 봐, 한 방 먹여서 한 십 년은 얼씬도 못 하게 할 거요."

나는 대위 부인에게 물었다.

"그런 위험을 견디면서 요새 안에 사는 게 무섭지는 않으세요?"

"습관이 됐다네, 젊은이," 그녀가 대답했다. "이십 년 전쯤 연대에서 이리로 이사 왔을 때는 이 망할 이교도들이 얼마나 무서웠는지, 주여, 인도하소서! 어쩌다 붉은 모자나 뭐라고 외치는 소리만 들어도 심장이 얼마나 오그라들었는지 모른다오, 믿어져요? 이 양반아! 지금은 아주 습관이 돼서 악당들이 요새 가까이 돌아다닌다고 해도 꿈쩍도 안 한다우."

"바실리사 예고로브나는 매우 용감한 부인이에요," 슈바브린이 젠체하며 말했다. "이반 쿠즈미치가 증인이시죠."

"그래요, 보다시피," 이반 쿠즈미치가 말했다 "우리 아주머니는 겁 많은 십 대가 아니죠."

"그럼 마리야 이바노브나는요?" 내가 물었다. "역시 용감한가요?"

"마샤가 용감하냐고?" 어머니가 대답했다. "아니, 마샤는 겁쟁이라우. 아직 총소리도 못 들어요. 그냥 벌벌 떨고. 이 년 전에 이반 쿠즈미치가 내 명명일 기념으로 대포를 쐈을 때 내 비둘기[40]가 놀라서 저세상으로 갈 뻔했지 뭐요. 그때부터 우린 그 망할 대포를 쏘지 않는다우."

우리는 식탁에서 일어났다. 대위와 대위 부인은 자러 갔고 나는 슈바브린네로 가서 저녁 내내 그와 함께 있었다.

---

40) 그녀가 자기 딸을 사랑스럽게 표현하는 말이다.

4
결투

> "자, 이제 자세 좀 취해 보시지.
> 내가 어떻게 네 몸통을 찌르는지 보라고!"
> — 크냐즈닌[41]

몇 주가 지났다. 벨로고르스크 요새 생활은 견딜 만했을 뿐만 아니라 심지어 유쾌하기까지 했다. 대위의 집에서 나는 마치 가까운 친척처럼 받아들여졌다. 남편과 아내는 매우 존경스러운 사람들이었다. 병사의 아들로 장교가 된 이반 쿠즈미치는 무식하고 평범했으나 매우 정직하고 선량한 사람이었다. 그의 아내는 그를 조종했는데 이는 그의 태평한 기질과도 잘 맞았다. 바실리사 예고로브나는 공적인 사무에서도 집안일을 관리하듯 요새를 관리했다. 마리야 이바노브나가 곧 나와 낯을 익혀 우리는 알고 지내게 되었다. 나는 그녀가 현명하고 민

---

41) 크냐즈닌이 운문으로 쓴 5막의 희극 「괴짜들」에 나오는 대사다. 크냐즈닌은 이 작품에서 절대 권력하의 사회 제도를 조롱하고 러시아인을 풍자했다.

감한 처녀라는 것을 알아차렸다. 자연스럽게 나는 이 착한 가족에게, 심지어 애꾸눈 하사관 이반 이그나티치에게도 친밀감을 느꼈다. 슈바브린은 그가 바실리사 예고로브나와 불륜 관계라고 상상했는데 그건 정말 어림 반 푼어치도 없는 소리였다. 하지만 슈바브린은 개의치 않았다.

나는 장교로 발령받았다. 복무는 힘들지 않았다. 신의 가호를 받는 이 요새에는 사열도 훈련도 보초 근무도 없었다. 대위는 이따금 자발적으로 병사들을 훈련했다. 그들 중 많은 사람들이 틀리지 않으려고, 돌 때마다 성호를 긋지만 그들이 모두 좌향이 어디고 우향이 어딘지 알게 되는 것은 아직 요원한 일이었다. 슈바브린의 거처에는 프랑스 책이 몇 권 있었다. 나는 독서를 시작했고 그러면서 내 안에 있던 문학에 대한 애정도 깨어났다. 매일 아침 나는 독서를 했고 번역을 연습했으며 가끔 시도 썼다. 식사는 항상 대위의 집에서 했고 나머지 낮시간 역시 거기서 보냈는데 저녁에는 종종 게라심 사제와 그의 아내, 온 동네 최고의 소식통 아쿨리나 팜필로브나가 오기도 했다. A. I. 슈바브린도 물론 매일 만났다. 하지만 시간이 갈수록 그와의 대화가 유쾌하지 않게 느껴졌다. 그가 항상 대위 가족을 비웃는 게 마음에 들지 않았다. 특히 마리야 이바노브나를 헐뜯는 말이 듣기 싫었다. 요새에 다른 친교 관계는 없었지만 나는 원하지도 않았다.

추측에도 불구하고 바시키르인들은 반란을 일으키지 않았다. 우리 요새 주위에는 평온이 감돌았다. 하지만 평화는 갑작스러운 내부 갈등에 의해 중단되었다.

앞에서 나는 문학을 한다고 이야기했다. 내 습작들은 당시로서는 상당히 훌륭한 것들이었고 몇 년이 지난 후 알렉산드르 페트로비치 수마로코프[42]로부터 큰 칭찬을 받기도 했다. 한번은 시를 한 편 썼는데 내가 보기에도 꽤 만족스러웠다. 창작가들이 종종 조언을 구한다는 구실로 우호적인 청자들을 찾으려 하는 것은 알려진 사실이다. 그렇게, 나는 내가 쓴 시를 요새 전체에서 유일하게 시인의 창작물을 평가할 수 있는 슈바브린에게 가지고 갔다. 조금 서설을 늘어놓은 후 나는 주머니에서 나의 시 창작 노트를 꺼내서 그에게 다음 시를 읽어 주었다.

어쩌나, 나 사랑의 생각을 없애고
어여쁜 그녀를 잊으려 헛되이 애쓰네.
아, 아, 나 마샤를 피하고
자유를 얻어 보려 생각하네.

그러나, 내 마음을 끌어당기는 두 눈
항상 내 앞에 떠오르네.
내 마음을 흔드는 두 눈
내 평안을 깨뜨리네.

---

42) Alekxander Petrovich Sumarokov(1717~1777). 러시아의 신고전주의 시인, 극작가.

그대 내 괴로움 알게 되리니
나를 어여삐 여겨 주오.
나 그대에게 사로잡혔으니
이 잔인한 운명 굽어 살펴 주오.

"이거 어때?" 나는 필시 따를 칭찬을 공물처럼 기대하면서 슈바브린에게 물었다. 하지만 너무나 유감스럽게도, 보통은 호의적이었던 슈바브린이 내 시가 좋지 않다고 단호하게 말했다.

"왜 그렇지?" 나는 섭섭한 마음을 감추면서 물었다.

"왜냐하면," 그는 대답했다. "그런 시들은 내 선생, 바실리 키릴리치 트레디아콥스키[43]가 쓴 정도 되는 것들이지. 이 시들은 매우 그 선생의 연애시들을 연상시키네."

그는 당장 내 노트를 가져가더니 행 하나하나, 단어 하나하나를 가차 없이 비판하면서 매우 신랄하게 조롱했다. 나는 참을 수 없어서 그의 손에서 노트를 빼앗아 다시는 내 작품을 보여 주지 않겠다고 말했다.

"두고 보세," 그가 말했다, "자네가 그 말을 지키게 될지. 시인들에게는 청자가 필요한 법이네. 이반 쿠즈미치가 식전에 보드카 한 병을 마셔야 하듯이 말이야, 근데 자네가 연정과 사랑의 습격을 고백하는 이 마샤가 누군가? 설마 마리야 이바노브나는 아니겠지?"

---

43) Vasily Kirillovich Trediakovsky(1703~1768). 러시아의 시인이자 인문학자. 러시아 작시법의 기초를 확립했다. 사후 그의 시는 오랜동안 열등하다고 평가되었다.

"자네가 알 바 아냐." 나는 눈살을 찌푸리며 대답했다. "이 마샤가 누구든 자네 의견도 자네 추측도 요구한 바 없네."

"오호! 자만스러운 시인에다 겸손한 애인이네!"

점점 더 나를 자극하며 슈바브린이 말을 이어 나갔다. "하지만 우정의 충고를 듣게나, 성공을 바란다면 시 따위로 작업 걸지 말라고 충고하겠네."

"그게 무슨 소리인가, 나리, 설명 좀 해 보시게."

"얼마든지. 내 말은 만약 마샤가 어둠 속에서 자네에게 오기를 바란다면 애정 어린 시 나부랭이 대신 반지나 한 쌍 선물하라는 거야."

내 피가 끓기 시작했다.

"근데 뭣 때문에 그녀에 대해 그런 의견을 갖는 거지?"

나는 분노를 꾸역꾸역 삼키며 물었다.

"아 그건," 그는 지옥 같은 조롱조로 대답했다. "경험으로 그녀의 성격이나 습관을 알기 때문이네."

"이 거짓말쟁이, 악당!" 나는 미친 듯이 화가 나서 소리를 질렀다. "너 아주 뻔뻔스럽게 거짓말을 하는구나."

슈바브린의 낯빛이 바뀌었다.

"이건 그냥 지나갈 수 없는 일이야." 그가 내 팔을 꽉 쥐고 말했다. "너 내 도전에 응해야 할 거다."

"좋아, 언제든지!" 나는 기쁨을 느끼면서 말했다. 이 순간 나는 그를 찢어 죽일 태세가 되어 있었다.

나는 곧바로 이반 이그나티치에게로 가서 바늘을 손에 쥐고 있는 그를 만났다. 그는 대위 부인의 지시로 겨울 저장용으로 말릴 버섯을 줄에 꿰고 있었다.

"아, 표트르 안드레이치!" 그는 나를 보고 말했다. "어서 오시오! 아니 근데 웬일이시오? 무슨 일로 오는지 감히 물어도 된다면?"

나는 짤막하게 내가 알렉세이 이바니치와 다투었으며, 그에게 입회인이 되어 달라고 청하러 왔다고 말했다. 이반 이그나티치는 하나뿐인 눈을 내 쪽으로 굴리면서 내 말을 주의 깊게 들었다.

"그러니까 말씀인즉슨," 그는 내게 말했다. "알렉세이 이바니치를 찌르고 싶은데 나더러 증인이 되어 주기 바란다, 이거죠? 그렇죠? 감히 물어도 된다면?"

"바로 그래요."

"은혜를 베푸세요! 표트르 안드레이치! 무슨 그런 생각을 하나요! 알렉세이 이바니치와 욕하고 싸웠다고요? 무슨 큰일이라고! 욕이 대문에 걸려 있는 법은 없어요.[44] 바람에 날아가 없어지는 법이죠. 그가 욕을 했다면 저주를 하세요. 그가 낯짝에 한 대 먹이면 귀싸대기를 후려쳐요. 두 번 세 번 먹이고 나서 헤어지세요. 우리가 다 화해시킬 테니. 도대체가 가까운 사람을 찌르는 게 좋은 일인가요? 감히 물어도 된다면? 그자를 찌르신다면, 주여, 그와 알렉세이 이바니치와 함께하소서. 사실 난 그를 좋아하지는 않아요. 근데 그가 장교님을 쑤시면 어쩌나요? 그게 무슨 꼴인가요? 누가 바보가 되는 건가

---

44) 러시아 속담. 욕은 들을 때뿐, 사라지는 것이니 신경 쓸 것 없다는 뜻이다.

요? 감히 물어도 된다면?"

하사관의 현명한 판단에도 내 마음은 흔들리지 않았다. 나는 뜻을 굽히지 않았다.

"좋으실 대로," 이반 이그나티치가 말했다. "생각대로 하시죠. 하지만 내가 왜 증인이 되어야 합니까? 다행히 나는 스웨덴에도 터키에도 싸우러 갔다 온 몸으로 이 꼴 저 꼴 실컷 봤습니다."

나는 어떻게든 입회인의 의무를 설명해 주려 했으나 이반 이그나티치는 도무지 알아듣지 못했다.

"마음대로 하시구려." 그가 말했다. "제가 반드시 이 일에 끼어야 한다면 그건 기껏해야 이반 쿠즈미치에게 가서 제 의무대로 요새 안에서 국가의 이익에 위배되는 악행이 계획되어 있다고 고하는 것이올시다. 대위님께 응분의 조치를 취하라고 말이죠."

나는 크게 놀라서 이반 이그나티치에게 대위에게 아무 말도 하지 말라고 애원했다. 힘겨운 설득 끝에 그는 대위에게 가지 않기로 약속했고 나는 그에게서 물러나기로 마음먹었다.

저녁 시간을 평소대로 대위의 집에서 보냈다. 나는 의심이나 귀찮은 질문을 피하려고 쾌활하고 아무렇지도 않은 듯이 지내려고 애썼다. 하지만 고백하자면 결투를 앞둔 사람들이 거의 항상 뽐내는 그런 냉정함은 갖지 못했다. 이날 저녁 나는 사랑과 감동에 빠져든 상태였다. 마리야 이바노브나는 평소보다 더 마음에 들었다. 어쩌면 그녀를 마지막으로 보는 걸지도 모른다는 생각에 내 눈에 비친 그녀의 모습은 뭔가 더 감동적이었다. 슈바브린도 이곳에 있었다. 나는 그를 한구석으로 데려가서 이반 이그나티치와 나눈 대화를 말해 주었다.

"입회인이 무슨 필요가 있소?" 그가 건조한 어조로 말했다. "그들 없이 합시다."

우리는 요새 근처에 쌓여 있는 건초 더미 뒤에서 싸우기로, 다음 날 아침 6시에 거기서 만나기로 약속했다. 남 보기에는 아주 친하게 이야기를 나누는 것 같았는지 이반 이그나티치가 기뻐서 떠들었다.

"진작 그렇게 하실 것이지." 그가 내게 만족스러운 표정으로 말했다. "나쁜 평화가 좋은 싸움보다 낫죠, 명예롭지는 않지만 몸이 성하잖아요."[45]

"뭐야, 뭐라고? 이반 이그나티치!" 구석에서 카드점을 치던 대위 부인이 말했다. "내가 잘못 들었나 보네."

이반 이그나티치는 내가 불만 담긴 표정을 짓자 약속을 떠올리고는 당황해서 아무 대답도 하지 못했다. 슈바브린이 도우러 나섰다.

"이반 이그나티치가," 그가 말했다, "우리의 화해에 동의하는 겁니다."

"누구와 뭐, 이 양반아, 싸움이라도 했소?"

"표트르 안드레이치와 꽤 크게 다투었습니다."

"뭣 때문에?"

---

45) 러시아 속담. 결투를 피하면 명예롭지 못하지만 몸이 성하니 좋다는 뜻이다.

"정말 사소한 일로 그랬지요. 노래 때문에요. 바실리사 예고로브나!"

"참 다툴 일도 없네! 노래 때문이라니! 어쩌다가 그랬소?"

"경위는 이렇습니다. 표트르 안드레이치가 얼마 전에 노래시 하나를 지었는데 오늘 그걸 제 앞에서 부르기 시작했지요. 그러길래 저도 제가 좋아하는 노래를 뽑았지요,

대위의 딸아,
한밤중에 쏘다니지 마라…….

그러자 서로 이견이 생겼어요. 표트르 안드레이치가 막 분통을 터뜨리려다가 잠시 후에 누구나 자기 마음대로 노래할 자유가 있다는 판단을 내렸답니다. 그로써 일이 끝난 거죠."

슈바브린의 뻔뻔스러움 때문에 나는 거의 광분할 지경이었다. 하지만 나를 제외하고는 아무도 그의 조잡한 암시들을 알아차리지 못했다. 적어도 아무도 그것들에 주의를 기울이지 않았다. 대화는 노래에서 시인에게로 옮겨 갔고 대위는 시인들이란 모두 방탕한 사람에 지독한 술꾼이라며 복무에 위배되고 아무짝에도 쓸데없는 시 창작을 그만두라고 내게 우정 어린 충고를 했다.

슈바브린과 같이 있는 것이 견딜 수 없어 나는 곧 대위와 그 가족에게 작별 인사를 했다. 집에 돌아와 내 장검을 살펴보고 그 끝을 시험해 본 후 나는 사벨리치에게 6시 지나서 깨워 달라고 명하고 잠자리에 들었다.

다음 날 정해진 시각에 나는 나의 적을 기다리며 건초 더미 뒤에 서 있었다. 곧 그도 나타났다.

"우리를 덮칠지도 몰라." 그가 내게 말했다. "서둘러야 해."

우리는 제복을 벗고 조끼만 입은 채 칼을 뽑았다. 그 순간 건초 더미 뒤에서 갑자기 이반 이그나티치가 노병 다섯 명과 함께 나타났다. 그는 우리를 보며 대위에게 갈 것을 요구했다. 우리는 유감스럽지만 그의 말을 따랐다. 병사들이 우리를 에워쌌고, 놀랄 만큼 거드름을 피우며 우리를 데리고 의기양양하게 행진하는 이반 이그나티치를 따라 우리는 요새로 향했다.

우리는 대위의 집으로 들어갔다. 이반 이그나티치가 의기양양하게 "인도함!"이라고 외치더니 대문을 열었다. 우리를 맞은 사람은 바실리사 예고로브나였다.

"아, 이 사람들아! 이게 무슨 짓인가? 어떻게? 뭐라고? 우리 요새에서 살인을 한다고? 이반 쿠즈미치, 당장 이들을 구금해요! 표트르 안드레이치! 알렉세이 이바니치! 이리로 장검들 내놔요, 내놔요, 내놔요. 팔라슈카, 이 장검들을 광으로 치워라. 표트르 안드레이치! 이럴 줄 몰랐네. 양심도 없나? 알렉세이 이바니치라면, 좋아, 그는 사람을 죽여서 근위대에서 제명됐고 주님을 믿지 않으니까. 근데 자넨 뭔가? 어디로 기어간 거야?"

이반 쿠즈미치는 자기 부인에게 완전히 동의했고 선고를 내렸다.

"들어 보게, 바실리사 예고로브나 말이 맞아. 결투는 군법에 공식적으로 금지되어 있다네."

그사이 팔라샤는 우리에게서 장검을 빼앗아 광으로 치웠다. 나는 웃지 않을 수 없었다. 슈바브린은 거드름을 유지하고 있었다.

"부인에 대한 제 모든 존경심에도 불구하고," 그는 차갑게 말했다. "우리를 부인이 재판하느라 노심초사하시는 것은 공연한 일임을 지적하지 않을 수 없습니다. 이 일을 이반 쿠즈미치에게 맡기셔야 합니다. 이건 그의 소관입니다."

"아! 여보시오!" 대위 부인이 반박했다. "남편과 아내가 일심동체가 아니란 말이오? 이반 쿠즈미치! 뭘 하품만 하고 섰소? 당장 저 둘을 독방에 가두고 빵과 물만 줘요. 정신 차리게요. 그리고 게라심 사제에게도 저들에게 종교적 처벌을 내리라고 해요. 주님께 용서를 빌고 사람들 앞에서 회개하도록 말이오."

이반 쿠즈미치는 어쩔 줄 모르고 망설였다. 마리야 이바노브나는 몹시 창백했다. 조금씩 폭풍이 잠잠해졌다. 대위 부인은 평정을 되찾고 우리를 입맞춤하게 했다. 팔라슈카는 우리에게 장검을 도로 가져다주었다. 대위 집에서 나올 때 우리는 화해한 것으로 보였다. 이반 이그나티치가 우리를 바래다주었다.

"부끄럽지도 않소?" 나는 그에게 화를 냈다. "안 그러겠다고 약속까지 해 놓고 대위님에게 우리를 고자질하다뇨?"

"하느님께 맹세코 난 절대로 대위님에게 말하지 않았소." 그가 말했다, "바실리사 예고로브나가 내게서 모든 걸 알아냈소. 그녀가 대위님 모르게 모든 조치를 취한 거요. 게다가 모든 게 이렇게 끝나서 정말 다행이올시다."

이 말을 하고 그는 집으로 돌아갔고 나는 슈바브린과 둘만 남았다.

"우리 일을 이렇게 끝낼 수는 없소." 내가 그에게 말했다.

"물론이오," 슈바브린이 답했다. "당신이 내게 한 뻔뻔스러운 행동은 당신의 피로 갚아야 할 거요. 하지만 아마 며칠 동안은 사람들이 우리를 감시할 거요. 그러니 며칠 동안은 아닌 척하고 있어야 하오. 또 봅시다!"

그리고 우리는 아무 일 없었던 것처럼 헤어졌다.

대위의 집으로 돌아와 나는 늘 하던 대로 마리야 이바노브나에게로 다가앉았다. 이반 쿠즈미치는 출타 중이었고 바실리사 예고로브나는 집안일로 바빴다. 우리는 낮은 목소리로 이야기했다. 마리야 이바노브나는 사랑을 담아 내가 슈바브린과 다툰 일 때문에 모두들 걱정했다고 말해 주었다.

"두 분이 장검으로 싸우려고 한다는 말을 들었을 때," 그녀가 말했다. "저는 몸이 얼어붙는 줄 알았어요. 남자들은 얼마나 이상한지요! 한 주일 지나면 잊어버릴 말 한마디 때문에 서로 찌르고 목숨만이 아니라 양심과 다른 사람들의 행복까지 희생시키려 하다니요, 그 사람들은…… 하지만 저는 싸움을 시작한 쪽은 당신이 아니라고 확신해요. 필시 알렉세이 이바니치 책임일 거예요."

"왜 그렇게 생각해요, 마리야 이바노브나?"

"그냥이요……. 그는 굉장한 조롱꾼이니까요! 저는 알렉세이 이바니치를 좋아하지 않아요. 그는 정말 역겨워요. 근데 이상해요, 그렇다고 제가 그가 싫어할 만한 일을 하려고 한 적은 없었거든요. 만약 그랬다면 전 불안해서 한시도 견딜 수 없었을 거예요"

"어떻게 생각해요? 마리야 이바노브나? 그가 당신을 좋아한다고 생각해요, 아니라고 생각해요?"

마리야 이바노브나는 딸꾹질을 하더니 얼굴을 붉혔다.

"제가 보기에는," 그녀가 말했다. "좋아한다고 생각해요."

"왜 그렇게 생각하죠?"

"제게 청혼을 했거든요."

"청혼을요! 그가 당신에게 청혼을 했어요? 도대체 언제요?"

"작년에요. 당신이 오기 한두 달쯤 전에요."

"받아들이지는 않았나요?"

"보시는 바와 같아요. 알렉세이 이바니치는, 물론, 똑똑하고 집안도 좋고 재산도 있어요. 하지만 사람들 앞에서 혼례관을 쓰고 그와 키스를 해야 한다고 생각하면…… 결코 못 해요! 어떤 행복이 따른다 해도 못 해요!"

마리야 이바노브나의 말은 내 눈을 뜨게 했고 많은 것들을 설명해 주었다. 슈바브린이 왜 그렇게 집요하게 그녀를 비방하는지 이해가 갔다. 필경 그는 우리가 서로에게 호감을 느끼는 걸 눈치챘고 그래서 떼어 놓으려고 했던 것이다. 우리 싸움의 빌미가 된 말이 조잡하고 무례한 조롱이 아니라 미리 계산된 비방임을 알게 되자 더더욱 추악하게 생각되었다. 이 뻔뻔스러운 독설가를 벌해야겠다는 욕구가 안에서 더욱 강해져서 나는 초초하게 기회를 기다리게 되었다.

바로 기회가 왔다. 그다음 날 내가 비가(悲歌)를 쓰려고 앉아서 각운을 기다리며 펜을 끼적거리고 있을 때 슈바브린이 내 창문을 두드렸다. 나는 펜을 놓고 장검을 쥔 채 그에게로 나갔다.

"무엇 때문에 미루나?" 내게 슈바브린이 말했다. "우리를 감시하는 사람은 없네. 강가로 가세. 그곳에는 우리를 방해할 사람이 아무도 없어."

우리는 말없이 걸음을 옮겼다. 가파른 오솔길을 내려가서 강 바로 옆에 멈춰 서서 장검을 뽑았다. 슈바브린은 나보다 기술이 좋았지만 나는 더 강하고 용감했고, 한때 병사였던 므슈 보프레에게서 받은 몇 차례의 펜싱 수업에서 익힌 기술들을 사용하기도 했다. 슈바브린은 내가 그렇게 위험한 적수일 줄은 예상하지 못한 참이었다. 오랫동안 우리는 서로에게 상처를 입히지 못한 채 싸웠다. 마침내 나는 슈바브린이 힘이 빠진 것을 알아채고 더욱 힘차게 그를 공격해 들어갔고 거의 그를 강으로 빠지도록 몰아붙였다. 갑자기 내 이름을 크게 부르는 소리가 들려왔다. 돌아보니 사벨리치가 산길을 따라 내게로 달려오고 있었다. 그 순간 나는 오른쪽 어깨 조금 아래 가슴을 강하게 찔렸다. 나는 쓰러졌고 정신을 잃었다.

5
사랑

아, 처녀여, 그대, 아름다운 처녀여!
아직 어린 나이에 시집가지 말아요.
처녀여! 아버지에게, 어머니에게 물어봐요,
아버지에게, 어머니에게, 친척들에게 물어봐요.
처녀여! 지식과 지혜를 모아요,
지식과 지혜를 지참금으로 모아요.
— 민요[46]

나보다 좋은 이를 찾게 되면 나를 잊을 테고
나보다 나쁜 이를 찾게 되면 나를 기억하겠지.
— 민요[47]

깨어난 후에도 나는 얼마 동안 정신을 차릴 수 없었고 내게
일어난 일을 알지 못했다. 나는 몹시 허약한 상태로 모르는
방 침대에 누워 있었는데 내 앞에는 사벨리치가 두 손에 촛불
을 들고 서 있었다. 누군가가 조심스럽게 내 가슴과 어깨를 동
여맸던 붕대를 풀었다. 차츰 정신이 또렷해졌다. 결투가 기억
나면서 내가 부상당했다는 것을 깨달았다. 그 순간 문이 삐걱

---

46) 민요 「아 그대, 볼가, 어머니 볼가강」에서 인용했다.
47) 민요 「내 심장이 내려앉아요, 내려앉아요」에서 인용했다.

거렸다.

"어떠신가요, 상태가?"

속삭이는 소리가 들렸고 그 목소리에 내 가슴이 떨리기 시작했다.

"차도가 없어요." 한숨을 쉬며 사벨리치가 대답했다. "정신을 잃은 지 벌써 닷새째랜데."

나는 몸을 돌리려 했으나 할 수 없었다.

"여기가 어디지? 누구지?"

나는 겨우 말했다. 마리야 이바노브나가 내 침대로 다가와서 몸을 굽혔다.

"어떠세요? 정신이 드세요?" 그녀가 말했다.

"다행히," 나는 힘없는 목소리로 말했다. "당신, 마리야 이바노브나죠? 말해 줘요."

나는 더 이상 말을 계속할 힘이 없어서 입을 다물었다.

사벨리치가 "아!" 하고 외쳤다. 그의 얼굴에 기쁨이 나타났다. "정신을 차렸네! 정신을 차렸어!" 그가 같은 말을 반복했다.

"주님, 감사합니다, 영광 받으소서! 자, 표트르 안드레이치 도련님! 얼마나 놀랐는지 몰라요. 이게 예삿일인가요? 닷새씩이나!"

마리야 이바노브나가 그의 사설을 끊으며 말했다.

"그에게 말을 많이 하면 안 돼요, 사벨리치. 그는 아직 힘이 없어요."

그녀는 나가서 조용히 문을 닫았다. 나는 마음이 설렜다. 그러니까 나는 대위의 집에 있었고 마리야 이바노브나가 들어

온 것이었다. 사벨리치에게 몇 가지 물어보려고 했지만 노인은 고개를 절레절레 저으며 귀를 막았다. 나는 유감스럽게도 두 눈을 감았고 곧 잠에 빠져 버렸다.

잠에서 깨어나 사벨리치를 불렀는데 내 앞에는 마리야 이바노브나가 있었다. 그녀의 천사 같은 목소리가 내게 인사했다. 이 순간 말로 표현할 수 없을 정도로 달콤한 감정이 나를 휘감았다. 나는 그녀의 손을 쥐고 끌어당겨서 감동의 눈물로 적셨다. 그녀는 손을 빼지 않았다. 갑자기 그녀의 입술이 내 뺨에 닿았고 나는 뜨겁고 신선한 입맞춤을 느꼈다. 온몸에 불이 확 붙는 것 같았다.

"사랑하는 착한 마리야 이바노브나," 나는 그녀에게 말했다. "내 아내가 되어 줘요. 내 행복을 허락해 줘요."

그녀는 정신을 차렸다.

"세상에, 진정하세요." 그녀가 내게서 손을 빼며 말했다. "당신은 아직 위험한 상태예요. 상처가 다시 벌어질 수 있어요. 저를 위해서라도 조심해 주세요."

이 말과 함께 그녀는 나갔고 나는 환희에 도취되어 홀로 남았다. 행복이 나를 소생시켰다. 그녀가 나의 것이 된다! 그녀는 나를 사랑한다! 이 생각이 내 온 존재를 가득 채웠다.

그때부터 나는 하루가 다르게 빠른 속도로 회복되었다. 연대에는 다른 의사가 없었으므로 연대 이발사가 나를 치료했는데 다행히도 그는 쓸데없이 아는 체하지 않았다. 젊음과 자연의 힘이 회복을 도왔다. 대위의 가족 전체가 나를 돌보았다. 마리야 이바노브나는 내게서 떨어지지 않았다. 물론 나는 다음 기회가 왔을 때 다시 고백했고 마리야 이바노브나는 더 참을성 있게 들어주었다. 그녀는 젠체하는 태도 없이 자기 마음이 기울어진 것을 고백했으며 부모님도 물론 자신의 행복을 기뻐할 거라고 말했다.

"하지만 잘 생각해 봐야 해요." 그녀가 덧붙였다. "당신 가족이 반대하지 않을까요?"

나는 깊이 생각해 보았다. 어머니는 틀림없이 부드럽게 나오실 것이다. 하지만 아버지의 성격과 사고방식은 내 사랑을 젊은 시절의 변덕 정도로 치부할 터였다. 나는 마리야 이바노브나에게 그 점을 솔직하게 고백했고, 되도록 훌륭한 표현을 사용하여 부모님의 축복을 청하는 편지를 써서 아버지에게 보내기로 마음먹었다. 나는 편지를 마리야 이바노브나에게 보여 주었다. 그녀는 그 편지가 매우 설득력 있고 감동적이어서 성공을 거둘 거라고 확신했고, 젊음과 사랑의 특성인 순진한 믿음으로 가득 찬 심장으로 사랑의 감정에 충실했다.

나는 병에서 회복되자마자 슈바브린과 화해했다. 이반 쿠즈미치는 결투한 것을 용서해 주면서 내게 말했다.

"에흐, 표트르 안드레이치, 내가 자네를 감금했어야 하는데, 자네는 그렇지 않아도 벌을 받은 셈이네. 하지만 알렉세이 이바니치는 지금 곳간에 감시를 받고 앉아 있고 그의 장검은 바실리사 예고로브나가 맡아서 자물쇠로 잠가 두었네. 충분히 생각하고 후회하도록 해야지."

나는 너무나 행복해서 가슴속에 적의를 품을 수 없었다. 나는 슈바브린을 위해서 청원했고 사람 좋은 대위는 부인의 동의하에 그를 석방하기로 결정했다. 슈바브린이 내게 찾아왔다. 그는 우리 사이에서 일어난 일에 대해 깊은 유감을 표했고 책임이 전적으로 자신에게 있었다고 고백하며 지난 일을 잊어 달라고 부탁했다. 타고나기를 누구에게 앙심을 품지 않는 나는 진정으로 우리의 다툼과 상처에 대해 그를 용서했다. 그의 비방에서 나는 모욕당한 자존심과 거절당한 사랑의 유감을 보았고 관대하게 불행한 경쟁자의 죄를 용서해 주었던 것이다.

나는 곧 완전히 회복하여 내 거처로 돌아갈 수 있었다. 나는 희망을 품을 엄두는 감히 내지도 못한 채 슬픈 예감을 잠재우려 애쓰면서 편지에 대한 답장을 초조한 마음으로 기다렸다. 바실리사 예고로브나와 그녀의 남편에게는 내 뜻을 아직 밝히지 못했다. 하지만 내 청혼이 그들을 놀라게 하지 않을 건 분명했다. 나도 마리야 이바노브나도 우리의 감정을 숨기려고 애쓰지 않았으며 우리는 벌써 그들이 동의하리라는 것을 확신했다.

마침내 어느 날 아침 사벨리치가 두 손에 편지를 받쳐 들고 내 방으로 들어왔다. 나는 떨면서 그것을 움켜쥐었다. 주소는 아버지의 필적으로 쓰여 있었다. 이는 내게 중대한 일에 대비해 마음의 준비를 하게 했다. 왜냐하면 편지는 보통 어머니가 썼고 아버지는 끝에 몇 줄만 덧붙이는 경우가 대부분이었기 때문이다. 오랫동안 나는 봉투를 뜯지 않고 장중한 필체로 쓴 주소 ─ 내 아들 표트르 안드레예비치 그리뇨프 앞, 오렌부르크주, 벨로고르스크 요새 ─ 만 읽고 또 읽었다. 나는 필적에서 이 편지를 쓰셨을 때의 기분을 추측해 보려고 애썼다. 결국 봉투를 뜯기로 마음먹고 첫 몇 줄을 읽었을 때 벌써 모든 게 엉망이 되었다는 것을 알았다. 편지의 내용은 다음과 같았다.

내 아들 표트르! 미로노프의 여식 마리야 이바노브나와의 혼인에 대해 부모의 축복과 동의를 구한 네 편지를 금월 15일에 받았다. 나는 축복을 보내거나 동의를 해 줄 생각이 없을 뿐만 아니라 네게로 가서 너의 무모한 짓에 대해, 비록 네가 장교 신분이긴 해도 너를 어린애처럼 야단을 치고자 한다. 왜냐하면 너는 그런 싸움꾼들하고 결투나 하기 위해서가 아니라, 조국을 지키기 위해 하사받은 장검을 지닐 자격이 없기 때문이다. 당장 나는 안드레이 카를로비치에게 편지를 써서 너를 벨로고르스크 요새에서 좀 더 먼 곳으로, 네가 바보 같은 짓을 하지 못할 어디로든 보내라고 청할 생각이다. 네 어머니는 네가 결투를 한 것과 결투에서 다친 것을 알고 슬픔으로 병이 나서 드러누웠다. 그래서야 앞으로 뭐가 되겠느냐? 내 감히 하느님께 커다란 은총을 네게 베푸시라고 차마 바라지는 못하나 네가 개과천선하게 해 주시기를 기도드린다.

너의 아버지 A. G.

이 편지를 읽는 동안 내 속에서는 여러 가지 감정이 일어났다. 아버지가 거침없이 쓰신 가혹한 표현들에 깊은 모욕감을 느꼈다. 마리야 이바노브나를 언급할 때 아버지가 사용한 경멸의 어조는 공정하지 않을 뿐만 아니라 무례했다. 나를 벨로고르스크 요새에서 다른 곳으로 이전시키겠다는 발상도 경악스러웠다. 하지만 가장 걱정이 되는 것은 어머니가 병이 났다는 소식이었다. 결투에 대해 부모님께 알린 사람이 사벨리치가 틀림없다고 생각하여 나는 그에게 화를 냈다. 좁은 내 방을 앞뒤로 왔다 갔다 하다가 나는 그를 무섭게 쳐다보며 그 앞에 멈춰섰다.

"내가 아재 때문에 상처를 입고 한 달이나 무덤 속으로 들어갈 지경에 있었는데 아재는 그것으로 모자라는 모양이지? 내 어머니도 죽이고 싶어 하니까 말이야."

사벨리치는 천둥을 맞은 것처럼 놀랐다.

"나리, 용서하세요." 그가 거의 흐느끼면서 말했다. "무슨 말을 그렇게 하십니까? 도련님이 다친 게 나 때문이라뇨! 하느님이 굽어보십니다. 나는 달려가서 내 가슴으로 알렉세이 이바니치의 칼을 막으려 했어요. 저주받을 늙은 몸이 제대로 말을 안 들었던 거지요. 게다가 내가 도련님 어머니께 어쨌다고요?"

"아재가 어쨌냐고?" 내가 대답했다. "누가 아재더러 나를 고자질해 바치라고 부탁했어? 아재는 스파이로 내 곁에 있는 거야?"

"내가? 내가 도련님을 고자질했다고요?" 사벨리치는 눈물을 흘리며 말했다. "오, 하늘에 계신 내 주님이시여! 주인 나리가 내게 쓴 편지를 좀 읽어 보십쇼. 내가 도련님을 어떻게 고자질했는지 알게 될 거예요." 그는 당장 주머니에서 편지를 꺼냈고 나는 그 글을 읽었다.

창피한 줄 알아라, 늙은 개야, 내 엄격한 명령을 지키지 않고 네가 내 아들 표트르 안드레예비치에 대해 보고하지 않아 제삼

자에게서 그의 무모한 행동을 듣게 되었으니 말이다. 그따위로 너는 너의 의무와 주인의 뜻을 이행하고 있는 거냐? 나는 너를, 늙은 개야! 진실을 감추고 젊은이에 대해 묵인한 행동에 대한 값으로 돼지치기로 보낼 것이다. 이 편지를 받는 즉시 괜찮아졌다는 그의 건강이 현재 어떠하며, 정확히 어디에 상처를 입었고, 제대로 치료를 했는지 써 보내도록 하라.

사벨리치는 내 앞에 떳떳했고 나는 그를 야단치고 의심하며 이유도 없이 모욕한 게 분명했다. 나는 그에게 용서를 구했다. 하지만 아무리 해도 노인의 마음은 풀리지 않았다.

"내가 너무 오래 살아서," 그는 같은 말을 되풀이했다. "내내 섬겨 온 주인으로부터 이런 보답을 받는군요! 나는 늙은 개고 돼지치기이고, 또 나 때문에 상처를 입었다고요? 아니올시다, 표트르 안드레이치 도련님! 모든 게 내가 아니라 그 염병할 므슈 탓이에요. 그가 쇠꼬챙이로 찌르고 발 구르고 하는 걸 가르쳤죠. 찌르거나 발구르기 같은 걸로 사악한 인간을 막을 수 있다는 듯이! 므슈를 공연히 돈 들여서 고용하고 말이죠!"

하지만 그렇다면 누가 내 행동에 대해 내 아버지에게 써 보내는 수고를 했단 말인가? 장군인가? 하지만 그는 내가 보기에 그렇게 내 걱정을 하는 사람이 아니었다. 게다가 이반 쿠즈미치는 나의 결투를 상부에 보고할 필요가 있다고 생각하지 않았다. 나는 수수께끼를 풀 수 없어 고민했다. 의심은 슈바브린에게 꽂혔다. 밀고를 통해 내가 요새에서 나가고 대위 가족과 헤어지면 이득을 볼 사람은 그자뿐이었다. 나는 모든 것을 마리야 이바노브나에게 밝히러 갔다. 그녀는 나를 현관에서 맞았다.

"무슨 일이 있나요?" 나를 보더니 그녀가 말했다. "무척 창백하시네요!"

"모든 게 끝났소!" 나는 대답하고 아버지의 편지를 그녀에게 넘겼다.

이번에는 그녀가 창백해졌다. 다 읽고 나서 그녀는 떨리는 손으로 편지를 돌려주었다.

"제 운명이 아닌 것 같군요······. 당신 부모님이 저를 가족으로 받아들이고 싶어 하지 않으시네요. 모든 게 하느님 뜻대로 되기를! 하느님은 우리에게 필요한 것을 우리보다 더 잘 아시니까요. 어쩔 수 없네요, 표트르 안드레예비치. 당신이라도 행복하시기를······."

"그럴 수 없어요!" 나는 그녀의 손을 잡으며 소리쳤다. "당신은 날 사랑해요. 나는 모든 걸 할 준비가 됐어요. 갑시다, 가서 당신 부모님의 발아래 엎드립시다. 그분들은 잔인하고 거만한 사람들이 아니라 소박한 사람들입니다. 우리 결혼합시다······. 그런 다음 시간이 흐른 후에, 전 확신해요, 우리 아버지에게 애원하면, 어머니는 우리 편을 들 거고, 아버지도 나를 용서할 거예요."

"안 돼요, 표트르 안드레이치," 마샤가 대답했다. "전 당신 부모님의 축복 없이는 당신에게 시집가지 않겠어요. 그분들의 축복이 없으면 당신은 행복하지 않을 거예요. 하느님의 뜻에 복종하기로 해요. 당신이 정혼자를 만나든, 다른 여자를 사랑하든 하느님의 가호가 있기를 기도해요, 표트르 안드레이치, 전 당신과 그 여자, 두 분을 위해……." 그녀는 울음을 터뜨리더니 달아났다.

나는 그녀 방으로 따라 들어가려고 했으나 나 자신을 제어할 힘이 없는 것을 느끼고 집으로 돌아왔다.

나는 깊은 생각에 빠져서 앉아 있었다. 갑자기 사벨리치가 내 생각을 끊었다.

"자, 나리," 그가 글을 쓴 종이를 건네며 내게 말했다. "내가 나리의 밀고자인지 내가 아버지와 아들을 다투게 하려고 하는지 좀 봐요."

나는 그의 두 손에서 종이를 받아 들었다. 그건 사벨리치의 답장이었다. 다음은 편지의 글 그대로이다.

존경하옵는 주인님, 안드레이 페트로비치 나리, 은혜로우신 아버지시여!

주인님의 종, 소인에게 주인의 명령을 이행하지 않은 게 창피하지 않냐고 화를 내신 은혜로우신 서신을 받았나이다. 늙은 개가 아니라 주인님의 충실한 하인인 소인은 주인님의 명을 받들며 항상 열심으로 주인님께 봉사해 왔고 백발이 될 때까지 살아왔나이다. 소인은 표트르 안드레이치의 상처에 대해서는 공연히 놀라게 해 드리지 않으려고 아무것도 쓰지 않았사옵고, 주인마님, 저희 어머니 아브도티아 바실리예브나께서 놀란 나머지 드러누우셨다는 말씀을 듣자오니 속히 건강을 회복하시기를 하느님께 빌겠나이다. 표트르 안드레이치는 오른쪽 어깨뼈 바로 아래 가슴께를 1.5베르쇼크[48] 깊이로 다치셨고, 강변에서 그리로 모시고 갔던바 대위의 집에 누워 있었으며, 이 고장의 이발사[49] 스테판 파라모노프가 그를 치료했나이다. 그리고 현재 표트르 안드레이치는 다행히도 건강하고 그에 대해서는 좋은 소식밖에 쓸 말이 없사옵니다. 듣자오니 지휘관들은 그에 대해 만족하고 바실리사 예고로브나에게 그는 친아들이나 다름없사옵니다. 그에게 그런 일이 일어난 것에 대해서는 과거에 지은 죄를 캐지 않겠나이다. 네발짐승인 말도 걸려 넘어지는 법이옵니다. 황송하옵게도 소인을 돼지치기로 보내신다고 쓰셨사오니 그건 주인님 뜻대로 하옵소서. 무조건 복종하며 허리 굽히나이다.

주인님의 충실한 종복
아르히프 사벨리에프

나는 착한 노인의 글을 읽으며 몇 차례 웃지 않을 수 없었다. 아버지에게 답장을 쓸 기분이 아니었다. 어머니를 안심시키는 데는 사벨리치의 편지면 충분할 것 같았다.

이때부터 내 처지는 바뀌었다. 마리야 이바노브나는 나와 거의 말을 하지 않았고 나를 항상 피하려고 했다. 대위의 집에 있는 것이 지겨워졌다. 점차 나는 집에 혼자 있는 법을 익히게 되었다. 바실리사 예고로브나는 처음에는 그 일로 나를

---

48) 1베르쇼크는 약 4.4센티미터이다.
49) 예전에 러시아에서는 이발사가 피도 뽑고 간단한 치료도 해 주었다.

야단했으나 나의 고집스러운 태도를 보고 나를 그대로 내버려 두었다. 이반 쿠즈미치와는 공무상 필요할 때만 만났다. 슈바브린과는 마지못해 어쩌다가만 만났다. 그가 내게 감춘 적의를 알아챘을 뿐만 아니라 내 의심이 맞았다는 것을 강화시켜 주었기 때문에 더더욱 그렇게 했다. 내 인생은 점점 더 견디기 어려워졌다. 나는 고독과 무위가 키우는 어두운 상념 속에 잠겼다. 고독 속에서 사랑은 점점 불타올랐고 그것은 더욱 견디기 어려웠다. 독서와 창작에 대한 관심도 잃었다. 기가 꺾였던 것이다. 나는 내가 미쳐 버리거나 방탕으로 떨어질까 봐 두려웠다. 갑자기 내 인생 전체에 중요한 영향을 끼친 예기치 못한 사건들이 내 마음을 강력하고도 유익하게 흔들었다.

6
푸가초프의 난

> 너희들, 젊은 청년들아, 귀담아들어 다오,
> 우리들, 늙은 노인들이 하게 될 이야기를.
> ── 노래[50]

내가 목격한 이상한 사건들을 묘사하기 전에 먼저 1773년 말 오렌부르크주의 상황에 대해 몇 마디 할 필요가 있을 것 같다.

이 넓고 풍요로운 주는 많은 반(半)미개인들에게 둘러싸여 있었는데 이들은 바로 얼마 전에야 러시아 군주의 지배를 인정했다. 우리 정부로서는 잦은 소요를 일으키고, 법과 공민 생활에 대해 미숙하고 경박하고 잔인한 그들을 복종 상태로 유지하기 위해 한시도 감시를 끊을 수 없었다. 요새들이 편리하다고 인정되는 장소에 지어졌기 때문에 주민들은 대부분 야

---

50) 이반 뇌제가 카잔을 점령한 사건에 대한 노래다. 『러시아 노래 신전집』 (1780), 125번. 푸가초프가 벨로고르스크 요새를 점령한 사건을 암시한다.

이크강 기슭을 오래전부터 영유해 온 카자크들이었다. 하지만 야이크 카자크들은 이 지방의 평화를 유지하고 위험을 제거할 의무가 있었음에도 얼마 전부터 그들 자체가 정부에게 불온한 태도를 취하는 위험한 백성이 되었다. 1772년에 그들의 중심 도시에서 큰 소요가 일어났다. 총지휘관 트라우벤베르크가 군의 기강을 잡기 위해 취한 가혹한 조처가 그 원인이었다. 결과로서 그들은 트라우벤베르크를 야만스럽게 때려죽이고 제멋대로 행정 기구를 개편했으나, 결국 폭동은 포격과 가혹한 징벌로 진압되었다.[51]

이것이 내가 도착하기 얼마 전 벨로고르스크 요새에서 일어난 일이었다. 모든 것이 이미 잠잠했고, 아니면 적어도 그렇게 보였기에 가슴속에 적의를 품고 새로이 혼란을 일으킬 기회만을 기다리던 교활한 반란자들의 회개를 정부 당국은 너무 쉽게 믿었던 것이다.

내 이야기로 돌아간다.

어느 날 저녁(1773년 10월 초였다.) 나는 홀로 집에 앉아서 가을바람이 울부짖는 소리를 들으며 달 옆으로 구름들이 달려가는 광경을 창문으로 바라보고 있었다. 대위가 사람을 보내 나를 불렀다. 나는 당장 그리로 향했다. 대위의 집에서 나는 슈바브린, 이반 이그나티치, 그리고 카자크 하사관을 보았다. 방 안에 바실리사 예고로브나도 마리야 이바노브나도 없

---

51) 야이크 카자크들은 러시아 중앙 정부의 제재를 싫어해서 불만이 쌓였었는데 이것이 1771년에 반란으로 터졌다.

었다. 대위는 걱정스러운 표정으로 나와 인사를 나누었다. 그는 문을 잠근 뒤 문가에 서 있는 하사관을 제외한 모두를 앉히고 주머니에서 종이를 꺼내더니 우리에게 말했다. "장교 여러분, 중요한 소식이오! 장군이 뭐라고 썼는지 들어 보시오." 그는 안경을 끼고 다음을 읽었다.

벨로고르스크 요새 지휘관
미로노프 대위 귀하.
기밀(機密)

이 문서로서 통고하는 바는 감시를 뚫고 도주한 돈 카자크이자 이단인 예멜리얀 푸가초프가 승하하신 황제 표트르 3세를 참칭하는 용서할 수 없는 방자한 행동을 자행하면서 폭도 무리를 모아 야이크에서 소요를 일으킨 후 벌써 요새 몇 개 소를 점령하여 파괴했고 모든 곳에서 약탈과 살인을 일삼고 있다는 사실이다. 이 문서를 받는 즉시 귀하, 대위 귀관은 위에서 언급한 악당이자 참칭자를 격퇴하기 위해 응분의 조치를 취하고 그가 귀관에게 맡겨진 요새로 향하면 가능한 한 그를 완전히 격멸해야 한다.[52]

"응분의 조치를 취한다!" 대위가 안경을 벗고 종이를 접으

---

52) 푸시킨의 『푸가초프 반란사』 2장에 따르면 진압된 반란자들 앞에 카잔 감옥에서 탈출한 푸가초프가 나타나자, 그들은 사람들에게 잘 알려지지 않은 푸가초프를 참칭자로 내세웠다.

면서 말했다. "말은 쉽지만 보아하니 악당이 세력이 있어. 우리에겐 카자크들 빼고 모두 합쳐야 130명인데, 카자크들 빼고 말이네, 그들은 믿을 만하지 못하지. 막시미치, 너한테 뭐라 하는 게 아니야. (하사관이 씩 웃었다.) 하지만 어쩔 수 없소, 장교 여러분! 실수 없이 임해서 보초와 야경을 세우도록 하시오. 공격 시에는 성문을 잠그고 병사들을 나가게 하시오. 자네, 막시미치, 너희 카자크들을 철저히 감시해. 대포를 점검하고 잘 청소해 둬. 무엇보다 이 모든 일은 비밀리에 진행해야 해. 요새에서 아무도 미리 알지 못하도록 말이네."

이 소식을 알린 뒤 이반 쿠즈미치는 우리를 놓아주었다. 나는 우리가 들은 것에 대해 논의하며 슈바브린과 함께 나왔다.

"자네 생각엔 어떻게 끝날 것 같은가?" 내가 물었다.

"알 수 없지." 그가 대답했다. "두고 보세. 아직 중요한 것은 없어 보여. 근데 만약⋯⋯." 그러더니 그는 깊은 생각에 빠졌고 정신이 산란한 채로 프랑스 아리아를 휘파람으로 불었다.

우리의 온갖 예방 대책에도 불구하고 푸가초프의 출현 소식은 온 요새에 퍼졌다. 이반 쿠즈미치는 부인을 매우 존중하긴 했지만 공무상의 비밀은 말하지 않았다. 장군의 편지를 받고 그는 제법 능숙하게 바실리사 예고로브나에게 게라심 사제가 오렌부르크에서 무슨 아주 기적 같은 소식을 받았는데 이 소식을 혼자만 알고 비밀에 부치고 있다고 말해서 그녀를 쫓아 버렸었다. 바실리사 예고로브나는 만사를 제쳐 두고 당장 사제의 집으로 마실을 가려고 했고 이반 쿠즈미치의 충고대로 심심하지 않도록 마샤를 데리고 갔던 것이다.

이제 완전한 주인이 된 이반 쿠즈미치는 사람을 보내 우리를 불렀고 우리 이야기를 듣지 못하도록 팔라슈카를 광에 가두었던 것이다.

바실리사 예고로브나가 사제의 아내에게서 아무것도 알아내지 못한 채 집으로 돌아온 후 알게 된 사실은 그녀가 없는 동안 이반 쿠즈미치가 회의를 소집했고 팔라샤를 가두어 둔 일이었다.

그녀는 남편에게 속은 것을 알고 그를 심문하기 시작했다. 하지만 이반 쿠즈미치는 공격에 대비했었다. 그는 전혀 당황하지 않고 호기심 많은 반려자에게 용감하게 대답했다.

"들어 보오, 부인! 우리 아낙네들이 난로에 짚을 때니 위험할 수 있어서 앞으로는 짚을 때지 말고 잔가지나 떨어진 가지로 때라고 엄하게 명령을 내렸소."

"아, 그러면 팔라슈카는 왜 가뒀나요?" 대위 부인이 물었다. "불쌍한 애가 뭣 때문에 우리가 돌아오기 전까지 광에 갇혀 있었냐 말예요?"

이런 질문에는 미처 대비하지 못한 이반 쿠즈미치는 말문이 막혀 얼토당토않은 소리를 중얼거렸다. 바실리사 예고로브나는 남편이 속인 것을 알아챘다. 하지만 그에게서 아무것도 알아낼 수 없다는 것을 눈치채고는 질문을 멈추고 아쿨리나 팜필로브나가 특별한 방법으로 만든 오이지에 대해 말하기 시작했다. 바실리사 예고로브나는 남편 머릿속에 자기가 알면 안 되는 무엇이 들어 있는지 감을 잡지 못한 채 밤새 뒤척였다.

다음 날 미사에서 돌아온 그녀는 이반 이그나티치가 대포에서 헝겊 조각, 잔 돌멩이, 나무토막, 철 꼬챙이들과 아이들이 쑤셔 넣은 온갖 쓰레기들을 끄집어내고 있는 것을 보았다. '이 전투 준비가 뭘 말하는 걸까?' 대위 부인은 생각했다. '키르기스인들의 공격을 대비하나? 하지만 그런 시시한 일을 이반 쿠즈미치가 내게 감출 리가 있나?'

그녀는 이반 이그나티치를 불렀다. 여자의 호기심을 자극하는 비밀을 그에게서 캐내기로 굳게 마음을 먹고 바실리사 예고로브나는, 마치 답변하는 사람의 경계심을 잠재우기 위해서 상관없는 질문으로 조사를 시작하는 재판관처럼, 살림살이에 대해 몇 가지 지적을 했다. 그런 다음 몇 분간 침묵을 지킨 후 깊게 한숨을 쉬고 나서 머리를 절레절레 흔들며 말했다.

"주님! 이 무슨 소식이란 말입니까! 어찌 되어 가는 것입니까?"

"사모님! 하느님은 은혜로우시죠. 병사도 충분하고 화약도 많고 제가 대포도 청소했습니다. 이제 푸가초프에게 한 방 먹일 일만 남았습니다. 주님의 뜻이 그렇진 않을 겁니다, 돼지 새끼에게 먹힐 순 없죠!"

"푸가초프란 자가 누군데?" 대위 부인이 물었다.

그러자 이반 이그나티치는 자기가 무심코 발설한 것을 깨닫고 혀를 깨물었다. 하지만 이미 늦어 버린 일이었다. 바실리사 예고로브나는 아무에게도 말하지 않기로 맹세한 다음 그에게 모든 것을 고백하게 했다. 바실리사 예고로브나는 약속을 지켰고 아무에게도 한마디도 하지 않았다, 사제 아내만 빼고. 그건 그녀의 소가 아직 들판에 거닐고 있어서 폭도들이 잡아먹을 수 있다는 이유 때문이었다.

곧 모든 사람들이 푸가초프에 대해 이야기하기 시작했다. 대위는 모든 것에 대해 잘 알아 오라며 이웃한 요새와 마을에 카자크 하사관을 보냈다. 하사관은 이틀 뒤에 돌아와서 요새로부터 60베르스타쯤 떨어진 초원 위에 불이 여기저기 지펴진 곳이 있는 것을 보았고, 바시키르인들이 알 수 없는 세력이 오고 있다고 말하는 걸 들었다고 보고했다. 무서워서 더 이상은 멀리 가지 않아 확실한 것은 말할 수 없다고 했다

요새 안 카자크들 사이에 흔치 않은 동요가 일었다. 거리마다 삼삼오오 모여 서서 자기들끼리 수군거리다가 용기병이나 수비대 병사를 보면 흩어졌다. 그들에게로 정탐병이 파견되었다. 기독교도인 칼미크인 율라이가 대위에게 중요한 보고를 했다. 율라이에 따르면 하사관의 말은 거짓이었다. 요새로 돌아온 후 교활한 카자크는 동료들에게 자기가 반란군에게 갔었고 두목이 그의 손을 잡고 들어오라고 해서 오랫동안 이야기를 나누었다고 밝혔던 것이다. 대위는 즉각 그를 감금했고 그 자리에 율라이를 임명했다. 이 소식을 들은 카자크들 사이에 불만이 높아졌다. 그들은 큰 소리로 투덜댔고 지휘관의 명령을 이행하는 이반 이그나티치는 자기 귀로 직접 카자크들이 "두고 보자. 수비대 쥐새끼!" 하고 욕하는 소리를 들었다. 대위는 바로 이날 감금한 카자크를 심문하기로 했다. 하지만 하사관은 이미 동조자들의 도움을 받아 도주한 뒤였다.

또 하나의 사건이 대위의 불안을 더욱 키웠다. 반란의 격문

을 적은 종이들을 소지한 바시키르인이 잡힌 것이다. 이 시점에서 대위는 다시 장교들을 소집하기로 했고 이를 위해 또 한 번 그럴듯한 핑계로 바실리사 예고로브나를 떼어 놓으려 했다. 하지만 이반 쿠즈미치는 매우 직선적이고 솔직한 인간이어서 한 번 사용한 방법 외에는 다른 방법을 찾지 못했다.

"들어 봐요, 바실리사 예고로브나," 그는 잔기침을 하며 아내에게 말했다. "사람들이 그러는데 게라심 사제가 도시에서……."

"거짓말 그만해요. 이반 쿠즈미치," 대위 부인이 말을 끊었다. "그래, 나를 보내 버린 다음 회의를 소집해서 예멜리얀 푸가초프에 대해 논의하겠다는 말씀이죠. 안 돼요, 어림없어요!"

이반 쿠즈미치의 두 눈이 휘둥그레졌다.

"아니, 부인," 그가 말했다. "이미 모든 걸 다 알고 있다니 남아 있으시오. 당신 있는 데서 이야기하리다."

"그래야죠, 영감." 그녀가 대답했다. "머리를 굴리는 건 당신과 어울리지 않아요. 장교들을 부르세요."

우리는 다시 모였다. 이반 쿠즈미치는 아내가 있는 자리에서 우리에게 푸가초프의 격문을 읽어 주었다. 그것은 한 반문맹의 카자크가 쓴 것이었다. 도적은 즉각 우리 요새로 오겠다는 의도를 밝히며 카자크들과 병사들에게는 자기 무리로 들어오라고 불렀다. 지휘관들에게는 대적하지 말라고 경고하며 그러지 않을 경우 처형도 불사하겠다고 협박했다. 격문은 조잡하지만 강한 표현으로 쓰여, 보통 사람들에게 위험한 인상을 불러일으킬 만했다.

"저런 도적놈이!" 대위 부인이 소리쳤다. "감히 우리에게 뭘 제안하는 거야! 맞서서 나아가 그들의 깃발을 밟아야지요. 아, 정말 개새끼네. 그래 그놈이 우리가 벌써 사십 년 동안 복무하면서, 맙소사, 이 꼴 저 꼴, 별 희한한 꼴 다 봤다는 걸 모른다는 말이에요? 도적놈에게 복종한 지휘관이 있었나요?"

"아마 없었을 거요." 이반 쿠즈미치가 대답했다. "근데 듣자니 악당이 벌써 요새 여럿을 장악했다 하오."

"그는 실제로 센 것 같은데요." 슈바브린이 지적했다.

"이제 우리 그의 세력이 실제로 어떤지 알아냅시다." 대위가 말했다.

"바실리사 예고로브나, 광 열쇠를 줘요. 이반 이그나티치, 바시키르인을 데려오고 율라이에게 채찍을 가져오라고 명령해라."

"잠깐, 이반 쿠즈미치," 대위 부인이 자리에서 일어나면서 말했다. "마샤를 어디로든 집에서 데리고 나가게 해 줘요. 비명 소리가 나면 너무 놀랄 거예요. 그리고 나도 사실 문초를 좋아하지 않아요. 여기 없는 게 속 편해요."

재판 관습에 있어서 예전의 고문은 아주 뿌리가 깊어서 이를 폐지하라는 은혜로운 칙령은 오랫동안 전혀 이행되지 않았다. 범인의 자백이 그의 죄를 완전히 밝히는 데 꼭 필요하다고 생각했었다. 이는 근거 없는 생각일 뿐만 아니라 심지어 건전한 법률적 사고에도 완전히 위배되는 것이었다. 피고의 부인(否認)이 무죄의 증거로 받아들여질 수 없다면 그의 자백도 유죄의 증거가 되어서는 안 되는 것이다. 심지어 지금도 야만적인 관습을 폐지한 것을 애석해하는 늙은 재판관들의 말이 가끔 들리기도 했다. 그 시절에는 고문이 필요하다는 것을 의심하는 재판관이나 피고가 아무도 없었다. 따라서 지휘관의 명령을 들었을 때 우리는 아무도 놀라지 않았고 염려하지도 않았다. 이반 이그나티치는 대위 부인의 광에 갇혀 있는 바시키르인을 데리러 갔고 몇 분 후에 포로를 현관방으로 데리고 왔다. 대위는 그를 자기 앞으로 데려오라고 했다.

바시키르인은 겨우 문지방을 넘어 들어왔다.(그는 족쇄를 차고 있었다.) 높은 모자를 벗더니 문가에 멈춰 섰다. 나는 그를 쳐다보고 몸서리쳤다. 나는 결코 이 사람을 잊을 수 없을 것이다. 그는 칠십 세가 넘어 보였다. 그에게는 코도 귀도 없었다. 머리는 빡빡 밀려 있었다. 수염 대신 몇 오라기 회색 털이 돋아나 있었다. 키가 작았고 약골에 등이 굽은 모습이었다. 하지만 가느다란 두 눈에서는 아직 불이 번쩍이고 있었다.

"에헤!" 지휘관은 그의 무시무시한 특징들을 보고 그가 1741년에 벌을 받은 반란자[53] 중 한 사람이라는 걸 알아보았다. "그래, 보아하니 이미 우리 덫에 빠졌던 늙은 이리구나. 너는 말이지, 대가리가 다 대패질된 걸 보니, 반란이 처음이 아니네. 이리 가까이 와 봐. 말해 봐, 누가 너를 보냈지?"

늙은 바시키르인은 입을 다물고 완전히 아무것도 이해하지 못하겠다는 표정으로 대위를 쳐다보았다.

---

53) 1735년에서 1740년까지 바시키리아(바시키르 공화국에 해당하는 지역)에서는 16세기 중엽 이후 러시아 제국에 편입되기 시작한 이래 가장 큰 규모의 반란이 일어났다. 이 일로 총 4만 명 정도가 처형되거나 처벌받았다.

"왜 말을 안 하는 거냐?" 이반 쿠즈미치가 계속했다. "아니면 러시아말을 못 알아듣는 거야? 율라이, 너희들 말로 좀 물어봐라, 누가 그를 우리 요새로 보냈는지?"

율라이는 타타르말로 몇 번이나 이반 쿠즈미치의 질문을 되풀이했다. 하지만 바시키르인은 변함없는 표정으로 그를 쳐다보며 아무 말도 하지 않았다.

"우리 좀 친해져 볼까," 지휘관이 말했다. "곧 말을 하게 될 거다. 얘들아, 어릿광대 같은 저 줄무늬 윗옷을 벗기고 저자의 등을 후려쳐라. 잘 지켜봐, 율라이!"

두 노병이 바시키르인의 옷을 벗기기 시작했다. 불행한 얼굴에 불안이 드러났다. 그는 아이들에게 사로잡힌 짐승처럼 사방을 둘러보았다. 노병 중 하나가 그의 두 손을 잡아서 자기 목 부근에 놓고 양어깨 위로 노인을 들어 올렸고 율라이는 채찍을 잡고 휘두르기 시작했다. 그러자 바시키르인이 약한 신음 소리를 내며 애원하는 듯한 목소리로 고개를 끄덕거리며 입을 열었다. 그 속에서는 혀 대신, 잘리고 남은 짧은 밑둥만이 움직였다.

이 일이 내가 사는 동안 일어났고 내가 현재 알렉산드르 황제[54]의 얼마 안 되는 재위 기간에 이르도록 살고 있음을 떠올리면 나는 이렇게 빨리 계몽이 성공하고 인간애를 옹호하는 법들이 유포된 것이 놀랍기만 하다. 젊은이여! 만약 내 일기가 그대의 손에 들어간다면 가장 좋고 확고한 변화들은 여하한

---

54) 알렉산드르 황제의 재위 기간은 1801년에서 1825년까지다.

폭력적 동요도 없는 도덕적 개선에서 유래한다는 사실을 기억하게나!

모두들 아연실색했다. "자," 지휘관이 말했다. "그에게서 뭘 알아내기는 어려워 보이는군. 율라이, 그를 광에 가두어라. 그리고 여러분, 우리는 좀 더 의논해 봅시다."

우리가 처한 상황에 대해 논의를 시작했을 때 갑자기 바실리사 예고로브나가 숨을 헐떡이며 몹시 흥분해서 방으로 들어왔다.

"무슨 일이오?" 놀란 지휘관이 물었다.

"아, 큰일 났어요!" 바실리사 예고로브나가 대답했다. "니즈네오조르노예 마을의 요새가 오늘 아침 점령됐대요. 게라심 사제네 일꾼이 막 거기서 돌아왔어요. 점령당하는 걸 봤대요. 지휘관과 장교들이 모두 교수형을 당했대요. 병사들은 다 포로로 잡혔고요. 봐요, 폭도들이 이리로 올 거예요."

예기치 않은 소식에 나는 크게 놀랐다.

니즈네오조르노예 요새의 지휘관[55]은 조용하고 겸손한 젊은이로 나도 아는 사람이었다. 두 달쯤 전 오렌부르크에서 오는 길에 젊은 아내와 함께 이반 쿠즈미치 집에 머물렀었다. 니즈네오조르노예 요새는 우리 요새로부터 25베르스타쯤 떨어져 있었다. 시시각각 우리에게도 푸가초프의 공격이 닥쳐올 터였다. 마리야 이바노브나의 운명이 생생하게 그려지면서 나

---

55) 자하르 이바노비치 하를로프. 요새가 점령된 후 푸가초프에 의해 처형당했다. 그의 아내 티타아나는 푸가초프의 첩이 되었다가 카자크에 의해 살해되었다.

는 심장이 굳어 버렸다.

"들어 보십시오, 이반 쿠즈미치!" 나는 지휘관에게 말했다. "우리의 임무는 마지막 숨이 붙어 있을 때까지 요새를 지키는 겁니다. 이에 대해서는 말할 필요도 없습니다. 하지만 여인들의 안전을 생각해야 합니다. 아직 길이 막히지 않았을 때 그들을 오렌부르크나 폭도들이 들이닥치지 못할, 더 믿을 만한 요새로 보내십시오."

이반 쿠즈미치는 아내를 돌아보고 그녀에게 말했다.

"들었소, 부인? 우리가 폭도들을 평정하는 동안 당신은 좀 멀리 떠나 있어야 하지 않겠소?"

"헛소리 말아요!" 지휘관 부인이 말했다. "총알이 안 날아오는 요새가 어디 있어요? 벨로고르스크 요새가 왜 믿을 만하지 못하다는 거죠? 다행히도 이십이 넌째 여기서 살고 있어요. 바시키르인도 키르기스인도 다 겪었잖아요. 푸가초프도 견뎌 낼 수 있을 거예요!"

"그럼, 부인," 이반 쿠즈미치가 대답했다. "여기 남으시오, 당신이 우리 요새를 믿는다면. 그런데 마샤는 어쩔 거요? 우리가 견디거나 원군을 기다리는 동안은 괜찮지만, 만약 악당들이 요새를 점령하면 어쩌겠소?"

"그러면 그땐……." 바실리사 예고로브나는 딸꾹질을 하며 몹시 동요하는 표정으로 입을 다물었다.

"안 되오, 바실리사 예고로브나", 아마도 난생처음 자기 말의 효과를 알아챘을 지휘관이 말을 이었다. "마샤가 여기 남는 건 좋은 생각이 아니오. 그 애를 오렌부르크의 대모에게 보냅시다. 그곳에는 병사도 대포도 충분하고 성벽도 돌로 되어 있소. 당신도 그 애와 함께 그리로 떠났으면 좋겠소. 당신도 나이를 먹을 만큼 먹었으니 공격받아 방어 시설이 장악되면 어찌 되는지 알 거요."

"좋아요," 지휘관 부인이 말했다. "그렇게 해요. 마샤를 보냅시다. 하지만 나까지 보낼 생각은 꿈에도 하지 마세요. 난 안 가요. 이 나이에 당신과 떨어져 낯선 땅에서 혼자 묻혀야 하나요? 살아도 같이 살고 죽어도 같이 죽을 거예요."

"그것도 그렇구려." 지휘관이 말했다. "자, 그럼 지체할 것 없소. 마샤를 보낼 준비를 하시오. 내일 동트기 전에 애를 보냅시다. 여기도 남는 사람은 없지만 호위병을 붙입시다. 그런데 마샤는 어디 있소?"

"아쿨리나 팜필로브나 집에요." 지휘관 부인이 대답했다. "니즈네오조르노예 요새가 함락되었다는 소식을 듣고 기절했어요. 병이 날까 봐 걱정이에요. 오 주여, 너무 오래 살았나 봐요, 이런 일을 당하다니!"

바실리사 예고로브나는 딸의 출발을 준비하러 갔다. 지휘관의 집에서는 대화가 계속 이어졌다. 하지만 나는 더 이상 끼어들지 않았고 아무 말도 듣지 않았다. 마리야 이바노브나는 울어서 창백해진 얼굴로 저녁 식사 자리에 나타났다. 우리는 말없이 저녁을 먹고 평소보다 빨리 식탁에서 일어났다. 가족 모두와 작별하고 우리는 각자 집으로 향했다. 하지만 나는 일부러 장검을 두고 왔다가 다시 그녀에게로 갔다. 혼자 있는 마리야 이바노브나를 만날 수 있으리라는 예감이 들었다. 실제로 그녀는 문에서 나를 맞아 장검을 건네주었다.

"안녕히 계세요, 표트르 안드레이치!" 그녀는 눈물을 흘리며 말했다. "나를 오렌부르크로 보내시네요. 당신은 살아남아 행복하셔야 해요. 주님이 우리를 다시 만나게 해 주시겠죠. 설령 다시 만나지 못하더라도……."

그녀는 흐느끼기 시작했다. 나는 그녀를 껴안았다.

"잘 가요, 나의 천사," 내가 말했다. "잘 가요, 내 사랑, 내 희망! 믿어요, 내게 무슨 일이 있어도 내 마지막 생각과 내 마지막 기도는 당신에 대한 것일 거예요!"

마샤는 내 가슴에 기대며 흐느꼈다. 나는 열정적으로 그녀에게 입을 맞추었고 서둘러 방에서 나왔다.

7
진격

> 내 머리, 머리통아
> 봉사해 왔구나, 내 머리,
> 꼭 삼십 년 하고도 삼 년을
> 봉사해 왔구나, 머리통아
> 아흐, 근데 내 머리통이
> 얻은 건 이익도, 기쁨도
> 한마디 칭찬도
> 승진도 아니구나,
> 내 머리통이 얻은 건
> 두 개의 높은 기둥
> 단풍나무 교수대에
> 비단 올가미뿐이구나.
> ── 민요56)

이날 밤 나는 자지도 옷을 벗지도 않았다. 나는 아침노을에 마리야 이바노브나가 나올 요새 성문으로 가서 그녀와 마지막 작별을 하기로 마음먹었다. 문득 내 안에서 커다란 변화가 일어난 느낌이 들었다. 내 마음의 동요는 바로 얼마 전만

---

56) 아타만(카자크 촌장)의 처형에 대한 노래다. 『러시아 노래 신전집』(1780), 130번. 이십 년 이상을 벨로고르스크 요새에서 복무한 러시아인 미로노프 대위도 카자크인 푸가초프 일당에 의해서 교수된 것을 암시한다.

해도 나를 온통 짓눌렀던 우울보다 훨씬 괴로움이 덜했다. 이별의 슬픔은, 불분명하지만 달콤한 희망과 위험에 대한 초조한 기대와 고귀한 명예감과 뒤섞였다.

밤이 어느새 지나갔다. 집에서 막 나가려 하는데 문이 열리더니 하사관이 들어와서 우리 카자크들이 밤에 율라이를 강압적으로 데리고 요새를 나갔고 요새 부근에 모르는 사람들이 돌아다닌다고 보고했다. 마리야 이바노브나가 나갈 수 없을지도 모른다는 생각에 큰 불안감이 밀려왔다. 나는 서둘러 하사관에게 몇 가지 지시를 하고 당장 지휘관에게로 향했다.

벌써 날이 훤해지고 있었다. 거리를 달려가는데 누가 부르는 소리가 들렸다. 나는 멈춰 섰다.

"어딜 가시오?" 이반 이그나티치가 나를 따라잡으며 말했다. "이반 쿠즈미치는 토성에 계시는데 댁을 데려오라고 했어요."

"마리야 이바노브나는 떠났나요?" 하고 묻는데 심장이 떨렸다.

"못 갔어요." 이반 이그나티치가 대답했다. "오렌부르크로 가는 길이 막혔어요. 요새가 포위됐어요. 상황이 나빠요, 표트르 안드레이치!"

우리는 토성으로 갔다. 토성은 자연적으로 형성된 둔덕을 나무판자 울타리로 둘러막아 놓은 곳이었다. 그곳엔 이미 요새의 주민들이 모두 모여 있었다. 수비대는 무장한 상태였다. 대포는 어젯밤에 이곳으로 옮겨 놓은 바였다. 지휘관은 얼마 안 되는 병사들 앞에서 왔다 갔다 하고 있었다. 코앞까지 닥친 위험이 늙은 군인에게 특별한 기운을 북돋아 주었던 것이다. 요새에서 멀지 않은 초원 위에는 대략 스무 명이 말을 타고 돌아다니고 있었다. 대부분이 카자크로 보였지만 그 사이에는 여우털 모자와 화살통 때문에 쉽게 구분되는 바시키르인들도 있었다. 지휘관은 연대를 이리저리 돌아다니며 병사들에게 말했다.

"자, 제군들, 오늘 어머니 여황제님을 위하여 굳게 버티고, 온 세상에 우리가 위풍당당하게 선서를 지키고 있음을 증명하세!"

병사들은 소리 높여 외치며 열의를 보였다. 슈바브린은 내 곁에 서서 집요하게 적을 바라보고 있었다. 초원 위에서 말을 타고 돌아다니던 자들이 요새의 움직임을 알아차리고 한군데로 모여 의논을 하기 시작했다. 지휘관은 이반 이그나티치에게 그들 무리에게 대포를 겨냥하라고 명하고 직접 심지에 불을 붙였다. 탄환이 지지직 소리를 내면서 그들 위로 날아갔지만 아무런 해를 입히지 못했다. 기수들은 사방으로 흩어지며 순식간에 사라졌고, 초원은 텅 비었다.

이때 둔덕 위로 바실리사 예고로브나와 그녀에게서 떨어지지 않으려는 마샤가 나타났다.

"자, 어때요?" 지휘관 부인이 말했다. "전투는 어떻게 진행 중인가요? 그런데 적은 어디 있나요?"

"멀지 않은 곳에 있소," 이반 쿠즈미치가 대답했다. "하느님이 지키시니 모든 게 다 잘될 거요. 왜, 마샤야, 무섭니?"

"아녜요, 아빠," 마리야 이바노브나가 대답했다. "집에 혼자 있는 게 더 무서워요."

이때 그녀는 나를 보고 겨우 미소를 지었다. 나는 어제저녁 그녀의 손에서 장검을 건네받은 일을 떠올리고 사랑하는 여인을 지키려는 듯 나도 모르게 장검을 꽉 쥐었다. 심장이 불타는 것처럼 뜨거웠다. 나는 내가 그녀의 기사라고 상상했다. 그녀가 신임할 만한 사람이라는 것을 증명하고 싶은 욕망에 나는 초조하게 결정적 순간을 기다렸다.

이때 요새에서 0.5베르스타 떨어진 고지(高地)에서 새로운 기마 무리가 나타나더니 초원에는 순식간에 창과 활로 무장한 사람들이 흩뿌려졌다. 그들 가운데 빨간 카프탄[57]을 입고 칼집에서 뺀 칼을 손에 들고 백마를 타고 오는 사람이 있었다. 바로 푸가초프였다. 그가 멈춰 섰다. 모두들 그를 에워쌌고, 그의 명령에 따라 그들 중 네 명이 떨어져 나와 요새 바로 가까이까지 전속력으로 달려왔다. 그들은 우리를 배반한 자들이었다.

그들 중 한 사람이 모자 아래서 종이 한 장을 꺼냈다. 다른 사람의 창에는 율라이의 모가지가 꽂혀 있었다. 그는 모가지를 흔들더니 말뚝 너머 우리에게로 던졌다. 가엾은 칼미크인의 머리는 지휘관의 발치에 떨어졌다. 배반자들이 소리쳤다.

"쏘지 마라, 여기 군주 폐하 앞으로 나오거라. 폐하께서 오셨다!"

"자, 환영한다!" 이반 쿠즈미치가 소리쳤다. "제군들! 쏴라!"

우리 병사들이 포를 쏘았다. 편지를 들었던 카자크의 몸이

---

57) 러시아 남성의 겉옷 상의.

기우뚱하더니 말에서 떨어졌다. 나머지는 뒤로 달아났다. 나는 마리야 이바노브나를 쳐다보았다. 율라이의 피투성이 모가지를 보고 놀라고 대포 소리에 귀가 먹먹해진 그녀는 의식을 잃은 것 같았다. 지휘관은 하사관을 불러 그에게 죽은 카자크의 손에서 편지를 가지고 오라고 했다. 하사관은 나가서 죽은 자의 말고삐를 끌고 돌아왔다. 그는 지휘관에게 편지를 건넸다. 이반 쿠즈미치는 혼자 그것을 읽더니 갈기갈기 찢었다. 그러는 사이 반란자들은 행동 개시를 준비한 것이 분명했다. 곧 총알들이 우리 귓가에 날아다니기 시작했고 화살들이 우리 주위의 흙이나 말뚝 울타리에 꽂혔다.

"바실리사 예고로브나!" 지휘관이 말했다. "이건 여인네 일이 아니오. 마샤를 데리고 가요, 봐요, 애가 죽을 것 같구려."

날아다니는 총알들 아래서 온순해진 바실리사 예고로브나는 커다란 움직임이 보이는 초원을 자세히 살펴보았다. 이윽고 그녀는 남편에게 몸을 돌리더니 말했다.

"이반 쿠즈미치, 사는 거나 죽는 건 하느님 뜻이에요. 마샤를 축복해 줘요. 마샤, 아버지에게 다가가라."

마샤는 창백한 얼굴로 떨면서 이반 쿠즈미치에게 다가가 무릎을 꿇고 땅에 닿도록 절을 했다. 늙은 지휘관은 그녀에게 세 번 성호를 그어 주었다. 그리고 그녀를 일으켜 세워 입을 맞추고 안 나오는 목소리로 말했다.

"자, 마샤, 행복하거라. 주님께 기도드려라. 주님은 너를 버리지 않으실 거다. 좋은 사람을 만나면 주님이 사랑과 충고를 주시기를 빈다. 나와 바실리사 예고로브나가 살았듯이 그렇게 살아라. 자, 안녕, 마샤. 바실리사 예고로브나, 애를 어서 데리고 가요."(마샤는 그의 목에 몸을 던지고 흐느꼈다.)

"자, 우리 키스해요, 내 이반 쿠즈미치. 내가 당신 마음 상하게 한 적 있으면 용서해 줘요!"

"안녕, 조심하시오, 부인!"

지휘관이 그의 노파를 안으며 말했다.

"자, 됐소! 가시오, 집으로 가시오. 그리고 아직 가능하다면 마샤에게 사라판58)을 입혀요."

지휘관 부인은 딸과 함께 떠났다. 나는 마리야 이바노브나의 뒤를 바라보았다. 그녀도 뒤를 돌아보고 내게 고개를 끄덕였다. 이제 이반 쿠즈미치는 우리에게로 몸을 돌렸고 온통 적에게 주의를 기울였다. 반란자들이 자기들 수장의 부근에 모이더니 갑자기 말에서 내려왔다.

"이제 꽉 버텨야 돼," 지휘관이 말했다. "진격해 들어올 거야……."

이 순간 무시무시한 고함과 함성이 울렸다. 반란자들이 요새를 향해 달려들었다. 우리 대포는 산탄으로 장전되어 있었다. 지휘관은 반란자들이 가장 가까운 곳에 올 때까지 기다렸다가 갑자기 발포했다. 산탄은 무리 한가운데 떨어졌다. 반란자들이 양쪽으로 우르르 밀려나 뒷걸음질 쳤다. 그들의 수장만이 혼자 앞에 남아 있었다. 그는 칼을 크게 휘둘렀는데 열심히 그들을 설복하고 있는 게 분명했다. 잠시 멈추었던 함성

---

58) 러시아 농촌 여자의 옷.

과 고함이 다시 일어났다.

"자, 제군들," 지휘관이 말했다. "이제 문을 열어라, 북을 쳐라, 제군들, 앞으로 돌격, 내 뒤를 따르라!"

지휘관, 이반 이그나티치 그리고 나는 순식간에 요새 토벽의 바깥으로 나와 있었다. 하지만 겁을 먹은 수비대는 움직이지 않았다.

"뭐야, 이놈들아, 그냥 서 있는 거냐?" 이반 쿠즈미치가 소리쳤다. "죽어야 한다면 죽어야지, 군인답게!"

그 순간 반란자들이 우리에게 달려들었고 요새로 침입했다. 북소리가 멈추었다. 수비대는 무기를 버렸다. 나는 넘어질 뻔했으나 선 채로 반란자들에게 밀려 요새 안으로 들어갔다. 머리에 부상을 입은 지휘관은 열쇠 꾸러미를 내놓으라는 악당들 무리 한가운데 서 있었다. 나는 그를 도우려 달려가려 했으나 사오십 명의 카자크들이 나를 잡아서 허리띠로 묶으며 말했다. "두고 보자, 폐하께 불복하는 이놈들아!"

우리는 거리 곳곳으로 끌려다녔다. 집집마다 주민들이 빵과 소금을 가지고 나와서 환영했다. 종소리가 울렸다. 갑자기 무리 가운데 폐하께서 광장에서 포로들을 기다리며 서약을 받는다는 소리가 크게 퍼졌다. 사람들이 광장으로 밀려갔다. 우리도 그리로 끌려갔다.

푸가초프는 지휘관 저택의 현관 안락의자에 앉아 있었다. 그는 황금 줄로 수놓은 빨간 카자크 카프탄을 입고 있었다. 번쩍이는 두 눈 위로는 금술이 달린 높은 흑담비 모자를 올려 쓰고 있었다. 그의 얼굴이 낯익었다. 카자크 촌장들이 그를 에워싸고 있었다. 게라심 사제는 창백하게 질린 얼굴로 떨면서 현관 어귀에 서 있었다. 손에는 십자가를 들고 있었는데 이제 곧 희생될 사람들을 위해 말없이 기도하는 것처럼 보였다.

광장에는 금세 교수대가 설치되었다. 우리가 가까이 왔을 때 바시키르인들이 사람들을 쫓아냈고 우리를 푸가초프 앞에 세웠다. 종소리가 잠잠해졌다. 깊은 정적이 이어졌다.

"누가 지휘관이냐?" 참칭자가 물었다.

우리 하사관이 군중 속에서 나와 이반 쿠즈미치를 가리켰다.

푸가초프가 노인을 무섭게 쳐다보며 말했다.

"어찌 감히 네가 나에게, 네 황제에게 대적하느냐?"

부상 때문에 힘이 빠진 지휘관은 마지막 힘을 다 모아 또렷한 목소리로 대답했다.

"너는 나의 황제가 아니야, 너는 사기꾼이고 참칭자야, 들리느냐!"

푸가초프는 음울하게 얼굴을 찡그리며 하얀 수건을 흔들었다. 카자크들이 늙은 대위를 붙잡아서 교수대로 끌고 갔다. 교수대 횡목 옆에 보이는 말 탄 사람은 어제 우리가 심문했던 불구자 바시키르인이었다.

그는 손에 밧줄을 쥐고 있었고 순식간에 나는 가엾은 이반 쿠즈미치가 공중에 매달려 죽는 것을 보았다. 다음으로 이반 이그나티치가 푸가초프에게 끌려 나갔다.

"서약해라," 푸가초프가 그에게 말했다. "표트르 표도로비치 황제[59]께!"

"너는 우리의 황제가 아니야," 자기 대위의 말을 반복하며 이반 이그나티치가 대답했다. "너는, 이놈아, 사기꾼이고 참칭자야!"

푸가초프가 다시 한번 하얀 수건을 휘둘렀다. 착한 중위는 자신의 늙은 상관 옆에 목이 매달렸다.

이제 내 차례였다. 나는 위대한 우리 동료들의 대답을 따라 할 태세로 대담하게 푸가초프를 쳐다보았다. 그때 나는 말로 표현할 수 없을 정도로 놀랐다. 반란자 두목들 사이에 머리를 동그랗게 깎고 카자크 카프탄을 입은 슈바브린이 보였기 때문이다. 그는 푸가초프에게 다가가서 귀에다 대고 몇 마디 말을 했다.

"매달아!"

푸가초프가 나를 보지도 않고 말했다. 내 목에 올가미가 던져졌다. 나는 하느님께 내 모든 죄를 진정으로 회개하며 내 마음에 가까운 모든 이들을 구해 줄 것을 기도하며 혼자서 기도문을 외웠다. 나는 교수대 아래로 끌려갔다.

"겁먹지 마, 겁먹지 마." 살인자들이 내게 말했다.

아마도 그들은 진정으로 내게 용기를 주고 싶어 하는 것 같았다. 갑자기 고함 소리가 들렸다.

"멈춰라, 벼락 맞을 놈들아! 좀 기다려라!"

---

59) 표트르 3세는 육 개월간 즉위했다가 아내인 예카테리나 2세에 의해 살해된 황제로, 푸가초프는 그를 참칭했다. 스웨덴 왕 카를 12세의 생질인 카를 프리드리히 공후와 표트르 1세의 딸인 안나 페트로브나 사이에서 태어났다. 1742년 후사를 이을 아이가 없던 이모이자 러시아 제국의 여제 옐리자베타 페트로브나에 의해 황태자로 책봉되었다.

그들이 멈췄다. 보니 사벨리치가 푸가초프의 발치에 누워 있었다.

"사랑하는 아버지시여!" 불쌍한 아재가 말했다. "지주의 자식을 죽이면 무슨 이득이 있나이까? 풀어 주세요. 몸값을 지불할 겁니다. 본때를 보이고 겁을 주려면 노인인 나를 매달라고 하옵소서!"

푸가초프가 신호하자 그들이 당장 나를 풀어 주었다.

"우리 아버지께서 네게 은혜를 베푸신다." 그들이 나에게 말했다.

이 순간 나는 풀려난 것이 기뻤다고는 할 수 없지만, 그래도, 그것을 유감스럽게 여겼다고는 말하지 않겠다. 감각이 너무나 혼란스러웠다. 그들이 나를 다시 참칭자에게 끌고 가서 그 앞에 무릎을 꿇렸다. 푸가초프는 내게 힘줄이 돋은 손을 내밀었다.

"손에 키스해, 손에 키스해!" 주변에서 내게 말했다.

하지만 나는 그런 모욕을 감수하느니 차라리 잔인한 형벌을 더 달갑게 받았을 것이다.

"표트르 안드레이치 도련님!" 사벨리치가 내 뒤에 서서 나를 밀치며 말했다. "고집부리지 마세요! 그게 뭐 대단한 일입니까? 침 뱉는다 치고 악당에게 '퉤!' 하고 키스해요, 그에게 키스해요."

나는 꿈쩍도 하지 않았다. 푸가초프는 손을 내리며 조롱하는 조로 말했다.

"나리께서 기뻐서 정신이 나간 모양이네. 그를 일으켜라!"

사람들이 나를 일으켜 세우고는 풀어 주었다. 끔찍한 코미디가 계속되었다.

주민들이 서약하기 시작했다. 그들은 차례차례 다가와 십자가에 키스하고 참칭자에게 절했다. 수비대 병사들도 여기 서 있었다. 중대 재단사는 뭉툭한 가위를 들고 다니며 그들의 머리카락을 잘랐다. 그들은 머리를 조아리며 푸가초프에게 다가갔고 그는 그들을 용서한다고 선언하며 자기 패에 받아들였다. 이 모든 일이 세 시간 정도 계속되었다. 드디어 푸가초프가 안락의자에서 일어나 두목들과 함께 현관을 나왔다. 값비싼 마구들로 장식된 백마가 그에게 끌려왔다. 카자크 두 사람이 그를 받쳐 들어 안장에 앉혔다. 그는 게라심 사제에게 그 집에서 만찬을 열 거라고 말했다. 이때 여자의 비명이 울렸다. 도적들 몇 명이 머리가 풀어 헤쳐지고 발가벗겨진 바실리사 예고로브나를 현관으로 끌고 왔다. 그중 한 사람은 벌써 그녀의 누비옷을 입고 있었다. 다른 도적들은 깃털 이불이며 함들이며 다기, 이불잇 등 잡동사니를 모두 끌어가고 있었다.

"형제님들," 불행한 노파가 외쳤다. "참회하게 해 줘요, 형제님들! 나를 이반 쿠즈미치에게 데려다줘요."

갑자기 그녀는 교수대에서 자기 남편을 알아보았다.

"악당들!" 그녀가 정신없이 소리쳤다. "너희들 무슨 짓을 한 거냐? 오 내 빛, 이반 쿠즈미치, 용감한 군인의 머리! 프러시아 총검도, 터키 총검도 건드리지 못했는데 명예로운 전투에 생명을 내준 것이 아니라 도망친 상놈 죄수에게 당하다니!"

"늙은 마귀할멈을 베라!" 푸가초프가 말했다.

그러자 젊은 카자크가 장검으로 그녀의 머리를 내리쳤고 그녀는 현관 계단에 죽어 너부러졌다. 푸가초프는 떠났고 사람들은 그의 뒤를 따라 달려갔다.

8
불청객

불청객이 타타르인보다 더 나쁘다.
— 속담[60]

광장이 텅 비었다. 나는 꼼짝 않고 그 자리에 서 있었다. 너무나 끔찍한 인상들로 인해 정신이 어지러워 생각을 제대로할 수 없었다.

무엇보다 나를 심하게 괴롭힌 것은 마리야 이바노브나의 운명을 알 수 없다는 것이었다. 그녀는 어디 있을까? 무슨 일이일어났을까? 용케 숨었을까? 숨은 곳은 믿을 만할까? 불안한생각을 가득 안은 채 나는 대위의 집으로 들어갔다. 모든 것이 엉망이었다. 의자들, 탁자들, 함들은 다 부서졌고 그릇은깨졌고 모든 물건은 밖으로 끌려 나갔다. 나는 처녀의 방으로

---

60) 러시아 속담. 푸가초프가 벨로고르스크 요새를 침입한 것을 말한다. 여기서 손님은 푸가초프와 그 일당을 말한다.

올라가는 작은 계단을 뛰어 올라갔다. 처음으로 마리야 이바노브나의 방에 들어갔다. 도적들이 헤집어 놓은 그녀의 침대를 보았다. 장농은 부서지고 도적질당한 모습이었다. 작은 등불이 아직 꺼지지 않고 아무것도 없는 텅 빈 성상 갑 앞에서 타고 있었다. 창문 사이 벽에 걸린 거울은 온전했다. 이 소박한 방의 주인은 대체 어디 있을까? 무서운 생각이 머릿속을 지나갔다. 그녀가 도적들의 수중에 있는 모습을 상상하자 심장이 오그라들었다. 나는 슬피 울면서 사랑하는 여인의 이름을 크게 불렀다. 그 순간 가벼운 소리가 나더니 장롱 뒤에서 창백한 얼굴의 팔라샤가 덜덜 떨며 나타났다.

"아, 표트르 안드레이치!" 그녀가 손뼉을 치며 말했다. "세상에 이런 날이 오다니요, 이런 일을 당하다니요!"

"마리야 이바노브나는?" 나는 초조하게 물었다, "마리야 이바노브나는 어찌 됐나?"

"아가씨는 살아 있어요." 팔라샤가 대답했다. "아쿨리나 팜필로브나 집에 숨었어요."

"사제 부인 댁에!" 나는 경악해서 소리쳤다. "맙소사! 푸가초프가 바로 거기에 있는데!"

나는 순식간에 거리로 나와서 죽을힘을 다해 사제의 집으로 달려갔다. 아무것도 보이지 않았고 아무것도 느끼지 못한 채. 그곳에서는 크게 떠드는 소리, 웃음소리, 노랫소리가 들렸다. 푸가초프가 동지들과 연회를 즐기고 있었다. 팔라샤도 내 뒤를 따라 달려왔다. 나는 아쿨리나 팜필로브나를 몰래 불러 내도록 그녀를 보냈다. 일 분 후에 사제 부인이 양손에 빈 술통을 들고 마루로 나왔다.

"제발, 아, 마리야 이바노브나는 어디 있소?" 나는 알 수 없는 동요를 느끼며 물었다.

"누워 있어요, 내 비둘기, 내 방 침대 칸막이 뒤에." 사제 부인이 대답했다. "자, 표트르 안드레이치, 하마터면 큰일 날 뻔했어요. 그래도 다행히 모든 게 무사히 지나갔어요. 악당이 만찬 자리에 앉자마자 내 불쌍한 아이가 정신이 들어 신음하기 시작했어요! 나는 그대로 몸이 얼어붙는 것 같았죠. 그가 들었거든요. '누가 네 방에서 신음 소릴 내는 거냐? 할멈?' 나는 도적에게 절을 하고 말했어요. '내 조카딸입니다, 군주 폐하, 병이 들어 누워 있나이다. 벌써 이 주째입니다.' '네 조카딸은 젊으냐?' '젊나이다, 군주님.' '그렇다면 내게 네 조카딸을 좀 보여 줘, 노파.' 심장이 죄어들어 아무것도 할 수 없었어요. '좋으실 대로 하십시오, 군주 폐하. 다만 소녀가 아파서 일어나지를 못하니 군주 폐하의 성은을 입으러 가지 못하겠나이다.' '괜찮아, 노파, 내 직접 가서 보지.' 하더니 그 망할 놈이 칸막이 뒤로 들어섰지요. 휘장을 젖히고 매의 눈으로 보았는데 아무 일 없었어요. 신이 구해 주신 거죠. 믿어져요? 나와 내 어른은 벌써 그냥 고통스러운 죽음에 대비했죠. 그런데 운 좋게도 그녀가, 내 비둘기가 그를 알아보지 못했소. 오 주여, 우리가 오래 살아 이런 좋은 꼴을 보게 되다니. 할 말이 없소. 가엾은 이반 쿠즈미치! 누가 생각이나 했겠어요? 바실리사 예고로브나는 또 어떻고? 이반 이그나티치는? 뭣 때문에 그까지…… 근데 댁은 대체 어떻게 화를 면하셨소? 슈바브린, 알렉세이 이바니치는 어떻게 된 사람이우? 동그랗게 머리를 깎고 여기 우리 집에서 그들과 잔치를 하더군요! 잽싸기도 하지, 할 말이 없다우. 내가 아픈 조카딸 얘기를 하니 나를 칼로 확 뚫어 낼 것처럼 쳐다봅디다. 그래도 얘기는 안 하더군요. 그거 하나는 참 고맙더군요."

이때 술 취한 손님들의 고함 소리와 게라심 사제의 목소리가 들렸다. 손님들은 포도주를 더 요구했고 집주인은 안사람에게 종을 울렸다. 사제 부인이 준비하기 시작했다.

"집에 가시구려, 표트르 안드레이치. 닥칠 일이면 닥칠 거고. 주님이 그냥 두진 않으실 테죠."

사제 부인은 갔다. 얼마간 마음을 진정한 나는 숙소로 향했다. 광장을 지나는데 몇몇 바시키르인들이 교수대 근처에 모여서 죽은 사람들의 장화를 벗겨 내고 있었다. 제지해 봐야 소용도 없을 것 같아 나는 분노가 폭발하려는 것을 가까스로 제어했다. 요새에서는 폭도들이 이리저리 뛰어다니며 장교의 집들을 약탈하고 있었다. 사방에서 술 취한 반란자들의 고함 소리가 울렸다. 나는 집에 도착했다. 사벨리치가 나를 문턱에서 맞았다.

"다행이네요!" 그가 나를 보더니 외쳤다. "악당들이 다시 도련님을 잡아갔나 생각하던 참이었어요. 자, 표트르 안드레이치 도련님! 믿겨요? 악당들이 우리 집에서 모든 걸 다 약탈해 갔어요. 옷, 이불잇, 이런저런 물건들, 그릇들…… 아무것도 안 남았어요. 그럼 어때요, 까짓! 도련님이 풀려나 목숨을 구했으니 그럼 다행이죠! 나리, 근데 그 수령이 누군지 알아봤어요?"

"아니, 못 알아봤는데. 그가 대체 누군데?"

"뭐예요? 도련님, 술집에서 도련님을 꼬여 툴룹을 가져간 그 술꾼을 잊었단 말입니까? 토끼털 툴룹이 작아도 완전 새 거였는데, 그 짐승 같은 놈이 자기 몸에 억지로 끼우는 바람에 솔기가 터졌잖아요!"

나는 놀랐다. 실제로 푸가초프와 그 길잡이는 놀랄 만큼 비슷했다. 나는 푸가초프와 그가 동일 인물이라는 걸 확인한 후에야 내가 사면된 이유를 이해했다. 어떻게 이런 기이한 상황들이 연결되는지 놀라서 정신을 차릴 수 없을 지경이었다. 부랑자에게 선물한 소년용 툴룹이 내 목숨을 올가미로부터 구해 주었고 술집을 전전하던 술꾼이 요새를 점령하고 온 나라를 뒤흔들다니!

"뭘 좀 드셔야죠." 변함없는 습관대로 사벨리치가 물었다. "집에는 아무것도 없어요. 내가 나가서 뭐라도 좀 뒤져서 준비하리다."

나는 혼자 남아서 생각에 깊이 잠겼다. 이제 무엇을 해야 하나? 악당의 손에 들어간 요새에 남아야 하나? 그의 무리를 따르는 건 장교의 품위에 맞지 않는 일 아닌가? 나의 의무는 지금 곤란한 상황에 처한 조국에 아직 도움이 되는 복무지로 가는 일 같았다. 하지만 사랑을 생각하면 마리야 이바노브나 곁에 남아 그녀의 보호자요 후원자로 남아야 할 것 같았다. 상황은 분명 빠른 시일 안에 변할 테지만 그녀의 위험한 처지를 상상하면 두려움에 떨지 않을 수 없었다.

나의 상념은 카자크 한 사람이 찾아오는 바람에 중단되었는데 그가 달려와 전하기를 '위대하신 황제께서 나를 보자고 요구하신다'는 것이었다.

"그가 어디 있는데?" 나는 복종할 생각으로 물었다.

"대위의 집이오." 카자크가 대답했다. "만찬 후에 우리 폐하가 목욕하러 가셨는데 거기서 쉬고 계시오. 자, 귀족 나리, 우리 폐하는 어느 모로 보나 고귀한 인물이오. 만찬으로 구운 돼지 두 마리를 자시고 난 후 그렇게 뜨겁게 탕에 오래 들어 앉아 계시니 말이오. 타라스 쿠로추킨[61])도 견뎌 내지 못하고 자작나무 가지를 폼카 비크바예프[62])에게 주고서야 겨우 차가운 물로 정신을 차렸는데 말이오. 말할 필요도 없소. 모든 거동에 위엄이 배어 있단 말이오. 듣자 하니 목욕탕 안에서 가슴에 있는 황제 표식을 보여 주었답디다. 한쪽 가슴에는 은전 크기만 한 쌍두 독수리가 있고 다른 쪽 가슴에는 그 자신이 그려져 있다고 하더군요."

나는 카자크의 의견에 반박할 필요를 느끼지 않았다. 머릿속으로 푸가초프와의 만남을 미리 그려 보며 앞으로의 일을 추측하려고 애쓰면서 그와 함께 대위의 집으로 갔다. 독자 여러분은 내가 완전히 냉정한 상태가 아니었다는 것을 상상할 수 있을 것이다.

내가 대위의 집에 도착한 것은 어두워지기 시작할 무렵이었다. 희생당한 이들이 걸려 있는 교수대는 끔찍하게 어두웠다.

---

61) 카자크 부대의 대장 이름인 듯하다. 대장과 푸가초프가 함께 탕에 들어간 것 같다.
62) 카자크 대장을 시중 드는 부하인 듯하다.

불쌍한 대위 부인의 시체는 여전히 카자크 두 사람이 지키고 있는 현관 앞에 너부러져 있었다. 나를 데려온 카자크는 나에 대해 알리러 들어갔다가 바로 돌아오더니 전날 마리야 이바노브나와 사랑하는 마음으로 작별했던 방으로 나를 데리고 들어갔다.

방에는 흔치 않은 광경이 펼쳐져 있었다. 식탁보를 씌운 식탁 위에는 술통과 잔들이 즐비했고 푸가초프와 열 명쯤 되는 카자크 두목들이 모자와 색색의 셔츠를 입고 술에 취해서 벌겋게 된 면상에 눈을 번뜩거리며 앉아 있었다. 그들 가운데는 배반자들인 신입 슈바브린도 우리 하사관도 없었다. "아, 귀족 나리!" 나를 보고 푸가초프가 말했다. "어서 오시오. 영광으로 여기고 자리를 권하니 어서 앉으시오." 다들 자리를 좁혔고 나는 말없이 식탁 끝에 앉았다. 곁에 앉은 날씬하고 아름다운 카자크 청년이 잔에 따라 준 농민 화주는 건드리지도 않았다. 나는 호기심을 가지고 무리를 살펴보기 시작했다. 푸가초프는 제일 상좌에 앉아서 식탁에 팔꿈치를 기대고 검은 수염을 넓은 주먹으로 받치고 있었다. 솔직하고 꽤 보기 좋은 그의 얼굴 모습에는 잔인한 기색 같은 건 전혀 보이지 않았다. 그는 자주 쉰 살쯤 된 사람을 백작이라고도 부르고 티모페이치라고도 부르며 이야기를 나누었는데 가끔은 사부라고 치켜 주기도 했다. 그들은 모두가 서로를 동지로 대했고 수령에게 특별한 우월권을 부여하지 않았다. 이야기는 아침의 진격과 반란의 성공과 앞으로의 작전에 관한 것이었다. 모두가 다 당당히 나서서 자기 의견을 내고 자유로이 푸가초프와 논쟁했다.

이 기이한 군사 회의에서 오렌부르크 진격이 결정되었다. 대담한 작전이었고 이 작전의 성공은 국가의 불행을 초래할 터였다. 행군할 날은 내일로 선언되었다.

"자, 동지들," 푸가초프가 말했다. "이제 잠들기에 앞서 내가 좋아하는 노래를 부릅시다, 추마코프! 시작하게!" 내 곁에 앉아 있던 병사가 섬세한 목소리로 우울한 도적 노래를 부르기 시작했고 모두들 같이 따라 불렀다.

수런거리지 말아요, 어머니 초록 숲, 참나무 숲이여,
착한 젊은이인 내 생각을 방해 말아요.
착한 젊은이인 나는 내일 아침 심문받으러 가야 해요.
무서운 재판관, 바로 황제 나리에게로.
주군-황제가 내게 묻겠죠.
너 말해라, 말해라, 아들아, 농부 아들아,
너 누구와 도둑질했나, 누구와 강도질했나,
같은 패 동지들 많았나?
사랑하는 임금님, 정교 황제님, 말씀드리겠나이다.
진실을 모두, 진리를 모 ── 두 말씀드리겠나이다.
동지들은 넷 있었나이다.
첫째 동지는 깜깜한 밤이고
둘째 동지는 내 다마스크 강철 검
셋째 동지는 내 좋은 말
넷째 동지는 팽팽한 활이로소이다.
달구어진 화살들은 내 심부름꾼들이나이다.

대위의 딸

423

내 희망, 사랑하는 님 정교 황제님께서 말씀하시네.

장하도다, 농부 아들아,

네가 도둑질할 줄 알았고 책임질 줄 알았으니!

내 너를, 귀여운 아들을 위해

들판 가운데 높은 언덕 위에

기둥 두 개와 철 막대 하나를 하사하노라.

교수형에 처해진 평범한 사람들에 의해 불렸던 이 교수대에 대한 노래는 내게 말할 수 없이 강한 인상을 불러일으켰다. 그들의 무서운 얼굴, 멋진 목소리, 그렇지 않아도 표현이 풍부한 노래 가사에 부여한 우울한 표현, 이 모든 것이 시적 놀라움을 느끼게 하며 나를 뒤흔들었다.

손님들은 한 잔씩 더 마시고 식탁에서 일어나 푸가초프와 작별했다. 나도 그들의 뒤를 따르려 했으나 푸가초프가 내게 말했다. "앉게. 자네와 이야기하고 싶네." 우리는 단둘이 남았다.

우리 둘 다 몇 분간 침묵했다. 푸가초프는 가끔 왼쪽 눈을 깜빡거리며 교활하고 조롱하는 투의 놀라운 표정으로 나를 집요하게 바라보았다. 마침내 그가 웃음을 터뜨렸는데 그 웃음이 어찌나 꾸밈없이 유쾌했던지 나도 그를 바라보며 이유를 모른 채 같이 웃었다.

"어때, 나리?" 그가 내게 말했다. "고백해 봐, 내 청년들이 목에 올가미를 씌웠을 때 겁났지? 눈앞이 깜깜했을걸. 자네가 베푼 일이 아니었다면 자넨 철 막대에 달랑달랑 매달렸을 거야. 나는 단번에 그 늙은 영감쟁이를 알아봤네. 자, 자넨 어떻게 생각하나? 나리. 자네를 주막으로 데려다준 사람이 위대한 군주라고 생각하나? (이때 그는 위엄 있고 비밀을 간직한 듯한 포즈를 취했다.) 너는 내 앞에 죄가 무겁다."

그가 말을 이었다.

"하지만 내가 적들로부터 숨어야 했을 때 네가 베푼 선행과 봉사 때문에 나는 너를 용서해 주었다. 앞으로 더 알게 될 것이다! 내가 왕국을 얻으면 너에게 더 베풀 것이다. 내게 충성을 바치겠다고 약속하느냐?"

악당의 질문과 대담함이 너무 우스워서 나는 웃지 않을 수 없었다.

"왜 웃느냐?" 그가 얼굴을 찌푸리며 내게 물었다. "내가 위대한 군주라는 걸 믿지 않는 거냐? 바른대로 대답하라."

나는 당황했다. 이 부랑자를 황제로 인정할 수는 없었다. 그건 용서할 수 없는 비겁함으로 여겨졌다. 그를 면전에서 사기꾼이라 부르는 건 나를 파멸로 처박는 것이고, 모든 사람이 보는 앞에서 또 분노가 처음 폭발했을 때 교수대 아래로 내려올 수 있었던 것이 지금은 헛된 자만으로 여겨졌다. 나는 주저했다. 푸가초프는 침울하게 내 대답을 기다렸다. 드디어 (지금도 나는 이 순간을 기억하면 스스로에게 만족스럽다.) 내 안의 의무감이 인간적 유약함에 맞서 승리했다. 나는 푸가초프에게 대답했다.

"들어 봐, 진실대로 다 말하지. 내가 너를 황제로 인정할 수 있다고 생각하나? 너는 분별력 있는 인간이니 내가 속인다는 것을 스스로도 알아챌 것이다."

"네 생각에는 내가 도대체 누구냐?"

"하느님만 아신다. 하지만 네가 누구든 너는 위험한 장난을 하고 있다."

푸가초프는 재빨리 나에게 시선을 던졌다.

"그러니까 너는 믿지 않는 게지?" 그가 말했다. "내가 표트르 표도로비치 황제 폐하라는 걸. 자, 뭐, 좋다. 하지만 용감한 자에게 운이 따르는 법 아닌가? 옛날에 그리슈카 오트레피예프[63]도 옥좌에 오르지 않았던가? 좋은 대로 생각하라. 그러나 나를 떠나지는 마라. 다른 사람들이 뭐라 하든 무슨 상관인가? 사제는 어디서나 사제인 법. 내게 신의와 정직으로 봉사하라. 하면 내가 너를 대장군으로 공작으로 다 만들어 주겠다. 네 생각은 어떠냐?"

"아니," 나는 확고하게 대답했다. "나는 태생이 귀족이다. 나는 군주이신 여황제께 서약했으니 네게 봉사할 수 없다. 네가 만약 내게 잘해 주고 싶다면 나를 오렌부르크로 보내 다오."

푸가초프는 생각에 잠겼다. "내가 너를 보내 주면," 그가 말했다. "그러면 적어도 나를 대적하는 일은 하지 않겠다고 약속하겠느냐?"

"어떻게 그걸 약속할 수 있겠느냐?" 내가 대답했다. "스스로 잘 알지 않느냐, 대적하라는 명을 받으면 별수 없이 가야지 내 뜻대로 할 수는 없는 일. 지금 수장인 너 자신도 네 부하

---

63) 그리고리 오트레피예프(Grigory Otrepyev, 1581~1606). 동란의 시대 보리스 고두노프가 통치하던 시기에 러시아 황실의 정통 계승자 드미트리를 참칭했던 인물. 그리슈카는 그리고리의 친칭이다.

들에게 복종을 요구한다. 복무상 내가 해야 할 일을 안 하면 무슨 꼴이 되겠는가? 내 목은 네 수중에 있다. 나를 풀어 주면 고맙고 처형하면 하늘이 심판할 것이다. 나는 너에게 진실을 말했다."

푸가초프는 나의 솔직함에 놀랐다.

"그렇게 하라." 내 어깨를 두드리면서 그가 말했다. "처형한다고 했으면 처형하는 거고 용서한다면 했으면 용서하는 거다. 원하는 대로 어디든 가서 하고 싶은 대로 하라. 지금은 잠자리에 들고 내일 작별하러 오거라. 나는 벌써 졸려서 쓰러질 지경이다."

나는 푸가초프를 떠나 거리로 나왔다. 고요하고 차가운 밤이었다. 달과 별들이 광장과 교수대를 비치며 밝게 빛나고 있었다. 요새는 온통 평온했고 어두웠다. 술집에만 불빛이 보였고 때늦은 술꾼들의 고함 소리가 울렸다. 나는 사제의 집을 쳐다보았다. 덧창과 대문이 잠겨 있었다. 집 안의 모든 것이 고요하게 느껴졌다.

나는 숙소로 가서 내가 없어진 걸 걱정하던 사벨리치를 찾았다. 그는 내가 자유의 몸이라는 소식에 이루 말할 수 없이 기뻐했다.

"주여, 영광 이루소서!" 그는 성호를 그으며 말했다. "날이 밝기 전에 요새를 떠나 아무 데로나 가요. 먹을 걸 준비했으니 도련님, 좀 드시고 아무 걱정 말고 아침까지 푹 자요."

나는 그의 충고대로 저녁을 매우 맛나게 먹고 정신적으로도 육체적으로도 지쳐서 맨바닥에서 그대로 잠이 들었다.

9
이별

그대를 알게 된 건, 아름다운 처녀여.
달콤한 일이었소.
슬프오, 슬프오, 그대와 헤어지는 건
슬프오, 영혼과 헤어지는 것처럼.
— 헤라스코프[64]

나는 아침 일찍 북소리에 깨어 집합 장소로 갔다. 그곳엔
푸가초프의 무리가 아직 어제의 희생자들이 매달려 있는 교
수대 옆에 대열을 이루고 있었다. 카자크들은 말을 타고 있었
고 병사들은 무장 상태였다. 깃발들이 휘날렸다. 몇몇 대포들
이 — 그중에는 우리 대포도 있었다 — 행군 포차에 설치되
어 있었다. 모든 주민들이 참칭자를 기다리며 그곳에 나와 있
었다. 대위의 저택 현관 가까이에 카자크 하나가 멋진 키르기
스산 백마의 고삐를 잡고 서 있었다. 나는 눈으로 대위 부인
의 시체를 찾았다. 시체는 조금 옆으로 치워진 채 거적에 덮

---

64) 미하일 마트베예비치 헤라스코프(Mikhail Matveevich Kheraskov,
1733~1807). 18세기 시인, 극작가, 소설가. 이 시구는 이 소설 속에서 그리
뇨프와 마샤의 이별을 예고한다.

여 있었다. 이윽고 푸가초프가 복도에서 나왔다. 백성들은 모자를 벗었다. 푸가초프는 현관에 멈춰 서서 모든 사람들과 인사를 나누었다. 두목 중 한 사람이 그에게 동전이 담긴 자루를 건넸고 그는 한 움큼씩 뿌리기 시작했다. 백성들은 고함을 지르며 그것을 줍느라 한바탕 난리를 피웠으나 일은 부상자 없이 끝났다. 그의 패거리 수뇌부가 그를 에워싸고 있었다. 그들 가운데 슈바브린도 있었다. 우리의 시선이 마주쳤다. 내 시선에서 경멸을 읽자 그는 진정한 증오와 위선적 조롱의 표정을 띠며 외면했다. 푸가초프는 군중 속에서 나를 보더니 고개를 끄떡이고는 가까이 오라고 불렀다.

"들으시오." 그는 내게 말했다. "당장 오렌부르크로 가서 지사와 장군들에게 일주일 후에 내가 올 거라고 알리시오. 그들에게 자식으로서의 사랑과 복종으로 나를 맞으라고 충고하시오. 그렇지 않으면 가혹한 형벌을 면치 못하리라고. 잘 가시오, 귀족 나리!"

그러고 나서 그는 백성을 향해서 슈바브린을 가리키며 말했다.

"아들들아, 여기 이 사람이 새 지휘관이다. 매사에 그를 따르라, 그가 내게 너희들과 요새를 책임질 것이다."

나는 이 말에 경악하지 않을 수 없었다. 슈바브린이 요새의 수장이 되다니. 마리야 이바노브나가 그의 권력 아래 남게 되다니! 맙소사! 그녀는 어찌 될까! 푸가초프는 현관에서 내려왔다. 패거리들이 그에게 말을 끌어다 주었다. 그는 그를 받쳐 들어서 앉히려는 카자크들을 기다리지 않고 스스로 날쌔게 말 위로 올랐다.

이때 사벨리치가 군중 사이에서 앞으로 나오더니 푸가초프에게 다가가 종이 한 장을 주었다. 나는 이 일의 결과가 어찌 될지 도무지 짐작할 수 없었다.

"이게 뭐지?" 푸가초프가 점잖게 물었다.

"읽으면 알게 될 것입니다." 사벨리치가 대답했다.

푸가초프는 종이를 받아 오랫동안 의미 있는 표정으로 들여다보았다.

"뭘 그리 묘하게 썼느냐?" 그가 마침내 말했다. "우리 눈이 밝은데도 알아볼 수 없구나. 총비서관은 어디 있는가?"

하사관 제복을 입은 젊은이가 날쌔게 달려왔다.

"소리 내어 읽어라." 참칭자가 종이를 건네면서 그에게 말했다.

나는 나의 아재가 푸가초프에게 무슨 말을 썼는지 비상한 호기심이 일었다. 총비서관이 큰 목소리로 줄줄이 읽은 것은 다음과 같다.

"실내복 두 벌, 옥양목 한 벌과 비단 한 벌 해서 6루블."

"그게 무슨 말이냐?" 푸가초프가 얼굴을 찌푸리며 물었다.

"더 읽으라고 하시죠." 사벨리치가 침착하게 대답했다.

총비서관은 계속 읽었다.

"녹색 60수로 지은 제복 7루블, 백색 나사 바지 5루블, 네델란드제 커프스가 달린 평직물 셔츠 한 다스 10루블, 다기 세트 상자 2루블 반……."

"이게 무슨 헛소리냐?" 푸가초프가 말을 막았다. "상자 쪼가리들이나 커프스 달린 바지가 나와 무슨 상관이야?"

사벨리치는 신음 소리를 내며 설명하기 시작했다.

"나리, 보시지요, 이건 악당들이 훔쳐 간 우리 나리의 재산 목록입니다."

"어떤 악당들 말이냐?" 푸가초프가 무섭게 물었다.

"잘못했습니다. 말이 헛 나왔습니다요." 사벨리치가 대답했다. "악당들이 아니라 여기 부하들이 뒤져서 끌고 나갔습니다. 화내지 마십시오, 네발로 걷는 말도 넘어질 때가 있는 법.[65] 마저 읽으라고 해 주십시오."

"마저 읽어라." 푸가초프가 말했다. 비서관이 계속 읽었다.

"사라사 꽃무늬 이불잇, 목공단 이불잇 해서 4루블, 빨간 앙고라 겉감 여우 털 외투 40루블, 마지막으로, 여인숙에서 감사의 의미로 드린 토끼털 툴룹 15루블."

"이건 또 뭐야!" 푸가초프가 불똥이 튀는 듯 두 눈을 번쩍이며 소리 질렀다.

솔직히 고백하지만 나는 내 불쌍한 아재 때문에 이만저만 놀란 게 아니었다. 그는 다시 설명하려 했지만 푸가초프가 말을 끊었다.

"네 어찌 감히 그런 시시껄렁한 일로 내게 기어 왔느냐?" 그는 비서의 손에서 종이를 뺏어 사벨리치의 얼굴에 던지면서 소리 질렀다. "멍청한 늙은이가! 그것들을 주워 삼키다니. 그게 무슨 대수냐? 그리고 너 늙은 영감쟁이야, 넌 영원히 하느

---

65) 러시아 속담.

님께 나와 내 부하들을 위해 기도드려야 할 것이다. 너와 네 주인이 여기 이 사람들처럼 목 매달리지 않았으니 말이다. 토끼털 툴룹이라고! 좋다, 툴룹을 만들어 주마! 알겠느냐, 너를 산 채로 껍질 벗겨 툴룹을 만들라고 명해야겠다."

"좋도록 하시지요." 사벨리치가 대답했다. "전 하인이니 제 나리의 재산을 지켜야겠습니다."

관대함의 발작 상태에 있는 게 분명했던지 푸가초프는 말 없이 몸을 돌려 자리를 떠났다. 슈바브린과 두목들도 그 뒤를 따라갔다. 도당은 질서 있게 요새에서 빠져나갔다. 백성은 푸가초프를 배웅하러 갔다. 광장에 남은 사람은 사벨리치와 나, 둘뿐이었다. 나의 아재는 깊은 유감의 표정으로 손에 든 목록을 들여다보았다.

내가 푸가초프와 좋게 합의한 것을 보고 그는 그것을 이용하리라 생각했던 모양이었다. 그러나 한껏 머리를 쓴 그의 의도는 성공하지 못했다. 나는 그의 부적절한 열성을 나무라려고 했으나 웃음을 참을 수 없었다.

"웃으세요, 나리." 그가 대답했다. "웃으세요. 살림살이를 몽땅 새로 장만해야 되면, 보시죠, 웃음이 나오는지."

나는 마리야 이바노브나를 만나기 위해 사제의 집으로 서둘러 갔다. 사제 부인이 슬픈 소식과 함께 나를 맞았다. 밤에 마리야 이바노브나가 고열에 시달렸다는 것이다. 그녀는 의식을 잃고 누워서 헛소리를 한다고 했다. 사제 부인이 나를 그녀의 방으로 데리고 갔다. 나는 그녀의 침대로 조용히 다가갔다. 그녀의 얼굴색은 놀라울 정도로 달라져 있었다. 환자는 나를 알아보지 못했다. 나는 게라심 사제의 말도, 나를 위로하려고 하는 것으로 보이는 그의 마음씨 좋은 아내의 말도 듣지 않은 채 말없이 그녀 앞에 오랫동안 서 있었다.

어두운 생각과 함께 불안이 밀려왔다. 사악한 반란자들 한가운데 불쌍하게 남겨진 채 기댈 곳 하나 없는 고아의 처지, 또 나 자신의 무력한 처지를 생각하니 소름이 끼쳤다. 슈바브린, 누구보다도 강하게 슈바브린이 내 상상을 뒤흔들었다. 그는 이 불행한 처녀, 죄 없는 증오의 대상이 남아 있는 이 요새를 참칭자의 비호 아래 지휘하면서 모든 것을 마음대로 결정할 것이다. 내가 무슨 일을 할 수 있을까? 어떻게 그녀를 도울 수 있을까? 어떻게 해야 악당의 손에서 그녀를 자유롭게 할 수 있을까? 방법은 단 한 가지뿐이었다. 나는 당장 오렌부르크로 가서 벨로고르스크 요새 해방을 앞당기고 가능하면 그 일에 참가하기로 마음먹었다. 나는 열성을 다해 내가 이미 아내로 여기고 있는 그녀를 사제와 아쿨리나 팜필로브나에게 부탁하면서 작별 인사를 했다. 나는 가엾은 처녀의 손을 쥐고 입을 맞추며 눈물로 적셨다.

"잘 가요." 사제 부인이 나를 배웅하며 말했다. "잘 가요, 표트르 안드레이치, 좋은 시절에 또 만나게 될 거예요. 우리를 잊지 말고 종종 편지를 보내요. 가엾은 마리야 이바노브나는 당신 말고는 이제 아무 위안도 보호자도 없어요."

나는 광장으로 나와 잠깐 멈춰 서서 교수대를 올려다보며 절을 했다. 그런 후 내게서 떨어지려 하지 않는 사벨리치와 함께 요새를 빠져나와 오렌부르크로 가는 길에 나섰다.

생각에 잠겨 눈을 감고 있는데 갑자기 뒤에서 말발굽 소리가 들렸다. 돌아보니 요새로부터 카자크 하나가 바시키르산 말 한 필의 고삐를 한 손에 쥐고 멀리서 내게 손짓을 하며 달려오고 있었다. 그는 달려오더니 말에서 내려와 말했다.

"귀족 나리! 우리 아버지께서 말과 자기 어깨에서 벗은 외투를 하사하셨소.(안장에는 양털 툴룹이 묶여 있었다.) 그리고 또……." 하사관은 더듬거리며 말했다. "아버지께서…… 반 루블짜리 은전도 하사하셨는데…… 오다가 잃어버렸소. 너그러이 용서하시오."

사벨리치가 그를 째려보더니 투덜거렸다. "오다가 잃어버렸다고! 네 품속에서 딸랑거리는 건 뭐냐? 양심 없는 놈!"

"내 품속에서 뭐가 딸랑거려?" 하사관은 조금도 동요하지 않고 말했다. "아이고 영감쟁이! 이건 은전이 아니라 말굴레라고."

"좋다." 내가 다툼을 막으며 말했다. "널 보낸 사람에게 감사하다고 전해라. 그리고 잃어버린 은전은 돌아가는 길에 찾아서 보드카를 마시거라."

"귀족 나리, 정말 고맙소." 그는 말을 돌리면서 대답했다, "영원히 당신을 위해 기도드리리다."

이 말과 함께 그는 한손을 품속에 넣은 채로 말을 달려 돌아갔고 순식간에 시야에서 사라졌다.

나는 툴룹을 입고 말 위에 올라 내 뒤에 사벨리치를 앉혔다.

"봐요, 도련님," 노인이 말했다, "내가 괜히 그 악당 놈에게 머리를 조아린 게 아녜요. 도둑이 양심이 저렸나 보구먼. 키만 크고 삐쩍 마른 바시키르산 말이긴 해도. 그리고 양털 툴룹은 그놈들이 우리에게서 훔쳐 간 것과 나리가 그에게 하사한 것의 반도 안 되는 값이지만 말입니다. 그래도 쓸모는 있어요. 사나운 개한테서는 털이라도 한 움큼 뽑아야 하는 겁니다."

10
도시 봉쇄

그는 들과 산을 차지하고 나서
산꼭대기에서 독수리처럼 도시로 시선을 던졌고,
진영 뒤편에 대포들를 설치하고 그 속에 우뢰를 감추고서
밤이 되면 도시를 향해 끌고 가라고 명령했다.[66]
— 헤라스코프

오렌부르크로 다가가면서 나는 머리를 밀고 망나니의 집게로 얼굴이 못쓰게 된 죄수 무리를 보았다. 그들은 보루 옆에서 수비대 노병들의 감시를 받으며 노동을 하고 있었다. 일부는 참호를 가득 채운 쓰레기를 수레로 치웠고 일부는 삽으로 땅을 팠다. 성벽 위에서는 석공들이 기왓장을 끌고 가서 도시 성벽을 수리하고 있었다. 성문 근처에서 보초들이 우리를 멈춰 세우고 신분증을 요구했다. 내가 벨로고르스크 요새에서 왔다고 하자 그들은 바로 나를 장군의 집으로 데리고 갔다.

나는 정원에서 장군을 만났다. 그는 차가운 가을 입김에 벌

---

66) 헤라스코프의 「로시야다」의 한 구절로 이반 4세가 카잔을 점령한 것을 묘사하는 부분에 나온다.

거벗은 사과나무를 살펴보며 늙은 정원사의 도움을 받아 조심스레 나무들을 짚으로 싸고 있었다. 평온하고 건강하고 선량한 인상이었다. 그는 나를 보고 기뻐하며 내가 직접 목격한 끔찍한 사건들에 대해 묻기 시작했다. 나는 모든 것을 말했다. 노인은 내 말을 주의 깊게 들으며 마른 가지들을 잘라 냈다.

"가엾은 미로노프!" 내가 비참한 이야기를 끝냈을 때 그가 말했다. "안된 일이네. 좋은 장교였는데. 마담 미로노프는 정말 좋은 부인이었고 버섯 절임의 대가였는데! 그럼 대위의 딸 마샤는 어찌 됐나?"

나는 그녀가 사제 부인의 보살핌을 받으며 요새에 남아 있다고 말했다.

"아, 아, 아!" 장군이 말했다. "그건 안 되는데, 정말 안 돼. 도적들의 기강은 절대 믿을 수가 없거든, 가엾은 처녀가 어찌 되겠나?"

나는 벨로고르스크 요새까지 멀지 않으니 각하께서 요새의 불행한 주민들을 해방시키기 위해 군대를 보내는 것을 지체하지 않으실 거라고 말했다. 장군은 불신하는 표정으로 고개를 저었다.

"두고 보세, 두고 보자고……." 그가 말했다. "그 일에 대해서는 이야기할 기회가 있을 거야. 집에서 차 한잔 하며 얘기하세. 오늘 우리 집에서 전략 회의가 있을 예정이네. 자네는 폭도 푸가초프와 그의 군대를 겪어 봤으니 제대로 된 정보를 줄 수 있겠지. 지금은 가서 좀 쉬게."

나는 사벨리치가 벌써 손봐 둔 숙소로 가서 초조한 마음으로 정해진 시각을 기다렸다. 내 운명에 큰 영향을 미치게 될 이 전략 회의를 내가 절대 놓치지 않으리라는 건 독자 여러분도 쉽게 상상할 수 있을 것이다. 정해진 시각에 나는 벌써 장군의 집에 가 있었다.

장군의 집에서 나는 시의 관리 한 사람을 만났다. 기억에 그는 세관장이었는데 뚱뚱하고 혈색이 좋은 노인으로 금실로 수놓은 비단 카프탄을 입고 있었다. 그는 자기가 친구라고 부르는 이반 쿠즈미치의 운명에 대해 내게 묻기 시작했는데 종종 부가적 질문과 교훈적 언급으로 내 말을 끊었다. 그의 말은 그가 전술에 대한 지식이 있으며 적어도 타고난 머리가 좋은 사람이라는 것을 보여 주었다. 그러는 사이 초청된 사람들이 모였다. 모인 사람들 중 군인은 장군뿐이었다. 모두 자리에 앉고 차를 따라 받은 후에 장군은 지극히 명확하고 상세하게 상황을 설명했다.

"여러분," 그가 말을 이었다. "이제 우리가 반란군에 대항해서 어떻게 해야 할지를 결정해야 합니다. 공격적으로 할 것인가, 방어적으로 할 것인가? 각 방법에는 장단점이 있습니다. 공격적 행동은 빠른 시일 안에 적을 박멸할 가능성이 더 높습니다. 방어적 방법은 더 믿을 만하고 안전하지요. 그러니 규정에 따라서, 즉 관등이 낮은 순으로 의견을 모아 봅시다. 준위!" 그는 나를 향해 말을 이었다. "귀하의 의견을 피력하시오."

나는 일어나서 간략하게 우선 푸가초프와 그의 도당을 묘사한 후, 참칭자가 제대로 된 군대에 맞서기는 어려울 거라고 확신 있게 말했다.

내 의견은 관리들 사이에서 달갑지 않게 받아들여진 게 분명했다. 젊은 사람의 경솔하고 겁 없는 의견으로 받아들인 듯 그들 사이에서 투덜거리는 소리가 높았고 누군가는 나직하게 '애송이.'라고 중얼거리기도 했다. 장군은 나를 향해 미소를 지으며 말했다.

"준위! 전략에 있어서 처음 나오는 소리는 항상 공격을 하자는 것이라오. 그게 정해진 순서요. 이제 의견을 계속 모아 봅시다. 6등관, 귀하의 의견을 말해 보시오!"

금실로 수놓은 비단 카프탄을 입은 노인은 상당히 많은 양의 럼주를 넣은 차를 마저 다 마신 후 장군에게 대답했다.

"각하, 제 생각에는 공격적으로도 방어적으로도 행동할 필요가 없다고 생각합니다."

"무슨 소리요, 6등관?" 놀란 장군이 반박했다. "다른 전략은 없소. 방어전이거나 공격전이거나 둘 중 하나요."

"각하, 매수전을 쓰시죠."

"어허허! 지극히 현명한 의견이오. 매수전도 전략적으로 허락되니 당신 충고를 적용하겠소. 아마도 그 몹쓸 놈 모가지에…… 70루블에서 100루블까지…… 비자금에서……."

"그렇게 하는데," 세관장이 말을 막았다. "만약 이 도적들이 수괴를 손발 묶어서 우리에게 내놓지 않는다면 난 키르기스의 멍청이지 6등관이 아닐 겁니다."

"이 의견에 대해서는 좀 더 생각해 보고 이야기를 나눕시다." 장군이 대답했다. "하지만 만약의 경우에 대비해서 군사적 조치도 취해야 하오. 여러분, 각자의 의견을 규정에 따라서 피력하시오."

모든 사람이 내 의견에 반대했다. 모든 관리들이 군사력이 든든하지 못하고 성공을 믿을 수 없으니 조심해야 한다는 둥 비슷한 이야기들만 했다. 든든한 석벽 뒤에 대포들이 지키는 가운데 남아 있는 것이 막아 줄 것 없는 들판에 나아가 무기로 운을 시험하는 것보다 현명하다는 것이 모두의 의견이었다. 마침내 장군이 의견을 다 듣고 나서 파이프에서 담뱃재를 털고는 이렇게 말했다.

"존경하는 관리님들, 장교님들! 개인적으로 나는 준위의 의견에 동의한다는 것을 말해야겠소. 왜냐하면 그 의견이 공격적 행동이 방어적 행동에 우선한다는 건전한 전략의 법칙에 기반하기 때문이오."

그러더니 그는 말을 멈추고 파이프를 다시 채우기 시작했다. 나의 자존심이 승리했다. 나는 불만스럽고 불안한 기색으로 숙덕거리는 관리들을 의기양양하게 쳐다보았다.

"하지만, 존경하는 여러분," 그는 깊은 한숨을 쉬며 짙은 담배 연기를 한 모금 내뿜더니 말을 이었다. "하지만 내가 최고로 경애하는 여황제 폐하께서 맡기신 이 지역의 안전에 관한 일인 만큼 나는 감히 그토록 큰 책임을 질 엄두를 못 내겠소. 그런고로 나는 도시 안에서 봉쇄를 대비하고 적의 공격에는 포대의 전력이나 기습(그것이 가능하다면)으로 대적하는 것이 가장 현명하고 안전하다는 다수의 의견에 동의하오."

이번에는 관리들이 나를 비웃듯이 쳐다보았다. 고문관들은 흩어졌다. 나는 명예로운 노장군이 유약하게도 신념과 달리

문외한이자 무경험자들의 의견을 따른 것이 유감스러웠다.

이 유명한 전략 회의[67]가 있고 며칠 후 나는 푸가초프가 약속대로 오렌부르크에 접근 중이라는 것을 알게 되었다. 나는 도시 성벽의 높은 곳에서 반란군 부대를 보았다. 그들의 수는 내가 직접 목격한 마지막 진격 이후 열 배는 늘어난 듯 보였다. 그들 중에는 푸가초프에게 항복한 작은 요새부터 푸가초프가 장악한 포대까지 있었다. 전략 회의의 결정을 떠올리며 오렌부르크 성벽 안에 오랜 기간 갇힐 것을 예견하자 나는 분해서 눈물이 날 지경이었다.

가족 연대기보다는 역사에 속하는 오렌부르크 봉쇄에 대해서는 세세히 묘사하지 않겠다. 간단히만 말하자면 몇몇 이 지방 관리들의 경솔한 오판이 초래한 이 봉쇄는 치명적이었다. 주민들은 기아와 온갖 불행을 견뎌 내야 했다. 오렌부르크 생활이 견디기 어려웠으리라는 것은 쉽게 상상할 수 있을 것이다. 모든 사람들이 음울하게 자신의 운명이 결정되기를 기다렸다. 모두가 상승한 물가에 비명을 질렀다. 이는 실상 끔찍한 일이었다. 주민들은 자기 마당을 날아다니는 총알에 익숙해졌다. 심지어 푸가초프의 진격조차 이미 공통 관심사가 아니었다. 나는 권태로워서 죽을 것 같았다. 시간이 흘러도 벨로고르스크 요새에서는 편지 한 통 받을 수 없었다. 모든 길이 끊겼던 것이다. 마리야 이바노브나와의 이별은 견디기 어려웠다.

---

67) 푸시킨은 『푸가초프 반란사』에서 이 무능한 회의로 인해 오렌부르크 사람들이 기아와 질병에 시달리게 되었다고 썼다.

그녀의 운명을 알 수 없어 고통스러웠다. 나의 유일한 위안거리는 말을 타고 밖으로 나가는 것이었다. 푸가초프의 호의로 좋은 말을 가지게 된 나는 그 말과 얼마 안 되는 식량을 나누어 먹으면서 매일 성 밖으로 말을 몰아 푸가초프의 기수들과 교전했다. 이 교전에서 우세한 편은 늘 폭도들이었다. 그들은 잘 먹고 마시며 좋은 말을 타고 있었다. 성안의 비루먹은 말들로는 그들을 이길 수 없었다. 가끔 우리의 굶주린 보병대도 들판으로 나갔다. 하지만 눈이 두껍게 쌓여 있어서 여기저기 흩어져 있는 기수들에 맞서 성공적으로 싸울 수 없었다. 포병대는 성벽 위에서 공연히 굉음을 냈지만 전장에서는 말이 제대로 못 먹어 기운이 없고 움직이지 못했다. 이것이 바로 우리의 전투였던 것이다. 그리고 이것을 오렌부르크 관리들은 조심스럽고 현명한 방법이라고 불렀었다!

언젠가 한번 우리가 꽤 많은 수의 무리를 분산시켜 격퇴하는 데 성공했을 때 나는 동료들에게서 떨어져 있는 한 카자크에게로 달려들었다. 터키 장검으로 막 그를 내리치려는데 그가 갑자기 모자를 벗으면서 소리쳤다.

"안녕하세요, 표트르 안드레예비치! 온전하시죠?"

보니 우리 요새의 하사관이었다. 나는 말할 수 없이 기뻤다.

"잘 있었는가, 막시미치," 나는 그에게 말했다. "벨로고르스크에서 온 지 오래됐나?"

"얼마 안 됐습니다, 표트르 안드레이치 나리. 어제 돌아왔어요. 나리께 전하는 편지가 있어요."

"어디?" 나는 흥분하여 외쳤다.

"제가 가지고 있어요." 막시미치가 품속으로 손을 넣으며 대답했다. "팔라샤에게 어떻게 해서든 나리께 전달하겠다고 약속했어요." 하더니 내게 작게 접은 종이를 건네고 당장 말을 달려 돌아갔다. 나는 그것을 펴서 떨리는 마음으로 읽어 내려갔다.

제게서 갑자기 아버지와 어머니를 앗아 간 것이 하느님의 뜻이었지요. 저는 이 세상에 친척도 보호자도 없어요. 당신이 항상 제 행복을 빌어 주고 누구보다 저를 도와주려 한다는 걸 알기에 이렇게 애원합니다. 이 편지가 어떻게든 당신에게 닿을 수 있기를 기도합니다! 막시미치가 당신에게 편지를 전한다고 약속했으니까요. 팔라샤가 막시미치에게 듣기로 그가 멀리서 기습 때 당신을 자주 보는데 당신은 당신을 위해 눈물 흘리며 기도하는 사람들은 생각하지 않는 듯 몸을 아끼지 않는다고 하더군요. 저는 오랫동안 아팠습니다. 제가 회복되자 지금 고인이 되신 아버지 대신 지휘관이 된 알렉세이 이바노비치[68]가 푸가초프를 내세워 저를 자기와 혼인시키라고 게라심 사제를 협박하고 있습니다. 저는 제 집에서 보초의 감시를 받으며 살고 있고요. 알렉세이 이바노비치는 저와 강제로 혼인하려 합니다. 악당에게 제가 조카딸이라고 말한 아쿨리나 팜필로브나의 거짓말을 덮어 주었으니 자기가 제 목숨을 구했다면서요. 하지만 알렉세이 이바노비치 같은 인간의 아내가 되느니 차라리 죽는 것이 편합니다. 그는 제게 말할 수 없이 잔인하게 굴면서 제

---

68) 슈바브린을 말한다.

가 생각을 바꾸지 않으면 저를 진영에 있는 수괴에게 데려가겠다고 합니다. 저도 리자베타 하를로바[69] 같은 신세가 될 거라면서 말입니다. 저는 알렉세이 이바노비치에게 생각할 여유를 달라고 청했습니다. 그는 앞으로 사흘을 더 기다리는 데 동의했습니다. 하지만 사흘 후에 그의 아내가 되지 않으면 그는 절대 저를 가만두지 않을 겁니다. 표트르 안드레이치님! 당신만이 저의 보호자입니다. 불쌍한 저를 위해 길을 나서 주세요. 장군과 모든 지휘관들을 설득하여 되도록 빨리 지원군을 보내시고 가능하면 직접 오세요. 당신에게 복종하는 불쌍한 고아가 보냅니다.

마리야 미로노브나

편지를 읽고 나니 미칠 것 같았다. 나는 불쌍한 말에 가차 없이 박차를 가하여 성안으로 달려갔다. 오면서 불쌍한 처녀를 구하기 위해 할 수 있는 일들을 이리저리 궁리해 보았으나 아무 묘안이 떠오르지 않았다. 성에 닿자 나는 곧장 장군을 만나려고 목이 부러져라 빠른 속도로 그의 집으로 달려 들어갔다.

장군은 방 안에서 언제나처럼 해포석 파이프를 피우면서 왔다 갔다 하고 있었다. 내 모습에 놀란 듯 그가 멈춰 섰다. 그러고는 걱정스레 내가 서둘러 온 이유를 물었다.

"각하," 나는 그에게 말했다. "제 아버지께 오듯이 각하께로 달려왔습니다. 제발 제 청을 들어주십시오. 제 인생 전부의 행

---

69) 앞에서 언급한 니즈네오제르노예 요새의 지휘관 아내 타티아나 그리고 리에브나 하를로바를 가리킨다.

복이 달린 문제입니다."

"그게 뭔가, 여보게?" 놀란 노인이 물었다. "내가 자네를 위해 뭘 할 수 있을까? 말해 보게."

"각하! 제게 군사 100명과 카자크 50명을 내주라고 명하여 벨로고르스크 요새를 탈환하게 해 주십시오."

장군은 나를 빤히 쳐다보았다. 제정신이 아니라고 생각하는 것 같았다.(거의 맞는 생각이었다.)

"어떻게 한단 말인가? 어떻게 벨로고르스크 요새를 탈환하겠나?" 마침내 그가 입을 열었다.

"성공을 보장합니다." 나는 흥분해서 대답했다. "보내만 주십시오."

"안 되네, 젊은이," 그는 고개를 저었다. "그렇게 먼 거리에 있으면 적이 주요 전략 지점과의 소통을 끊어 자네를 완전히 패배시킬 걸세. 소통이 단절되면……."

나는 그가 상황을 제대로 판단하지 못한다는 생각에 놀라서 급히 말을 끊었다.

"미로노프 대위의 딸이," 나는 그에게 말했다. "제게 편지를 썼습니다. 그녀가 도움을 청합니다. 슈바브린이 자기와 혼인하자고 강압을 한답니다."

"그럴 수가 있나? 슈바브린 그자, 아주 엄청난 악한[70]이로군, 내 손안에 들어오기만 하면 내 이십사 시간 안에 재판해서 요

---

70) Schelm.(독일어) 이 단어를 통해 장군이 독일 출신이라는 것을 알 수 있다. 여기서는 그의 독일식 발음이 상기되지는 않았다.

새 흙벽에 세워 놓고 쏴 버릴 텐데! 하지만 그때까지는 참아야 하네……."

"참으라고요!" 나는 자제력을 잃고 소리쳤다. "그사이에 마리야 이바노브나와 결혼할 텐데요!"

"오!" 장군이 대꾸했다. "그건 그리 나쁜 일이 아니지. 그때까지 그녀는 슈바브린의 아내로 있는 게 나아. 지금은 그가 그녀를 보호할 수 있잖나. 하지만 우리가 그를 쏘게 되면, 그땐, 그녀에게 신랑감이 나타나겠지. 예쁜 과부들이 그냥 남아 있지는 않거든. 즉, 내가 말하고 싶은 것은 과부가 처녀보다 더 빨리 남편을 찾아낸다는 말이네."

"차라리 죽겠어요." 내가 미친 듯이 말했다. "슈바브린에게 그녀를 내주느니요!"

"아하!" 노인이 말했다. "이제 알겠네. 자네는 보아하니 마리야 이바노브나에게 반했군. 오, 그렇다면 문제가 다르지! 불쌍한 젊은이! 하지만 그래도 여전히 난 자네에게 기병대 100명과 카자크 50명은 결코 내줄 수 없네. 이 원정은 불리해. 나는 이 원정에 대해 책임질 수 없네."

나는 고개를 떨어뜨렸다. 완전히 절망에 휩싸였다. 갑자기 생각 하나가 머릿속에 떠올랐다. 고전 작가들의 말투로 하자면 독자 여러분은 그 생각을 다음 장에서 확인하게 될 것이다.

11
반란군

비록 본성이 사나운 짐승이지만 이때 사자는
배가 부른 상태였다. 사자는 상냥하게 물었다.
"내 굴에 왜 들어오셨소?"
— A. 수마로코프[71]

나는 장군 곁을 떠나 서둘러 숙소로 돌아갔다. 사벨리치는
언제나처럼 잔소리를 쏟아 내며 나를 맞았다.

"나리, 주정뱅이 도적놈들하고 교전을 하다니! 그게 어디
대귀족이 할 짓입니까? 시간보다 귀한 건 없어요. 흘려보낼 시
간이 없다고요. 튀르크 사람이나 스웨덴 사람이면 몰라도 그
따위 입에 올리기도 싫은 놈을 상대로 싸우는 건 정말 몹쓸
짓이에요."

나는 그의 말을 막고 돈을 다 모으면 얼마나 되는지 물었다.

"폭도들이 훔쳐 가려고 기를 쓰고 뒤졌지만 내가 용케 숨겼

---

71) 이는 수마로코프의 스타일로 푸시킨이 쓴 것으로 보인다. 사자의 소굴
은 푸가초프가 사는 반란자들의 마을을 의미하고 그가 그리뇨프를 상냥하
게 대하는 것을 예고한다.

습죠."

이 말을 하며 그는 가방에서 길게 묶은 전대를 꺼냈다. 전대에는 은전이 가득 들어 있었다.

"자, 사벨리치," 나는 그에게 말했다. "지금 내게 반을 줘. 그리고 나머지는 네가 가져. 나는 벨로고르스크 요새로 간다."

"표트르 안드레이치 나리!" 나의 착한 아재가 떨리는 목소리로 말했다. "하늘이 무섭지 않아요? 폭도들 때문에 아무 데도 갈 수 없는 이런 때 길을 떠난다고요? 몸 생각을 안 한다면 부모님 생각이라도 좀 하셔야지 어딜 간단 말입니까? 뭣 때문에요? 좀 기다려요. 군대가 도착할 거고 폭도들을 모조리 잡아들일 겁니다. 그때는 어디든 마음대로 가시구려."

하지만 내 의지는 확고했다.

"의논하기에는 늦었네." 나는 노인에게 말했다. "나는 가야해, 가지 않을 수 없다고. 걱정하지 마, 사벨리치. 하느님은 은혜로우시니 우리는 다시 만날 걸세! 돈 쓰는 거 너무 신경 쓰지 말고 아끼지도 말아요. 값이 세 배가 되더라도 필요한 건 사! 이 돈은 내가 주는 거야. 만약 사흘 후에 내가 돌아오지 않으면……."

"아니, 나리, 이거 무슨 말입니까?" 사벨리치가 내 말을 막았다. "내가 도련님을 혼자 보내다니요! 그건 꿈에도 청하지 마시오. 도련님이 가겠다고 마음먹었다면 걸어서라도 따라가리다. 도련님 곁에 있을 거요. 내가 석벽 뒤에서 도련님 없이 혼자 앉아 있는다고요! 정신 나가셨소? 나리, 마음대로 하십쇼, 난 꼭 붙어 있을 테니."

사벨리치와 옥신각신하는 것은 더 이상 소용없는 일이라는 것을 알았기에 나는 그가 길 떠날 채비를 하는 걸 허락했다. 삼십 분 후에 나는 내 좋은 말에 올랐고 사벨리치는 도시 주민 중 누군가가 더 먹일 방법이 없어서 거저 준 비루먹은 절뚝발이 말에 올랐다. 우리는 성문을 향해 갔다. 보초들이 우리를 통과시켰다. 우리는 오렌부르크를 빠져나왔다.

날이 저물기 시작했다. 길은 푸가초프의 진영인 베르다 구역 옆으로 나 있었다. 지금은 길이 눈에 덮여 사라졌지만 들판 전체에 매일 새로 밟은 말 발자국이 있었다. 나는 상당히 빠른 속도로 달렸다. 사벨리치가 멀리서 겨우 따라오며 계속해서 소리를 질렀다.

"좀 천천히, 나리, 제발 좀 천천히 달려요. 망할 놈의 비루먹은 말이 도련님의 긴 다리 악마 놈을 따라가지 못하네요. 뭐가 그리 급해요? 잔치에 간다면 몰라도 재난이나 만날 텐데. 두고 봐요, 표트르 안드레이치…… 표트르 안드레이치 나리! 주여, 살려 주소서! 주여, 귀족 나리 도련님이 파멸로 달려가고 있나이다!"

얼마 지나지 않아 베르다 구역의 등불들이 타오르기 시작했다. 우리는 자연 요새를 이루고 있는 반란구의 협곡에 다다랐다. 사벨리치는 불평을 호소하는 기도를 계속하면서도 내게서 떨어지지 않았다. 나는 반란구를 무사히 돌아 지나가기를 희망했다. 그런데 갑자기 어둠 속 바로 눈앞에 몽둥이를 든 남자 다섯이 나타났다. 푸가초프 진영의 첫 번째 보초들이었다. 그들이 우리에게 신호를 외쳤다. 나는 암호를 모르기에 말

없이 그 곁을 지나려 했다. 하지만 그들은 당장 나를 에워쌌고 그중 하나가 내 말의 고삐를 잡아끌었다. 나는 장검을 빼어 남자의 머리를 내리쳤다. 모자가 그를 구해 주었지만 그는 휘청거리며 손에서 고삐를 놓았다. 나머지 보초들은 놀라서 달아났다. 나는 이 순간을 이용해 말에 박차를 가하여 달렸다.

다가오는 밤의 어둠이 나를 모든 위험에서 구해 주었는데 문득 둘러보니 사벨리치가 곁에 없었다. 절뚝발이 말을 탄 가엾은 노인은 반란자들의 손아귀를 벗어나지 못한 것이었다. 어쩌지? 몇 분간 기다려 본 끝에 그가 잡힌 것을 확신한 나는 그를 구하기 위해 말을 돌렸다.

협곡으로 다가가자 멀리서부터 시끌벅적한 고함 소리와 함께 사벨리치의 목소리가 들렸다. 나는 더 빨리 달려 몇 분 전 나를 멈춰 세웠던 보초들 사이로 다시 들어갔다. 사벨리치는 그들 가운데 있었다. 그들은 노인을 말에서 끌어 내려 포박하려 하는 중이었다. 내가 도착하자 그들은 소리를 지르며 내게 달려들어 순식간에 말에서 끌어 내렸다. 그들 중 우두머리로 보이는 자가 우리를 황제에게 당장 데려가겠다고 밝혔다.

"아버지가 뜻에 따라 명하실 게다. 당장 목을 매달든지, 날이 밝기를 기다리든지."

나는 저항하지 않았고 사벨리치도 마찬가지였다. 보초들은 우리를 의기양양하게 데리고 갔다.

우리는 협곡을 넘어 반란구로 들어갔다. 집집마다 불이 켜져 있었고 시끌벅적한 고함 소리가 온 동네에 울렸다. 거리에서 많은 사람들과 마주쳤지만 아무도 어둠 속에 있는 우리를 알아보지 못했고 내가 오렌부르크 장교라는 것도 알아채지 못했다. 우리는 십자로 귀퉁이에 있는 집으로 곧장 끌려갔다. 대문 주변에 술통 몇 개와 대포 두 대가 있었다.

"여기가 궁전이다." 그들 중 하나가 말했다. "당장 보고하겠다."

우리는 집 안으로 들어갔다. 사벨리치를 보니 그는 기도문을 외우며 성호를 긋고 있었다. 나는 한참을 기다렸다. 마침내 농부가 돌아오더니 말했다.

"들어와. 황제께서 장교를 들여보내라 하신다."

나는 오두막, 또는 농민들이 '궁전'이라 부르는 곳으로 들어갔다. 집은 두 개의 기름 등불이 밝히고 있었고 벽에는 금종이가 발라져 있었다. 장의자나 책상이나 줄에 매달아 놓은 세면기나 못에 걸린 수건이나 구석에 놓인 걸이대나 단지들을 늘어놓은 넓은 난로 앞면이 모두 보통 초가에서 보는 것들이었다. 빨간 카프탄을 입고 높은 모자를 쓴 푸가초프가 성상 아래에서 양손을 허리에 짚고 거만한 자세로 앉아 있었다. 그의 곁에는 우두머리 동지들 몇이 일부러 비굴한 표정을 짓고 서 있었다. 오렌부르크에서 장교가 왔다는 소식은 반란자들의 호기심을 강하게 자극했고 나를 엄중하게 맞을 준비를 한 것이 분명했다. 푸가초프는 나를 단번에 알아보았다. 짐짓 꾸미던 거드름이 갑자기 사라졌다.

"아, 귀족 양반!" 그가 생기를 띠며 말했다. "어떻게 지냈소? 어쩌다 이리로 오게 됐소? 무슨 일로 온 거요?"

나는 일이 있어서 왔는데 그의 사람들이 나를 멈춰 세웠다고 말했다.

"아, 그런데 무슨 일이오?" 그가 내게 물었다.

나는 어떻게 대답해야 할지 몰랐다. 푸가초프는 내가 다른 사람들 앞에서 말하기를 꺼린다고 여기고 동지들을 밖으로 나가게 했다. 모두 다 복종했으나 두 사람은 자리에서 움직이지 않았다.

"이들이 있는 데서는 하고 싶은 말을 해도 되네." 푸가초프가 내게 말했다. "이들에게 나는 전혀 감추는 게 없어."

나는 참칭자의 측근들을 비스듬히 바라보았다. 그중 한 사람은 허약하고 등이 굽은 하얀 수염의 중늙은이로 긴 회색 농민 외투와 어깨에 두른 푸른 띠 외에는 눈에 띄는 게 아무것도 없었다. 하지만 그의 동료는 영원히 잊을 수 없는 모습이었다. 큰 키에 건장하고 어깨가 넓었으며 마흔다섯 살쯤 되어 보였다. 빽빽한 붉은 수염, 번쩍이는 회색 두 눈, 콧구멍이 없는 코, 이마와 뺨을 덮은 붉은 반점들이 넓적한 곰보 얼굴에 말로 표현하기 힘든 괴상한 표정을 만들어 내고 있었다. 그는 붉은 셔츠를 입고 있었으며 키르기스 할라트[72]에 카자크 바지를 입고 있었다. 전자는(나중에 알게 되었다.) 도망친 하사관 벨로보로도프였고, 후자는 아파나시 소콜로프(별명은 공기총)로 유배된 죄수로서 세 번이나 시베리아 광산에서 도주한 자였다. 감정이 극도로 동요하는 와중에도 나를 둘러싼 무리에 대해 이런저런 상상이 일어났다. 하지만 푸가초프는 질문으로 자기에게 주의를 돌리게 했다.

---

72) 두루마기처럼 생긴 옷.

"말해 보게. 무슨 이유로 오렌부르크에서 나왔지?"

머릿속에 이상한 생각이 떠올랐다. 두 번이나 푸가초프에게로 이끈 운명이 내게 하고자 하는 일을 실현할 기회를 베풀고 있다는 생각이 들었다. 나는 이 기회를 이용하기로 마음먹고 다음 일은 잘 생각도 해 보지 않은 채 푸가초프의 물음에 답했다.

"나는 모욕을 당하는 고아를 구하러 벨로고르스크 요새로 가는 길이었소."

푸가초프의 눈에 불이 번쩍했다.

"내 사람들 중 누가 감히 고아를 모욕한단 말인가?" 그가 소리를 질렀다. "그가 아무리 날고 기는 놈이라도 내 재판은 피하지 못하리. 말하라, 죄 지은 자가 누구냐?"

"슈바브린이 죄인이오." 내가 대답했다. "당신도 본 적이 있는 사제 부인네의 아픈 처녀를 가두고 강제로 자기와 결혼하게 하려고 하오."

"슈바브린을 손보겠다." 푸가초프가 무섭게 말했다. "내 백성을 함부로 대하고 모욕하면 어떻게 되는지 알게 될 거야. 교수형에 처하겠네."

"말 좀 하게 해 주게." 공기총이 목쉰 소리로 말했다. "슈바브린을 요새 지휘관으로 명한 것도 성급했는데 지금 그를 목매달겠다니, 그것도 성급하네. 귀족을 그들의 수장으로 앉혀서 카자크들을 이미 모욕했는데 이번에는 비방 한마디에 바로 처형하여 귀족들이 겁먹게 해서는 안 되네."

"귀족들은 동정할 필요도 호의를 베풀 필요도 없어!" 푸른 띠를 두른 중늙은이가 말했다. "슈바브린을 처형하는 건 나쁠 거 없소. 하지만 저 귀족 양반을 제대로 심문하는 것도 나쁘지 않소. 뭣 때문에 호의를 베풀어야 하오? 그가 황제 폐하를 인정하지 않으면 재판할 필요도 없는 거고, 황제로 인정한다면 왜 오늘까지 오렌부르크에서 적들과 함께 있었단 말이오? 그를 고문대로 데려가서 불로 지지라고 하는 것이 어떻소? 내 생각에는 오렌부르크의 지휘자들이 저자를 우리에게 보낸 것 같은데."

늙은 폭도의 논리는 상당히 설득력이 있었다. 내가 어떤 자들의 손아귀에 있는지 자각하자 오싹한 한기가 온몸을 지나갔다. 푸가초프는 내가 당황한 것을 눈치챘다. "아, 귀족 양반," 그는 내게 눈을 찡긋하며 말했다. "내 야전 지휘관의 말이 어떻소? 그럴듯하지 않소?"

푸가초프의 조롱을 받자 다시 힘이 났다. 내가 당신 수중에 있는 이상 당신은 하고 싶은 대로 할 수 있다고 나는 침착하게 대답했다.

"좋아," 푸가초프가 말했다. "이제 너희 도시는 상황이 어떤지 말해 봐."

"다행히도," 나는 대답했다. "괜찮소."

"괜찮다고?" 푸가초프가 되물었다. "백성들이 굶어 죽는데도!"

참칭자의 말이 옳았다. 하지만 나는 서약한 신분으로서 모든 게 다 헛소문이며 오렌부르크에는 온갖 양식이 많이 저장되어 있다고 설득하려 했다.

"보오," 중늙은이가 끼어들었다 "눈앞에서도 속이잖소. 도망쳐 온 자들이 모두 한결같이 오렌부르크에는 기아와 떼죽음이 다반사고 죽은 짐승 사체를 먹는다고 증언했는데. 그것도 영광으로 여긴다고 말이지. 그런데 저자는 모든 게 충분하다고 맹세하는군. 슈바브린을 목 매달 거면 그 교수대에 저 청년도 매달아야지. 그래야 아무도 그를 시기하지 않을 거요."

망할 놈의 중늙은이 말에 푸가초프가 흔들리는 것처럼 보였다. 다행히도 공기총이 그의 동지에게 맞서고 나섰다.

"그만해, 나우미치," 공기총이 그에게 말했다. "넌 항상 다밟아 누르고 베고 그래야지. 네가 무슨 무사냐? 정신 똑바로 차려. 무덤으로 가는 주제에 다른 사람들을 죽이려 하다니. 아직 양심에 피가 덜 묻은 거야?"

"그래, 근데 너는 무슨 성자냐?" 벨로보로도프가 대꾸했다. "어디서 동정심이 생겨난 거야?"

"물론," 공기총이 대답했다. "나는 죄가 많아, 그리고 이 팔(그는 뼈마디가 울퉁불퉁 불거진 주먹을 쥐고 소매를 걷으며 털북숭이 팔을 보여 주었다.), 이 팔로 정교도들의 피를 뿌렸어. 하지만 나는 적을 죽였지 손님을 죽이지는 않았어. 대로에서, 깜깜한 숲에서 죽였지, 집 난롯가에 앉아서 죽이지는 않았다고. 쇠도리깨와 도끼로 죽였지 여자같이 비방으로 죽이지는 않았어."

중늙은이가 몸을 홱 돌리며 투덜거렸다. "떨어져 나간 콧구멍이!"

"뭐라고 중얼거리는 거야, 늙은 사냥개 상판대기가!" 공기총이 소리 질렀다. "네 콧구멍도 떨어져 나가게 해 주지. 기다려, 이번엔 네 차례다. 그래 뚫린 콧구멍으로 냄새 좀 맡아 봐라……. 그때까지 수염이나 뽑히지 말고!"

"장군들!" 푸가초프가 점잖게 말했다. "그만 다투게. 오렌부르크 개새끼들이야 모두 같은 교수대 밑에서 버둥거려도 나쁠 거 없지만, 우리 말들이 서로를 물어뜯는 건 나빠. 자, 화해들 하게."

공기총과 하얀 수염은 아무 말도 없이 서로를 쳐다보았다. 나는 내게 매우 불리한 방식으로 끝날지도 모르는 상황에서 화제를 바꾸어야 한다는 것을 깨달았다. 나는 푸가초프를 향해 유쾌한 얼굴로 말했다.

"참, 말과 양털 툴룹에 감사하는 걸 잊을 뻔했네. 그게 아니었으면 도착하지도 못하고 가는 중에 얼어 죽었을 거네."

내 미끼는 성공했다. 푸가초프는 기분이 좋아졌다.

"빚은 갚아야 좋은 법,"[73] 그는 윙크하며 말했다. "이제 왜 슈바브린이 모욕하는 처녀에게 관심을 두는지 말해 보게. 자네 젊은 심장의 애인인가?"

"그녀는 내 약혼녀요." 나는 상황이 유리하게 바뀌는 것을 보고 진실을 감출 필요가 없다고 생각하며 대답했다.

"자네 약혼녀라고!" 푸가초프가 외쳤다. "왜 미리 말하지 않았나? 우리가 자네를 결혼시키고 잔치를 해 주지!" 하더니 하얀 수염을 향해 "들어 보게, 야전 지휘관! 나는 이 나리와 오랜 친구네. 자, 앉아서 만찬을 함께하세. 아침이면 저녁보다 더 나아질 걸세. 그를 어떻게 할지는 내일 생각하세."

---

73) 러시아 속담.

나는 제안된 영광을 거절하고 싶었지만 어쩔 수 없었다. 주인집 딸들인 젊은 카자크 여인 둘이 하얀 식탁보로 상을 덮고 빵과 수프, 포도주와 맥주가 담긴 술통 몇 개를 내왔다. 나는 다시 한번 푸가초프, 그리고 그의 무시무시한 동지들과 같은 식탁에 앉게 되었다.

어쩔 수 없이 동참하여 목격하게 된 향연은 깊은 밤까지 이어졌다. 드디어 동참자들이 술에 취했다. 푸가초프는 자기 자리에서 곯아떨어졌다. 그의 동지들이 일어나서 나에게 가자고 눈짓했다. 나는 그들과 함께 나왔다. 공기총의 주선으로 보초가 관가인 한 농가로 나를 데리고 갔다. 거기서 나는 사벨리치를 보았고 그와 함께 갇혔다. 아재는 무슨 일이 일어났는지 알고 무척 놀란 눈치였지만 아무것도 묻지 않았다. 그는 어둠 속에 누워서 오랫동안 한숨과 신음을 내뱉더니 드디어 코를 골기 시작했다. 나는 생각에 잠겨 밤새 한잠도 자지 못했다.

아침에 푸가초프가 부른다며 그들이 나를 데리러 왔다. 그의 대문 곁에 다다르니 말 세 필이 매인 여행용 마차가 서 있었다. 사람들이 거리에 모여 있었다. 복도에서 나는 푸가초프를 만났다. 그는 여행 차림으로 외투와 키르기스 모자를 쓰고 있었다. 어제 동참했던 사람들은 그 저녁에 목격한 것과는 완전히 다르게 굴종의 표정을 띤 채 그를 에워싸고 있었다.

푸가초프는 유쾌하게 나와 인사를 나누고 마차에 함께 타자고 했다.

우리는 올라탔다. "벨로고르스크 요새로!" 푸가초프가 서서 세 필 말을 잡은, 어깨 넓은 타타르인에게 말했다. 내 심장이 강하게 고동쳤다. 말들이 움직이자 방울이 울리면서 마차가 달려 나갔다.

"멈춰, 멈춰요!" 내가 너무나 잘 아는 목소리가 들렸다. 나는 우리를 향해 달려오는 사벨리치를 보았다. "나리, 표트르 안드레이치!" 아재가 소리쳤다. "이런 악당들 가운데 늙은 나를 두고 떠나지 마시오."

"아, 늙은 영감쟁이!" 푸가초프가 그에게 말했다. "다시 만났군. 자, 마부석으로 오르게."

"고맙습니다, 황제님! 고맙습니다, 아버지!" 사벨리치가 자리에 오르며 말했다. "이 늙은이를 눈감아 주시고 안심도 시켜 주시니 백세까지 장수하소서. 평생 기도드리겠나이다. 이제 토끼털 툴룹 얘기는 더 이상 꺼내지 않겠습니다."

그 토끼털 툴룹은 정말 푸가초프의 화를 돋울 수도 있었다. 다행히도 참칭자는 흘려들었거나 적절치 않은 암시를 무시했다. 말들이 달려 나가기 시작했다. 거리의 사람들이 멈춰 서서 허리를 굽히고 깊은 절을 했다. 푸가초프는 고개를 이리저리 돌렸다. 일 분 후에 우리는 반란구를 빠져나왔고 편편한 길을 달리기 시작했다.

독자 여러분은 당시 내가 느낀 느낌을 상상하기 어렵지 않을 것이다. 몇 시간 후면 나는 잃어버렸다고 생각했던 여인을 만나게 되어 있었다. 나는 우리가 함께하는 순간을 상상했다. 또한 내 운명을 손에 쥐고 있는 이 사람, 상황의 기이한 엮임으로 신비스럽게 나와 연결되어 있는 이 사람에 대해서도 생각했다. 내 애인을 구원하겠다고 나선 이 사람의 무모한 잔인

성, 피를 보기 좋아하는 습성이 떠올랐다! 푸가초프는 그녀가 미로노프 대위의 딸이라는 것을 몰랐다. 악에 받친 슈바브린이 모든 걸 밝힐 수 있었다. 푸가초프는 다른 방법으로도 진실을 알 수 있다. 그렇게 되면 마리야 이바노브나는 어떻게 될 것인가? 온몸이 오싹하고 머리칼이 곤두섰다.

갑자기 푸가초프가 내 생각을 끊으며 나에게 물었다.

"우리 귀족 양반은 무슨 생각을 그리 하지?"

"어찌 생각이 없을 수가 있겠나." 나는 그에게 대답했다. "나는 장교이자 귀족이네. 어제만 해도 자네를 대적하여 싸웠지. 그런데 오늘 자네와 한 마차를 타고 있고 내 인생의 모든 행복이 자네에게 달려 있으니."

"그래서?" 푸가초프가 물었다. "무서운가?"

나는 이미 한 번 은혜를 입은 몸이니 이제는 그의 후의를 바랄 뿐만 아니라 도움까지 바란다고 대답했다.

"자네가 옳아, 천 번 옳아!" 참칭자가 말했다. "내 부하들이 자네를 노려보는 건 알고 있겠지. 노인은 오늘도 자네가 첩자이니 고문해서 목 매달아야 한다고 주장했지. 그런데 내가 동의하지 않았네."

그는 사벨리치와 타타르인이 듣지 못하도록 목소리를 낮추며 덧붙였다.

"자네가 준 포도주 한 잔과 토끼털 툴룹을 떠올리고 말이네. 자넨 알지, 내가 자네 쪽 사람들이 말하는 것처럼 그런 흡혈귀는 아니라는 걸 말일세."

벨로고르스크 요새가 함락된 날이 떠올랐다. 하지만 나는 반박할 필요를 느끼지 않아서 아무 대답도 하지 않았다.

"오렌부르크에서는 나에 대해 뭐라고들 하나?" 푸가초프가 잠시 침묵하다가 물었다.

"다루기가 쉽지 않다고들 하네. 당연하지. 자네는 자네의 존재를 확실히 알렸으니."

참칭자의 얼굴에 만족스러운 자존감이 나타났다.

"그래," 그는 유쾌한 표정으로 말했다. "나는 어디에서도 이길 수 있어. 오렌부르크에서도 유제에바 전투[74]를 알고 있나? 장군 사십 명이 죽었지. 네 개 연대 전체가 포로 신세가 되었어. 어때? 프러시아 군주가 나와 겨루어 볼 수 있을 것 같나?"

악당의 제 자랑이 재미있게 생각되었다.

"자네 스스로는 어떻게 생각하나? 자네가 프리데릭[75]과 맞먹을 수 있겠나?"

"표도르 표도로비치와? 왜 아냐? 내가 자네네 장군들과 맞먹는데. 그들이 그를 공격하지 않았나? 이제까지는 운이 좋았

---

74) 유제에바는 오렌부르크에서 북동쪽으로 98베르스타 떨어져 있는 마을로 모스크바에서 카잔 방향으로 가는 대로변에 위치한 마을이다. 1773년 11월 푸가초프의 반란군이 예카테리나 2세가 파견한 정부군을 유제에바에서 대패시켰다.

75) 프러시아 군주로서 부국강병 정책으로 국가의 부흥을 꾀하고 유럽에 칠년 전쟁(1756~1763)을 일으킨 프리드리히 2세(1712~1786, 재위는 1740~1786)를 가리킨다. 1758년에 오스트리아-러시아군에게 크게 패배한 적이 있다. 당시 러시아군은 베를린을 점령했다. 그를 매우 존경한 표도르 3세를 참칭한 푸가초프는 그를 표도르 표도로비치라고 러시아식으로 부르고 있다.

지. 앞으로 내가 모스크바로 갈 때도 그럴지는 모르지만."

"그러니까 모스크바로 갈 작정인가?"

참칭자는 얼마간 생각에 잠기더니 낮은 소리로 말했다.

"누가 알겠어. 내가 가는 길은 좁아. 자유가 거의 없어. 내 부하들도 머리를 굴리고. 그들은 도적이야. 나는 귀를 세우고 조심하고 있어야 하네. 한 번만 실패해도 그들은 바로 내 모가지로 자기들 목을 건지려 할 걸세."

"그래, 맞네!" 나는 푸가초프에게 말했다. "그러니까 적당한 시기에 스스로 그들에게서 멀어져 도망친 다음 여황제의 자비를 구하는 건 어떻소?"

푸가초프는 쓰디쓰게 웃었다.

"아니," 그가 대답했다. "참회하기에는 늦었네. 내게 베풀 자비는 없을 거야. 난 처음 하던 대로 계속할 거네. 또 아나? 성공할 수도 있지. 그리슈카 오트레피예프도 모스크바를 통치하지 않았나?"

"그가 어떻게 끝났는지 아나? 창밖에 내던져져서 조각조각 칼로 베어 불태워진 다음 그 유해를 대포에 장전해서 쏘았네!"

"들어 보게," 푸가초프가 누를 수 없는 어떤 감흥에 젖어 말했다. "내가 어렸을 적에 늙은 칼미크 할머니에게 들은 우화 하나 이야기하지. 한번은 독수리가 매에게 물었다네. 매야, 말해 봐, 너는 이 세상에 어떻게 삼백 년을 사니? 나는 기껏해야 삼십삼 년을 살아 내는데. 매가 독수리에게 대답했네. 왜냐하면, 여보게, 너는 산 피를 마시잖나, 나는 죽은 피를 마시는데. 독수리가 잠깐 생각했네. 그래, 그럼 우리 똑같은 걸 마셔 보

자. 그렇게 하세. 독수리와 매가 날아갔지. 그들은 말의 시체를 보고 날아 내려와 그 위에 앉았네. 매는 시체를 쪼아 먹으며 맛을 칭찬했네. 독수리는 한 번 쪼고 한 번 더 쪼더니 날개를 흔들면서 매에게 말했네. '아니, 친구, 매야, 시체에서 삼백 년 동안 피를 마시느니 나는 한 번이라도 산 피를 실컷 마시고 싶네. 그다음엔 될 대로 되라지!' 자, 칼미크 우화 어떤가?"

"재미있네." 나는 그에게 대답했다. "하지만 살인과 약탈을 하며 사는 건 내 생각에 시체를 쪼는 것과 같네."

푸가초프는 놀라서 나를 쳐다보았고 아무 대답도 하지 않았다. 우리는 각자의 생각에 빠져서 입을 다물었다. 타타르인은 슬픈 노래를 뽑았다. 사벨리치는 마부석에서 졸며 고개를 끄덕거렸다. 마차는 편편한 겨울길을 달렸다. 갑자기 야이크강의 가파른 강변에 말뚝 울타리와 종각이 있는 마을이 나타났고 십오 분 후 우리는 벨로고르스크 요새로 들어갔다.

12
고아

우리 집 사과나무
우듬지도 가지도 없고
우리 귀공녀
아버지도 어머니도 없고.
지참금 줄 사람도
축복해 줄 사람도 없네.
— 혼인 노래[76]

마차는 대위의 저택 현관으로 다가갔다. 사람들이 푸가초 프의 방울 종을 알아보고는 무리를 지어 우리 뒤를 따랐다. 슈바브린은 참칭자를 현관에서 맞았다. 그는 카자크처럼 옷을 입고 수염을 기르고 있었다. 배반자는 비굴한 표정으로 기쁨과 충성을 표현하면서 푸가초프가 마차에서 기어 나오는 것을 받들어 도왔다. 나를 보고 잠시 당황했지만 금세 정신을 가다듬어 내게도 손을 내밀었다.

"자네도 우리 편인가? 진작 그랬어야지!"

나는 그를 외면하고 아무 대답도 하지 않았다.

---

76) 고아가 시집갈 때 불렀던 혼인 노래를 푸시킨이 개작한 것이다. 부모를 잃은 마리야 미로노브나가 혼인하는 이야기와 연결된다.

오래전부터 아는 방, 지나간 시간에 부치는 슬픈 비문처럼 죽은 대위의 대위증이 여전히 걸려 있는 방에 들어서자 슬픔이 차올랐다. 푸가초프는 이반 쿠즈미치가 부인의 퍼붓는 잔소리를 들으며 졸곤 했던 바로 그 의자에 앉았다. 슈바브린이 직접 그에게 보드카를 대령했다. 푸가초프는 한 잔을 마시더니 나를 가리키며 그에게 말했다.

"이 양반에게도 대접하게."

슈바브린은 쟁반을 들고 내게 다가왔다. 하지만 나는 다시 그를 외면했다. 그는 제정신이 아닌 듯 보였다. 평소에도 머리를 굴리는 습관이 있었던 그는 푸가초프가 자기를 못마땅하게 여기는 것을 알아챘다. 그는 겁을 먹고 의심스러운 듯이 나를 쳐다보았다. 푸가초프는 요새의 상황, 적군에 대한 소문 같은 것을 묻더니 갑자기 예기치 않은 질문을 던졌다.

"아 참 동지, 자네 집에 감금되어 있다는 처녀가 누군가? 그녀를 좀 보여 주게."

슈바브린의 얼굴이 죽은 사람처럼 창백해졌다.

"폐하," 그는 떨리는 목소리로 말했다. "폐하, 그녀는 감금되어 있는 게 아니라…… 아파서 방에 누워 있습니다."

"나를 그리로 인도하게." 참칭자가 자리에서 일어서면서 말했다.

거절은 불가능했다. 슈바브린은 푸가초프를 마리야 이바노브나의 방으로 인도했다. 나도 그들의 뒤를 따라갔다.

슈바브린은 계단에서 멈춰 섰다.

"폐하!" 그가 말했다. "폐하께서는 원하시는 대로 제게 요구하실 권한이 있습니다. 하지만 다른 사람은 제 아내의 침실에 들어가지 않도록 명령해 주십시오."

나는 떨기 시작했다.

"그래니까 결혼을 했단 말이지!" 나는 난도질할 기세로 슈바브린에게 달려들었다.

"가만있게!" 푸가초프가 나를 막았다. "이건 내 일이네. 그리고 자네," 그는 슈바브린을 향해서 계속 말했다. "머리 굴리고 딴짓하지 마. 네 아내든 아니든 내가 원하는 자를 그녀에게 데려간다. 귀족 양반, 내 뒤를 따르시오."

문가에서 슈바브린은 다시 멈춰 서서 막혀서 겨우 나오는 목소리로 말했다.

"폐하, 그녀는 열병이 나서 사흘 전부터 끊임없이 헛소리를 한다는 것을 미리 알려 드립니다."

"열어라!" 푸가초프가 말했다.

슈바브린은 자기 주머니들을 이리저리 더듬거리며 열쇠를 가져오지 않았다고 말했다. 푸가초프는 발로 문을 찼다. 자물쇠가 튕겨져 나갔다. 문이 열렸다. 우리는 안으로 들어갔다.

눈앞에 펼쳐진 광경을 보고 나는 몸이 얼어붙었다. 바닥에다 찢어진 농민 여자의 옷을 입고 마리야 이바노브나가 앉아 있었다. 창백하고 마르고 머리가 마구 헝클어져 있었다. 그녀 앞에는 빵 한 쪽을 얹은 물잔 하나가 놓여 있었다. 나를 본 그녀가 몸을 떨며 비명을 질렀다. 나 역시 내가 그때 어떤 지경이었는지 기억조차 나지 않는다.

푸가초프는 슈바브린을 쳐다보며 쓴웃음을 지으며 말했다.

"네 병원 한번 좋구나!"

그러더니 마리야 이바노브나에게 다가갔다.

"착한 비둘기, 왜 남편이 네게 벌을 주는 거지? 그에게 무슨 잘못을 저질렀는가?"

"남편!" 그녀가 그 말을 되풀이했다. "그는 제 남편이 아니에요. 난 절대로 그에게 시집가지 않겠어요. 피할 수 없다면 차라리 죽기로 작정했고 죽을 거예요."

푸가초프가 슈바브린을 무섭게 쳐다보았다.

"감히 나를 속이다니!" 그는 그에게 말했다. "몹쓸 놈, 너의 죗값을 잘 알겠지?"

슈바브린은 무릎을 꿇었다. 이 순간 경멸감이 내 안의 모든 증오와 분노의 감정을 눌렀다. 나는 혐오감 가득한 눈으로 도망친 카자크의 발치에 엎드린 귀족을 바라보았다. 푸가초프의 분이 가라앉았다.

"이번은 너그럽게 넘기겠다." 그가 슈바브린에게 말했다. "하지만 알아 두어라, 다음에 한 번 더 죄를 지으면 이번 일도 염두에 둘 것이야."

그러고 나서 그는 마리야 이바노브나를 향해서 상냥하게 말했다.

"나오라, 아름다운 처녀여, 네게 자유를 주겠다. 내가 황제니라."

마리야 이바노브나는 그를 쳐다보더니 자기 앞에 부모의 살인자가 서 있는 것을 즉시 알아챘다. 그녀는 두 손으로 얼굴을 가리고는 의식을 잃고 쓰러졌다. 나는 그녀에게로 몸을 던졌다. 하지만 이 순간 예전에 알던 그 팔라샤가 매우 용감하게 방으로 뛰어 들어와 자기의 귀족 처녀를 보살피기 시작했다. 푸가초프는 방에서 나왔고 우리 셋은 응접실로 갔다.

"어떻소, 귀족 양반?" 푸가초프가 웃으면서 말했다. "아름다운 처녀를 구했구려! 어떻소, 이제 사제를 불러 조카를 혼인시켜야겠지? 자 내가 양부가 되지 뭐, 슈바브린이 들러리가 되고 진탕 놀고 마시자고, 대문은 걸어 잠그고!"

내가 두려워하던 바로 그 일이 일어났다. 그의 제안을 듣자 슈바브린이 자제력을 잃고 소리쳤다.

"황제 폐하!" 그는 미친 듯이 소리쳤다. "저는 죄를 지었습니다. 폐하를 속였습니다. 하지만 그리뇨프도 폐하를 속였습니다. 이 처녀는 이곳 사제의 조카딸이 아닙니다. 그녀는 이 요새를 점령했을 때 처형한 이반 미로노프의 딸입니다."

푸가초프는 불꽃이 튀는 눈을 내게로 향했다.

"이건 또 무슨 소리야?" 그는 의혹을 품고 내게 물었다.

"슈바브린이 진실을 말했소." 나는 확실하게 대답했다.

"내게는 말하지 않았잖아." 얼굴이 어두워진 푸가초프가 말했다.

"스스로 판단해 보시오." 나는 그에게 대답했다. "미로노프의 딸이 살아 있다고 당신 사람들 있는 데서 말할 수 있었겠는지. 그들이 그녀를 물어뜯어 죽였을 거요. 그녀를 구할 방법이 없었을 거요."

"그것도 사실이지." 웃으면서 푸가초프가 말했다. "내 주정뱅이들이 불쌍한 처녀를 용서해 주지 않았을 거야. 그 사제 마누라쟁이가 그들을 속인 건 잘한 일이지."

"들어 보시오." 그의 기분이 좋은 것을 보고 나는 말을 이었다. "당신을 어떻게 부르는지 나는 모르오. 그리고 알고 싶지도 않소. 하지만 하느님 앞에서 말인데 당신이 내게 해 준 일에 대해서 목숨으로 보답할 수 있다면 더없이 기쁠 거요. 하지만 제발 내 명예와 기독교적 양심에 거스르는 일은 요구하지 마시오. 처음처럼 해 주시오. 불쌍한 처녀와 내가 발길 닿는 대로 어디로든 가게 해 주시오. 그리고 당신이 어떤 사람이건 당신에게 무슨 일이 일어나건 우리는 매일 죄 많은 당신의 영혼을 구해 달라고 기도할 거요."

푸가초프의 거칠고 난폭한 영혼이 감동받은 것 같았다.

"에라, 그대 마음대로 하라!" 그가 말했다. "한 번 처형하려 했으면 처형하는 거고 한 번 사면하려 했으면 사면하는 거다. 그게 내 관습이다. 미인을 데리고 어디든 가고 싶은 곳으로 가라, 하느님께서 사랑과 조언을 주시기를!"

그리고 그는 슈바브린에게 몸을 돌려 내가, 그가 관장하는 모든 관문과 요새를 통과하도록 허가해 주라고 명했다. 슈바브린은 완전히 얼어붙어서 기둥처럼 서 있었다. 푸가초프는 요새를 시찰하러 떠났다. 슈바브린이 그와 동행했다. 나는 떠날 채비를 한다는 구실로 남았다.

나는 방으로 뛰어갔다. 문이 잠겨 있었다. 나는 노크했다.

"거기 누구요?" 팔라샤가 물었다.

나는 이름을 말했다.

마리야 이바노브나의 사랑스러운 목소리가 문 뒤에서 울

렸다.

"잠깐 기다려요, 표트르 안드레이치. 옷을 갈아입고 있어요. 아쿨리나 팜필로브나에게 가세요. 제가 곧 그리로 갈게요."

나는 사과하고 게라심 사제의 집으로 갔다. 그도 사제 부인도 나를 향해 달려 나왔다. 사벨리치가 그들에게 미리 알렸던 것이다.

"안녕하세요, 표트르 안드레이치." 사제 부인이 말했다. "하느님의 뜻으로 다시 만나네요. 어떻게 지냈어요? 우리는 매일 댁 생각을 했어요. 내 착한 마리야 이바노브나가 댁 없이 모든 걸 견뎌 내야 했지요. 그런데 도련님 나리, 어떻게 된 거예요? 푸가초프 같은 자와 친한 거예요? 그가 왜 댁을 죽이지 않았죠? 잘됐어요, 악당에게 그것도 감사해야겠군요."

"그만해, 할멈." 게라심 사제가 말을 막았다. "안다고 아무 소리나 지껄이는 건 아니지. 말이 많으면 구제 불능이야. 표트르 안드레이치 나리, 들어와요, 어서. 정말 오랜만이구려."

사제 부인은 집에 있는 음식으로 내게 식사를 대접했다. 그 사이 그녀는 한시도 입을 다물지 않았다. 그녀는 슈바브린이 어떤 방법으로 마리야 이바노브나와 자기를 혼인시키라고 그들을 강압했는지 이야기했고, 또 마리야 이바노브나가 울면서 그들과 떨어지지 않으려 했던 이야기, 또 마리야 이바노브나가 팔라샤(담이 큰 하녀로 하사관도 몽둥이찜질로 춤추게 했다.)를 통해서 매일 그녀와 연락을 주고받았던 이야기, 그녀가 마리야 이바노브나에게 내게 편지를 쓰라고 충고했다는 이야기들을 쉬지 않고 늘어놓았다. 나는 나대로 그녀에게 간단하게 내 이야기를 했다. 사제와 사제 부인은 푸가초프가 그들이 속인 것을 알고 있다는 말을 듣자 성호를 그었다.

"하느님이 보호하셨네." 아쿨리나 팜필로브나가 말했다 "하느님이 먹구름을 지나가게 하소서! 참, 알렉세이 이바노비치에 대해서는 할 말이 없네요. 그는 진짜배기 사기꾼이우!"

이때 문이 열리고 마리야 이바노브나가 창백한 얼굴에 미소를 띠며 나타났다. 그녀는 농촌 여자들이 입는 옷을 벗고 예전처럼 소박하고 사랑스러운 차림을 하고 있었다.

나는 그녀의 손을 잡고 오랫동안 한마디도 할 수 없었다. 둘 다 가슴이 벅차서 입을 열지 못했다. 집주인 부부는 우리의 안중에 그들이 없다는 것을 알고 밖으로 나갔다. 우리는 둘만 남았다. 모든 것이 잊혔다. 우리의 이야기는 해도 해도 끝이 없었다. 마리야 이바노브나는 요새 함락 직후부터 자신에게 일어난 일을 모두 이야기했다. 무서웠던 상황들과, 혐오스러운 슈바브린에게 받은 시련에 대해서도 이야기했다. 우리는 행복했던 옛 시절도 떠올렸다. 그리고 함께 울었다.

마침내 나는 그녀에게 내 계획을 털어놓았다. 그녀를 푸가초프 휘하에, 슈바브린이 지휘하는 요새에 둘 수는 없었다. 포위되어 곤경에 처한 오렌부르크는 생각도 할 수 없었다. 그녀에게는 이제 어떤 핏줄도 존재하지 않았다. 나는 그녀에게 내 부모님이 계신 시골에 가 있으라고 제안했다. 그녀는 처음에 주저했다. 독자 여러분도 알다시피 내 아버지가 그녀를 탐탁지 않게 생각하기 때문이었다. 나는 그녀를 안심시켰다. 나는 아버지가 조국을 위해 목숨을 바친 군인의 딸을 받아들이는 것을 행복으로 여기고 그 의무를 수행하리란 것을 알았다.

"사랑하는 마리야 이바노브나!" 나는 마침내 말했다. "나는 그대를 내 아내로 생각해요. 기이한 상황이 우리를 헤어질 수 없게 하나로 만들었어요. 이 세상 무엇도 우리 둘을 떼어 놓지 못할 거예요."

마리야 이바노브나는 가식적으로 수줍음을 떨거나 까다롭게 빼지 않고 내 말을 자연스럽게 받아들였다. 그녀 역시 자신의 운명이 내 운명과 결합되어 있다는 것을 느꼈던 것이다. 하지만 그녀는 내 부모의 동의가 없으면 내 아내가 될 수 없다고 거듭 말했다. 나는 그녀의 말에 반대하지 않았다. 우리는 진심을 다하여 뜨겁게 키스했다. 이로써 우리 사이의 모든 일이 결정되었다. 한 시간 후에 하사관이 푸가초프의 보초병들이 서명한 허가장을 들고 와서 그가 나를 부른다고 말했다. 나는 막 여행을 떠날 태세인 그를 보았다. 하지만 나는 나 한 사람에게만 빼고 모든 사람들에게 살인자요 악당인 이 사람과 작별하면서 느낀 감정을 밝힐 수 없다. 왜 진실을 말하지 못하겠는가? 이 순간 나는 그에게 강한 연민을 느꼈다. 아직 시간이 있을 때 그가 이끄는 반란자들로부터 그를 떼어 내서 그의 목숨을 구해 주고 싶은 열망이 뜨겁게 올라왔다. 우리 주위에 모여 있는 슈바브린과 백성들이, 내 심장을 가득 채운 모든 것을 말하지 못하게 했다.

우리는 친구로서 헤어졌다. 푸가초프는 군중들 사이에서 아쿨리나 팜필로브나를 보고 손가락으로 위협하며 의미 있는 눈짓을 했다. 그리고 마차에 올라 베르츠크로 가자고 명했다. 말들이 움직이기 시작했을 때 그는 다시 한번 마차 밖으로 고개를 내밀더니 나에게 소리쳤다.

"잘 가시오, 귀족 양반! 언젠가 다시 볼 날이 있을지도 모르겠군."

우리는 정말 다시 보게 되었다. 하지만 어떤 상황에서였던가!

푸가초프는 떠났다. 나는 그의 삼두마차가 달려간 하얀 들판을 바라보았다. 백성들은 흩어졌다. 슈바브린은 자취를 감추었다. 나는 사제의 집으로 돌아갔다. 떠날 준비는 끝나 있었다. 더 이상 지체하고 싶지 않았다. 우리의 짐은 다 꾸려져서 대위의 낡은 짐마차에 실려 있었다. 마부들이 순식간에 짐마차에 말들을 맸다. 마리야 이바노브나는 교회 뒤에 묻혀 있는 부모님의 무덤에 작별 인사를 하러 갔다. 나도 같이 가려 했으나 그녀는 혼자 가게 해 달라고 했다. 몇 분 후에 조용히 눈물을 흘리면서 그녀가 말없이 돌아왔다. 짐마차가 나왔다. 게라심 사제와 그의 아내가 현관으로 나왔다. 우리 셋은 마차에 들어가 앉았다. 마리야 이바노브나, 팔라샤 그리고 나였다. 사벨리치는 마부석에 올랐다.

"잘 가요, 내 착한 비둘기 마리야 이바노브나, 잘 가요, 표트르 안드레이치, 우리 용감한 매!" 맘씨 좋은 사제 부인이 말했다. "잘 가요! 둘 다 행복하시길 빌어요!"

우리는 출발했다. 대위 저택의 창문가에 서 있는 슈바브린이 보였다. 그의 얼굴은 음울한 분노를 나타내고 있었다. 나는 이미 패배한 적 앞에서 승리한 기색을 보이고 싶지 않아서 다른 쪽으로 눈을 돌렸다. 마침내 우리는 요새의 성문을 빠져나와 벨로고르스크 요새를 영원히 떠났다.

13
체포

"화내지 마세요, 나리, 제 의무에 따라
당장 나리를 감옥으로 보내야 해요."
"그러게, 준비됐네, 하지만 그 전에 일이 어찌 된 건지
밝힐 기회를 얻고 싶네."
── 크냐즈닌[77]

아침만 해도 괴로움 속에서 걱정하던 사랑하는 처녀를 그렇게 우연히 만나자 나 자신도 이 상황이 믿기지 않았다. 내게 일어난 일이 모두 헛된 꿈만 같았다. 마리야 이바노브나는 깊은 생각에 잠겨 나를 바라보기도 하고 길을 바라보기도 했는데 아직 정신을 차리지 못한 것 같았다. 우리는 둘 다 말이 없었다. 마음이 너무나 지쳐 있었던 것이다. 어느새 두 시간 정도가 흘러 우리는 역시 푸가초프 휘하에 있는 이웃 요새에 들어섰다. 여기서 말을 바꿨다. 빨리 말을 바꿔 매 주는 것이나 푸가초프가 지휘관으로 임명한 수염 기른 카자크가 서둘

---

77) 푸시킨 자신이 쓴 대사를 크냐즈닌이 쓴 것처럼 표현한 듯하다. 푸가초프와의 친교 때문에 그리뇨프가 체포되는 상황을 암시한다.

러 시중을 드는 것이나 우리를 데려가는 마부의 수다로 미루어 나는 우리가 궁정 총신급의 대우를 받고 있음을 알아차렸다.

계속 길을 갔다. 날이 저물기 시작했고 우리는 소도시에 도착했다. 수염 기른 지휘관의 말에 따르면 참칭자에게 합류하러 온 강력한 군대가 이 도시에 주둔하고 있다고 했다. 보초들이 우리를 멈춰 세웠다. 길을 가는 이가 누구냐는 질문에 마부가 큰 소리로 대답했다.

"황제의 친구분께서 부인과 함께 계시오."

갑자기 기병 소위 무리가 우리를 에워싸고 끔찍한 욕을 해 댔다.

"나와라, 이 악마의 친구야!" 콧수염을 기른 기병 조장이 내게 말했다. "자, 네 아내와 같이 한번 흠씬 맞아 보겠느냐!"

나는 마차에서 나와 그들의 대장에게로 안내해 달라고 했다. 장교를 보자 병사들은 욕을 멈추었다. 기병 조장은 나를 소령에게 데리고 갔다. 사벨리치는 혼자 "그래, 흥, 황제의 친구 좋아하네! 노루를 피하니 범이 나오는 격이군……. 맙소사! 이 모든 일이 어찌 끝나려는지." 하고 중얼거리면서 계속 내 옆에 붙어 다녔다. 마차는 우리 뒤를 천천히 따라왔다. 오 분 후에 우리는 환하게 불을 밝힌 독채로 들어갔다. 기병 조장은 나를 지키라고 하고는 나에 대해 보고하러 들어갔다. 그는 당장 돌아오더니 장교께서는 나를 만날 시간이 없으며, 나는 감옥으로 데리고 가고 아내는 자기에게로 데려오라고 명했다고 알렸다.

"무슨 소리야?" 나는 미친 듯이 소리쳤다. "그가 정신이 나갔나?"

"알 수 없습니다, 나리." 조장이 대답했다. "다만 장교께서 나리를 감옥으로 데리고 가고 마님은 귀하께로 데리고 오라고 명하셨습니다. 나리!"

나는 현관으로 달려 들어갔다. 보초들은 나를 제지할 엄두조차 내지 못했다. 나는 곧장 방 안으로 뛰어 들어갔는데 그곳에는 기병 장교 대여섯 명이 카드 노름을 하고 있었다. 소령이 물주의 역할을 맡아 건 카드들 양쪽으로 카드 패들을 펼쳐놓고 있었다. 소령의 얼굴을 보고 그가 언젠가 심비르스크의 여관에서 내 돈을 다 따 간 이반 이바노비치 주린이라는 것을 알았을 때는 얼마나 크게 놀랐던지!

"이럴 수가!" 내가 외쳤다. "이반 이바니치, 맞죠?"

"아차차, 표트르 안드레이치! 이게 무슨 운명이오? 어디서 오는 거요? 반갑소, 친구. 카드 한번 걸겠소?"

"고맙소, 그보다 내게 숙소를 마련해 주라 좀 해 주시오."

"무슨 숙소? 내 숙소에 있으면 되지."

"안 돼요. 나는 혼자가 아니오."

"그럼 동료도 이리로 데려오게."

"나는 동료와 함께가 아니오…… 난 숙녀와 함께 있소."

"숙녀! 대체 숙녀는 어디서 꿰찬 거야? 에헤, 친구!"

(이 말을 하며 주린은 휘파람을 아주 인상적으로 불어서 모두가 크게 웃었고 나는 완전히 당황했다.)

"자," 주린이 말을 계속했다. "어쩔 수 없지. 자네에게 숙소를 마련해 주지. 하지만 안타깝군. 옛날 식으로 잔치를 할 수 있었는데……. 헤이, 젊은이! 근데 푸가초프의 친구 아내는 왜 안 데려오는 거야? 안 오겠대? 무서워할 것 없다고 그래. 나리가 아주 멋지다고. 감히 모욕하면 내쫓아 버리겠다고."

"그게 자네였나?" 나는 주린에게 말했다. "무슨 푸가초프의 친구 아내란 말인가? 그녀는 죽은 미로노프 대위의 딸이네. 나는 감금된 그녀를 구해서 아버지가 계신 시골로 데리고 가는 길이네. 그곳에 둘 생각이네."

"뭐라고! 방금 들어온 보고가 자네에 대한 것이었나? 제발, 이게 무슨 소린가?"

"나중에 다 이야기하겠네. 지금은 제발 자네 기병들 때문에 놀란 가엾은 처녀를 안심시켜 주게."

주린은 당장 조치를 취했다. 그가 직접 거리로 나와 마리야 이바노브나에게 뜻하지 않게 오해한 것을 사과하고 기병 조장에게는 도시에서 가장 좋은 숙소로 그녀를 모시라고 명령했다. 나는 그의 집에서 밤을 보내기로 했다.

저녁을 먹고 나서 둘만 남았을 때 나는 내게 일어난 엽기적인 사건들에 대해 이야기했다. 주린은 매우 관심을 기울여 내 이야기를 들었다. 내가 이야기를 마쳤을 때 그는 고개를 저으며 말했다.

"모든 게 다 좋아, 형씨. 하나만 빼고. 뭐에 씌어서 결혼을 한다는 건가? 나는 명예로운 장교로서 거짓말을 하고 싶지 않네. 내 말을 믿게, 결혼은 바보짓이야. 자, 아내를 데리고 애들을 돌보며 어디로 갈 수 있겠나? 에이, 아예 그만두게! 내 말을 듣게. 대위의 딸과 헤어지게. 심비르스크로 가는 길은 깨끗이 쓸어 놓았으니 안전해. 내일 그녀만 자네 부모에게 보내고 자넨 여기 내 부대에 남게. 오렌부르크로 돌아갈 필요도 없네. 다시 반란군의 손에 들어가면 영영 빠져나오기 힘들 거야. 시간이 지나면 사랑에 눈 멀었던 감정도 지나가고 모든 게 좋아질 걸세."

나는 그의 말에 완전히 동의하지는 않았지만 명예의 의무가 나를 여황제의 군대에 남으라고 요구하는 것을 느꼈다. 나는 주린의 충고를 따라서 마리야 이바노브나를 혼자 시골로 보내고 나는 그의 부대에 남기로 결심했다.

사벨리치가 옷을 벗기러 나타났다. 나는 그에게 내일 혼자서 마리야 이바노브나를 데리고 길 떠날 준비를 해야 한다고 말했다. 그는 고집을 부렸다.

"아니 그럼 나리는요? 내가 어떻게 도련님을 떠난단 말입니까? 도련님은 누가 보살피고요? 도련님 부모님들이 뭐라 하겠어요?"

아재의 고집을 아는지라 나는 그를 사랑과 진정으로 설득시키려고 마음을 고쳐먹었다.

"아재는 내 친구야, 아르히프 사벨리치!" 나는 그에게 말했다. "거절하지 말게. 내게 선행을 베풀어 줘. 여기서 복무하면 내게는 필요한 게 없지만 마리야 이바노브나가 자네 없이 길을 떠나면 불안해 미칠 거야. 그녀를 보살피는 게 나를 보살피는 거야. 왜냐하면 여건이 허락하면 곧바로 나는 그녀와 혼인하기로 굳게 결심했으니까."

"혼인!" 그가 되풀이했다. "아이가 혼인을 하겠다니! 아버님은 뭐라 말씀하시고 어머니는 또 무슨 생각을 하시겠나요?"

"동의하실 거야, 아마 동의하실 거야." 나는 대답했다. "마리야 이바노브나를 알게 되시면. 나는 아재에게 희망을 걸고 있어. 아버지와 어머니는 아재를 믿으시지. 아재가 우리를 위해 주선 좀 해 줘. 그럴 거지?"

노인은 감동했다.

"오호! 내 표트르 안드레이치님," 그가 대답했다. "혼인하기에는 약간 이르다 싶지만 대신 마리야 이바노브나가 좋은 귀족 아가씨니 기회를 놓치는 것도 죄예요. 마음대로 하세요. 내가 천사 같은 아가씨를 데리고 가리다. 가서 공손하게 부모님께 저런 처녀에게는 지참금도 필요 없다고 말씀드리리다."

나는 사벨리치에게 감사하고 주린과 한 방에 자려고 누웠다. 들뜨고 흥분하여 나는 꽤 많이 지껄였다. 주린은 처음에는 나와 이야기하는 걸 즐기더니 점점 말이 드물어지고 맥락이 없어졌다. 그러다 마침내 나의 질문에 대답하는 대신 코를 골며 휘파람 부는 소리를 크게 냈다.

나도 입을 다물고 곧 그처럼 잠이 들었다.

다음 날 아침 나는 마리야 이바노브나에게로 갔다. 나는 그녀에게 내 계획을 이야기했다. 그녀는 현명한 계획이라고 인정했고 당장 내 의견에 동의했다. 주린의 부대는 이날 도시에서 출동하기로 되어 있었다. 지체할 시간이 없었다. 나는 곧 사벨리치에게 그녀를 맡기고 부모님께 보내는 편지를 그녀에게 주면서 마리야 이바노브나와 작별했다. 마리야 이바노브나는 울기 시작했다.

"안녕히 계세요, 표트르 안드레이치!" 그녀는 조용한 목소리로 말했다. "우리가 다시 만나게 될지 아닐지는 하느님만 아시겠지요. 하지만 저는 평생 당신을 잊지 않을 거예요. 무덤에 갈 때까지 제 가슴속에 있을 사람은 당신뿐이에요."

나는 아무 대답도 하지 못했다. 사람들이 나를 둘러싸고 있었다. 그들이 있는 곳에서 흔들리는 감정에 나를 맡기고 싶지 않았다. 마침내 그녀가 떠났다. 나는 우울하고 조용하게 주린에게 돌아왔다. 그는 내 기분을 풀어 주려고 했다. 나도 신경을 딴 데로 돌리고 싶었다. 우리는 그날을 떠들썩하고 거칠게 보냈고 저녁에 출정했다.

때는 2월 말이었다. 군사 작전을 어렵게 하는 겨울이 지나가고 있었고 우리의 장군들은 지원군을 준비했다. 푸가초프는 여전히 오렌부르크 부근에 머물고 있었다. 그사이 주위 부대들이 연합하여 사방에서 반란군의 둥지를 향해서 접근했다. 반란군 마을들은 우리 군대를 보고 항복했고 도적 무리들은 우리를 피해 달아났다. 모든 것이 유리한 결말을 예고했다. 곧 타티시체보 요새 부근에 있던 골리친 공작[78]이 푸가초프를 치고 그의 무리들을 해산시켰으며 오렌부르크를 해방시켰고 반란군에게 최후의 결정적 타격을 가한 것으로 보였다. 주린은 그때 반란군 바시키르인들과 대적하고 있었다. 그

---

78) 알렉산드르 미하일로비치 골리친(Alexxander Mikhailovich Golitsyn, 1718~1783). 러시아의 장군이자 외교관. 용감하고 자애로운 장군이었다.

들은 우리를 맞닥뜨리기도 전에 달아났다. 봄은 우리를 타타르 마을에 가두었다. 강이 흘러넘쳐서 길을 갈 수 없었던 것이다. 우리는 무료한 상태에서 폭도들과 야만인들을 상대로 하는 지루하고 시시한 전쟁이 곧 끝나리라는 생각을 위안으로 삼았다.

하지만 푸가초프는 잡히지 않았다. 그는 시베리아 광산 지대에 나타나 다시 새로운 도당을 모으고 악행을 시작했다. 그가 성공했다는 소문이 다시 퍼졌다. 우리는 시베리아의 요새들이 파괴되고 약탈당한 것을 알았다. 곧 참칭자의 카잔 점령과 모스크바 진격 소식은 경멸스러운 반란자들에게 아무 힘이 없기만을 기대하면서 평온하게 졸고 있던 군대 수뇌부를 자극했다. 주린은 볼가강을 건너라는 명령을 받았다.

하지만 나는 우리 군대의 원정과 전쟁의 끝에 대해서는 서술하지 않겠다. 간단히 말하자면 불행이 극에 달했다. 우리 군대는 반란군들이 파괴하고 약탈한 마을을 지나가며 가난한 주민들이 그나마 건져서 가지고 있던 것을 빼앗았다. 어쩔 수 없는 일이었다. 모든 곳에서 통치가 중단된 상태였다. 지주들은 숲속으로 숨었다. 반란군 무리는 온 곳에서 악행을 저질렀다. 각 부대의 대장들은 직접 처형하고 사면했다. 화재가 극심했던 가장 넓은 지역의 상태는 끔찍했다. 이 우매하고 잔혹한 러시아 반란을 다시는 보지 않게 하소서!

푸가초프는 이반 이바노비치 미헬손[79]의 추격을 받으며 달

---

79) Ivan Ivanovich Mikhelson(1740~1807). 독일 출신의 장군으로 푸가초

아났다. 우리는 곧 그가 완전히 패배했다는 소식을 들었다. 마침내 주린은 참칭자가 잡혔다는 소식과 함께 멈추라는 명령을 받았다. 전쟁이 끝났다. 드디어 부모님에게 갈 수 있었다! 그들을 껴안고, 아무 소식도 받지 못했던 마리야 이바노브나를 만날 생각에 나는 기쁨에 젖었다. 아이처럼 깡충깡충 뛰었다. 주린은 웃으면서 어깨를 으쓱했다.

"아냐, 너한텐 불행이지! 결혼이란 건 아무짝에도 쓸모가 없어. 그냥 망하는 거야!"

하지만 한편으로 기이한 감정이 내 기쁨을 해쳤다. 무고한 희생자들의 피가 수없이 튄 반란자, 그의 처형을 생각하니 불안감이 밀려들었다.

"예멜랴, 예멜랴!"[80] 나는 마음이 불편했다. "왜 총검에 찔리거나 산탄에 맞지 않은 거야? 그게 가장 좋은 방법이었는데"

어쩔 수 없는 일이었다. 내 가슴속에서 그는, 내 생애의 끔찍했던 순간들 중 그 어느 순간에 내게 내려 준 용서, 그리고 내 아내를 혐오스러운 슈바브린의 손아귀에서 구해 준 것과 뗄 수 없이 연결되어 있었다.

주린은 내게 휴가를 주었다. 며칠 후면 나는 다시 가족과 있을 수 있고 다시 내 마리야 이바노브나를 볼 수 있었는데…… 갑자기 청천벽력이 무섭게 나를 내리쳤다.

출발하기로 한 그날, 길을 막 떠나려는 바로 그 시간에 주

프의 반란군을 제압했다.
80) 예멜리얀의 친칭.

린이 매우 걱정스러운 얼굴로 종이를 들고 내가 있는 막사로 들어왔다. 심장이 뭐에 찔린 듯 뜨끔했다. 나는 이유도 모른 채 무서운 생각에 휩싸여 화닥닥 놀랐다. 그는 내 당번병을 내보낸 뒤 내게 볼일이 있다고 말했다.

"뭔데?" 나는 불안한 마음으로 물었다.

"약간 불편한 일이 생겼네." 그는 내게 종이를 건네며 대답했다. "내가 방금 뭘 받았는지 읽어 보게."

나는 읽기 시작했다. 그것은 모든 부대장들에게 보내는 비밀 지령으로 내가 어디에 있는지 체포하여 즉각 카잔에 있는 푸가초프 사건 특별 조사 위원회로 호송하라는 내용이었다.

나는 종이를 손에서 떨어뜨릴 뻔했다.

"어쩔 수 없네!" 주린이 말했다. "복종은 나의 의무일세. 아마 자네가 푸가초프와 사이좋게 여행했다는 소문이 당국에 들어간 모양이야. 자네가 위원회에서 무죄를 인정받아 아무 일 없이 끝나기를 바라네. 걱정 말고 떠나게."

내 양심은 깨끗했다. 나는 재판을 겁내지 않았다. 하지만 어쩌면 몇 달이나 달콤한 재회의 순간을 미루어야 할지도 모른다는 생각에 겁이 났다. 짐마차가 준비되었다. 주린은 다정하게 나와 작별했다. 나는 마차에 앉았다. 내 곁으로 경기병 두 명이 총검을 뽑아 든 채 앉았고 나는 대로를 따라 달렸다.

14
재판

세상 소문은 한낱
파도 거품 같은 것.
― 속담

나는 나의 모든 죄가 오렌부르크를 무단으로 떠나온 데 있
다고 믿었다. 그것은 쉽게 변호할 수 있는 문제였다. 말을 타고
나가는 것은 한 번도 금지된 적이 없을 뿐만 아니라 전력을 다
해 권장된 사항이었다. 너무 성급하게 행동한 게 문제지 불복
종의 문제는 아니었다. 하지만 푸가초프와 좋은 관계에 있었
다는 것은 많은 증인들이 증명할 수 있는 사항이었고 매우 의
심을 살 만한 문제였다. 가는 내내 내가 받게 될 심문들에 대
해 생각하고 내가 할 답변들을 심사숙고하면서 사실을 있는
그대로 말하겠다고 결심했다. 이 방법이 가장 쉬우면서도 가
장 믿을 만한 것이라고 여겼다.

나는 황폐해지고 불에 탄 카잔에 도착했다. 거리마다 집들
이 있던 자리에 잿더미와 지붕과 창문이 없이 검게 그을은 벽

들만 삐죽하니 뻗쳐 있었다. 모두 푸가초프가 남긴 흔적이었다! 나는 불탄 도시 가운데 온전하게 남아 있는 요새로 끌려 갔다. 경기병들은 나를 헌병 장교에게 넘겼다. 그는 대장장이를 부르게 하여 내 두 발에 사슬을 두르고 꽉 잠갔다. 그런 후에 감옥으로 끌고 가서 맨 벽에 작은 쇠창살 창문 하나가 전부인 좁고 어두운 독방에 처넣었다.

조짐이 좋지 않은 시작이었다. 하지만 나는 기운과 희망을 잃지 않았다. 나는 모든 비참한 사람들에게 위안이 되는 일에 처음으로 매달렸고, 순수하지만 찢어지는 듯한 가슴에서 흘러나오는 기도의 달콤함을 맛보며 앞날을 걱정하지 않고 평온히 잠이 들었다.

다음 날 간수가 위원회의 출석 요구가 있다며 나를 깨웠다. 병사 두 사람이 마당을 통해 나를 지휘관사로 데리고 가서 복도에서 멈추고는 나만 방으로 들어가게 했다.

나는 꽤 넓은 홀로 들어갔다. 서류들로 뒤덮인 책상에 두 사람이 앉아 있었다. 엄격하고 냉정해 보이는 나이 든 장군과 스물여덟 살쯤 돼 보이는 매우 인상 좋은 외모에 행동이 민첩하고 활달한 젊은 근위대 소위였다. 창가에는 따로 떨어진 책상에서 서기가 펜을 귀에 꽂고 내 진술을 받아 적으려고 종이 위로 몸을 숙이고 있었다.

심문이 시작되었다. 내 관등 성명을 물었다. 장군은 내가 안드레이 페트로비치 그리뇨프의 아들이 아니냐고 물었다. 그는 내 대답에 냉엄하게 반응했다.

"그렇게 존경할 만한 사람에게 이렇게 형편없는 아들이 있다니 참 안타까운 일이군!"

나는 내게 어떤 혐의가 있든 깨끗한 양심으로 진실을 고하여 그것들을 지우기 원한다고 침착하게 말했다. 이런 확신이 그의 비위를 거슬렀던 모양이다.

"이봐, 자네, 똑똑한가 보지." 그는 얼굴을 찌푸리며 내게 반박했다. "하지만 우린 그렇지 않은 사람들도 봤지!"

그러자 젊은이가 나에게 어떤 계기로 언제 푸가초프에게 복무하러 들어갔으며 무슨 임무를 수행하도록 이용되었느냐고 물었다.

나는 화가 나서 나는 장교이자 귀족으로서 푸가초프에게 어떤 복무도 할 수 없고 어떤 임무도 받을 수 없는 몸이라고 말했다.

"그렇다면 어째서," 내 심문관이 반박했다. "동료들은 다 악랄하게 참살을 당했는데 귀족이자 장교인 한 사람만 참칭자가 사면해 주었는가? 어찌하여 장교이자 귀족이 반란자들과 사이좋게 잔치를 하고 반란의 최고 두목으로부터 외투, 말, 반 루블짜리 은전을 선물받았는가? 왜 이런 기이한 친교가 맺어졌는가? 그 원인이 배반이나 적어도 비열하고 범죄적인 비겁함이 아니라면 무엇이란 말인가?"

나는 근위대 장교의 말에 심한 모욕감을 느꼈고 열을 올리며 나를 변호하기 시작했다. 나는 눈 폭풍이 휘몰아칠 때 들판에서 푸가초프를 처음 만난 정황, 벨로고르스크 요새가 함락되었을 때 그가 나를 알아보고 사면해 준 일에 대해 이야기했다. 나는 참칭자로부터 양털 툴룹과 말을 받은 것은 사실

마음에 걸리지 않는다고 말했다. 하지만 적들에 대항해서 벨로고르스크 요새를 마지막까지 지켜 내지 못한 것은 마음에 걸린다고 했다. 마지막으로 나는 어려웠던 오렌부르크 포위 시절에 내가 열심히 복무했던 사실을 증언해 줄 수 있을 내 장군을 증인으로 내세웠다.

엄격한 장군은 책상에서 뜯어 본 편지를 들고 큰 소리로 읽기 시작했다.

"작금의 혼란 상태에서 복무상 금지되어 있고 서약한 의무에 위배되게 폭도와 내통한 준위 그리뇨프에 관한 각하의 질문에 답변하는 것을 영광으로 생각합니다. 그자 준위 그리뇨프는 작년 1773년 10월 초부터 도시를 벗어나 더 이상 내 명령을 따르러 나타나지 않은 올해 2월 24일까지 오렌부르크에 복무했습니다. 도주해 온 자들이 전하는 바에 의하면 그가 반란구에 푸가초프와 함께 있었으며 그가 예전에 복무했던 벨로고르스크 요새로 함께 갔다고 합니다. 그의 행동에 대해서 저는……." 여기서 그는 읽기를 멈추고 냉엄하게 내게 말했다.

"이제 무슨 말로 자기변호를 하겠는가?"

나는 처음 말을 시작했을 때처럼 솔직하게 다른 사항들과 함께 마리야 이바노브나와의 관계를 모두 밝히려고 했다. 하지만 갑자기 누를 수 없는 거부감을 느꼈다. 만약 그녀의 이름을 대면 위원회가 그녀에게 답변을 요구하리라는 생각이 들었다. 그녀의 이름을 반란자들의 추악한 밀고들 사이로 끌어들여 그들과 대질 심문을 하게 만든다는 생각, 이 끔찍한 생각에 아연해져서 나는 어물거리며 갈피를 못 잡는 말을 하게 되었다.

나의 답변을 약간 호의적으로 듣기 시작하는 것처럼 보였던 재판관들은 당황하는 나를 다시 적대시하기 시작했다. 근위대 장교는 나를 주 고발자와 대면시키라고 했다. 장군은 어제의 악당을 불러오라고 명령했다. 나는 나를 고발한 사람이 나타나기를 기다리며 생생한 관심을 가지고 문 쪽으로 몸을 돌렸다. 몇 분 후에 사슬이 쩔렁거리더니 문이 열리고 슈바브린이 들어왔다. 나는 그의 변화에 놀랐다. 그는 끔찍하게 마르고 창백한 모습이었다. 얼마 전만 해도 석탄처럼 검었던 머리칼은 완전히 하얗게 변해 있었다. 긴 수염은 흐트러져 있었다. 그는 약하지만 대담한 목소리로 고발을 되풀이했다. 그의 말에 따르면 나는 푸가초프의 첩자로 오렌부르크에 파견되었고 성안에서 일어나는 모든 것에 대해 서면으로 소식을 알리느라 매일 교전장에 나왔다는 것이다. 그리고 결국 푸가초프에게로 넘어가서 그와 함께 이 요새 저 요새를 다니며 자기와 같은 처지의 동지-모반자들을 여러 방법으로 파멸시켜 그 자리를 차지하고 참칭자가 주는 보상을 누리려고 애썼다는 것이다. 나는 그의 말을 가만히 들으면서 한 가지 사실에는 만족했다. 그것은 자존심이 상해서인지, 아니면 내 입을 다물게 한 것과 동일한 감정의 불꽃이 숨어 있기 때문인지, 자기를 경멸하며 내친 여자 마리야 이바노브나의 이름을 입에 올리지 않았다는 사실이었다.

나는 생각을 더욱 굳히고는 재판관들이 슈바브린의 진술에 대해 자기변호의 말을 할 수 있겠느냐고 물었을 때 처음 했던 해명만을 되풀이했다. 장군은 우리를 데리고 나가라고 명했다. 나는 한마디도 건네지 않고 가만히 슈바브린을 바라보았다. 그는 악의와 조롱을 담아 웃더니 자기의 사슬을 들어 올리며 나를 앞질러 걸음을 재촉했다. 나는 다시 감옥에 갇혔고 이후로는 심문에 나오라고 요구하지도 않았다.

나는 내가 독자에게 알려야 하는 것을 모두 직접 본 사람은 아니다. 하지만 너무나 자주 이야기를 들은 바람에 시시콜콜한 부분까지 기억 속으로 파고들어서인지 마치 보이지 않아도 내가 그 자리에 있었던 것 같은 기분이 든다. 부모님은 지난 세기 사람들 특유의 온정으로 마리야 이바노브나를 받아들였다. 그들은 가엾은 고아에게 숙식을 제공하고 사랑을 베풀 수 있는 기회를 가지게 된 것을 신의 은총으로 생각했다. 그리고 곧 진정으로 그녀를 사랑하게 되었다. 그만큼 그녀는 알면 알수록 사랑하지 않을 수 없는 여자였기 때문이다. 아버지는 나의 사랑을 더 이상 공연한 헛짓으로 여기지 않았다. 어머니는 당신의 페트루샤가 사랑스러운 대위의 딸과 결혼하기만을 바랐다.

내가 체포되었다는 소식에 우리 가족은 모두 경악했다. 마리야 이바노브나는 나와 푸가초프의 기이한 친교 관계를 부모님께 아무렇지도 않게 이야기해서 이 관계는 부모님을 불안하게 하지 않았고, 가끔은 웃음을 터뜨리게도 했었다. 아버지는 내가 황제의 옥좌를 무너뜨리고 귀족 혈통을 박멸하려는 추악한 반란에 연루될 수 있다는 것을 믿고 싶어 하지 않았다. 그는 사벨리치를 엄격하게 심문했다. 아재는 도련님이 예멜카[81] 푸가초프에게 손님으로 초청되었고 악당이 그에게 잘해 주었다는 사실을 숨기지 않았다. 하지만 모반에 대해서는 전혀 들어 본 적이 없었다고 맹세했다. 노인들은 마음을 가라앉히고 좋은 소식이 오기만을 초조하게 기다렸다. 마리야 이바노브나는 심히 불안했으나 아무 말도 하지 않았다. 워낙 겸손하고 조신한 성품이었던 것이다.

몇 주일이 지났다. 갑자기 친척인 B. 공작이 페테르부르크에서 보낸 편지가 아버지에게 전해졌다. 편지에는 나에 대한 소식이 담겨 있었다. 공작은 의례적인 서두에 이어 내가 반란자들의 계획에 가담했다는 의혹이 불행하게도 매우 근거 있는 것으로 판명되어 나를 본보기로 처형해야 하지만, 여황제께서 아버지의 공로와 많은 연륜을 존경하셔서 죄지은 아들에게 은혜를 베풀어 모욕적인 처형에서 사하기로 결정했고 무기형을 선고하여 변방 시베리아로 유배하도록 명했다고 밝혔다.

예기치 않은 충격을 받은 아버지는 거의 목숨을 잃을 뻔했다. 아버지는 평소의 단호함과 자존심을 잃었고 그의 (좀체로 말로 드러나는 법이 없던) 슬픔은 쓰디쓴 한탄 속에 흘러넘쳤다.

"뭐라고!" 그는 자제력을 잃고 되풀이했다. "내 아들이 푸가초프의 역모에 가담했다고! 정의로우신 하느님, 내가 이렇게까지 오래 살다니요! 여황제가 그를 처형에서 사해 주신다니! 그러면 내가 좀 편할까? 처형이 끔찍한 게 아니지. 우리 선조는 처형대에서 죽었어. 스스로 양심의 보배라고 여긴 것을 지키

---

81) 예멜리얀의 비칭.

면서 말이지. 내 아버지는 볼린스키와 흐루셰프[82)]와 함께 고
난을 겪었지. 하지만 귀족이 자기 서약을 어기고 도적들, 살인
자들, 도망친 농노 따위와 결탁하다니! 우리 혈통의 수치요 치
욕이다!"

아버지의 절망에 놀란 어머니는 감히 그 앞에서 울 엄두를
못 낸 채 소문은 믿을 수 없고 사람들의 의견은 왔다 갔다 흔
들리는 것이라고 말하며 그의 기운을 되돌리려고 애썼다.

나의 아버지를 위로할 길은 없었다.

마리야 이바노브나는 누구보다 괴로워했다. 그녀는 내가 원
했다면 나 스스로를 정당화할 수 있었으리라 확신하고는 자
신이 내게 불행을 안겼다고 추측했다. 그녀는 모든 사람들에
게서 눈물과 고통을 감추고 한편 나를 구할 방법에 대해서 쉬
지 않고 생각했다.

어느 날 저녁 아버지가 의자에 앉아서 『궁정 연감』을 넘기
고 있었다. 그의 생각은 먼 곳에 가 있었고 독서는 평소처럼
효력을 발휘하지 못했다. 아버지는 옛 군가를 휘파람으로 불
고 있었다. 어머니는 말없이 털 스웨터를 뜨고 있었고 가끔 일
감으로 눈물을 떨어뜨렸다. 마찬가지로 그 자리에 앉아서 일
하던 마리야 이바노브나가 갑자기 불가피한 일 때문에 페테르
부르크로 가야 한다며 어머니에게 경비를 마련해 달라고 청했
다. 어머니는 몹시 성을 냈다.

---

82) 안나 이바노브나 내각의 정치가인 아르테미 페트로비치 볼린스키와 안
드레이 표도로비치 흐루셰프를 가리킨다. 국가 체제의 개혁을 꾀하다가 처
형되었다.

"뭣 때문에 페테르부르크에 간다는 거냐?" 그녀가 말했다. "마리야 이바노브나, 혹시 우리를 떠나려는 거냐?"

마리야 이바노브나는 앞으로의 자기 운명이 온전히 이 여행에 달려 있으니 충성으로 인해 고통을 겪은 사람의 딸로서 힘 있는 사람들의 후원과 도움을 구하러 간다고 말했다.

아버지는 고개를 떨구었다. 아들의 범죄 혐의를 암시하는 듯한 한마디 한마디가 바늘로 찌르는 질책같이 여겨져 마음이 무거웠다.

"가거라, 에구!" 아버지는 마리야에게 한숨을 쉬며 말했다. "우리는 너의 행복에 방해가 되고 싶지 않다. 몹쓸 모반자 말고 좋은 사람을 신랑으로 맞거라!"

그는 일어나서 방을 나갔다.

어머니와 둘이 남은 마리야 이바노브나는 자신의 계획을 살짝 이야기했다. 어머니는 울면서 그녀를 껴안았고 계획한 일을 무사히 마치게 해 달라고 하느님께 기도했다. 길 떠날 채비가 갖추어지자 며칠 후 마리야 이바노브나는 충실한 팔라샤와 사벨리치와 함께 길을 떠났다. 사벨리치는 나와는 억지로 헤어지게 되었지만 내 약혼녀로 인정받은 사람을 시중든다는 생각으로 위안을 삼았다.

마리야 이바노브나는 무사히 소피야[83]에 도착했고 역참에서 궁정이 현재 차르스코예 셀로에 있다는 것을 알고는 그곳에 머물기로 했다. 칸막이 뒤 구석 자리가 그녀에게 주어졌다.

---

83) 차르스코예 셀로 부근에 있는 소피야 사원이 있는 지역.

역참지기의 아내는 그녀와 이야기를 시작하자마자 자기가 궁궐 화부의 조카딸이라고 밝히며 그녀에게 궁정 생활의 모든 비밀을 들려주었다. 그녀는 여황제가 보통 몇 시에 잠이 깨며 커피를 마시는지, 산책을 하는지에 대해 이야기했다. 현재 그녀 곁에 있는 고관들은 누구인지, 어제 식탁에서 무슨 이야기를 했는지, 저녁에는 누구를 맞아들였는지, 한마디로 안나 블라시예브나의 이야기는 역사 기록의 몇몇 페이지를 차지할 만한 가치가 있으며 후손들에게도 소중한 자료가 될 정도였다. 마리야 이바노브나는 그녀의 말을 주의 깊게 들었다. 그들은 정원으로 갔다. 안나 블라시예브나는 모든 가로수 길, 모든 다리의 역사를 말해 주었고 산책을 하고 난 뒤에는 서로에게 매우 만족하여 역참으로 돌아왔다.

다음 날 아침 일찍 마리야 이바노브나는 옷을 입고 가만히 정원으로 갔다. 멋진 아침이었고 태양이 이미 선선한 가을 숨결에 노랗게 변한 보리수나무 우듬지를 비추고 있었다. 넓은 호수는 미동도 없이 반짝이고 있었다. 잠이 깬 백조들은 호숫가에 그늘을 드리우는 가지 밑에서 점잔을 빼며 헤엄쳐 나왔다. 마리야 이바노브나는 표트르 알렉산드로비치 루먄체프 백작[84]의 얼마 전 승리를 기려 기념비가 막 세워진 멋진 풀밭 부근으로 갔다. 갑자기 영국산 강아지 한 마리가 짖으며 그녀에게 달려왔다. 마리야 이바노브나는 놀라서 멈춰 섰다. 바로

---

84) Pyotr Aleksandrovich Rumyantsev(1725~1796). 러시아의 장군. 칠 년 전쟁, 러시아-튀르크 전쟁에서 큰 공을 세웠다. 이 전쟁이 승리로 끝나자 정부군은 집중적으로 푸가초프의 난을 진압했다.

이때 듣기 좋은 여자 목소리가 울렸다.

"무서워하지 말아요, 안 물어요." 이에 마리야 이바노브나는 기념비 맞은편 벤치에 앉아 있는 귀부인을 보았다. 마리야 이바노브나는 벤치의 다른 끝으로 가서 앉았다. 귀부인은 물끄러미 그녀를 바라보았다. 마리야 이바노브나도 옆으로 몇 차례 힐긋 보면서 귀부인을 머리에서 발끝까지 살펴볼 수 있었다. 그녀는 하얀 아침 드레스에 침실 모자를 쓰고 누비옷을 입고 있었다. 마흔 살쯤 되어 보였다. 살집이 좋고 혈색이 좋은 그녀의 얼굴에는 위엄과 평온함이 드러났고 푸른 두 눈과 가벼운 미소는 설명할 수 없는 매력을 표현했다. 귀부인이 먼저 침묵을 끊었다.

"댁은 이곳 사람이 아닌 것 같은데요?" 그녀가 말했다.

"네, 그렇습니다. 어제 지방에서 올라왔습니다."

"가족들과 올라왔나요?"

"전혀 아닙니다, 혼자서 왔습니다."

"혼자서! 하지만 아직 어린데."

"제게는 아버지도 어머니도 안 계십니다."

"당연히 일이 있어서 여기까지 왔겠네요?"

"네, 그렇습니다. 여황제님께 청원을 드리러 왔습니다."

"고아라니 부당한 대우나 모욕을 고소하는 거겠죠?"

"전혀 그렇지 않습니다. 저는 정의가 아니라 자비를 청하러 왔습니다."

"댁이 누군지 물어봐도 돼요?"

"저는 미로노프 대위의 여식입니다."

"미로노프 대위라고? 오렌부르크주의 요새 중 하나를 지휘했던 사람?"

"바로 그렇습니다."

귀부인은 감동한 듯이 보였다.

"미안해요." 그녀는 더욱 상냥한 어조로 말했다. "제가 댁의 일에 간섭한다면요. 하지만 저는 궁정에 다녀요. 당신의 청원 내용이 뭔지 알려 줘요. 어쩌면 제가 도울 수 있을지도 몰라요."

마리야 이바노브나는 일어서서 그녀에게 경의를 표하며 감사했다. 이 모르는 귀부인의 모든 것이 마음을 끌었고 신뢰감을 주었다. 마리야 이바노브나가 주머니에서 접은 종이를 꺼내어 이 낯선 후원자에게 건네자 그녀는 바로 그것을 읽기 시작했다.

처음에는 관심과 호의를 나타내는 표정으로 읽던 그녀의 얼굴이 갑자기 변했고, 두 눈으로 그녀의 모든 거동을 좇던 마리야 이바노브나는 일 분 전에 그렇게도 보기 좋고 평온했던 이 얼굴에 나타난 엄격한 표정에 경악했다.

"댁은 그리뇨프를 위해 청원하는 겁니까?" 귀부인은 냉정한 표정으로 물었다. "여황제는 그를 용서할 수 없어요. 그는 무식하거나 경박해서가 아니라 부도덕하고 해로운 불한당으로서 참칭자를 따랐던 거예요."

"아, 진실이 아닙니다!" 마리야 이바노브나가 외쳤다.

"어떻게 진실이 아닐 수가 있지!" 귀부인이 화를 내며 반박했다.

"진실이 아닙니다, 맹세코 진실이 아니에요! 제가 모든 걸 알아요. 모두 말씀드리겠습니다. 그는 저 하나 때문에 모든 수모를 당한 겁니다. 만약 그가 재판에서 자기를 변호하지 않았다면 그건 오직 저를 끌어들이고 싶지 않았기 때문일 겁니다."

그리고 그녀는 열성을 다해 이미 독자 여러분도 알고 있는 모든 것을 이야기했다.

귀부인은 그녀의 말을 주의 깊게 들었다.

"어디서 머무나요?" 그녀가 그런 후에 물었다. 안나 블라시예브나의 집이라고 하자 그녀는 미소를 띠며 말했다.

"아! 알아요. 잘 가요. 그리고 우리가 만난 것에 대해 아무에게도 말하지 말아요. 댁이 편지에 대한 답변을 오래 기다리지 않게 되길 바라요."

이 말과 함께 그녀는 일어나서 지붕이 덮인 길로 들어갔고 마리야 이바노브나는 기쁜 희망을 가득 안고 안나 블라시예브나의 집으로 돌아갔다.

여주인은 젊은 처녀의 건강에 해로운 ─ 그녀 말에 따르자면 ─ 차가운 가을날의 새벽 공기를 마시며 산책했다고 그녀를 나무랐다. 그녀가 사모바르를 가져와 차 한 잔을 마시며 끝없는 궁정 비화를 막 늘어놓기 시작하려 하는데 갑자기 궁정 마차가 현관에 멈추더니 궁정 시종이 여황제가 미로노프 처녀를 초청하신다는 전갈을 가지고 들어 왔다.

안나 블라시예브나는 놀라서 부산을 떨기 시작했다.

"어머나, 아이구야, 웬일이람, 세상에!" 그녀가 소리쳤다. "여황제 폐하께서 댁을 궁정으로 오라고 하시는군요. 어떻게 댁을 아셨을까요? 그런데 여황제 폐하를 어떻게 알현하죠? 제 생각에 댁은 궁정 법도를 모르는데……. 제가 같이 가야 하지 않을까요? 그러면 제가 주의를 줄 수도 있고. 그런데 어떻게 여행 차림으로 가시겠어요? 산파 할머니한테 노란색 여러 폭 치마를 보내라고 사람을 보낼까요?"

궁정 시종은 여황제께서 마리야 이바노브나가 혼자서 지금 그대로의 차림으로 오면 좋겠다고 하셨다고 전했다. 하는 수 없었다. 마리야 이바노브나는 마차에 올라탔고 안나 블라시예브나의 충고와 격려를 들으며 궁정으로 출발했다.

마리야 이바노브나는 우리의 운명이 결정될 것을 예감했다. 그녀의 심장이 강하게 고동쳤다가는 얼어붙기도 했다. 몇 분 후에 마차는 궁전에 멈춰 섰다. 마리야 이바노브나는 떨면서 계단을 올라갔다. 그녀 앞에 문이 활짝 열렸다. 웅장하게 길게 줄지어 있는 빈방들을 지나갔다. 궁정 시종이 길을 안내했다. 드디어 닫힌 문 앞에 가까이 오자 바로 그녀에 대해 아뢰겠다며 그녀를 혼자 남겨 두었다.

여황제를 직접 대면한다는 생각에 무서워져서 그녀는 겨우 서 있을 수 있었다. 일 분 후에 문이 열리고 그녀는 여황제의 의상실로 들어갔다.

여황제는 화장대 앞에 앉아 있었다. 시녀 몇 명이 그녀를 둘러싸고 있다가 공손하게 마리야 이바노브나를 들여보내 주었다. 폐하는 상냥하게 그녀를 향했다. 마리야 이바노브나는 그녀가 바로 몇 분 전에 정말 솔직한 이야기를 다 했던 그 귀부인임을 알았다. 폐하는 그녀에게 다가와 미소를 띠며 말했다.

"내 약속을 지키고 그대의 청원을 들어줄 수 있어서 기쁘오. 그대의 일은 해결되었소. 나는 그대 약혼자의 무죄를 확신하오. 여기 앞으로 시아버지가 되실 분에게 보내는 이 편지를 직접 전하시오."

마리야 이바노브나는 떨리는 손으로 편지를 받고 울음을 터뜨리며 여황제의 발치에 몸을 던졌다. 여황제는 그녀를 일으켜 세우고 입을 맞추었다. 폐하는 그녀와 이야기했다.

"그대가 부유하지 않은 걸 아오." 그녀가 말했다. "하지만 나는 미로노프 대위의 딸에게 빚이 있소. 앞일은 걱정 마오. 그대의 재산을 마련해 주겠소."

가엾은 고아를 달래고 나서 폐하는 그녀를 내보냈다. 마리야 이바노브나는 같은 궁정 마차를 타고 돌아왔다. 초조하게 그녀를 기다리던 안나 블라시예브나는 질문을 퍼부어 댔다. 마리야 이바노브나는 대답을 아꼈다. 안나 블라시예브나는 마리야의 기억력이 불만스러웠지만 촌스러운 수줍음 탓이려니 하고 너그럽게 용서했다. 그날로 바로 마리야 이바노브나는 페테르부르크를 구경하겠다는 호기심도 전혀 없이 시골로 다시 떠나왔다.

—

여기서 표트르 안드레예비치 그리뇨프의 기록은 끝난다. 가족이 전하는 이야기에 따르면 그는 1774년 말 칙령에 의해 감옥에서 풀려났고 푸가초프의 처형장[85]에도 있었는데 푸가초프는 그를 알아보고 고개를 끄덕였다고 한다. 그리고 일 분 후에 바로 처형되었고 그의 모가지는 피가 뚝뚝 떨어지는 상태로 사람들에게 전시되었다고 한다. 그 후 곧 표트르 안드레예비치는 마리야 이바노브나와 혼인했다.

그들의 후손은 심비르스크주에서 행복하게 살았다. ○○○시에서 30베르스타 떨어진 곳에는 열 명의 지주가 거주하는 마을이 있다. 그중 한 지주의 저택에 예카테리나 2세의 친필 서한이 유리 액자에 보관되어 걸려 있다. 이 편지는 표트르 안드레예비치의 아버지에게 보내진 것으로, 그 아들의 정당함과 미로노프 대위의 딸의 지혜와 마음씨를 칭찬하는 내용이 담겨 있다. 표트르 안드레예비치의 친필 수고(手稿)는 우리가 그의 할아버지에 의해 묘사된 시대에 대한 연구에 몰두하고 있다는 것을 알게 된 그의 손자 중 한 사람이 우리에게 보내왔다. 우리는 혈족들의 허락하에 각 장마다 품위 있는 제사를 고르고 몇몇 고유 명사들을 바꾸는 것만을 스스로에게 허락하여 이를 별도로 출판하기로 했다.

출판인
1836년 10월 19일

---

85) 푸가초프는 1775년 1월 21일 모스크바에서 공개 처형되었다.

푸시킨의 인생 소설 『예브게니 오네긴』과 『대위의 딸』
― 인간과 사회, 역사에 대한 통찰

　　『예브게니 오네긴』(1833)과 『대위의 딸』(1836)은 푸시킨이 살아생전에 출판한 작품이다. 『예브게니 오네긴』이 자신을 포함하여 당대 러시아인들이 살아가는 이야기를 사실적으로 풀어냈다면, 『대위의 딸』은 러시아 역사에 대한 푸시킨의 지속적인 관심의 결과물로 '푸가초프의 난'이 일어났던 시기를 다룬다. 두 소설은 톨스토이와 도스토옙스키, 체호프로 이어지는 19세기 러시아 사실주의 소설의 전통을 연 작품으로 명실공히 작가의 인생 소설로 꼽힌다.

　　푸시킨은 러시아의 국민 시인이자 '러시아 문학의 아버지'라고 일컬어지는 작가로 러시아 문학의 기초를 마련한 천재이다. 러시아에서 푸시킨의 의미는 독일에서 괴테나 실러, 영국에서 셰익스피어의 의미와 같다. 러시아 문학은 푸시킨에 이르러 서구 문학의 단순한 모방에서 벗어나 러시아의 현실과 러시아인의 내면세계를 진정성 있게 표현하게 되었다고 평가받는다. 1835년에 후배 작가 고골은 푸시킨의 작품에는 러시아의 자연, 러시아의 영혼, 러시아어의 아름다움이 모두 들어 있으며, 푸시킨은 러시아어의 힘과 풍성함과 유연함으로 러시아어의 외연을 넓히고, 러시아 정신사의 다양성을 보여 준 200년 정도 앞선 작가라고 말했다.

과연 푸시킨은 서정시, 서사시, 소설, 드라마, 역사물 등 모든 장르에 걸쳐서 뛰어난 작품들을 내놓았고 그를 넘어서는 작가는 아직 존재하지 않는다고 평가된다. 「캅카스의 포로」, 「집시」, 「눌린 백작」, 「폴타바」, 「청동 기사」 등의 서사시나 우리에게도 잘 알려진 「삶이 그대를 속일지라도」를 위시한 수많은 서정시들은 보통 사람들이 일상에서 쉽게 입에 올릴 정도로 러시아인들의 정신에 스몄고, 그의 『벨킨 이야기』나 『스페이드 여왕』은 러시아 단편 소설의 효시이자 백미로 칭송받는다. 드라마 『황제 보리스와 그리슈카 오트레피예프에 대한 희비극』[1](통상 『보리스 고두노프』로 알려져 있다.)이나 작은 비극 『모차르트와 살리에리』, 『인색한 기사』, 『역병 기간의 향연』, 『석상 손님』은 극적 효과나 심리 표현이 상당히 뛰어난 작품들로 인정받으며 지금까지도 꾸준히 무대에 올려지고 있다.

이번에 묶어서 소개하는 두 장편 소설, 푸시킨이 가장 오랜

---

1) '황제 보리스와 그리슈카 오트레피예프에 대한 희극'이란 제목의 초고는 검열에 실패했고 1831년, '보리스 고두노프'에 '비극'이란 부제가 붙은 채 출판되었다. 푸시킨의 초고는 1993년에야 출판됐으며, 내용상 희비극이다.

세월 공들여 작업한 『예브게니 오네긴』과 마지막으로 출판한 역사 소설 『대위의 딸』 역시 연극, 오페라, 드라마, 뮤지컬, 영화, 발레로 재탄생되어 전 세계 무대에서 사랑받고 있다. 작품 자체의 생명이 시대에 맞게 갖가지 매체로 재탄생됨으로써 생생하게 유지되는 것이다.

1 예브게니 오네긴

푸시킨은 『예브게니 오네긴』에서 로런스 스턴의 『트리스트럼 샌디』, 새뮤얼 리처드슨의 『클라리사』, 괴테의 『젊은 베르테르의 슬픔』, 뱅자맹 콩스탕의 『아돌프』, 바이런의 『돈 주앙』 같은 당시 유럽에서 사랑받던 작품들의 소설 기법을 창조적으로 응용해서 자신이 살았던 시대의 현실을 재현하고 자신과 자기 주변에 실재하던 인물들의 이야기를 풀어냈다.

그는 인물들에 대해 시종일관 아이러니하고 유머러스한 거리감을 유지함으로써 인간의 다층적 내면과 그들이 처한 다면적 현실을 구체적이고 총체적으로 보여 주었다. 이러한 서술의 힘이 시공을 초월하여 인간을 심도 있게 이해하는 데 중요한 역할을 했고 특히 지성층이 살아가면서 타인과 관계 맺는 양상을 이해하는 시각을 넓혔다고 할 수 있다.

푸시킨은 이 작품을 1823년부터 대략 팔 년간 집필했고 각 장별로 출판했다가 첨삭을 가하고 매만져서 1833년 한 권의 단행본으로 출판했다. 푸시킨 본인이 집필 과정 초기에 벌써 자기 생애에서 가장 우수한 작품이라고 이야기했을 만큼 이 소설은 그에게 몹시 소중한 작품이다. 이는 푸시킨이 오랜 세월 동안 자기 자신과 자기 시대를 객관적, 사실적으로 묘사하고 분석하면서 이해한 흔적이었기 때문일 것이다.

이 소설과 연관해서 가장 연구자들의 흥미를 자아내는 대상은 작가 푸시킨과 인물 오네긴의 관계다.

20세기 구소련 시절에는, 소설의 주인공 오네긴이 19세기 러시아 지성인으로서 아는 것도 생각도 많으나 의지가 박약하여 현실에서는 자신에게 걸맞은 자리를 찾지 못하고 제때에 용감하게 유익한 행동을 하지 못하는 '잉여 인간'의 효시로, 작가 푸시킨의 생애와는 거리를 두고 해석되었다.

하지만 푸시킨에 대한 다양한 기록을 읽고 푸시킨을 머릿속으로 그리면서 이 소설을 읽으면 당시 러시아라는 혼돈의 공간에서 불만과 소외감을 느끼고 답답해하며 권태와 우울, 공포와 절망을 가슴에 품고 살아가는 예민한 젊은이 푸시킨과 독서와 창작 속에서 기쁨과 화해를 느끼는 천재 작가 푸시킨이 각각 오네긴과 작가-화자를 통해 나타나는 것을 알게 된다. 당시 많은 지성층 청년들이 오네긴의 이야기를 자신의 이야기로 느꼈을 만큼 푸시킨 또한 그 그룹에 속하는 사람이면서 사회에서 자신에게 걸맞은 자리를 찾지 못하고 소외감을 느꼈다. 또한 결투, 카드 게임, 빚으로 점철된 일상 속에서 그는 광기 어린 기행과 날카로운 혀로 주위 사람들과 반목을 자아내며 팍팍한 삶을 살았다. 그러나 창작이라는 소명과 기쁨이 있었기에 그는 용기 있게 진실을 마주하면서 현실을 견뎠고 자신이 느낀 고통과 기쁨의 큰 격차만큼이나 이 세상에 위대한 작품을 남겼다고 할 수 있다.

푸시킨은 1817년부터 알게 되어 죽는 날까지 그의 친척이자 친구이자 출판인이자 회계였던 표트르 알렉산드로비치 플레트뇨프에게 17행의 헌시로 이 소설을 바쳤다. 여기에서 그는 '신성한 꿈', '고상한 사상', '생생하고 명쾌한 시'를 지향하는 이 작품에 '각양각색의 장을 모은', '반은 우습고, 반은 슬프고', '소박하고 서민적이고 또 고답적'이며 삶의 모습을 그대로 닮아 있고, 오랜 기간에 걸쳐 쓴 '이성의 냉철한 관찰'과 '심장의 슬픈 기억'의 산물인 자신의 문학 인생을 담았다고 말했다. 푸시킨은 이 소설에 자신이 겪은 경험들을 기록하면서 스스로를 더 깊이 이해했을 것이고, 가까운 친구들이 복잡하고 모순적인 인간 삶의 총체적인 모습을 그린 이 소설을 읽으며 자신을 이해해 주고 그들 자신도 이해하기 바랐을 것이다.

소설의 작가-화자는 주인공 오네긴을 비롯한 인물들의 사랑과 삶을 재미있게 풀어 나가면서 사람 사는 이치나 당시 러시아 사회나 문화의 제반 현상에 대해 적절한 의견을 제시한다. 묘사하는 작가의 태도는 품위가 있으면서도 유머와 아이러니를 담고 있다. 19세기 비평가 벨린스키는 『예브게니 오네긴』을 "러시아 삶의 백과사전"이라고 정의했는데 이 정의는 바로 이 소설이 러시아 사실주의 소설의 효시임을 지적한 셈이다. 아울러 이 정의는 이 작품의 구조에서 현실 속 일상생활의 묘사가 매우 특별한 역할을 하고 있음을 강조한 것이기도 하다.

러시아 문학 연구자들은 일상과 관련된 주제와 소재의 그 엄청난 양만으로도 이미 『예브게니 오네긴』이 이전 작품들과는 근본적으로 다르다고 평가한다. 독자들은 이 소설에서 일상의 풍경, 풍속, 물건, 옷, 색깔, 음식, 관습들을 만나고 이런 것들이 인물의 운명과 연결되어 사실적으로 해석되는 데 이 작품의 혁신성이 있다고 보았다.

1823년 집필이 시작되어 1833년 단행본으로 출판된 이 소설은 톨스토이의 『안나 카레니나』나 도스토옙스키의 『죄와 벌』, 투르게네프의 『아버지와 자식』 같은 19세기 위대한 러시아 사실주의 소설들의 효시로 작가들이 살았던 당시의 러시아 현실을 잘 알려 준다는 점에서, 그 삶의 현장에서 사람들이 무슨 생각을 하며 어떻게 살았는지를 구체적으로 이해하도록 한다는 점에서 러시아를 이해하는 데 매우 중요한 작품이다.

소설 속 사건이 진행되는 시기 및 집필 시기가 나폴레옹과의 전쟁에서 승리한 후 러시아가 커다란 의식의 변화를 거치면서, 이후 러시아만의 독특한 역사를 만든 사상적 흐름을 나타나게 하고 러시아인들의 의식 형성에 지대한 역할을 한 1825년의 12월 14일의 12월 혁명(데카브리스트 혁명)을 전후한 시기이기에 더더욱 그러하다.

또한 이 소설은 시간과 공간을 초월하여 많은 사람들에게 삶과 사랑이라는 영원한 주제를 진지하게 생각해 보게 한다. 소설의 주인공인 오네긴의 '이상형'이자 작가-화자의 '이상형'인 타티아나와 주인공 오네긴을 비롯한 소설의 등장인물들은

이후 톨스토이 같은 사실주의 소설 속의 인물들처럼 러시아
적이면서도 언제 어디서나 만날 수 있는 보편적인 인간이다.
이 소설에 나오는 여러 구절이 세계 여러 나라 사람들의 입에
서 입으로 이리저리 인용되는 것은 그만큼 이 소설이 러시아
적이면서도 보편적인 이야기라는 증거 아니겠는가. 이들의 운
명적인 사랑 이야기가 흥미를 끄는 것은 바로 젊은이들의 사
랑과 결혼이 그들의 운명에 어떤 의미를 가지는지를 보여 주
는 흥미로운 스토리 전개 덕분일 것이다.

오네긴과 타티아나의 인생에서 사랑과 결혼은 어떤 의미를
가지는가? 타티아나의 가정생활은 어떻게 영위되는가? 렌스키
와 올가에게 사랑과 결혼은 어떤 의미였는가? 인생에서 내린
선택이 그들의 사랑과 결혼, 운명에 어떤 영향을 끼쳤는가? 특
히 오네긴이라는 예민하고 생각 깊은 청년의 내면과, 순수하고
용감한 타티아나의 연애편지를 받은 이후 마음속에 자리 잡
아 가는 타티아나에 대한 감정, 또 실연의 아픔을 겪은 후 G.
공작과 결혼한 타티아나가 오네긴에게 구애를 받고 고백과 거
절을 하는 장면을 보면서 사랑을 경험한 독자들, 결혼에 대해
생각해 본 독자들은 깊은 생각에 잠기게 될 것이다.

실제 인물 푸시킨의 문학적 분신인 작가-화자가 소설 속에
서 "자신의 이야기이자 우리 나라 이야기를 산문적으로 쓰고"
싶었다고 말했듯이 이 소설을 시작할 즈음부터 푸시킨은 자
신의 인생 이야기를 소설에 남기려는 욕구와 소명감을 가졌던
것으로 보인다.

푸시킨은 이 소설의 집필을 황제와 황제의 측근에 대한 신

랄한 풍자물 때문에 좌천되어 남부를 향해 떠나던 1820년 5월 6일로부터 삼 년이 지난 1823년 5월 9일에 시작했다고 밝혔다. 소설 속 이야기는 1819년 겨울 페테르부르크에서 시작해서 푸시킨의 생애를 따라가며 진행된다. 즉 그가 페테르부르크에서 남부로 좌천되어 예카테리노슬라프, 키시네우, 크림과 캅카스 여행, 카멘카, 오데사에서 겪은 체험, 아예 관직을 박탈당하고 북부 미하일롭스코예에서 머물렀던 일, 다시 모스크바와 페테르부르크로 돌아온 이후의 생활까지 그의 자취가 고스란히 담겨 있다.

장별로 살펴보면 1장에서 소설의 작가-화자는 자신을 소개하는 한편 푸시킨 자신의 페테르부르크 시절의 일상과 내면세계를 가장 잘 드러내는 인물 오네긴을 맨 앞에 소개하고 그가 권태에 빠져 우울증을 앓게 되기까지를 보여 준다. 1장의 끝부분에서 작가-화자는 자신이 오네긴과 다른 인물이라고 말한다. 하지만 자세히 살펴보면 소설 속 작가-화자와 오네긴의 차이를 이야기하는 것이지 오네긴과 실제 인물 푸시킨의 차이를 말하는 것은 아니다. 게다가 소설 속 작가-화자에 대한 푸시킨의 객관적 시선도 여기저기 드러난다. 이러한 자기 성찰적 태도, 자기 자신과의 객관적 거리, 이를 아이러니와 유머로 표현하는 푸시킨의 용기와 관대함이 소설 『예브게니 오네긴』의 가장 큰 덕목이다. 1장 끝부분부터 2장까지는 시골로 내려간 오네긴의 생활이 그려진다. 그곳에서 만난 청년 렌스키를 통해 성숙한 지성을 지녔으나 시니컬하고 회의주의에 빠진 오네긴과 대조되는 귀족 청년의 또 다른 전형이 제

시된다. 그는 아마도 푸시킨이 남부 시절에 만났던 여러 청년 중 하나를 모델로 했을 것으로 짐작된다. 여기서 작가-화자는 렌스키를 오네긴과 대조되는 인물로 그려 낸다. 3장부터는 젊은이들의 가장 중요한 관심사인 사랑 이야기가 본격적으로 시작된다. 여주인공 타티아나의 사랑이 싹트는 과정이 묘사되는데 타티아나가 푸시킨이 사랑했던 여인 중 누구일까 하는 것도 연구자들의 관심사다. 이 소설 전체에 대한 계획이 더욱 분명해지기 시작하는 4장에서는 타티아나의 구애를 거절하는 오네긴의 내면과 그의 시골 일상이 그려진다. 4장은 오네긴과 푸시킨이 완전히 다른 인물이라고 생각하던 구소련 시대의 학자들도 오네긴을 통해서 푸시킨의 자전적인 요소가 가장 많이 드러나는 부분으로 보았다. 5장에서 렌스키의 권유로 타티아나의 명명일 파티에 참석한 오네긴은 그곳 사람들의 시선과, 자신에 대한 사랑으로 어쩔 줄 몰라 하는 타티아나를 보면서 자신과 세상에 대해 울화를 느끼고 렌스키를 자극하여 결투에 임하게 만든다. 6장에서는 렌스키와 오네긴의 결투 과정, 결투에 대한 작가-화자의 생각, 무모한 결투로 마감한 렌스키의 짧은 인생에 대한 소회와 그의 무덤이 묘사된다. 이 장은 작가-화자가 시골을 떠나기 전 그곳에서 보낸 젊음을 돌아보는 것으로 끝난다. 이 시점에서 작가-화자는 푸시킨처럼 시골을 떠나 인생의 새로운 전기를 맞는다. 푸시킨은 5장과 6장에서 오네긴을 통해 당시 시골에서 느끼던 권태감과 답답한 러시아 사회 안에서 옴짝달싹 못 하는 자신의 처지에 대한 불만을 드러낸 것 같다. 7장에서는 결투에서 렌스키를 죽인 스물여섯 살의 오네긴이 시골을 떠난 후 타티아나가 오네긴의 서재에서 책을 읽고 그를 이해하게 되는 과정과, 어머니의 권유로 신부 시장이 있는 모스크바로 가서 신랑감을 만나는 과정이 그려진다. 당시 푸시킨은 자신을 진정으로 이해하고 내면세계에 공감하며 그의 권태를 열정과 동경으로 감싸 주는 여인을 갈구했는지도 모른다. 아니면 이미 떠나 버린 이상형에 대해 애석함을 느끼며 집필했을 수도 있다. 푸시킨의 가슴속에 있던 비밀의 여인, 그녀가 누구일까 다시금 궁금해지는 대목이다. 8장에서 오네긴은 여행에서 돌아온 후 다시 페테르부르크 사교계에 나타나 타티아나를 만난다. 그리고 그녀를 향한 애정으로 애태우다가 그녀에게 자신의 모든 것을 드러내는 편지를 보낸다. 답장이 없자 그녀의 저택을 찾아가는데 그곳에서 타티아나가 홀로 편지를 읽는 것을 보게 된다. 그 순간 애정을 고백하며 그녀에게 매달린다. 그녀는 오네긴에게 사랑한다고 고백하면서도 남편 곁에 머물겠다고 선언한다. 이 역시 실제로나 심정적으로 푸시킨이 겪었던 이야기를 재구성한 것으로 보인다.

이렇게 현실에 염증을 느끼고 자신의 감옥 속에 갇혀 사는 오네긴과 그를 아이러니와 유머 섞인 시선으로 바라보며 창작 속에서 기쁨과 화해를 느끼는 작가-화자, 두 인물을 통하여 푸시킨은 자신의 두 면모, 두 분신을 객관적으로 관찰하면서 소설을 처음부터 끝까지 이끌고 있다.

주인공 오네긴은 푸시킨의 귀족 청년으로서의 면모를 가감 없이 드러내는 인물이고 작가-화자는 문학 전통 안에서 다양한 문학적 입장을 모두 체험하여 여러 관점에서 자신의 언어와 창작품을 들여다보는 작가로서의 면모를 보여 준다. 두 측면에서 공히 드러나는 것은 작품 전체를 관통하는 푸시킨의 자기 성찰적 태도이다. 바로 이 작품이 시간과 공간을 초월하여 독자들에게 주는 감동의 원천일 것이다. 이 작품의 가장 큰 덕목은 당대의 현실에서 소외감을 느끼며 살아간 자신의 궤적을 좋은 면이든 나쁜 면이든 가감 없이 진솔하게 그려서 지성층 모두의 공감을 이끌었다는 점이다.

푸시킨의 많은 부분을 대변한다고 여겨지는 주인공 오네긴을 중심으로 타티아나, 올가, 렌스키가 살아가는 모습을 보면서 인생에서의 선택이 얼마나 중요한가 하는 점 또한 이 작품에서 얻을 수 있는 중요한 교훈이다. 사람들은 인생의 전체 모습이 대체로 유전, 환경에 의해 정해진다고 생각한다. 하지만 인생을 바꾸는 중요한 선택은 스스로 결단하고 책임지는 것이다. 얼마나 많은 사람들이 잘못된 선택을 함으로써 비참한 길을 걸었던가? 이 소설은 이 점을 깊이 성찰하게 한다.

실로 소설 『예브게니 오네긴』은 푸시킨 자신을 포함하여 당시 사회를 살아가던 젊은이들을 자세하게 살펴보고 이들의 인생을 사랑과 결혼을 중심으로 구체적으로 조명함으로써 이후 러시아 문학에서 가족을 중심으로 한 이야기들, 레빈과 키티의 결혼 이야기나 브론스키나 안나 카레니나의 불행한 사랑 이야기를 탄생시켰고 인간에 대한 깊은 천착을 보여 주는 위대한 러시아 사실주의 소설들의 탄생을 가능하게 했다고 할 수 있다. 투르게네프의 『아버지와 자식』, 도스토옙스키의 『지하로부터의 수기』나 『죄와 벌』, 체호프의 『결투』를 비롯한 소설들이나 희곡 「갈매기」, 소련 시절 불가코프의 『거장과 마르가리타』, 바실리 그로스만의 『삶과 운명』 등의 작품에서 나타나는 진정한 러시아 인물의 창조 역시 『예브게니 오네긴』의 영향을 받았다고 할 수 있다. 이 모든 작품들은 작가들이 살았던 당시의 러시아, 그 삶의 현장에서 사람들이 어떻게 살아갔는지, 사회의 관념이나 통념 속에 묻혀서 그냥저냥 살아갔는지, 그것을 뛰어넘어 독립적인 인간으로서 살아가려고 애쓰며 때에 맞게 자기 길을 선택해서 용감하고 현명하게 개척해 나갔는지, 아니면 그 속에서 헤매며 소외와 절망감에 자신을 내맡기고 파멸해 가는지를 이해하는 데 매우 중요하다. 이는 『예브게니 오네긴』의 전통을 이은 작품의 작가들이 자신을 깊이 들여다보고 자기 시대를 가감 없이 분석하면서 자신의 치부를 드러내는 것을 두려워하지 않고 솔직하게 기록했기 때문일 것이다.

타티아나와 오네긴이 사회 관습이나 통념을 뛰어넘으려고 애쓰는 것은 사회적 결정에서 벗어나 독립된 인간으로서 살아가려는 몸부림이다. 그들의 행동은 사회 관습과 긴장 관계에 있다. 그런데 타티아나는 성공했고 오네긴은 일단 패배했다. 그리고 어떤 선택을 했는가에 따라 나머지 그들의 인생길은 결정되었다. 하지만 오네긴의 미래는 열려 있다. 푸시킨이 이 작품을 마친 시점에 그랬던 것처럼 오네긴은 자신을 성찰하고 진실하게 그의 길을 찾아 나가려고 노력했을 것이다. 그러나 그 누가 타티아나처럼 항상 독립적으로 현명한 선택을 해낼 수 있겠는가? 우물쭈물하다가 때를 놓치면서 그냥저냥 살아 내는 것이 대부분 사람들의 모습일지도 모른다. '때에 맞춰'란 과연 무엇일까에 대해서도 생각해 본다. '때에 맞춰'가 크게 볼 때 자연의 순리에 따라서, 또 시간과 공간의 좌표 속에서 가장 알맞은 지점을 알아내고 그에 맞춰 행동하는 것이라면 얼마나 어려운 일이겠는가? 그러나 진실한 마음으로 노력해 보는 것이 보람 있는 인생의 과정일 것이다. 이는 개인적인 차원이나 사회적인 차원 모두에 해당하는 말이다.

작가의 자전적인 요소가 대단히 강하면서도 당대를 재현하고 또 젊은 지성인들의 영구한 문제를 파헤치는 이 대작을 우리 독자들에게 널리 소개하는 기회를 갖게 되어 기쁘면서도 중압감을 느꼈다. 이 정교한 운문 형식의 소설을 우리말로 어떻게 옮겨야 효과적일까?

이 소설을 이루는 정교한 운문 형식의 연(약강 4보격 14행으로 항상 교대운, 병렬운, 고리운의 순서로 4행씩 12행, 이어서 쌍운 2행의 각운으로 구성했다.)들을 낭독하는 기쁨은 러시아인이 가장 많이 느낄 것이다. 그러나 외국인도 러시아어로 이 소설을 반복해서 읽다 보면 리듬을 타게 된다. 그 리듬과 그 속에 담긴 어휘들이 어우러져서 만들어진 아이러니와 패러디가 진지한 사상과 인간의 심성을 절묘하게 표현해서 종횡무진 독자들을 빨아들인다.

번역의 저본은 모스크바에서 열 권으로 나온 푸시킨 전집 중 1975년판 제4권이다. 이 소설에 붙인 각주들은 유명한 『예브게니 오네긴』 연구자로 꼽히는 블라디미르 나보코프, 유리로트만의 방대한 주석서를 부분적으로 참고했지만 대폭 줄였고 역자 나름으로 첨삭했다. 그렇지만 소설을 읽어 나가는 데 각주가 방해되는 것을 느끼는 독자는 각주를 읽지 말고 자유로이 감상하기 바란다.

2 대위의 딸

이 소설은 실제 러시아 역사에서 한 획을 그었던 '푸가초프의 난'(1773~1775)을 배경으로 하고 있다. '푸가초프의 난'은 예카테리나 2세 치하의 러시아에서 일어난 농민 반란이다.(농민 전쟁이라 칭하기도 한다.) 돈 카자크로서 러시아 제국의 정책에 불만을 품었던 카자크들에 의해 반란군 수장으로 선택된 푸가초프는 표트르 3세 황제를 참칭하며, 러시아 제국의 세력 확장 정책에 불만을 품고 있던 변방의 바시키르, 키르기스, 칼미크 등 이민족들을 규합하고 농민들을 끌어들이며 우랄강에서 볼가강까지 넓은 영역에서 실제로 황제로 받들어졌다. 이 소설은 이를 탄압하려는 정부군과 반란군의 처참한 전투가 공방을 거듭하면서 지리하게 이어졌던 역사적 사실을 기반으로 한다. 흔히 역사 소설 『대위의 딸』이 톨스토이의 역사 소설 『전쟁과 평화』를 낳게 했다고들 한다. 두 작품 모두 철저한 역사 연구 작업의 결실로 탄생한 작품이다. 푸시킨은 『대위의 딸』을 출판하기에 앞서 1834년 『푸가초프 반란사』라는 제목의 역사서를 출판했다. 이 역사서는 이 사건에 대한 구체적이고 정확한 역사 연구서로 지금까지도 인정받는다. '푸가초프의 난'에 대한 자료의 접근이 엄격히 금지되어 있던 당시의 상황에서 푸시킨은 표트르 1세부터의 러시아 역사를 쓴다는 명목으로 반란 당시 여황제의 칙령들, 정부군 장군들의 서신 교환 및 명령들을 비롯한 기록물 자료에 대한 접근을 니콜라이 황제로부터 허락받았고 1833년 8월과 9월에는 푸가초프의 난이 일어났던 지역을 답사해서 주민들과 기록물 자료에는 없는 여러모로 흥미로운 인터뷰를 했다. 이외에도 푸시킨은 당시 러시아 상황을 다룬 러시아 역사서 및 푸가초프의 난을 다룬 영국이나 프랑스에서 나온 역사물들을 꼼꼼히 읽었다. 이렇게 해서 탄생한 것이 『푸가초프 반란사』이고 이를 바탕으로 만들어진 소설이 『대위의 딸』이다.

1836년, 푸시킨이 주관했던 잡지 《동시대인》 제4호에 처음 실렸으며, 집필에는 삼 년 반 정도 걸린 것으로 보인다. 푸시킨의 자국 역사에 대한 관심, 특히 참칭자에 대한 관심은 이미 1825년에 완성한 『황제 보리스와 그리슈카 오트레피예프에 대한 희극』에서도 이미 잘 알려져 있다. 이 작품은 푸시킨이 미하일로프코예에 머물던 1824년에 시작해서 1826년 9월 모스크바로 돌아온 후 지인들 앞에서 읽어 주었던 25장의 드라마로 삭제와 수정을 거쳐 1831년 22장으로 출판되었다. 당시 제목은 '보리스 고두노프'였고 소련 시절에는 1831년판에 1825년 출판 당시 3장이었던 장을 추가해서 통상 23장으로 구성되었다.(1825년판이 제목과 내용 그대로 출판된 것은 1993년에 이르러서다. 정치적으로 매우 민감한 작품이었음을 말해 준다고 하겠다. 편의상 이 판도 '보리스 고두노프'라고 칭했다.) 푸시킨은 당시 막 출판된 카람진의 『러시아 국가사』 10권과 11권을 받은 후 이 작품을 썼다. 푸시킨의 보리스나 참칭자는 카람진의 견해와 달리 악당이라기보다는 내면적 갈등을 지닌 정치가였다. 푸시킨이 카람진과 견해를 달리했던 데에는 여러 가지 이유가 있겠지만 흥미로운 점은 푸시킨이 카람진의 역사서 본문보다는 이 책의 꼼꼼한 주석으로 인하여 다른 역사 기록물들에 흥미를 느끼게 되었다는 사실이다. 카람진은 성실한 역사 기록가답게 주석에서 프랑스어, 영어, 독일어, 폴란드어, 이탈리아어 등으로 된 유럽 각국의 기록물 출처를 밝히거나 출처의 문장을 그대로 인용했다. 비록 자신의 견해에 맞는 부분만을 발췌 인용하려고 했지만 다양한 출처를 밝힘으로써 그와는 다른 견해를 나타내는 연대기나 여러 외국 기록물들을 알려 주게 되었던 것이다. 푸시킨 드라마에서 카람진의 역사서 본문에 붙은 주석들의 영향은 상당한 정도다. 푸시킨 자신도 역사서 『푸가초프 반란사』 본문에 구체적이고 다양한 주석들을 상당한 분량으로 붙여서 당시의 상황을 객관적으로 볼 수 있도록 배려했다.

소설 『대위의 딸』에서 푸시킨은 참칭자에 대해 어떤 견해를 가졌을까? 간단히 말하면 드라마 『보리스 고두노프』에 나타난 참칭자에 대한 견해와 기본적으로 동일하다고 볼 수 있다. 『대위의 딸』에서는 『보리스 고두노프』에서와 달리 수도원을 탈출한 승려로 글을 읽고 쓸 줄 아는 그리슈카가 아니라 반문맹인인 카자크가 참칭자로서 백성들의 거대한 지지를 얻었다는 것이 다르다. 통치자와 피통치자의 관계, 기존 권력과 그것을 뒤엎는 세력의 충돌, 교회 세력, 수뇌부 내부의 관계, 정적에 대한 가차 없는 복수들은 그리슈카나 푸가초프가 크게 다르지 않다.

우선 통치자의 정통성은 통치의 기본 전제다. 그렇다면 푸가초프는 어떻게 정통성을 확보했을까?

사실 백성들에게는 그가 표트르 3세이건 카잔의 감옥에서 탈옥한 돈 카자크이건 별 상관이 없다. 민생에 관심을 가지고 그들의 사정을 살피고 원하는 바를 속 시원히 풀어 주면 백성들은 기꺼이 그를 황제 표트르 3세라고 믿고 모시며 따른다. 『푸가초프 반란사』에 따르면 푸가초프는 나중에는 소금을 무료로 나누어 주고 인두세만 약간 바치도록 하고 병사의 봉급을 세 배 늘리겠다는 약속도 했다. 불만의 대상인 귀족 계층의 말살도 약속했다. 이것이 그가 패주했다가도 다시 살아나는 기반이었다. 이 난을 진압하고 나서 볼테르에게 쓴 에카테리나 2세의 서한을 보면 여황제가 가장 두려워했던 것은 푸가초프의 정통성 문제였음을 알 수 있다. 그녀는 그가 돈 카자크이며 결혼한 몸이고 아내가 있는 사람이라면서 자신이 살해한 남편 표트르 3세와는 아무 관련이 없다는 것을 무엇보다 강조했다. 그러나 그녀의 아들조차 아버지가 살아 있는 것이 아닌지 의심할 만큼 황실에 푸가초프는 두려운 존재였다.

푸시킨이 1825년 9월 13일 뱌젬스키에게 보내는 편지에서 "정치적인 관점에서 보리스를 본다."라고 한 바와 같이 푸시킨은 정치적 인물로서 보리스에게 관심을 가졌고 참칭자에 대해서도 마찬가지였다. 역사적인 충돌의 시기, 사회적인 갈등 안에 있으면서 구제도를 파기하고 신제도를 도입하는 과정에 처한 정치가로서의 통치자에 대해 관심을 가졌던 것이다.

개인적인 죄와 관련 없이 능력 있는 통치자에 대한 푸시킨의 관심은 푸시킨이 타키투스의 『연대기』를 읽으면서 타키투스와 달리 전제적인 티베리우스에 대해서 군주로서 긍정적인 평가를 내린 것과 맥을 같이한다. 『대위의 딸』에서도 참칭자는 유려한 언변과 기민한 정치 감각을 지닌 존재로서 자신의 입지를 확고히 하고 백성들과 주변의 권력 수뇌부들을 제어할 줄 안다. 통치자로서의 위상과 자신의 능력에 대한 인식, 그리고 수완 있는 정치가로서 현실 정치에서 연극과 위장이 정치를 지배하는 요소임을 잘 알았던 것이다.

푸시킨은 정치 세계에 변함없는 진실과 충성, 자연 질서가 있다는 것을 믿지 않는다. 그는 정치 세계가 위장의 세계, 연극의 세계이고 또 대부분의 사람들이 이것을 의식하고 자기 이익을 추구하고 있음을 보여 준다. 정치 게임에서는 이에 참여하는 사람 모두가 거짓말을 하고 받아들일 태세가 되어 있다. 참칭자도 권력 수뇌부도 이 모든 정치 행위가 위장임을 알고 있으며 자신을 포함하여 모두가 그 안에서 적당한 역할을 맡고 있는 것을 안다.

위장과 관련해서 외관도 중요하다. 황금 줄로 수놓은 빨간 카프탄을 입고 흑담비털 모자를 쓴 채 백마를 탄 푸가초프는 폐하로 모셔진 몸이다. 작은 툴룹이라도 감사히 받아 입던 떠돌이 푸가초프와는 완전히 다르다. 정치 세계에서 외관과 실체의 괴리는 전제된 사실인 것이다. 푸가초프는 카자크 집단이 자기들의 이익을 위해 내세운 인물로 권좌에 오르지만 그것을 잘 유지할 줄 아는 능력 있는 정치가다. 그는 진실이나 덕보다 중요한 것은 그렇게 보일 수 있도록 게임을 잘하는 것이며 그 게임의 룰을 이해하는 것이라는 것을 알았다.

참칭자는 보통 사람보다 더 자신의 처지에 대한 불만과 야망이 크다. 그리고리는 푸시킨의 드라마에서 승복 속에서 권태를 느끼며 답답해하던 젊은이고 푸가초프는 칼미크 민화에 나오는 매와 독수리의 이야기를 하며 그리슈카 오트레피예프처럼 참혹한 죽음을 당하더라도 한번 폼 나게 살아보고 싶다는 열망을 비유적으로 말하지 않았던가?

『보리스 고두노프』에서나 『대위의 딸』에서 참칭자는 자신의 일상에 권태를 느끼고 권력에 대한 꿈을 키워 온 인물로 기회를 잡아 용감하고 능란하게 권력 상승의 길을 달리는 인물이다. 언변이 유려하고 임기응변 능력이 뛰어나며 남을 평가할 줄 알고 자신의 행위도 정확히 평가할 줄 안다. 사람들이 자신을 이용하려 하지 진실은 개의치 않는다는 것을 잘 안다. 몸에 있는 상처가 타고난 황제 표식이라고 얼토당토않은 신화가 만들어지고 백성들이 이를 기꺼이 믿는 것을 잘 안다. 가까운 사람에게 자신의 정체를 밝히다가도 권력자로서 취하는 말이나 행동을 보면 현실 감각이 뛰어나다는 것을 알 수 있다. 적을 잔인하고 단호하게 처형하는 것도 통치자로서의 카리스마를 보여 준다.

참칭자는 권력 수뇌부에 속하는 다른 사람들에 비해 인간적으로나 정치적 역량으로나 그릇이 크다. 그것은 그가 죽을 각오를 하고 행동하기 때문일 것이다. 권력 수뇌부에 속하는 주변 사람들은 믿을 만하지 못하고 자신들의 안위를 먼저 생각하며 기회주의적이기에 항상 배반할 태세가 되어 있다. 참칭자는 주변의 권력층이 언제든 자기를 배반하리라는 것도 잘 알았다.

인간의 권태와 야망, 그것이 부르는 권력욕과 권좌를 향한 투쟁, 그리고 만들어지는 정통성에 복종하며 자신의 안위를 염려하는 권력 수뇌부, 백성들의 어리석음, 백성들의 불만. 이 모든 것들이 어우러져 휘몰아치는 것이 역사라면 이 중에서 가장 중심적인 역할을 하는 것은 백성 또는 여론이다. 백성들은 자신은 의식하지 못하나 여론을 형성하는 역사의 주인공이다. 수동적인 것 같으면서도 결국 참칭자가 황제가 되게 만든다. 백성들은 소문을 믿으며 어리석고 미신적이고 쉽사리 동요된다. 이들은 상황에 따라 폭도도 될 수 있다. 민심은 기본적으로 예측 불가능한 날씨와 비슷하다. 그들은 권력 상층부에 의해 조작될 수 있는 존재지만 권력 상층부 또한 백성들의 여론에 영향을 받는다. 여론 자체는 헛것처럼 공허하다. 푸시킨의 소설에서도 정통성은 공허한 여론에 의해 결정되고 공허한 여론에 의해 참칭자는 승리한다. 그리슈카 오트레피예프를 용감한 자라고 부르며 자신도 황제가 될 수 있다고 그리뇨프에게 털어놓고 솔직하게 속마음을 보이는 푸가초프도 권력이 여론에서 나오는 것임을 안다. 푸가초프는 전세가 불리할 때조차 여론을 믿으며 백성들이 그의 편으로 넘어오리라고 생각한다.

이같이 소설 『대위의 딸』에서 드라마 『보리스 고두노프』에서처럼 통치자의 '정통성'은 만들어진다는 것, 정치는 연극과 위장이라는 것, 참칭자의 행위가 권태 및 야망에 기인한다는 것, 권력 수뇌부는 기회주의적이라는 것, 종교는 권력의 하수인이라는 것, 백성들은 우매하고 공허한 여론은 조장되는 동시에 영향력을 미친다는 것이 드러났다.

그런데 이는 참칭자의 권력만이 아니라 황제의 권력에도 해당되는 말이다. 정당한 승계가 아니라 살인을 범함으로써 제위에 오른 경우에 특히 그렇다. 보리스 고두노프가 그렇고 예카테리나 2세가 그렇다. 그래서 푸시킨의 작품에서 황제 보리스 고두노프와 그리슈카 오트레피예프는 맞수이며 푸가초프와 예카테리나도 그런 관계다. 푸시킨이 푸가초프에 관한 연구의 결과물을 '푸가초프의 역사'라는 제목으로 써서 니콜라이 황제의 검열을 받았을 때 황제는 그에게 제목을 고치라고 명했고 푸시킨은 '푸가초프 반란사'라고 제목을 고쳐서 출판했다. 황제의 입장에서는 반란사지만 푸시킨의 입장에서는 푸가초프라는 인물이 지배했던 정치사의 한 페이지라는 반증 아니겠는가!

개인으로서는 푸가초프와 예카테리나, 둘 다 따뜻하고 솔직하며 인도적인 면을 지니고 있다. 평복을 입은 모습으로 공원에서 마샤를 만난 예카테리나 2세나 그리뇨프 앞에서 솔직하게 자신의 본모습을 드러내는 푸가초프가 그렇다. 하지만 군주로서의 그들은 여론의 지지를 받아야만 권력이 유지되므로 권력의 메커니즘 안에서 자신의 인간성을 희생시킬 수밖에 없다. 그러면 이러한 정치 메커니즘이 지배하는 현실에서 과연 인간다운 존엄을 지키며 삶을 유지하고 살아가는 방법은 무엇일까?

그리뇨프의 행동에 답이 있지 않을까?

명예와 약속을 지키고 손해가 되더라도 어리숙하게 따뜻한 마음을 지니고 베풀며 순수하게 살아가는 것. 그에 대한 보답으로 그는 '때에 맞는' 행동을 할 수 있었고 '때에 맞춰' 행동할 줄 아는 여인 마샤의 사랑을 얻었고 그녀로 인해 구제받는다. 그는 코트가 없어 추위에 떠는 푸가초프에게 길을 안내한 보답으로 툴룹을 내주었고, 반란이 일어나자 눈앞의 이익을 생각하는 슈바브린과 달리 군인으로서 황제에게 서약한 바를 지켰으며, 하인 사벨리치에게도 약속을 지켰다. 참칭자 푸가초프도 불쌍한 인간으로 보고 성심껏 대했다. 정부군에 의해 반란군에 가담한 혐의로 체포되었을 때도 마샤를 끌어들이지 않기 위해 스스로를 궁지에 몰아넣었다. 하인 사벨리치를 구하기 위해 적진으로 들어가기도 했다. 그리뇨프 및 그리뇨프 집안은 귀족으로서 하인들과 훈훈하고 끈끈하게 인간적인 유대 관계를 유지하는 사람들이다. 귀족과 하인이 서로를 이해관계의 대상으로 보기보다는 가까운 인간으로 대하는 것이다. 정치적 지형이 달라져도 예전의 정부군 요새에서 푸가초프 진영으로 달아난 카자크 하사관 막시미치가 오렌부르크에서 적인 그리뇨프를 반갑게 대하며 마샤의 편지를 전해 주는 것도 그와 그리뇨프 사이에 형성된 인간적 유대 덕분이다.

개인 간의 친소 관계가 추상적인 진영 나누기나 계층적 차이보다 훨씬 현실적이라는 만고의 진리가 소설 전체에서 드러나는 것이다.

그리뇨프라는 인물을 통해서 푸시킨이 전하고 싶은 말은 다음과 같다.

첫째, 자존심과 명예를 지키고 인간성을 존중하며 독립적으로 살고 싶으면 자신의 직분에 최선을 다하며, 권력을 손에 넣는 것을 피하고 필요악인 정치 권력을 되도록 멀리하는 것이 좋다.

둘째, 인간에 대한 배려와 사랑의 마음을 지녀야 복이 온다.

셋째, 순수한 마음으로 살면 세상을 편견 없이 보게 되고 어떤 인간 앞에서나 떳떳할 수 있다. 또한 순수한 마음은 '때에 맞춰' 살도록 하고 이는 결국 인생의 위기를 극복하게 한다.

번역의 저본은 모스크바에서 열 권으로 나온 푸시킨 전집 중 1975년에 나온 제5권이고,『푸가초프 반란사』는 이 전집 중 1976년에 나온 제7권에 실린 것을 참조했다. 소설에 붙인 해설은 역자의 소견일 뿐이고 희망하건대 독자들은 오랜 세월 만지작거린 이 번역을 아무 데나 펼쳐서 자유로이 읽었으면 좋겠다.

2023년 10월
최선

작가 연보

1799년 　5월 26일(현재의 달력으로 6월 6일) 모스크바에서 600년 전통의 유서 깊은 러시아 귀족 가문의 장남으로 태어났다. 외조부는 표트르 대제를 섬긴 아프리카 출신 귀족이었다. 군대에서 퇴역한 후 문필 활동을 한 아버지의 개인 서재에서 어린 시절부터 고전 문학들을 접했다.

1811년 　육 년 동안 차르스코예셀로에 있는 리체이(중고교 과정 통합 귀족 기숙 학교)에 다녔다. 세계 여러 나라의 문학 작품을 접하고 여러 작품들을 모방하면서 자신의 창작 스타일을 모색했다.

1814년 　서정시를 발표하기 시작했다. 리체이에서 교육받는 동안 130여 편의 시를 지었다.

1817년 　페테르부르크에서 외무성 관리로 근무를 시작했다. 사랑, 자유, 쾌락이 삶과 문학의 주제였다.

1820년   러시아의 옛날 이야기를 개작한 서사시 『루슬란과 류드
밀라』를 발표했다. 황제에 대해 비판적인 시를 썼다는
이유로 좌천당해 남부로 가게 되었다.

1821년   바이런을 읽기 시작했다. 문화의 충돌, 가치관의 충돌,
자아 찾기 등을 주제로 하는 서사시 「캅카스의 포로」를
비롯하여 「바흐치사라이의 분수」, 「도적 형제」, 「집시」,
「가브릴리아다」를 이 시기에 썼다.

1823년   키시뇨프에서 운문 소설 『예브게니 오네긴』 집필을 시
작했다. 오제사로 옮겨 보론초프 장군 밑에서 일했다.

1824년   8월 북부 미하일로프스코예로 유배를 갔다. 서사시 「집
시」를 완성했다.

1825년   서정시집을 출간했다. 이 시기에 러시아 역사에 대한 관
심과 셰익스피어의 영향이 두드러지게 드러난다. 운문 희
곡 『보리스 고두노프』, 서사시 「눌린 백작」을 통해 러시아
의 과거와 현재에 대해 탐구했다. 괴테의 작품에 영향을
받은 짧은 희곡 「『파우스트』의 한 장면」과 서정시 「삶이
그대를 속일지라도」, 「……에게」 등의 서사시를 썼다.

1826년   8월 사면받아 모스크바로 돌아왔다.

1827년   소설 「표트르 대제의 흑인」(미완성)을 쓰기 시작했다.

1828년   우크라이나의 역사적 인물 마제파를 소재로 한 서사시
「폴타바」를 완성했다.

1829년   당대의 길 잃은 상류층 사람들의 내면 세계를 묘사한
소설 「편지로 된 소설」(미완성)을 썼다.

1830년   볼디노에서 단편집 『벨킨 이야기』를 썼다. 러시아 문학의
          길에 대한 사색을 담은 서사시 「콜롬나의 작은 집」, 소설
          「고류히노 마을의 역사」(미완성), 열정 및 집착과 죽음의
          관계에 대한 사색을 담은 네 편의 운문 소비극(小悲劇)
          『인색한 기사』, 『모차르트와 살리에리』, 『석상 손님』, 『페
          스트 속의 향연』을 썼다.

1831년   2월 나탈리야 니콜라예브나 곤차로바와 결혼했다. 조국
          의 현실에 대한 혐오와 조국애 사이에서 갈등하는 여인
          을 주제로 삼은 단편 소설 「로슬라블레프」를 썼다.

1833년   귀족 출신 도적을 다룬 소설 『두브로프스키』, 역사서
          『푸가초프 반란사』, 단편 소설 『스페이드 여왕』을 비롯
          해 역사에 대한 사색을 담은 서사시 「안젤로」, 「청동 기
          사」를 썼다. 운문 소설 『예브게니 오네긴』을 출간했다.

1834년   정체성 상실과 파멸에 대한 사색을 담은 우화시 「황금
          수탉」을 썼다.

1835년   예술가의 정체성의 문제를 다룬 소설 「이집트의 밤」(미
          완성)을 썼다.

1836년   소설 『대위의 딸』을 쓰고 '동시대인'이라는 뜻의 문학잡
          지 《소브레멘니크》를 발간했다. 11월, 아내 곤차로바가
          염문을 일으키고 다니고 있다는 익명의 투서를 받는다.

1837년   1월 27일 푸시킨은 네덜란드 공사의 양아들인 프랑스인
          조르주 당테스가 아내와 바람을 피운 범인이라고 확신
          해 결투 신청을 한다. 결투에서 치명상을 입고 1월 29일
          서른일곱 살의 나이에 사망했다.

세계문학전집 **433**

예브게니 오네긴·대위의 딸

1판 1쇄 찍음 2023년 11월 24일
1판 1쇄 펴냄 2023년 12월 1일

지은이   알렉산드르 푸시킨
옮긴이   최선
발행인   박근섭, 박상준
펴낸곳   ㈜민음사

출판등록   1966. 5. 19. (제 16-490호)
서울특별시 강남구 도산대로1길 62(신사동) 강남출판문화센터 5층 (우편번호 06027)
대표전화 02-515-2000   팩시밀리 02-515-2007
www.minumsa.com

© 최선, 2023. Printed in Seoul, Korea

ISBN 978-89-374-6433-1 04800
ISBN 978-89-374-6000-5 (세트)

세계문학전집 목록

1·2 변신 이야기 오비디우스 · 이윤기 옮김 서울대 권장도서 100선

3 햄릿 셰익스피어 · 최종철 옮김 서울대 권장도서 100선 | 미국대학위원회 선정 SAT 추천도서

4 변신 · 시골의사 카프카 · 전영애 옮김 서울대 권장도서 100선

5 동물농장 오웰 · 도정일 옮김 미국대학위원회 선정 SAT 추천도서 | 《타임》 선정 현대 100대 영문소설

6 허클베리 핀의 모험 트웨인 · 김욱동 옮김 《뉴스위크》 선정 100대 명저

7 암흑의 핵심 콘래드 · 이상옥 옮김 미국대학위원회 선정 SAT 추천도서 | 《뉴스위크》 선정 10대 명저

8 토니오 크뢰거 · 트리스탄 · 베네치아에서의 죽음 토마스 만 · 안삼환 외 옮김 노벨 문학상 수상 작가

9 문학이란 무엇인가 사르트르 · 정명환 옮김

10 한국단편문학선 1 김동인 외 · 이남호 엮음 국립중앙도서관 선정 청소년 권장도서

11·12 인간의 굴레에서 서머싯 몸 · 송무 옮김

13 이반 데니소비치, 수용소의 하루 솔제니친 · 이영의 옮김 노벨 문학상 수상 작가

14 너새니얼 호손 단편선 호손 · 천승걸 옮김

15 나의 미카엘 오즈 · 최창모 옮김

16·17 중국신화전설 위앤커 · 전인초, 김선자 옮김

18 고리오 영감 발자크 · 박영근 옮김

19 파리대왕 골딩 · 유종호 옮김 노벨 문학상 수상 작가 | 《타임》 선정 현대 100대 영문소설

20 한국단편문학선 2 김동리 외 · 이남호 엮음

21·22 파우스트 괴테 · 정서웅 옮김 서울대 권장도서 100선 | 미국대학위원회 선정 SAT 추천도서

23·24 빌헬름 마이스터의 수업시대 괴테 · 안삼환 옮김

25 젊은 베르테르의 슬픔 괴테 · 박찬기 옮김 논술 및 수능에 출제된 책(1998~2005)

26 이피게니에 · 스텔라 괴테 · 박찬기 외 옮김

27 다섯째 아이 레싱 · 정덕애 옮김 노벨 문학상 수상 작가

28 삶의 한가운데 린저 · 박찬일 옮김

29 농담 쿤데라 · 방미경 옮김

30 야성의 부름 런던 · 권택영 옮김

31 아메리칸 제임스 · 최경도 옮김

32·33 양철북 그라스 · 장희창 옮김 노벨 문학상 수상 작가 | 서울대 권장도서 100선

34·35 백년의 고독 마르케스 · 조구호 옮김 노벨 문학상 수상 작가 | 서울대 권장도서 100선

36 마담 보바리 플로베르 · 김화영 옮김 서울대 권장도서 100선

37 거미여인의 키스 푸익 · 송병선 옮김

38 달과 6펜스 서머싯 몸 · 송무 옮김

39 폴란드의 풍차 지오노 · 박인철 옮김

40·41 독일어 시간 렌츠 · 정서웅 옮김

42 말테의 수기 릴케 · 문현미 옮김

43 고도를 기다리며 베케트 · 오증자 옮김 노벨 문학상 수상 작가 | 서울대 권장도서 100선

44 데미안 헤세 · 전영애 옮김 노벨 문학상 수상 작가

45 젊은 예술가의 초상 조이스 · 이상옥 옮김 서울대 권장도서 100선

46 카탈로니아 찬가 오웰 · 정영목 옮김

47 호밀밭의 파수꾼 샐린저 · 정영목 옮김 《타임》 선정 현대 100대 영문소설 | 미국대학위원회 선정 SAT 추천도서 | 《뉴스위크》 선정 100대 명저 | BBC 선정 꼭 읽어야 할 책

48·49 파르마의 수도원 스탕달 · 원윤수, 임미경 옮김

50 수레바퀴 아래서 헤세 · 김이섭 옮김 노벨 문학상 수상 작가 | 국립중앙도서관 선정 청소년 권장도서

51·52 내 이름은 빨강 파묵·이난아 옮김 노벨 문학상 수상 작가

53 오셀로 셰익스피어·최종철 옮김 서울대 권장도서 100선

54 조서 르 클레지오·김윤진 옮김 노벨 문학상 수상 작가

55 모래의 여자 아베 코보·김난주 옮김

56·57 부덴브로크 가의 사람들 토마스 만·홍성광 옮김 노벨 문학상 수상 작가

58 싯다르타 헤세·박병덕 옮김 노벨 문학상 수상 작가

59·60 아들과 연인 로렌스·정상준 옮김 《뉴스위크》 선정 100대 명저

61 설국 가와바타 야스나리·유숙자 옮김 노벨 문학상 수상 작가 | 서울대 권장도서 100선

62 벨킨 이야기·스페이드 여왕 푸슈킨·최선 옮김

63·64 넙치 그라스·김재혁 옮김 노벨 문학상 수상 작가

65 소망 없는 불행 한트케·윤용호 옮김 노벨 문학상 수상 작가

66 나르치스와 골드문트 헤세·임홍배 옮김 노벨 문학상 수상 작가

67 황야의 이리 헤세·김누리 옮김 노벨 문학상 수상 작가

68 페테르부르크 이야기 고골·조주관 옮김

69 밤으로의 긴 여로 오닐·민승남 옮김 노벨 문학상 수상 작가 | 미국대학위원회 선정 SAT 추천도서

70 체호프 단편선 체호프·박현섭 옮김

71 버스 정류장 가오싱젠·오수경 옮김 노벨 문학상 수상 작가

72 구운몽 김만중·송성욱 옮김 서울대 권장도서 100선 | 국립중앙도서관 선정 청소년 권장도서

73 대머리 여가수 이오네스코·오세곤 옮김

74 이솝 우화집 이솝·유종호 옮김 논술 및 수능에 출제된 책(1998~2005)

75 위대한 개츠비 피츠제럴드·김욱동 옮김 《타임》 선정 현대 100대 영문소설

76 푸른 꽃 노발리스·김재혁 옮김

77 1984 오웰·정회성 옮김 《타임》 선정 현대 100대 영문소설 | 《뉴스위크》 선정 100대 명저

78·79 영혼의 집 아옌데·권미선 옮김

80 첫사랑 투르게네프·이항재 옮김

81 내가 죽어 누워 있을 때 포크너·김명주 옮김 노벨 문학상 수상 작가

82 런던 스케치 레싱·서숙 옮김 노벨 문학상 수상 작가

83 팡세 파스칼·이환 옮김

84 질투 로브그리예·박이문, 박희원 옮김

85·86 채털리 부인의 연인 로렌스·이인규 옮김

87 그 후 나쓰메 소세키·윤상인 옮김

88 오만과 편견 오스틴·윤지관, 전승희 옮김 미국대학위원회 선정 SAT 추천도서

89·90 부활 톨스토이·연진희 옮김 논술 및 수능에 출제된 책(1998~2005)

91 방드르디, 태평양의 끝 투르니에·김화영 옮김

92 미겔 스트리트 나이폴·이상옥 옮김 노벨 문학상 수상 작가

93 페드로 파라모 룰포·정창 옮김

94 차라투스트라는 이렇게 말했다 니체·장희창 옮김 국립중앙도서관 선정 청소년 권장도서

95·96 적과 흑 스탕달·이동렬 옮김 국립중앙도서관 선정 청소년 권장도서

97·98 콜레라 시대의 사랑 마르케스·송병선 옮김 노벨 문학상 수상 작가 | BBC 선정 꼭 읽어야 할 책

99 맥베스 셰익스피어·최종철 옮김 서울대 권장도서 100선 | 미국대학위원회 선정 SAT 추천도서

100 춘향전 작자 미상·송성욱 풀어 옮김 서울대 권장도서 100선

101 페르디두르케 곰브로비치·윤진 옮김

102 포르노그라피아 곰브로비치·임미경 옮김

103 인간 실격 다자이 오사무·김춘미 옮김

104 네루다의 우편배달부 스카르메타·우석균 옮김

105·106 이탈리아 기행 괴테 · 박찬기 외 옮김

107 나무 위의 남작 칼비노 · 이현경 옮김

108 달콤 쌉싸름한 초콜릿 에스키벨 · 권미선 옮김

109·110 제인 에어 C. 브론테 · 유종호 옮김 BBC 선정 꼭 읽어야 할 책

111 크눌프 헤세 · 이노은 옮김 노벨 문학상 수상 작가

112 시계태엽 오렌지 버지스 · 박시영 옮김 《타임》 선정 현대 100대 영문소설 | 《뉴스위크》 선정 100대 명저

113·114 파리의 노트르담 위고 · 정기수 옮김 미국대학위원회 선정 SAT 추천도서

115 새로운 인생 단테 · 박우수 옮김

116·117 로드 짐 콘래드 · 이상옥 옮김 《뉴스위크》 선정 100대 명저

118 폭풍의 언덕 E. 브론테 · 김종길 옮김 미국대학위원회 선정 SAT 추천도서

119 텔크테에서의 만남 그라스 · 안삼환 옮김 노벨 문학상 수상 작가

120 검찰관 고골 · 조주관 옮김

121 안개 우나무노 · 조민현 옮김

122 나사의 회전 제임스 · 최경도 옮김 미국대학위원회 선정 SAT 추천도서

123 피츠제럴드 단편선 1 피츠제럴드 · 김욱동 옮김

124 목화밭의 고독 속에서 콜테스 · 임수현 옮김

125 돼지꿈 황석영

126 라셀라스 존슨 · 이인규 옮김

127 리어 왕 셰익스피어 · 최종철 옮김 서울대 권장도서 100선 | 《뉴스위크》 선정 100대 명저

128·129 쿠오 바디스 시엔키에비츠 · 최성은 옮김 노벨 문학상 수상 작가

130 자기만의 방·3기니 울프 · 이미애 옮김

131 시르트의 바닷가 그라크 · 송진석 옮김

132 이성과 감성 오스틴 · 윤지관 옮김

133 바덴바덴에서의 여름 치프킨 · 이장욱 옮김

134 새로운 인생 파묵 · 이난아 옮김 노벨 문학상 수상 작가

135·136 무지개 로렌스 · 김정매 옮김

137 인생의 베일 서머싯 몸 · 황소연 옮김

138 보이지 않는 도시들 칼비노 · 이현경 옮김

139·140·141 연초 도매상 바스 · 이운경 옮김 《타임》 선정 현대 100대 영문소설

142·143 플로스 강의 물방앗간 엘리엇 · 한애경, 이봉지 옮김 미국대학위원회 선정 SAT 추천도서

144 연인 뒤라스 · 김인환 옮김

145·146 이름 없는 주드 하디 · 정종화 옮김

147 제49호 품목의 경매 핀천 · 김성곤 옮김 《타임》 선정 현대 100대 영문소설

148 성역 포크너 · 이진준 옮김 노벨 문학상 수상 작가 | 퓰리처상 수상 작가

149 무진기행 김승옥

150·151·152 신곡(지옥편·연옥편·천국편) 단테 · 박상진 옮김 《뉴스위크》 선정 100대 명저

153 구덩이 플라토노프 · 정보라 옮김

154·155·156 카라마조프가의 형제들 도스토옙스키 · 김연경 옮김

157 지상의 양식 지드 · 김화영 옮김 노벨 문학상 수상 작가

158 밤의 군대들 메일러 · 권택영 옮김 퓰리처상 수상 작가

159 주홍 글자 호손 · 김욱동 옮김 서울대 권장도서 100선 | 미국대학위원회 선정 SAT 추천도서

160 깊은 강 엔도 슈사쿠 · 유숙자 옮김

161 욕망이라는 이름의 전차 윌리엄스 · 김소임 옮김

162 마사 퀘스트 레싱 · 나영균 옮김 노벨 문학상 수상 작가

163·164 운명의 딸 아옌데 · 권미선 옮김

165 모렐의 발명 비오이 카사레스 · 송병선 옮김

166 삼국유사 일연 · 김원중 옮김 서울대 권장도서 100선

167 풀잎은 노래한다 레싱 · 이태동 옮김 노벨 문학상 수상 작가

168 파리의 우울 보들레르 · 윤영애 옮김

169 포스트맨은 벨을 두 번 울린다 케인 · 이만식 옮김

170 썩은 잎 마르케스 · 송병선 옮김 노벨 문학상 수상 작가

171 모든 것이 산산이 부서지다 아체베 · 조규형 옮김 《타임》 선정 현대 100대 영문소설

172 한여름 밤의 꿈 셰익스피어 · 최종철 옮김 미국대학위원회 선정 SAT 추천도서

173 로미오와 줄리엣 셰익스피어 · 최종철 옮김 미국대학위원회 선정 SAT 추천도서

174·175 분노의 포도 스타인벡 · 김승욱 옮김 노벨 문학상 수상 작가 | 《타임》 선정 현대 100대 영문소설

176·177 괴테와의 대화 에커만 · 장희창 옮김

178 그물을 헤치고 머독 · 유종호 옮김 《타임》 선정 현대 100대 영문소설

179 브람스를 좋아하세요... 사강 · 김남주 옮김

180 카타리나 블룸의 잃어버린 명예 하인리히 뵐 · 김연수 옮김 노벨 문학상 수상 작가

181·182 에덴의 동쪽 스타인벡 · 정회성 옮김 노벨 문학상 수상 작가

183 순수의 시대 워튼 · 송은주 옮김 《뉴스위크》 선정 100대 명저 | 퓰리처상 수상작

184 도둑 일기 주네 · 박형섭 옮김

185 나자 브르통 · 오생근 옮김

186·187 캐치-22 헬러 · 안정효 옮김 《타임》 선정 현대 100대 영문소설

188 숄로호프 단편선 숄로호프 · 이항재 옮김 노벨 문학상 수상 작가

189 말 사르트르 · 정명환 옮김

190·191 보이지 않는 인간 엘리슨 · 조영환 옮김 《타임》 선정 현대 100대 영문소설

192 왑샷 가문 연대기 치버 · 김승욱 옮김 퓰리처상 수상 작가

193 왑샷 가문 몰락기 치버 · 김승욱 옮김 퓰리처상 수상 작가

194 필립과 다른 사람들 노터봄 · 지명숙 옮김

195·196 하드리아누스 황제의 회상록 유르스나르 · 곽광수 옮김

197·198 소피의 선택 스타이런 · 한정아 옮김 퓰리처상 수상 작가

199 피츠제럴드 단편선 2 피츠제럴드 · 한은경 옮김

200 홍길동전 허균 · 김탁환 옮김

201 요술 부지깽이 쿠버 · 양윤희 옮김

202 북호텔 다비 · 원윤수 옮김

203 톰 소여의 모험 트웨인 · 김욱동 옮김

204 금오신화 김시습 · 이지하 옮김

205·206 테스 하디 · 정종화 옮김 미국대학위원회 선정 SAT 추천도서 | BBC 선정 꼭 읽어야 할 책

207 브루스터플레이스의 여자들 네일러 · 이소영 옮김

208 더 이상 평안은 없다 아체베 · 이소영 옮김

209 그레인지 코플랜드의 세 번째 인생 워커 · 김시현 옮김 퓰리처상 수상 작가

210 어느 시골 신부의 일기 베르나노스 · 정영란 옮김

211 타라스 불바 고골 · 조주관 옮김

212·213 위대한 유산 디킨스 · 이인규 옮김 서울대 권장도서 100선 | BBC 선정 꼭 읽어야 할 책

214 면도날 서머싯 몸 · 안진환 옮김

215·216 성채 크로닌 · 이은정 옮김

217 오이디푸스 왕 소포클레스 · 강대진 옮김 서울대 권장도서 100선

218 세일즈맨의 죽음 밀러 · 강유나 옮김

219·220·221 안나 카레니나 톨스토이 · 연진희 옮김 서울대 권장도서 100선

222 오스카 와일드 작품선 와일드 · 정영목 옮김

223 벨아미 모파상 · 송덕호 옮김

224 파스쿠알 두아르테 가족 호세 셀라 · 정동섭 옮김 노벨 문학상 수상 작가

225 시칠리아에서의 대화 비토리니 · 김운찬 옮김

226·227 길 위에서 케루악 · 이만식 옮김 《타임》 선정 현대 100대 영문소설 | 《뉴스위크》 선정 100대 명저

228 우리 시대의 영웅 레르몬토프 · 오정미 옮김

229 아우라 푸엔테스 · 송상기 옮김

230 클링조어의 마지막 여름 헤세 · 황승환 옮김 노벨 문학상 수상 작가

231 리스본의 겨울 무뇨스 몰리나 · 나송주 옮김

232 뻐꾸기 둥지 위로 날아간 새 키지 · 정회성 옮김 《타임》 선정 현대 100대 영문소설

233 페널티킥 앞에 선 골키퍼의 불안 한트케 · 윤용호 옮김 노벨 문학상 수상 작가

234 참을 수 없는 존재의 가벼움 쿤데라 · 이재룡 옮김

235·236 바다여, 바다여 머독 · 최옥영 옮김

237 한 줌의 먼지 에벌린 워 · 안진환 옮김 《타임》 선정 현대 100대 영문소설

238 뜨거운 양철 지붕 위의 고양이 · 유리 동물원 윌리엄스 · 김소임 옮김 퓰리처상 수상작

239 지하로부터의 수기 도스토옙스키 · 김연경 옮김

240 키메라 바스 · 이운경 옮김

241 반쪼가리 자작 칼비노 · 이현경 옮김

242 벌집 호세 셀라 · 남진희 옮김 노벨 문학상 수상 작가

243 불멸 쿤데라 · 김병욱 옮김

244·245 파우스트 박사 토마스 만 · 임홍배, 박병덕 옮김 노벨 문학상 수상 작가

246 사랑할 때와 죽을 때 레마르크 · 장희창 옮김

247 누가 버지니아 울프를 두려워하랴? 올비 · 강유나 옮김

248 인형의 집 입센 · 안미란 옮김

249 위폐범들 지드 · 원윤수 옮김 노벨 문학상 수상 작가

250 무정 이광수 · 정영훈 책임 편집 서울대 권장도서 100선

251·252 의지와 운명 푸엔테스 · 김현철 옮김

253 폭력적인 삶 파솔리니 · 이승수 옮김

254 거장과 마르가리타 불가코프 · 정보라 옮김

255·256 경이로운 도시 멘도사 · 김현철 옮김

257 야콥을 둘러싼 추측들 욘존 · 손대영 옮김

258 왕자와 거지 트웨인 · 김욱동 옮김

259 존재하지 않는 기사 칼비노 · 이현경 옮김

260·261 눈먼 암살자 애트우드 · 차은정 옮김 《타임》 선정 현대 100대 영문소설

262 베니스의 상인 셰익스피어 · 최종철 옮김

263 말리나 바흐만 · 남정애 옮김

264 사볼타 사건의 진실 멘도사 · 권미선 옮김

265 뒤렌마트 희곡선 뒤렌마트 · 김혜숙 옮김

266 이방인 카뮈 · 김화영 옮김 노벨 문학상 수상 작가 | 미국대학위원회 선정 SAT 추천도서

267 페스트 카뮈 · 김화영 옮김 노벨 문학상 수상 작가 | 국립중앙도서관 선정 청소년 권장도서

268 검은 튤립 뒤마 · 송진석 옮김

269·270 베를린 알렉산더 광장 되블린 · 김재혁 옮김

271 하얀 성 파묵 · 이난아 옮김 노벨 문학상 수상 작가

272 푸슈킨 선집 푸슈킨 · 최선 옮김

273·274 유리알 유희 헤세 · 이영임 옮김 노벨 문학상 수상 작가

275 픽션들 보르헤스·송병선 옮김 서울대 권장도서 100선

276 신의 화살 아체베·이소영 옮김

277 빌헬름 텔·간계와 사랑 실러·홍성광 옮김

278 노인과 바다 헤밍웨이·김욱동 옮김 노벨 문학상 수상 작가 | 퓰리처상 수상작

279 무기여 잘 있어라 헤밍웨이·김욱동 옮김 미국대학위원회 선정 SAT 추천도서

280 태양은 다시 떠오른다 헤밍웨이·김욱동 옮김 《타임》 선정 현대 100대 영문 소설

281 알레프 보르헤스·송병선 옮김

282 일곱 박공의 집 호손·정소영 옮김

283 에마 오스틴·윤지관, 김영희 옮김

284·285 죄와 벌 도스토옙스키·김연경 옮김 미국대학위원회 선정 SAT 추천도서

286 시련 밀러·최영 옮김

287 모두가 나의 아들 밀러·최영 옮김

288·289 누구를 위하여 종은 울리나 헤밍웨이·김욱동 옮김 노벨 문학상 수상 작가

290 구르브 연락 없다 멘도사·정창 옮김

291·292·293 데카메론 보카치오·박상진 옮김

294 나누어진 하늘 볼프·전영애 옮김

295·296 제브데트 씨와 아들들 파묵·이난아 옮김 노벨 문학상 수상 작가

297·298 여인의 초상 제임스·최경도 옮김 미국대학위원회 선정 SAT 추천도서

299 압살롬, 압살롬! 포크너·이태동 옮김 노벨 문학상 수상 작가

300 이상 소설 전집 이상·권영민 책임 편집

301·302·303·304·305 레 미제라블 위고·정기수 옮김

306 관객모독 한트케·윤용호 옮김 노벨 문학상 수상 작가

307 더블린 사람들 조이스·이종일 옮김

308 에드거 앨런 포 단편선 앨런 포·전승희 옮김 미국대학위원회 선정 SAT 추천도서

309 보이체크·당통의 죽음 뷔히너·홍성광 옮김

310 노르웨이의 숲 무라카미 하루키·양억관 옮김

311 운명론자 자크와 그의 주인 디드로·김희영 옮김

312·313 헤밍웨이 단편선 헤밍웨이·김욱동 옮김 노벨 문학상 수상 작가

314 피라미드 골딩·안지현 옮김 노벨 문학상 수상 작가

315 닫힌 방·악마와 선한 신 사르트르·지영래 옮김

316 등대로 울프·이미애 옮김 《타임》 선정 현대 100대 영문소설 | 《뉴스위크》 선정 100대 명저

317·318 한국 희곡선 송영 외·양승국 엮음

319 여자의 일생 모파상·이동렬 옮김

320 의식 노터봄·김영중 옮김

321 육체의 악마 라디게·원윤수 옮김

322·323 감정 교육 플로베르·지영화 옮김

324 불타는 평원 룰포·정창 옮김

325 위대한 몬느 알랭푸르니에·박영근 옮김

326 라쇼몬 아쿠타가와 류노스케·서은혜 옮김

327 반바지 당나귀 보스코·정영란 옮김

328 정복자들 말로·최윤주 옮김

329·330 우리 동네 아이들 마흐푸즈·배혜경 옮김 노벨 문학상 수상 작가

331·332 개선문 레마르크·장희창 옮김

333 사바나의 개미 언덕 아체베·이소영 옮김

334 게걸음으로 그라스·장희창 옮김 노벨 문학상 수상 작가

335 코스모스 곰브로비치·최성은 옮김

336 좁은 문·전원교향곡·배덕자 지드·동성식 옮김 노벨 문학상 수상 작가

337·338 암 병동 솔제니친·이영의 옮김 노벨 문학상 수상 작가

339 피의 꽃잎들 응구기 와 시옹오·왕은철 옮김

340 운명 케르테스·유진일 옮김 노벨 문학상 수상 작가

341·342 벌거벗은 자와 죽은 자 메일러·이운경 옮김 퓰리처상 수상 작가

343 시지프 신화 카뮈·김화영 옮김 노벨 문학상 수상 작가

344 뇌우 차오위·오수경 옮김

345 모옌 중단편선 모옌·심규호, 유소영 옮김 노벨 문학상 수상 작가

346 일야서 한사오궁·심규호, 유소영 옮김

347 상속자들 골딩·안지현 옮김 노벨 문학상 수상 작가

348 설득 오스틴·전승희 옮김

349 히로시마 내 사랑 뒤라스·방미경 옮김

350 오 헨리 단편선 오 헨리·김희용 옮김

351·352 올리버 트위스트 디킨스·이인규 옮김

353·354·355·356 전쟁과 평화 톨스토이·연진희 옮김

357 다시 찾은 브라이즈헤드 에벌린 워·백지민 옮김

358 아무도 대령에게 편지하지 않다 마르케스·송병선 옮김

359 사양 다자이 오사무·유숙자 옮김

360 좌절 케르테스·한경민 옮김 노벨 문학상 수상 작가

361·362 닥터 지바고 파스테르나크·김연경 옮김 노벨 문학상 수상 작가

363 노생거 사원 오스틴·윤지관 옮김

364 개구리 모옌·심규호, 유소영 옮김 노벨 문학상 수상 작가

365 마왕 투르니에·이원복 옮김 공쿠르상 수상 작가

366 맨스필드 파크 오스틴·김영희 옮김

367 이선 프롬 이디스 워튼·김욱동 옮김 퓰리처상 수상 작가

368 여름 이디스 워튼·김욱동 옮김 퓰리처상 수상 작가

369·370·371 나는 고백한다 자우메 카브레·권가람 옮김

372·373·374 태엽 감는 새 연대기 무라카미 하루키·김난주 옮김

375·376 대사들 제임스·정소영 옮김

377 족장의 가을 마르케스·송병선 옮김 노벨 문학상 수상 작가

378 핏빛 자오선 매카시·김시현 옮김

379 모두 다 예쁜 말들 매카시·김시현 옮김

380 국경을 넘어 매카시·김시현 옮김

381 평원의 도시들 매카시·김시현 옮김

382 만년 다자이 오사무·유숙자 옮김

383 반항하는 인간 카뮈·김화영 옮김 노벨 문학상 수상 작가

384·385·386 악령 도스토옙스키·김연경 옮김

387 태평양을 막는 제방 뒤라스·윤진 옮김

388 남아 있는 나날 가즈오 이시구로·송은경 옮김

389 앙리 브륄라르의 생애 스탕달·원윤수 옮김

390 찻집 라오서·오수경 옮김

391 태어나지 않은 아이를 위한 기도 케르테스·이상동 옮김 노벨 문학상 수상 작가

392·393 서머싯 몸 단편선 서머싯 몸·황소연 옮김

394 케이크와 맥주 서머싯 몸·황소연 옮김

395 월든 소로·정회성 옮김

396 모래 사나이 E. T. A. 호프만·신동화 옮김

397·398 검은 책 오르한 파묵·이난아 옮김 노벨 문학상 수상 작가

399 방랑자들 올가 토카르추크·최성은 옮김 노벨 문학상 수상 작가

400 시여, 침을 뱉어라 김수영·이영준 엮음

401·402 환락의 집 이디스 워튼·전승희 옮김

403 달려라 메로스 다자이 오사무·유숙자 옮김

404 아버지와 자식 투르게네프·연진희 옮김

405 청부 살인자의 성모 바예호·송병선 옮김

406 세피아빛 초상 아옌데·조영실 옮김

407·408·409·410 사기 열전 사마천·김원중 옮김 서울대 권장도서 100선

411 이상 시 전집 이상·권영민 책임 편집

412 어둠 속의 사건 발자크·이동렬 옮김

413 태평천하 채만식·권영민 책임 편집

414·415 노스트로모 콘래드·이미애 옮김

416·417 제르미날 졸라·강충권 옮김

418 명인 가와바타 야스나리·유숙자 옮김 노벨 문학상 수상 작가

419 핀처 마틴 골딩·백지민 옮김 노벨 문학상 수상 작가

420 사라진·샤베르 대령 발자크·선영아 옮김

421 빅 서 케루악·김재성 옮김

422 코뿔소 이오네스코·박형섭 옮김

423 블랙박스 오즈·윤성덕, 김영화 옮김

424·425 고양이 눈 애트우드·차은정 옮김

426·427 도둑 신부 애트우드·이은선 옮김

428 슈니츨러 작품선 슈니츨러·신동화 옮김

429·430 세계의 끝과 하드보일드 원더랜드 무라카미 하루키·김난주 옮김

431 멜랑콜리아 I~II 욘 포세·손화수 옮김 노벨 문학상 수상 작가

432 도적들 실러·홍성광 옮김

433 예브게니 오네긴·대위의 딸 푸시킨·최선 옮김

세계문학전집은 계속 간행됩니다.